TOR

JOHN
SCALZI

FRONTAL

ROMAN

Aus dem Amerikanischen
von Bernhard Kempen

TOR

MIX
Papier aus verantwortungsvollen Quellen
FSC® C083411

Erschienen bei FISCHER Tor
Frankfurt am Main, November 2018

Die Originalausgabe erschien 2018 unter dem Titel
»Head On« bei Tor Books, New York.
Published by Arrangement with John Scalzi

Dieses Werk wurde vermittelt durch die Literarische
Agentur Thomas Schlück GmbH, 30827 Garbsen.

Satz: Pinkuin Satz und Datentechnik, Berlin
Druck und Bindung: CPI books GmbH, Leck
Printed in Germany
ISBN 978-3-596-29979-9

Dieses Buch ist in Dankbarkeit den Redaktions- und Produktionsmitarbeitern bei Tor Books gewidmet, die wie Rockstars daran arbeiteten, nachdem es buchstäblich im allerletzten Moment abgegeben wurde.
Vielen Dank, Leute! Ihr habt Wunder gewirkt, und ich liebe euch. Bitte erwürgt mich nicht.
Und den Redaktions- und Produktionsmitarbeitern, die weltweit an meinen Büchern arbeiten: Ihr seid der Grund, dass meine Bücher ihre Leser finden. Danke für das, was ihr für mich tut.

DER TOD DES DUANE CHAPMAN

Der Hilketa-Athlet wollte in seinem letzten Spiel Eindruck machen. Doch dann tat er etwas Unerwartetes. Er starb.

von Cary Wise
Sonderbericht für die *Hilketa News*

Als Duane Chapman auf dem Hilketa-Spielfeld starb, war ihm bereits zweimal der Kopf abgerissen worden.

Dass es zum dritten Mal passierte, war selbst für Hilketa ungewöhnlich, obwohl das Ziel des Spiels darin besteht, einem ausgewählten Gegner den Kopf abzureißen und diesen dann in ein Tor am Ende des Spielfelds zu werfen oder zu tragen. Der von den Kampfrichtern bediente Computer in der Spielzentrale – die man für dieses Freundschaftsspiel zwischen den Boston Bays und den Toronto Snowbirds provisorisch in einer Luxusloge eingerichtet hatte – sollte unter den Verteidigern auf dem Platz zufällig jemanden auswählen, der für die jeweilige Runde der »Sündenbock« war: ein Spieler, dessen Kopf sich der Angriff holen sollte, während die übrigen Verteidiger die Gegner mit ihren Körpern und den im Spiel erlaubten Waffen abwehrten. Bei elf Spielern auf jeder Seite war es ungewöhnlich, das ein bestimmter Spieler mehr als ein- oder zweimal die Rolle des Sündenbocks übernehmen musste.

Aber das entscheidende Wort ist hier »zufällig«. Manchmal kam es durch den Wurf des elektronischen Würfels einfach dazu, dass ein Spieler dreimal in einem Spiel ausgewählt wurde. Eine spätere Überprüfung des Spielcomputers erwies, dass er nicht manipuliert worden war. Er wählte Chapman völlig willkürlich zum ersten, zum zweiten und zum dritten Mal aus.

Und es war auch keineswegs eine schlechte Wahl. Chapman war nicht der Starspieler der Boston Bays, denn diese Ehre gebührte Kim Silva, die soeben einen 83 Millionen Dollar schweren Fünfjahresvertrag mit dem Tabellenführer der Northeast Division unterzeichnet hatte, und er war auch kein Spezialist wie Wesley Griffith, der dafür bekannt war, seine schwerfälligen Panzer-Threeps wie gelenkige Scout-Modelle aussehen zu lassen.

Tatsächlich war Chapman der Alleskönner der Bays, ein Hansdampf auf allen Positionen und in allen Threep-Modellen, auch wenn er in keinem Bereich ein Meister war. »Man kann ihn überall in jedem Modell aufstellen, und er macht seinen Job«, sagte David Pena, der Manager der Bays, bei der abendlichen Pressekonferenz nach dem Spiel. »Man denkt sofort an ihn, wenn es um den typischen Teamplayer geht.«

Außerdem hatte sich Chapman während seiner drei Spielzeiten in der North American Hilketa League den Ruf erworben, ein ausgefuchster Sündenbock zu sein – jemand, der das Spiel in der »Capo«-Phase über die vierminütige Zeit bringen konnte und die Möglichkeiten des gegnerischen Teams einschränkte, seinen Kopf zu erwischen. Solche strategischen Spielmanöver konnten für Fans sehr frustrierend sein, die gekommen waren, um Blut zu sehen – künstliches Blut, aber dennoch Blut –, doch für einen gewieften Manager wie Pena ließ sich diese Fähigkeit dazu einsetzen, dem Gegner den Wind aus den Segeln zu nehmen, ihn zu Fehlern und ungünstigen strategischen Entscheidungen zu verleiten.

Das alles war recht offensichtlich, als Chapman zum ersten Mal der Sündenbock war, und zwar in der vierten Runde der ersten Halbzeit. Silva von den Bays hatte das Spiel mit einem

Knalleffekt gestartet, als sie Toby Warner, dem Sündenbock der Snowbirds, in der ersten Minute den Kopf abriss und während der »Coda«-Phase einen schnellen Vorstoß in das Toronto-Territorium anführte. Sie rannte in nur siebenunddreißig Sekunden durch die Pfosten und erzielte mit diesem Außentor zehn Punkte.

Die Snowbirds antworteten mit einem starken Gegenzug und enthaupteten Gerard Mathis von den Bays in zwei Minuten, doch das Handgemenge von drei Minuten und achtundvierzig Sekunden während der Coda und das daraus resultierende Innentor brachte Toronto nur sechs Punkte ein. Obwohl die Birds die Bays beim nächsten Capo schlugen, wobei Nat Guzman den Kopf auf ihrer Schulter behielt, brauchten sie immer noch fünf Punkte, um die Führung zu übernehmen.

Als Chapman in der nächsten Runde als Sündenbock ausgewählt wurde, wussten er und Pena das zu verhindern. Stattdessen zog sich Chapman, der auf der Mitte des Feldes positioniert war, zum Tor der Bays zurück, und Pena ordnete ein Manöver an, das der geschichtsinteressierte Manager gern als einen »Agincourt« bezeichnet. Er drängte die Snowbirds in eine Gasse, die sie zu ihrem Opfer führte.

Laurie Hampton und Ouida Kimbrough von den Bays benutzten die Armbrüste, um Conception Rayburn und Elroy Gil auszuschalten, die beiden besten Kopfjäger von Toronto, und die übrigen Spieler der Bays verwickelten die Snowbirds in einen Nahkampf, so dass Chapman, der in einem Standard-Threep unterwegs war, mühelos den Panzer-Tanks von Brendon Soares und September Vigil davonlaufen konnte.

Als Chapman zum zweiten Mal die Rolle des Sündenbocks übernahm, sollte er nicht so viel Glück haben. In der ersten Runde der zweiten Halbzeit schnappte sich Rayburn, der später eingestand, wütend über den vorausgegangenen Armbrusttreffer gewesen zu sein, ein Schwert statt seines ansonsten bevorzugten Hammers. Er schlich sich an Jalisa Acevedos Tank und Donnell Mesas Krieger vorbei und hielt genau auf Chapman zu, um ihm in der Rekordzeit von zwanzig Sekunden seit Beginn der Capo-Phase den Kopf abzureißen. Vierzig Sekunden später wagte Rayburn ein Obertor, und Chapmans Kopf flog in den Korb, womit die Snowbirds den höchstmöglichen Wert von achtzehn Punkten erzielten und bequem in Führung gingen.

Bei anschließenden Interviews erzählte Rayburn den Medien, Chapman hätte wegen der Schmerzen herumgebrüllt, als der Kopf seines Threeps abgetrennt wurde. »Davon habe ich mich nicht stören lassen«, sagte er. »Ich dachte, er wollte mich ablenken, wie man es eben macht, wenn man der Sündenbock ist. Außerdem geht es darum, dass der Sündenbock Schmerzen hat. Deshalb lassen wir die Schmerzempfindlichkeit eingeschaltet.«

Damit hatte Rayburn etwas Wichtiges gesagt. Die Regeln der North American Hilketa League verlangen, dass alle Spieler eine gewisse Schmerzempfindlichkeit ihrer Threeps beibehalten – mindestens fünf Prozent der üblichen Sensibilität. Die meisten Spieler stellen ihre Spiel-Threeps irgendwo zwischen fünf und zehn Prozent ein, mit dem Argument, dass ein gewisser Grad an Schmerzempfindlichkeit – auch weit unterhalb der Schwelle, die man als *wirklich* schmerzhaft empfinden würde – die Spieler in der Realität verankert und sie daran erinnert, dass ihre Threeps nicht unverwüstlich sind und es kostspielig ist, sie zu warten und zu reparieren.

Als Chapmans Kopf nach der Runde wieder auf seinen Threep montiert wurde, ging er als Erstes zu Pena hinüber und meldete eine Anomalie seines mechanischen Körpers. Pena verwies ihn an Royce Siegel, den leitenden Teamtechniker der Bays.

»Er sagte, er würde stärkere Schmerzen als sonst empfinden«, erklärte Siegel in der Pressekonferenz nach dem Spiel.

»Eine Diagnose des Threeps ergab allerdings keine Probleme.« Siegel pingte daraufhin Alton Ortiz an, Chapmans Pfleger, der seinen Körper in Philadelphia versorgte. (Im Gegensatz zu den meisten seiner Teamkollegen ließ Chapman seinen Körper wegen einer Autoimmunerkrankung nicht zu Spielen mitreisen. Er steuerte seinen Threep aus der Ferne über eine gesicherte Verbindung, um Zeitverzögerungen zu minimieren.) Auch Ortiz konnte nichts Ungewöhnliches feststellen. Chapman kehrte für die nächste Runde auf den Platz zurück, diesmal im Angriff.

Als er gefragt wurde, warum er Chapman nach der gemeldeten erhöhten Schmerzempfindlichkeit nicht auswechselte, antwortete Pena nur: »Weil er nicht darum gebeten hat.«

Warum hat er nicht darum gebeten? Dafür gibt es mehrere mögliche Gründe. Der erste ist, dass Chapman es auf zusätzliche Bonuspunkte abgesehen hatte, um seinen Vertragswert zu erhöhen. Auch wenn es nur ein Freundschaftsspiel war und die Wertungen nicht in die Saisonstatistiken eingingen, hatten sie Einfluss auf seine Vertragsquoten. Mit anderen Worten, er wollte möglichst schnell seine Einkommenssituation verbessern.

Der zweite Grund war der, warum die Bays und die Snowbirds überhaupt in der Hauptstadt spielten. Die NAHL war dabei, nach Washington, D.C., sowie nach Philadelphia, Austin und Kansas City zu expandieren, und würde am Ende der Spielzeit neue Teams zusammenstellen. Für einen Spieler wie Chapman wäre diese Rekrutierung vielleicht eine Chance, in einem dieser neuen Teams eine wichtigere Rolle zu übernehmen. Beim Spiel in Washington war fast die gesamte Führung der NAHL zugegen, neben mehreren potentiellen neuen Lizenznehmern und Investoren, darunter auch Marcus Shane, der Liebling von Washington, und die voraussichtlichen Manager und Trainer. Chapman hatte möglicherweise gedacht, wenn er im Spiel blieb, wäre das die beste Gelegenheit, ihre Aufmerksamkeit auf sich zu lenken und bei der Rekrutierung einen besseren Stand zu haben.

Und dann war da noch der dritte Grund, wie Kim Silva es nach dem Spiel auf den Punkt brachte. »Man spielt auch mit Schmerzen weiter. Immer.«

Das ist natürlich für jeden Athleten in jeder Sportart ein Mantra. Aber es gilt noch viel mehr für die Hilketa-Spieler. Sie wissen, dass sie gleichzeitig mehr und weniger als der durchschnittliche Sportler sind, denn sie sind außerdem Hadens. Sie gehören zu jenem kleinen Prozentsatz von Bürgern, deren Körper inaktiv ist, während sich ihr Geist frei durch die Welt bewegen kann, sowohl im Onlinetreffpunkt der Agora als auch in der Offline-Welt, durch die sie sich in ihren Threeps bewegen.

Es sind diese Threeps – Maschinen, die deutlich besser und effizienter als menschliche Körper konstruiert sind –, die viele, auch professionelle Athleten, die keine Hadens sind, zu der Behauptung verleitet haben, Hilketa-Sportler wären eigentlich gar keine Sportler, sondern eher so etwas wie berühmte Videospieler.

Naturgemäß wurmt das sowohl die Hilketa-Athleten als auch die Fans des Spiels und viele Hadens. Wenn Rennfahrer als Sportler betrachtet werden, sollte für Hilketa-Spieler dasselbe gelten. Aber wenn man irgendeinen Hilketa-Athleten fragt, wird er oder sie sagen, dass die Sportart durchaus etwas Körperliches hat. Selbst wenn ihre eigenen Körper sich nicht rühren können, erfordert es große physische und psychische Anstrengung, die Threeps über die neunzig Minuten eines Spiels zu steuern (ganz zu schweigen vom Training und anderen Tätigkeiten, die damit zusammenhängen). Es ist harte Arbeit. Sie spüren die Mühen und die Erschöpfung. Und wenn die Schläge schnell und hart kommen, spüren sie den Schmerz. Den realen Schmerz des realen Sports.

Aber sie wissen, wie viele Menschen abstreiten würden, dass dieser Schmerz real ist. Also spielen sie weiter, entschiedener als sonst, entschiedener, als es andere Sportler vielleicht tun würden, einfach aus Prinzip.

Aus irgendeinem oder allen diesen Gründen kehrte Chapman auf das Feld zurück.

Erfahrene Spielbeobachter erkannten sofort, dass mit Chapman irgendetwas nicht in Ordnung war. Die ESPN-Kommentatorin Rochelle Webb wies darauf hin, wie er bei der nächsten Offensive hinter den übrigen Bays zurückfiel. »Chapman bleibt im Verteidigungsfeld, wo man ihn normalerweise nicht sieht«, sagte sie. Dave Miller, der Hilketa-Reporter der *Washington Post*, bemerkte in der Liveübertragung vom Spielfeld, dass Chapman sich die Armbrust als Waffe ausgesucht hatte. »Das hat er ansonsten vielleicht drei- oder viermal im Laufe seiner Karriere getan«, merkte Miller dazu an, »möglicherweise, weil er nicht einmal die breite Seite einer Scheune treffen würde.« Miller hatte recht. Chapman schoss einen Bolzen auf Sonia Sparks von den Birds ab und verfehlte sie meilenweit.

An einem normalen Abend wäre Chapmans Mangel an Kampfgeist vielleicht die Top-Story des Spiels gewesen – oder zumindest ein hinreichender Grund für Pena, in den sauren Apfel zu beißen und ihn vom Feld zu nehmen –, aber genau zu dem Zeitpunkt, als Chapman entschied, sich im Hintergrund zu halten, demonstrierte Silva, warum die Bays ihr ein fürstliches Gehalt zahlten. Bei den folgenden zwei Angriffen machte sie zwanzig Punkte und wehrte im Alleingang den Versuch von Elroy Gil ab, ein Obertor zu erzielen.

Während dieses bemerkenswerten Runs achtete fast niemand auf Chapman, und jene, die es taten, beschränkten sich in ihren Bemerkungen auf Nebensächliches, auf farbige Ausschmückungen an den Rändern der Hauptattraktion.

Und dann wurde Chapman zum dritten Mal der Sündenbock.

Anfangs sah es danach aus, als würde Chapman das tun, was er immer tat, wenn er der Sündenbock war: sich ducken, ausweichen, über das Feld rennen, um das Spiel über die Zeit zu bringen.

Dann sah Dave Miller von der *Post* etwas Ungewöhnliches. »Chapman verlangt eine Auszeit? Im Hilketa gibt es keine Auszeiten.«

»Chapman streckt Rayburn die Hände entgegen«, sagte Webb auf ESPN, als der Toronto-Star ihn angriff. »Es sieht aus, als wollte er sagen: ›Tu mir nichts.‹«

Rayburn tat ihm nichts. Als Chapman sich vor ihm zurückzog, stieß er mit September Vigil zusammen, einem der Panzer von Toronto.

Mit einem kolossalen Panzerarm drückte Vigil Chapmans Threep an sich.

Mit dem anderen packte sie zu und riss ihm den Kopf ab.

»Ich wusste nichts davon«, sagte Vigil anschließend, und jeder, der nicht glaubt, dass Threeps Emotionen ausdrücken können, hat Vigil einfach nicht unter ihrer Maske gesehen, während sie offensichtlich schockiert dasaß. »Duane schrie, als ich mir seinen Kopf holte, aber wir alle schreien, wenn das passiert. Wir *sollen* sogar schreien. Man will den Gegenspieler ablenken und verwirren. Ich dachte, er wollte mich in meiner Konzentration stören.«

Vigil ließ sich nicht stören. Sie warf den Kopf Rayburn zu, der mit dem Run acht Punkte machte.

Inzwischen war Siegel klar, dass mit Chapman irgendetwas nicht stimmte. »Ich bekam einen Anruf aus Alton, von Duanes Pfleger, der mir sagte, sein Herzschlag und seine Hirnaktivität würden durch die Decke gehen«, erklärte Siegel. »Ich rief seine Körperwerte mit meiner Brille auf und konnte das bestätigen.

Alton brüllte mich an, dass ich ihn vom Threep trennen soll. Er war davon überzeugt, dass damit etwas nicht in Ordnung war. Aber es war nicht der Threep. Oder falls doch, konnte ich keinen Hinweis darauf erkennen.« Trotzdem zog Siegel den Stecker des Threeps.

Aus Sicht der Zuschauer und der anderen Spieler war nichts Ungewöhnliches geschehen. Wenn Verbindungsprobleme oder größere Beschädigungen auftraten, kam es gelegentlich vor, dass Spieler von ihren Threeps getrennt wurden. Während der Neuaufstellung des Teams fuhr ein Wagen aufs Feld und schaffte den kopflosen Threep unter vereinzeltem Applaus fort. Pena wechselte Warren Meyer als Ersatz für die verbleibenden Minuten des Spiels ein. Nichts deutete darauf hin, dass Duane Chapman 140 Meilen entfernt plötzlich um sein Leben kämpfte.

Es war ein Kampf, den er wenige Minuten vor dem Ende des Spiels, das die Bays mit 58 zu 41 gewannen, verlieren sollte. Pena wurde von Alton Ortiz informiert, während die letzten Sekunden liefen.

Nach einem Spiel machen sich die Athleten normalerweise sofort auf den Weg zum Pressezentrum, um Interviews zu geben, und wechseln bestenfalls schnell in ihre persönlichen Threeps. Dazu kam es diesmal nicht. Stattdessen wurden die Bays und die Snowbirds, die noch in ihren Spieler-Threeps steckten, in den Umkleideraum geschickt, wo Pena und die Snowbird-Managerin Linda Patrick ihnen leise die Nachricht von Chapmans Tod überbrachten.

Fast alle Spieler der Bays und der Snowbirds entzogen sich dem Presserummel nach dem Spiel und kehrten benommen nach Hause zurück. Nur Pena, Siegel, Silva, Rayburn und Vigil blieben, um sich den Reportern zu stellen, die inzwischen unabhängig voneinander von Chapman gehört hatten.

»Wir wissen noch nicht, was geschehen ist«, antwortete

Pena während der Pressekonferenz, als er gefragt wurde, wie Chapman gestorben war. Er sagte, es würde Tage oder möglicherweise Wochen dauern, bis man herausgefunden hatte, aus welchem Grund ein ansonsten gesunder Haden-Athlet so plötzlich gestorben war. Die Polizei von Washington und die Gerichtsmedizin würden die Sache untersuchen, genauso wie die FBI-Abteilung für Haden-Angelegenheiten und der Sportverband selbst.

Als man von Pena wissen wollte, welche Auswirkungen Chapmans Tod auf die League haben würde, musterte der Manager den Reporter, der die Frage gestellt hatte, wie ein störendes Insekt. »Im Moment ist mir das völlig schnuppe«, sagte er.

Die richtige Antwort, aber die Frage war durchaus berechtigt. Das Freundschaftsspiel zwischen den Bays und den Snowbirds war als Werbung für die am schnellsten wachsende größere Sportart in Nordamerika gedacht gewesen. Im folgenden Jahr sollten vier neue Lizenzen vergeben werden, und Vertreter aus China, Russland und Deutschland nahmen daran teil, mit Blick auf die Gründung einer oder mehrerer internationaler Verbände in Europa und Asien. Was mit Silva als Hauptattraktion der League eigentlich ein Triumph für Hilketa hätte sein sollen, wurde nun vom ersten Tod eines Athleten überschattet.

Und Chapman, der auf eine Starkarriere als Hilketa-Spieler gehofft hatte, gelangte schließlich aus einem anderen, viel tragischeren Grund in die Rekordtabellen.

»Es ist unglaublich«, sagte der sichtlich bewegte Pena kurz vor Ende der Pressekonferenz. »Aber es ist auch so typisch Duane. Er gab alles für das Spiel. Alles für die League. Er wollte nie das Feld verlassen.«

Er verließ es nicht. Bis er das Feld für immer verließ.

1

FAST HÄTTE ICH den Tod von Duane Chapman verpasst.

Aber zu diesem Zeitpunkt wusste ich es noch gar nicht. Ich wusste nur, dass ich zu spät zum »besonderen Erlebnis eines Freundschaftsspiels« kommen würde, an dem ich zusammen mit meiner Mutter und meinem Vater teilhaben sollte. Die North American Hilketa League wünschte sich sehr sehr sehr, meinen Dad als Minderheitsinvestor für die künftige Washington-Lizenz zu gewinnen, und glaubte, sie könnte das schaffen, wenn sie ihn einlud, das Spiel in einer Luxusloge zu verfolgen.

Ich hatte diesbezüglich so meine Zweifel. Dad war bestens mit Luxuslogen vertraut, als ehemaliger Basketballspieler und als derzeitiger Immobilienmilliardär, und sah darin nichts Außergewöhnliches, aber ich wusste, dass meine Mitbewohner, allesamt Hilketa-Fans, grün vor Neid waren, weil ich das Spiel besuchen durfte. Das traf sogar wortwörtlich auf die Zwillinge Justin und Justine zu, die in den letzten drei Tagen die LED-Ausstattung ihres Threeps so eingestellt hatten, dass er mich jedes Mal grün anblinkte, wenn ich an ihnen vorbeiging. Ich persönlich fand das ein bisschen übertrieben.

Ich hatte das Haus rechtzeitig verlassen, um es bis zum Beginn des Spiels zu schaffen, aber der öffentliche Nahverkehr hatte andere Pläne mit mir. Die erste halbe Stunde des Spiels verbrachte ich in einer U-Bahn, umgeben von zunehmend beunruhigten Passagieren.

Wo bist du?, textete meine Mutter mir, sobald das Spiel begonnen hatte.

Stecke in der U-Bahn fest, sendete ich zurück. *Der Zug hat vor 15 Minuten angehalten. Wir mustern uns gegenseitig und überlegen, wen wir als Erstes essen sollen.*

Ich glaube, du musst dir keine Sorgen machen, erwiderte sie.

Sei dir da nicht zu sicher, sendete ich. *Mir scheint, dass hier einige auf die Akku-Energie meines Threeps scharf sind.*

Wenn du überlebst, versuch, dich zu beeilen, textete Mom. *Dein Vater wird von deutschen Geschäftsleuten umschwärmt, und ich muss nett zu Pressevertretern sein. Ich weiß, dass du so etwas auf keinen Fall verpassen willst.*

Ich habe gehört, dass da auch noch ein Spiel laufen soll, gab ich zurück.

Ach wirklich?, antwortete sie.

Irgendwann beschloss der Zug, sich doch wieder in Bewegung zu setzen, und zehn Minuten später war ich auf dem Weg zum Stadion, schlängelte mich zwischen anderen Nahverkehrsopfern hindurch, damit ich wenigstens noch die zweite Halbzeit zu sehen bekam. Einige Leute trugen das Weiß und Blau der Boston Bays, andere das Lila und Grau der Toronto Snowbirds. Der Rest hatte sich für das Burgunderrot und Gold der Washington Redhawks entschieden. Warum auch nicht? Schließlich waren wir hier in Washington, D. C.

»Ich kann Ihnen helfen«, sagte eine Platzanweiserin und winkte mich herüber. Die Frau hatte nur noch wenig zu tun, weil die meisten Besucher bereits im Stadion waren. Ich ließ meinen Ticketcode auf meinem Brustmonitor aufleuchten, und sie scannte ihn.

»Luxusloge, sehr hübsch«, sagte sie. »Sie kennen den Weg?«

Ich nickte. »Ich war schon mal hier.«

Die Platzanweiserin wollte gerade etwas erwidern, als hinter uns Unruhe aufkam. Ich blickte mich um und sah einen kleinen Haufen Demonstranten, die skandierten und Transparente schwenkten. HILKETA DISKRIMINIERT stand auf einem Schild, LASST UNS AUCH MITSPIELEN auf einem anderen. NICHT EINMAL DIE BASKEN MÖGEN HILKETA verkündete ein drittes. Die Demonstranten wurden von der Stadionsicherheit abgedrängt, was ihnen gar nicht gefiel.

»Diesen Spruch verstehe ich gar nicht«, sagte sie zu mir.

»Welchen?«

»Den mit den Basken.« Sie sprach das Wort mit einem langen »a« wie in »Basketball« aus. »Die anderen sind klar. Alle Hilketa-Spieler sind Hadens, und diesen Leuten« – sie deutete auf die Demonstranten, unter denen kein Haden war – »passt das nicht. Aber was bedeutet dieses eine Schild überhaupt?«

»Das Wort ›Hilketa‹ stammt aus der baskischen Sprache«, sagte ich. »Es bedeutet ›Mord‹. Einige Basken mögen es nicht, dass es in diesem Zusammenhang benutzt wird. Sie denken, dass es sie in keinem guten Licht erscheinen lässt.«

»Warum?«

»Keine Ahnung. Ich bin kein Baske.«

»Jeder hat ein Wort für ›Mord‹«, sagte die Platzanweiserin.

Ich nickte nur und schaute den zurückweichenden Demonstranten nach. Ein paar sahen mich und skandierten lauter. Anscheinend waren sie der Meinung, dass ihre Probleme meine Schuld waren, weil ich ein Haden war. Einige von ihnen trugen Brillen und starrten mich auf eine Weise an, die darauf hindeutete, dass sie entweder eine Aufnahme von mir speicherten oder versuchten, meine öffentlichen Daten abzurufen.

Allerdings befand ich mich in einem neuen Threep, und

ich machte meine Daten nicht öffentlich, wenn ich nicht arbeitete. Also viel Glück, Leute. Ich dankte der Platzanweiserin und ging ins Stadion.

Es war eine große Luxusloge, zu der ich unterwegs war. Darin hatten ein paar Dutzend Leute Platz, außerdem ein Büfett und eine vollbestückte Bar. Im Prinzip war es ein Hotelkonferenzraum mit Blick auf ein Spielfeld.

Ich blickte mich um und suchte nach meinen Eltern. Als Erstes fand ich Dad, was nicht allzu überraschend war. Als ehemaliger NBA-Spieler überragte er in den meisten Situationen alle anderen Anwesenden. Und als Marcus Shane, einer der berühmtesten Menschen der Welt, wurde er üblicherweise von vielen bedrängt.

Wie auch hier – zwei konzentrische Ringe aus Bewunderern hatten sich um ihn angeordnet. Die Leute hielten Getränke in den Händen und schauten verzückt zu ihm auf, während er irgendeine Geschichte erzählte. Mit anderen Worten, es war Dads natürlicher Lebensraum.

Er winkte mir zu, als er mich sah, aber er winkte mich nicht zu sich herüber. Ich wusste, was das bedeutete. Er war bei der Arbeit. Ein paar der Leute, die ihn umringten, schauten sich nach der Person um, der er zugewinkt hatte. Als sie jedoch nur einen anonymen Threep sahen, wandten sie ihre Aufmerksamkeit wieder meinem Vater zu. Das war für mich völlig in Ordnung.

»Ah, gut. Hier, nehmen Sie das«, sagte jemand und hielt mir ein Glas hin.

Ich blickte auf und sah einen Anzugträger mittleren Alters. »Wie bitte?«, fragte ich.

»Ich habe es ausgetrunken«, sagte er und schwenkte das Glas.

»Gut. Herzlichen Glückwunsch.«

Der Mann musterte meinen Threep. »Sie gehören doch zum Catering, oder?«

»Eigentlich nicht.« Ich überlegte, ob ich ihm meine FBI-Identifikationsdaten zeigen sollte, um mich dann an der folgenden Verunsicherung zu ergötzen.

Doch bevor ich dazu kam, tauchte jemand mit weißer Bluse und Schürze auf. »Ich übernehme das«, sagte er und nahm dem Anzugträger das Glas ab.

Er brummte. »Und bringen Sie mir noch eins. Jack und Coke.« Dann entfernte er sich in Dads Richtung.

»Tut mir leid«, sagte der Mitarbeiter des Caterings.

»War nicht Ihre Schuld.« Ich blicke mich im Raum um. »Aber interessant.«

»Was?«

»Eine Luxusloge voller Nicht-Hadens, die wegen eines Haden-Spiels hier sind, und sobald der Kerl einen Threep sieht, will er ihm als Erstes sein Glas in die Hand drücken.« Ich deutete mit einem Nicken auf das Glas, das der Caterer entgegengenommen hatte.

»Ich bringe ihm lieber einen frischen Drink«, sagte der Caterer.

»Tun Sie das. Und bemühen Sie sich, nicht hineinzuspucken.«

Der Caterer grinste und entfernte sich.

Ich ging zur Glaswand hinüber, die den Innenraum der Luxusloge vom Balkon trennte, und trat durch die Tür. Draußen stellte ich mich ans Geländer und nahm den Lärm der Zuschauer in mich auf. Falls die Größe der Menge etwas zu bedeuten hatte, war es eine gute Idee der League, nach Washington expandieren zu wollen. Das Stadion war bis in die obersten Reihen besetzt.

»Ich weiß immer noch nicht, wie das abläuft«, sagte ein

Mann neben mir zu einem anderen Mann, der neben ihm stand.

»Es ist gar nicht so kompliziert«, sagte der andere Mann und zeigte auf das Spielfeld, auf einen Threep, dessen Kopf von blinkenden roten Lichtern umgeben war. »Dieser Threep ist der Sündenbock. Das ist der Spieler, dem das andere Team den Kopf abreißen will. Die Gegner versuchen, seinen Kopf zu kriegen, während sein Team versucht, sie daran zu hindern.«

»Und wenn sie den Kopf haben, versuchen sie, ihn zwischen den Torpfosten hindurchzuschießen.«

»Schießen, werfen oder hindurchtragen, ja.«

»Und alle haben Schwerter und Hämmer und Schläger …«

»Das ist so, weil dieser Scheiß einfach Spaß macht.«

Der eine Mann dachte einen Moment lang darüber nach. »Warum ›Sündenbock‹?«

Der andere Mann setzte zu einer Erklärung an, aber ich ging wieder hinein, um nach Mom zu suchen.

Die ich auf einem der Sitze mit Blick aufs Spielfeld fand, mit einem Drink in der Hand und einem gezwungenen Lächeln auf dem Gesicht, während irgendein junger und übertrieben begeisterter Typ sie vollquatschte. Ich erkannte das Lächeln als das, was für Mom die Alternative zu einem Mord war. Ich ging zu ihr hinüber, um sie vor dem nervigen Typ zu retten und um den nervigen Typen vor ihr zu retten.

»Chris, endlich!«, sagte Mom, als ich näher kam. Ich beugte mich vor, um ein Küsschen auf die Wange in Empfang zu nehmen. Dann drehte sie sich zu ihrem Sitznachbarn herum. »Das ist Marvin Stephens. Er arbeitet für die PR-Abteilung der League.«

Stephens erhob sich und streckte mir eine Hand entgegen, die ich schüttelte. »Ich freue mich wahnsinnig, Sie kennenzulernen, Chris«, sagte er. »Ich bin ein großer Fan.«

»Ich wusste gar nicht, dass FBI-Agenten Fans haben«, erwiderte ich.

»O nein, nicht von Ihrer Arbeit beim FBI«, sagte Stephens und sah mich dann mit leicht erschrockenem Ausdruck an, weil ihm gerade ein Fauxpas unterlaufen war. »Ich meine, ich bin davon überzeugt, dass Sie beim FBI gute Arbeit leisten.«

»Danke«, erwiderte ich trocken.

»Ich meinte, als Sie jünger waren.«

»Ach so, Sie meinen, als ich für meine Berühmtheit berühmt war.«

»*So* würde ich es nicht ausdrücken.« Stephens' Gesicht zeigte wieder den erschrockenen Ausdruck. »Ich meine, Sie waren ein Symbol für alle Hadens.«

Ich überlegte, ob ich Stephens noch ein wenig zusetzen sollte, um herauszufinden, wie viele Variationen seines erschrockenen Ausdrucks ich aus ihm herauskitzeln konnte. Aber das wäre nicht sehr nett gewesen.

Außerdem hatte er nicht unrecht. In jungen Jahren war ich tatsächlich ein Symbol für alle Hadens gewesen, das Aushängeschild für eine ganze Gruppe von Menschen, die durch eine Krankheit in ihren Körpern isoliert waren und Maschinen und neuronale Netzwerke benutzten, um sich in der Welt zu bewegen, wie auch ich es tat und immer noch tue. Das Leben als Aushängeschild war eine nette Sache, bis es das nicht mehr war. Weshalb ich damit aufhörte und stattdessen zum FBI ging.

All das hätte ich Stephens erklären können, der immer noch dastand und zunehmend besorgt wirkte, weil er soeben in ein Fettnäpfchen getreten war. Stephens wollte mir nur ein Kompliment machen, genauso wie viele andere Leute, denen versehentlich eine Bemerkung herausrutschte, dass ich ja nun zur »Was macht eigentlich?«-Kategorie der Prominenz gehörte, und dann dachten, dass es eine schlimme Sache war und keineswegs etwas, das ich erhofft und beabsichtigt hatte.

Doch das hätte Zeit gebraucht und wäre auf ein langes Gespräch von der Art hinausgelaufen, die nicht gut zu einem Sportereignis passte.

»Das war ich«, sagte ich. »Danke für die Anerkennung.«

Stephens entspannte sich und nahm wieder Platz.

»Marvin hat mir gerade das Hilketa-Spiel erklärt«, sagte Mom und zeigte hinaus auf das Feld, wo die Bays und die Snowbirds mit Nahkampfwaffen aufeinander losgingen. »In allen *Details.*«

»Es ist ein aufregendes Spiel«, sagte Stephens zu mir. »Sind Sie ein Fan?«

Ich zuckte mit den Schultern.

»Chris hat sich als Kind mehr für Videospiele interessiert«, warf Mom ein.

»Auch Hilketa ist ein Videospiel«, sagte Stephens. »Die NAHL sponsert sogar mehrere virtuelle Veranstaltungen, um unseren Athleten beim Training zu helfen und neue Talente aufzuspüren. Sowohl Hadens als auch Nicht-Hadens.«

»Ich habe draußen ein paar demonstrierende Nicht-Hadens gesehen«, bemerkte ich. »Sie schienen nicht den Eindruck zu haben, dass sie in der League gut repräsentiert sind.«

»Nun ja, es gibt da eine Qualifizierungslücke«, sagte Stephens. »Bei der Navigation von Threeps sind Nicht-Hadens immer noch weit abgeschlagen. Es geht um die Reaktionszeit.«

»Ach ja?«

»Zumindest ist das die offizielle Erklärung.« Stephens hatte schon wieder diesen erschrockenen Gesichtsausdruck, als ihm bewusst wurde, was er gesagt und wie er es gesagt hatte. Ich fragte mich, wie lange er diesen Job schon machte. »Ich meine, das *ist* der Grund. Es ist nicht nur ein Vorwand. Die NAHL ist auch für qualifizierte Athleten offen, die keine Hadens sind.«

»Gut zu wissen.«

»Es ist nur so, dass es sehr schwierig ist, Threeps zu steuern. Sie wissen das …« Er zeigte auf mich beziehungsweise meinen Threep. »Ohne neuronales Netzwerk erfordert es sehr viel Geschick und Aufmerksamkeit, mit einem Personentransporter zurechtzukommen.« Stephens deutete auf das Spielfeld, wo ein Panzer-Threep von Toronto gerade unter lautem Jubel einen Bays-Spieler mit den Fäusten verprügelte. »Als ich mit diesem Job anfing, steckten sie mich in eine VR-Ausrüstung, und ich sollte einen Panzer-Threep über ein freies Feld steuern, damit ich ein Gefühl dafür bekomme, was die Spieler leisten.«

»Hat es geklappt?«, fragte ich.

»Ich bin gegen eine Wand gelaufen«, gestand Stephens ein. »Mehrere Male. Ich bekam das Ding einfach nicht in den Griff. Also überrascht es mich nicht, dass wir noch keine Nicht-Hadens haben, die das Spiel auf einem professionellen Niveau beherrschen. Das ist der eine Bereich, in dem die Hadens uns anderen gegenüber im Vorteil sind.« Wieder der erschrockene Blick. »Also, ich meine, nicht der *einzige* Bereich …«

Mom warf mir einen Blick zu, bevor sie Stephens ansah und das Eis in ihrem Glas klimpern ließ. »Wären Sie so nett und füllen meinen Drink nach?«, fragte sie, und Stephens überschlug sich beinahe, um nach dem Glas zu greifen und sich aus der Situation herauszuretten.

»Er macht einen netten Eindruck«, sagte ich und beobachtete, wie er zum Barkeeper hinüberstürmte.

»Er hat keine Ahnung«, sagte Mom. »Ich bin mir sicher, er wurde mir zugeteilt, weil er der einzige Apparatschik war, den die League erübrigen konnte, um den Babysitter für die Gattin des Mannes zu spielen, dem sie Geld aus der Tasche ziehen wollen.« Sie deutete mit einer Kopfbewegung in Dads Richtung, der einen neuen Ring aus Bewunderern um sich versammelt hatte. »Wahrscheinlich dachten sie, dass er relativ wenig Schaden anrichten würde.«

»Wissen sie nicht, wer du bist?«, fragte ich.

»Sie wissen, dass ich Marcus' Frau bin.« Mom machte eine Handbewegung, die ihre etwas elegantere Version eines Schulterzuckens darstellte. »Falls ihnen entgangen ist, was ich sonst noch bin, ist das ihr Problem.«

Meine Mutter – Jacqueline Oxford Shane, im Vorstand von Shane Enterprises, geschäftsführende Vizepräsidentin der National Haden Family Association, unerbittliche Spendensammlerin und Sprössling einer der ältesten Familien Virginias mit den meisten politischen Verbindungen, die eine Affäre mit dem gegenwärtigen Vizepräsidenten hatte, bevor sie meinen Vater kennenlernte und heiratete. Gerüchten zufolge bereute es der Vizepräsident bis heute, dass er sie gehen ließ. Ich wäre nicht hier, wenn sie bei ihm geblieben wäre.

Ich deutete mit einem Nicken auf Dad. »Und wie macht er sich so?«

»Bestens«, sagte Mom. »Er ist ganz in seinem Element.«

»Sein ›besonderes Erlebnis eines Freundschaftsspiels‹ wird anscheinend durch internationale Geschäftsleute beeinträchtigt.«

»Du hast doch nicht geglaubt, wir wären hierzu eingeladen worden, weil die League deinen Vater beeindrucken will, oder?«, sagte Mom und zeigte auf die Geschäftsleute. »Wir wurden eingeladen, damit er *sie* beeindrucken kann.«

»Heißt das, Dad wird in das neue Lizenzteam investieren?«, fragte ich.

Mom zuckte wieder auf ihre Art mit den Schultern. »Wir schauen uns die Zahlen an.«

»Und wie sehen sie aus?«

Bevor Mom antworten konnte, erschienen zwei Herren, die sich leicht verbeugten. Dann sagte der eine etwas auf Japanisch.

»Mr. Fukuyama bittet um Entschuldigung für die Störung und möchte sich erkundigen, ob Sie ein Hilketa-Spieler sind«, sagte der andere Mann, offensichtlich der Dolmetscher.

Ich wusste, was Mr. Fukuyama gesagt hatte, weil mein interner Translator es mir übersetzt hatte, sobald er registrierte, dass der Mann mich nicht auf Englisch ansprach.

Ich stand auf und erwiderte die Verbeugung. »Bitte sagen Sie Mr. Fukuyama, dass ich bedauerlicherweise keiner bin.«

»Dieser Roboter ist kein Spieler«, erklärte der Dolmetscher ihm auf Japanisch.

»Verdammt«, sagte Fukuyama. »Mir wurde versichert, dass ich auf dieser Reise Spieler kennenlernen würde. Wie sie darauf kommen, ich könnte in eine asiatische Hilketa-Liga investieren, wenn sie nicht einmal ihre Versprechungen einhalten, ist mir unbegreiflich.«

»Vielleicht werden Sie nach dem Spiel einen Athleten treffen«, sagte der Dolmetscher.

»Das will ich hoffen.« Fukuyama nickte in meine Richtung. »Lassen Sie sich trotzdem von diesem Roboter ein Autogramm geben. Ich habe meinem Enkel versprochen, ihm eins von einem Spieler mitzubringen.«

»Aber er ist kein Spieler«, sagte der Dolmetscher.

»Mein Enkel wird den Unterschied nicht erkennen.«

Der Dolmetscher griff in eine Anzugtasche und zog ein

kleines Notebook und einen Stift hervor. »Bitte, ein Autogramm?«, fragte er auf Englisch.

»Selbstverständlich«, sagte ich, nahm den Stift entgegen und signierte auf dem Notebook. Dann fügte ich unter meinem Namen den Satz »Ich bin kein Hilketa-Spieler« auf Englisch hinzu. Ich schloss das Notebook und gab es dem Dolmetscher zurück.

Fukuyama und er verbeugten sich und gingen.

»Du bist berühmt«, sagte Mom mit einem Augenzwinkern zu mir.

»Das ist schon um Längen besser als vorhin. Kaum kam ich in die Loge, hat mir jemand ein leeres Glas hingehalten.«

»Wer hat das getan?«

»Der da …« Ich zeigte auf den Anzugträger, der sich inzwischen in den äußeren Ring der Bewunderer rund um meinen Vater eingereiht hatte.

»Ach, *der*«, sagte Mom. »Den habe ich kennengelernt. Ein kleiner Kriecher.«

»Du hattest, bevor wir unterbrochen wurden, über die Zahlen der League gesprochen«, versuchte ich, sie von dem kriecherischen Anzugträger abzulenken. »Du wolltest mir sagen, wie sie aussehen.«

»Grenzwertig.«

»Aha, so gut?«

»Die NAHL bezeichnet sich selbst gern als am schnellsten wachsende Sportart in Nordamerika«, antwortete Mom. »Aber alle anderen bedeutenden Sportarten gibt es schon seit Jahrzehnten, also ist das hauptsächlich Marketing. Die Besucherzahlen und das Merchandising entwickeln sich nach oben, aber die League gibt auch eine Menge aus. Dein Vater will mehr über das Gewinnversprechen bei einer Investition in das Lizenzteam wissen.«

»Du meinst, *du* willst mehr darüber wissen.«

»Wir beide wollen mehr darüber wissen«, erwiderte sie. »Der League scheint einfach nicht klar zu sein, dass dein Vater und ich miteinander reden.«

»Das kann nur gut ausgehen.«

»Wir werden sehen.« Mom blickte zu mir hoch, als hätte sie sich plötzlich an etwas erinnert. »Wo ist Leslie?«, fragte sie. »Ich dachte, sie hätte überlegt, dich zu begleiten.«

»Sie ist beschäftigt«, sagte ich. »Leslie« war in diesem Fall Leslie Vann, meine Partnerin beim FBI, wo wir der Abteilung für Haden-Angelegenheiten angehörten.

»Sie ist beschäftigt? Womit?«

»Das Sonnenlicht zu meiden. Es ist Sonntag, Mom.«

Dazu schnaufte Mom dezent. »Leslie braucht weniger lange Nächte, Chris.«

»Ich werde ihr von deinem Angebot erzählen, die Rolle ihrer Lebensberaterin zu übernehmen.«

»Vielleicht mache ich diesen Job sogar. Leslie ist reizend« – und hier musste ich innerlich grinsen, denn während des Jahres, das ich bisher mit ihr zusammengearbeitet hatte, war sie genau ein einziges Mal mit dem Adjektiv »reizend« beschrieben worden, und zwar jetzt – »aber sie ist ziellos.«

»Sie mag es ziellos.«

»Ja, gut. Wenn es sie glücklich macht. Schau mal, da kommt das Problemkind zurück.« Sie zeigte auf Stephens, der sich mit einem neuen Drink für Mom näherte.

Lautes Gebrüll ertönte von den Tribünen herüber. Nicht weil Mom ihren Drink bekam, sondern weil Duane Chapman auf dem Spielfeld der Kopf abgerissen worden war.

Mom verzog das Gesicht. »Ich hasse es, wenn das passiert.«

»Mit dem Spieler ist alles in Ordnung«, versicherte Stephens ihr. »Es sieht brutal aus, aber es ist ein Threep-Körper.

Der Spieler und sein *wirklicher* Kopf sind absolut unversehrt. Schließlich ist er ein Haden.«

Meine Mutter sah Stephens ausdruckslos und schweigend an.

»Was Sie, äh, natürlich wissen«, fügte Stephens unbeholfen hinzu.

Mom starrte ihn weiter ausdruckslos an.

»Gut, ich werde mal bei meiner Chefin nachfragen, ob sie mich für irgendwas braucht«, sagte er und stürmte erneut davon.

Mom blickte ihm nach und wandte ihre Aufmerksamkeit wieder dem Hilketa-Spielfeld zu, auf dem Duane Chapmans kopfloser Threep am Boden lag. Unterdessen wurde sein Kopf vom gegnerischen Team über den Platz fortgetragen, Meter um Meter, Schlag um Schlag.

»Es beunruhigt mich, einen kopflosen Threep-Körper auf dem Feld liegen zu sehen«, sagte sie. »Dabei muss ich an dich denken.«

»Keiner meiner Threeps hat jemals den Kopf verloren«, gab ich zu bedenken.

»Da war die Sache, wo du mit deinem Fahrrad vor diesen Laster geraten bist«, warf Mom ein. »Als du acht Jahre alt warst.«

»Eigentlich kann man nicht davon sprechen, dass mein Threep in diesem Fall den Kopf verloren hat. Es war eher so, dass er von einem Laster überfahren und dabei zerstört wurde und *alles* verloren hat.«

»Genau das ist der springende Punkt«, sagte Mom. »Threeps sind nicht dafür gebaut, dass sie Körperteile verlieren.«

Ich zeigte auf das Feld, wo die Snowbirds und die Bays buchstäblich mit Schwertern und Streithämmern aufeinander losgingen. »*Diese* Threeps schon«, sagte ich. »Enthauptungen und abgetrennte Gliedmaßen steigern die Dramatik des Spiels.«

Wie um diese Feststellung zu unterstreichen, schlug ein Snowbird brutal auf einen Bay ein und hackte ihm einen Arm ab. Der Bay reagierte, indem er seinen Hammer auf den Threep-Schädel des Snowbird niedersausen ließ. Dann rannten beide Spieler dorthin, wo sich Duane Chapmans Kopf befand. Der Schlagabtausch ließ die Menge noch lauter jubeln.

Mom verzog wieder das Gesicht. »Ich bin mir nicht sicher, ob mir dieses Spiel gefällt.«

»All meine Mitbewohner sind davon begeistert«, sagte ich. »Als sie erfuhren, dass ich zum Spiel gehe, schmiedeten sie Pläne, wie sie mich töten und mein Ticket stehlen könnten. Sie sind Fans.«

»Aber *dir* gefällt es nicht besonders, nicht wahr?«, fragte Mom. »Du hast mit den Schultern gezuckt, als Stephens dich fragte, ob du ein Fan bist. Und ich kann mich nicht erinnern, dass du dich in jungen Jahren dafür interessiert hättest.«

»Basketball war mir lieber.«

»Richtig so«, sagte Mom. »Basketball war für unsere Familie eine gute Sache. Aber das ist nicht die Frage.«

Ich hielt inne und versuchte eine Antwort zu formulieren.

Die Langversion würde folgendermaßen lauten:

Ich leide unter dem Haden-Syndrom. Als ich mich infizierte, war ich so jung, dass ich keine Erinnerungen mehr an die Zeit davor habe. Das Haden-Syndrom bedeutet, dass man im eigenen Körper gefangen ist – das Gehirn arbeitet tadellos, aber der Körper nicht. Von Haden ist etwa ein Prozent der globalen Bevölkerung betroffen, und in den USA sind es eine halbe Million Menschen oder, anders gesagt, ungefähr die Bevölkerung von Kentucky.

Man kann nicht zulassen, dass die Bevölkerung von Kentucky in den eigenen Köpfen isoliert lebt, und erst recht nicht, wenn eins der Opfer des Syndroms Margaret Haden war, die damalige First Lady, nach der die Krankheit benannt ist. Also legten die Vereinigten Staaten und andere Länder die Grundlagen für ein technologisches »Mondflugprogramm«, um implantierbare neuronale Netzwerke zu entwickeln, mit denen Hadens kommunizieren können, für ein Onlineuniversum namens »Agora«, einen Ort, an dem wir als Gemeinschaft existieren können, und für androidenartige »Personentransporter«, die besser als »Threeps« bekannt sind, in denen wir herumlaufen und mit Nicht-Hadens auf nahezu gleichwertiger Basis interagieren können.

Ich sage »nahezu gleichwertige Basis«, weil, nun, Sie wissen schon. Menschen sind, wie sie sind. Bedauerlicherweise behandeln viele jemanden, der wie ein Roboter aussieht, nicht ganz genauso wie jemanden, der wie ein durchschnittlicher Mensch aussieht. Betrachten Sie den Kriecher im Anzug, der mir sein Glas reichte, sobald ich durch die Tür hereinspazierte, als Beispiel für solche Menschen.

Aber nicht nur das, denn Threeps sind buchstäblich Maschinen. Trotz der Tatsache, dass sie im Allgemeinen darauf angelegt sind, im üblichen Rahmen menschlicher Kraft und Beweglichkeit zu funktionieren, sind Threeps für gewöhnlich von sportlichen Betätigungen ausgeschlossen. Sie haben einen Arbeitskollegen als Threep im Softballteam Ihres Büros? Kein Problem. Als Halbspieler bei den Nationals? Auf gar keinen Fall. Ja, es gab Gerichtsverfahren. Wie sich herausstellte, sind Threeps in den Augen des Gesetzes nicht dasselbe wie menschliche Körper. Im Prinzip sind sie so etwas wie Autos.

Also gibt es Hilketa. Das ist eine richtige Sportart, die von

Leuten betrieben werden soll, die in Threeps gegeneinander antreten, und damit läuft es auf Haden-Athleten hinaus. Und es ist eine recht populäre Sportart, auch für (eigentlich sogar *gerade* für) Nicht-Hadens, was bedeutet, dass die Hadens, die den Sport betreiben, außerhalb der Haden-Gemeinschaft zu echten Berühmtheiten geworden sind. Nach nur einem Jahrzehnt seit der Gründung kann die NAHL in den USA und Kanada achtundzwanzig Teams in vier Ligen ins Feld schicken. Während der regulären Saison hat ein Spiel durchschnittlich 15 000 Zuschauer, von denen 95 Prozent Nicht-Hadens sind, und die Athleten verdienen Millionen und hängen als Poster in Kinderzimmern. Das zählt, nicht nur für die Hadens, sondern für alle anderen, denen etwas an ihnen liegt.

Als ich beobachtete, wie Duane Chapmans Kopf zwischen den Torpfosten hindurchflog und den Snowbirds acht Punkte einbrachte, dachte ich natürlich, der Grund, warum Hilketa so populär ist, wäre die Tatsache, dass die Spieler durch simulierte Enthauptungen und Gefechte mit Nahkampfwaffen punkten. Es ist ein Gladiatorenkampf im Team auf einem Footballfeld mit einem nerdigen Punktesystem. Es hat all die Gewalt, die sich jede andere Teamsportart wünscht, sich aber nicht erlauben kann, weil dann tatsächlich Menschen sterben würden.

Damit werden die Spieler zu etwas gemacht, das anders ist als ein gewöhnlicher Mensch. Und auch *das* zählt, sowohl für die Hadens als auch für alle anderen, denen etwas an ihnen liegt.

Im Prinzip ist Hilketa für die Hadens gleichzeitig Sichtbarmachung und Verfremdung.

Also ist es kompliziert.

Zumindest für Hadens. Für Nicht-Hadens ist es cool, wie sich Threeps gegenseitig die Köpfe abreißen.

»Ich finde es *okay*«, war die Antwort, die ich schließlich meiner Mutter gab.

Sie nickte, nahm einen Schluck von ihrem Drink und zeigte dann auf das Feld. »Was geht da unten vor sich?«, fragte sie. Nachdem eine Runde beendet war, wurde Duane Chapmans kopfloser Threep auf einen Wagen geladen und vom Platz gebracht. Von der Ersatzbank der Bays wurde ein anderer Threep ins Spiel geschickt.

Bevor ich antworten konnte, erhielt ich einen internen Anruf von Tony Wilton, einem meiner Mitbewohner. »Bist du im Stadion?«, wollte Tony von mir wissen.

»Ja. In einer VIP-Suite.«

»Ich hasse dich.«

»Du solltest mich bemitleiden. Hier treiben sich hauptsächlich Anzugträger aus der Wirtschaft herum.«

»Dein Leben fasziniert mich. Wie auch immer, du solltest auf den Haden-Feed des Stadions zugreifen, wenn du kannst.«

»Warum?«

»Weil mit Duane Chapman etwas ziemlich Seltsames abgeht. Wir schauen auf dem kostenpflichtigen Haden-Kanal zu. Eine Weile ist er da und dann eine Weile nicht.«

»Er wurde vom Platz gebracht. Zumindest sein Threep.«

»Richtig. Aber die Statistiken und Vitalwerte der Spieler sollten während des ganzen Spiels live übertragen werden, ob sie nun auf dem Platz sind oder nicht. Bei allen anderen Spielern lassen sich die Werte abrufen, nur nicht bei ihm. Die Leute reden darüber. Ich möchte wissen, ob unser Feed vielleicht einfach nur gestört ist.«

»Ich schaue mal«, sagte ich. »Anschließend melde ich mich zurück.« Ich trennte die Verbindung und wandte mich wieder Mom zu, die meinen kurzen Moment der Ablenkung bemerkt hatte.

»Alles in Ordnung?«, fragte sie.

»Ich muss etwas überprüfen«, sagte ich. »Einen Moment.«

Sie nickte.

Ich öffnete die Haden-Perspektive auf das Spiel.

Das Spielfeld, das zuvor nur grün und leer gewesen war, wurde plötzlich von Daten überflutet.

Daten von den Spielern, vom Platz und von den Seitenlinien. Daten über das gerade laufende Spiel. Daten über das Spielfeld. Daten über das Stadion und die Zuschauer. Aktuelle Daten, historische Daten, Projektionen, die auf den Echtzeitdaten basierten und von einer KI verarbeitet wurden, und Zuschauerreaktionen.

Diese Daten und das eigentliche Spiel konnten aus jedem beliebigen Winkel angezeigt werden, von der Ich-Perspektive bis zur Sicht der Spieler. Dank der überwältigenden Anzahl von Kameras rund um das Spielfeld und der Menge an Daten, die alle Lücken ausfüllten, die den Kameras entgingen, konnte man praktisch auf den Platz treten, während das Spiel im Gange war, und sich mit dem Hintern mitten ins Geschehen setzen.

Das ist die Haden-Perspektive auf das Spiel.

Selbstverständlich war diese Perspektive nicht nur für Hadens zugänglich. Das wäre nicht nur diskriminierend, sondern auch schlecht fürs Geschäft bei einer Sportart, deren Fanbasis ihren Schwerpunkt unter Nicht-Hadens hat. Die Leute zahlten extra für die Haden-Perspektive, und es wäre dumm, den Zugang auf nur ein Prozent aller potentiellen Fans zu beschränken. Selbst auf den Tribünen im Stadion funkelten die Brillen auf den Gesichtern der Nicht-Haden-Zuschauer, während sie sich die Daten des Haden-Feeds in den Augapfel überspielen ließen.

Es wurde »Haden-Perspektive« genannt, weil das User-Interface im Hinblick auf Hadens entwickelt worden war – für Menschen, die es gewohnt waren, in einer alternativen elektronischen Realität zu leben, die auf Nicht-Hadens wie eine chaotische Überfrachtung mit Daten wirkte, was für Hadens jedoch nur die Entsprechung einer normalen Tabelle war. Nicht-Hadens konnten sie benutzen und betrachten, aber sie war nicht für sie gedacht. Sie mussten einfach so gut wie möglich damit zurechtkommen.

Paradoxerweise wurde genau das zu einem Verkaufsanreiz für die Haden-Perspektive. Es wirkte »exotisch« auf Nicht-Hadens, und es vermittelte ihnen das Gefühl, sie würden einen Einblick bekommen, wie es war, einer von uns zu sein, wenn sie Zugang zu den tieferen Aspekten unseres Lebens und Erlebens erhielten.

Und, ja, schon klar. So war es, genau wie es im Taco Bell so ist, als würde man in einem kleinen Dorf mitten in Quintana Roo leben. Andererseits hat Taco Bell Tausende von Filialen. Also, was soll ich dazu noch sagen?

In der Haden-Perspektive rief ich die Spielerstatistiken und Vitalwerte der Boston Bays auf.

Tony hatte recht: Alle Daten für sämtliche Bays-Spieler waren da, bis ins kleinste Detail – jede mögliche Statistik zum Spiel, von den gelaufenen Metern bis zum Grad der Beschädigung, die ein Threep erlitten hatte, und wo er sie erlitten hatte und wie knapp jemand davor gestanden hatte, ein Körperteil zu verlieren oder völlig abgeschaltet zu werden – bis hin zu allen erdenklichen persönlichen oder historischen Daten, ob sie nun relevant waren oder nicht. Ganz zu schweigen von Gesundheitsdaten, einschließlich Herzfrequenz und in beschränktem Umfang neurale Aktivitäten.

Was auf den ersten Blick seltsam erscheinen mag. Denn Haden-Athleten spielen Hilketa in ihren Threeps und nicht in ihren tatsächlichen Körpern. Doch die Threeps verfügen über einen vollständigen sensorischen Input und Output. Ein Haden empfindet, was der Threep empfindet, und das hat einen Einfluss auf das Gehirn. Und wie alle anderen Menschen werden auch Hadens körperlich von ihrem emotionalen Zustand beeinflusst. Unser Herz rast, wenn wir voll in Aktion sind. Unsere Hirnaktivität ist gesteigert, wenn wir Gefahr oder Wut spüren. All das war abrufbar.

Und all das war für jeden einzelnen Spieler der Boston Bays abrufbar.

Außer für Duane Chapman. Seine Werte waren nirgendwo aufzufinden.

Ich ging mehrere Minuten zurück, als Chapman auf jeden Fall noch auf dem Platz gewesen war. Sein Datenfenster war da, aber darin waren keine Daten mehr. Jemand hatte Chapmans Werte aus dem Feed gelöscht, und zwar rückwirkend.

Was ziemlich dumm war. Bestimmt hatten Tausende von Menschen die Daten der Haden-Perspektive zur privaten Verwendung aufgezeichnet. Was sie eigentlich nicht tun sollten. »Die von der North American Hilketa League zur Verfügung gestellten Datenfeeds sind das ausschließliche Eigentum der NAHL und dürfen ohne ausdrückliche Genehmigung der NAHL und ihres Führungsgremiums auf keine Weise aufgezeichnet oder gespeichert werden«, wie es in der Standardklausel hieß. Aber die Leute taten es trotzdem. Was auch immer die NAHL zu löschen versuchte, war mit Sicherheit bereits in der Agora und anderen Onlineplattformen geteilt worden.

Aber sie hatten es trotzdem getan. Und dafür musste es einen guten Grund geben.

Ich blickte zu Dad hinüber, der von Menschen umringt wurde, und sah, wie ein paar der Leute von Apparatschiks gepackt und aus dem Kreis der Bewunderer meines Vaters gezerrt wurden. Bei einigen ließ ich eine Gesichtserkennung laufen. Es waren hohe Tiere der NAHL.

Einer von ihnen, der sich vorbeugte, um zu hören, was der Apparatschik ihm ins Ohr flüsterte, bemerkte, dass ich ihn beobachtete. Er kehrte mir den Rücken zu. Kurz darauf ging er durch die Tür hinaus, gefolgt von mehreren anderen.

»Oh-oh«, sagte ich laut.

»Was gibt es?«, fragte Mom und blickte zu mir hoch.

»Ich glaube, auf dem Spielfeld ist gerade etwas richtig Schlimmes passiert.«

»Mit dem Spieler, dem der Kopf abgerissen wurde?«

»Ja«, antwortete ich. »Die Informationen über ihn wurden aus dem Haden-Feed gelöscht, und mehrere Funktionäre der NAHL haben soeben die Loge verlassen.«

»Das ist nicht gut«, sagte Mom.

»Ich bin mir nicht einmal sicher, ob es überhaupt legal ist«, sagte ich.

»Die Loge zu verlassen?«

»Nein.« Ich sah meine Mutter an, um zu entscheiden, ob sie einen Witz gemacht hatte. Offenbar nicht. Sie versuchte nur, das zu verarbeiten, was ich zu ihr sagte. »Daten aus dem Feed zu entfernen oder sie gar zu manipulieren. Wenn es ein offizieller Datenstream der League ist, sind sie gesetzlich verpflichtet, die Informationen zu dokumentieren.«

»Was bedeutet das?«

»Das bedeutet, dass es möglicherweise Arbeit für mich gibt«, sagte ich und öffnete eine Verbindung zu meiner Partnerin.

Sie ließ sich Zeit, bis sie mir antwortete. »Es ist *Sonntag,* du Arschloch«, sagte Leslie Vann, als sie den Anruf schließlich entgegennahm.

»Tut mir leid«, sagte ich. »Aber ich glaube, wir werden ein paar Überstunden machen müssen.«

»Was ist passiert?«

»Ich glaube, einem Hilketa-Spieler ist gerade etwas Schlimmes zugestoßen.«

»Mein Gott«, murmelte Vann. »Das ist doch der eigentliche Sinn des verdammten Spiels!«

»Nicht diesmal«, sagte ich. »Es dürfte sich um einen besonderen Fall handeln.«

Vann brummte und legte auf. Sie war unterwegs. Ich kehrte in die Luxusloge zurück, wo ich sah, wie sich die PR-Leute auf die potentiellen Investoren stürzten.

2

»DAS SIEHT NACH einer Menge Spaß aus«, sagte Vann, als sie zu mir trat. Um uns herum in den Korridoren des Stadions herrschte Chaos, während Apparatschiks der League die möglichen Investoren zu Gesprächen in private Räume drängten und Polizisten sowie Wachschützer des Stadions die Zuschauer dirigierten, die über den Tod von Duane Chapman schockiert waren, und Pressevertreter auf der Suche nach Storys überall herumflitzten.

»Bist du auf dem aktuellen Stand?«, fragte ich.

»Auf dem Weg hierher habe ich vom Tod des Spielers erfahren. Es gab eine Liveübertragung der Pressekonferenz. Hast du sie dir angehört?«

Ich nickte. »Das heißt, ich habe es getan, während ich versucht habe, irgendjemanden zu finden, der mit mir redet.«

»Wurdest du ausgeschlossen?«

»Nicht direkt. Ich wurde nur einfach nicht beachtet, während die Leute an mir vorbeirannten.«

»Du solltest etwas energischer auftreten.«

»Ich glaube, ich sollte nicht in einem Androidenkörper auftreten.«

»Das entbehrt nicht einer gewissen Ironie, wenn man bedenkt, wo wir uns befinden.«

»So war es eigentlich schon den ganzen Tag lang, um ehrlich zu sein.«

»Das kann ich mir vorstellen.« Vann wich einen Schritt zurück, um einen Zusammenstoß mit einem vorbeirasenden Apparatschik zu vermeiden. »Warum bist du nicht bei deinen Eltern geblieben? Sie sind bestimmt irgendwo in diesem Gewimmel und werden von einem Vertreter der Hilketa-League bequatscht. Da hättest du einiges aufschnappen können.«

»Erstens ist das ein Bild, das ich nie im Kopf haben wollte, und dafür wirst du mir büßen«, sagte ich, doch Vann schien sich nicht von dieser Drohung beeindrucken zu lassen. »Zweitens dachte ich in meiner Dummheit, dass irgendjemand tatsächlich bereit sein könnte, einem FBI-Agenten zu helfen.«

»Alles klar«, sagte Vann. »Also solltest du vielleicht versuchen, deine Eltern ausfindig zu machen, und dir anhören, was die League ihnen zu diesem Zwischenfall erzählt hat. Währenddessen werde ich mir einen dieser vorbeizischenden Lakaien schnappen, damit er mir jemanden holt, mit dem ich reden kann.«

»Ich glaube nicht, dass ich sie hier wiederfinden werde.«

Vann starrte mich eine Weile an. »Es gibt so etwas wie *Telefonverbindungen,* Chris.« Dann marschierte sie davon, um jemanden zu suchen, dem sie drohen konnte.

Ich habe keine Ahnung, wo wir sind, textete meine Mutter zurück, als ich sie anpingte. Für einen Moment musste ich innehalten, als sich mein Verdacht bewahrheitete. *Aber nicht allzu weit von der Loge entfernt, glaube ich.*

Ich werde dich suchen, sendete ich und blickte mich dann in den endlosen Korridoren um. Ich erinnerte mich daran, dass ich für meine Mutter ein vertrauenswürdiger Kontakt war, und rief ihren Aufenthaltsort auf einem internen Bildschirmfenster auf.

Mir wurde angezeigt, dass sie sich im Stadion befand. Danke, das war sehr hilfreich.

»He!«

Ich blickte auf und sah eine junge Frau in Anzugjacke, die mich anstarrte. »Ja?«

»Sie waren doch vorhin in der Luxusloge, nicht wahr?«

»Ja, da war ich.«

Die junge Frau seufzte erleichtert. »Ich habe den Auftrag, alle zu versammeln. Kommen Sie bitte mit.« Sie winkte mich herüber. Ich war neugierig genug, um ihr zu folgen.

Sie brachte mich in einen kleinen Konferenzraum, der mit den deutschen, japanischen und anderen potentiellen Investoren vollgestopft war, doch keiner von ihnen wirkte allzu begeistert, in diesem Moment hier zu sein. »Wir werden in Kürze mit der Investorenkonferenz beginnen«, sagte die junge Frau, bevor sie wieder verschwand.

Ich blickte mich in der Menge um. Mittelreiche Leute sahen alle gleich aus, aus welchem Teil der Welt sie auch immer stammen mochten. In diesem Fall waren sie hauptsächlich männlich und mittleren Alters und machten überwiegend den Eindruck, dass sie hier nicht ihre kostbare *Zeit* vergeuden wollten.

Die Tür flog auf, und ein Mann marschierte herein. Er war der Anzugträger, der in der Luxusloge versucht hatte, mir sein leeres Glas aufzudrängen.

»Die meisten von Ihnen haben mich bereits kennengelernt, aber für alle anderen: Mein Name ist MacKenzie Stodden, und ich bin für die Lizenznehmer zuständig«, sagte er, sobald er ans Rednerpult vor der Rückseite des Raums getreten war. »Und zunächst möchte ich Ihnen danken, dass Sie heute bei uns sind, bei einem der erfolgreichsten Vorsaisonspiele aller Zeiten.«

»Wovon zum Teufel reden Sie da?«, fragte einer der Möchtegerninvestoren. Meiner Einschätzung nach war er kein

Japaner und auch kein Deutscher. Er klang eher, als würde er aus Jersey stammen. »Hier auf dem gottverdammten Platz ist soeben einer Ihrer Spieler gestorben.«

»Während der letzten Minuten des Spiels«, sagte Stodden. »Bis zu diesem Moment hatte das Spiel die höchste Zahl an Echtzeit- und Streaming-Zuschauern, die wir je für ein Vorsaisonspiel erzielt haben, und den höchsten Prozentsatz an bezahlten Haden-Feeds.«

»Und dann ist ihr Spieler abgekratzt«, sagte Jersey.

»Ja«, bestätigte Stodden. »Ein tragischer Unfall, der jeden in der League schockiert hat und zutiefst traurig macht.« Das sagte er in einem Tonfall, der weder Schock noch Trauer zum Ausdruck brachte. Mich erinnerte sein Tonfall eher an das, was man von einem Verkäufer eines sehr hochwertigen Produkts zu hören bekam, wenn er versuchte, ein Geschäft abzuschließen. Und vermutlich tat er gerade genau das. »Duane Chapman wurde in der gesamten League bewundert und respektiert, und vor der Saisoneröffnung der League am nächsten Freitagabend in Boston werden wir ein spezielles Event präsentieren, um ihn und seine Karriere zu ehren. Aber weder ich noch die League möchten, dass dieser Zwischenfall die Investmentmöglichkeiten überschattet, die Hilketa Ihnen als potentielle Lizenznehmer bietet, sowohl hier als auch in den internationalen Ligen, die wir aufbauen wollen.«

»Wie ist der Spieler gestorben?«, fragte jemand mit einem Akzent, der für mich russisch klang.

»Der Gerichtsmediziner in Philadelphia wird Chapman noch heute Nacht untersuchen«, sagte Stodden.

»Das ist keine Antwort. Sie müssen es doch bereits wissen.«

»Es wäre unverantwortlich von mir, Spekulationen anzustellen.«

»Und es wäre unverantwortlich von mir oder irgendjemandem sonst, in eine Organisation zu investieren, die Informationen zurückhält.«

Stodden seufzte. »Hören Sie«, sagte er. »Das ist etwas, das wir nicht in der Presse lesen wollen, aber Duane und seine Frau hatten Probleme miteinander, und er entwickelte die Gewohnheit … nun ja, ich glaube, ›Selbstmedikation‹ ist der Euphemismus, den man hier anwenden könnte. Dadurch wurde bereits seine Leistung während des Vorsaisontrainings beeinträchtigt. Er erhielt eine Warnung, und wir dachten, jetzt wäre alles in Ordnung. Aber wir könnten uns getäuscht haben.«

»Es ist ein Unterschied, ob jemand high ist oder während eines Spiels stirbt«, warf Jersey ein.

»Ich sage nur, es wäre möglich, dass sein körperliches Wohlbefinden langfristig durch seine Gewohnheit beeinflusst wurde, und die Folgen haben wir heute erlebt.«

»Also liegt das Problem bei ihm und nicht bei der League«, sagte jemand anderes, aber es war nicht zu erkennen, ob die Bemerkung ernst oder sarkastisch gemeint war.

»Die League ist seit über einem Jahrzehnt aktiv«, sagte Stodden. »Während dieser gesamten Zeitspanne, mit all dem Training und der Ausrüstung, die wir benutzen, mit all den Produktpartnerschaften, die wir eingehen, ist niemals ein Spieler zu Tode gekommen. Wir sind zuversichtlich, dass es sich tatsächlich nur um einen Unglücksfall handelt, so tragisch Duanes Tod auch sein mag. Eine Anomalie. Und es ist etwas, das Ihnen als Lizenznehmer keine Sorgen machen muss, während wir weiter unsere Expansionspläne verfolgen.«

»Sie wollen, dass wir einfach vergessen, dass es passiert ist«, sagte der Russe.

»Natürlich nicht«, erwiderte Stodden. »Wir wollen, dass

Sie darauf vertrauen, dass die League diese Tragödie untersuchen und Maßnahmen ergreifen wird, damit so etwas nie wieder geschehen kann. Wir werden die Krise zügig überwinden, um gestärkt daraus hervorzugehen.«

»Was ist mit Duane Chapmans Feed passiert?«, fragte ich.

»Wie bitte?« Stodden blickte zu mir und schien für einen Moment verwirrt zu sein, dass ein Threep zwischen seinen Investoren aufgetaucht war.

»Für alle Spieler gab es Datenfeeds mit ihren persönlichen Statistiken, die während des gesamten Spielverlaufs gestreamt wurden, einschließlich Herzfrequenz und Hirnaktivität«, erklärte ich. »Als Chapmans Threep vom Platz getragen wurde, verschwand sein Datenfeed. Nur seiner, die anderen nicht.«

»Sie … Sie sind vom *Catering*«, sagte Stodden, als er mich wiedererkannte – mehr oder weniger.

»Genau genommen bin ich vom FBI«, sagte ich, und plötzlich richteten sich alle Köpfe im Raum auf mich aus. »Und ich würde wirklich gern wissen, was mit diesem Datenfeed passiert ist.«

»Damit hast du auf jeden Fall ihre Aufmerksamkeit gewonnen«, sagte Vann zu mir. Wir beide standen in einer inzwischen menschenleeren privaten Loge herum. Während wir darauf warteten, dass ein Vertreter der League zu uns kam, um mit uns zu reden, hatte ich sie auf den neuesten Stand gebracht. »Ich hatte gerade angefangen, den Arbeitssklaven zu drohen, um in der Befehlskette weiter nach oben zu gelangen, aber deine Methode hat auch ganz gut funktioniert.«

»Ich finde es interessant, dass dieser Stodden einerseits sagen konnte, sie wüssten nicht, warum Chapman gestorben ist, und andererseits ihm selbst die Schuld an seinem Tod gab.«

»Du hast gesagt, er wäre für die Lizenznehmer zuständig, ja?«, fragte Vann, was ich mit einem Nicken bestätigte. »Dann ist es nicht sein Job, die Wahrheit zu sagen. Es ist sein Job, das Geld zusammenzuhalten.«

»Ich glaube, das habe ich ihm vermasselt«, bemerkte ich.

»Sieht fast so aus«, sagte Vann. »Und jetzt weißt du, warum endlich jemand zu uns kommt, der etwas zu sagen hat.«

Die Tür zur Luxusloge öffnete sich, und ein Mann und eine Frau traten ein. Die Frau ging zu Vann und streckte ihr lächelnd die Hand hin. »Agent Vann. Ich bin Coretta Barber, die stellvertretende Vizepräsidentin der Publicity-Abteilung der NAHL.« Vann schüttelte ihr die Hand, dann wandte sich Barber mir zu, um mir ebenfalls die Hand zu schütteln. »Agent Shane. Und das ist Oliver Medina, der Rechtsberater der League. Wollen wir uns setzen?« Sie deutete auf einen kleinen, runden Bartisch.

Wir setzten uns.

Barber sah mich an. »Wie ich hörte, haben Sie bei einer Investorenversammlung einige Unruhe ausgelöst, Agent Shane.«

»Das war nicht meine Absicht«, erwiderte ich. »Ich hatte mich nur erkundigt, was mit dem Datenfeed geschehen ist.«

»Ihnen ist bewusst, dass es sich um eine private und vertrauliche Besprechung handelte?«, sagte Medina.

Vann sprang in die Bresche. »Jemand von Ihren eigenen Leute hat Shane zu diesem Meeting geführt.«

»Ich wurde nicht gefragt, ob ich ein Investor bin«, warf ich ein. »Ich wurde nur gefragt, ob ich mich in der Luxusloge aufgehalten hatte. Was der Fall war.«

»Sie wissen, wer Shanes Eltern sind«, sagte Vann. »Und Sie können nicht davon ausgehen, dass sie nicht mit ihrem eigenen Kind reden werden.«

»Wie auch immer, ich erwarte von Ihnen, dass Sie die erhaltenen Informationen als vertraulich behandeln«, sagte Medina.

»Sie können erwarten, was Sie wollen«, erwiderte Vann und wandte sich an Barber. »Aber dies ist jetzt ein Fall für das FBI. Und wo wir gerade dabei sind, könnten Sie uns jetzt vielleicht erklären, warum Sie versucht haben, die Umstände des Todes von Duane Chapman zu vertuschen, indem sie seinen Datenfeed sperren.«

»*Selbstverständlich* haben wir nicht versucht, irgendetwas über Duane Chapman zu vertuschen«, sagte Barber. »Wir hätten seinen Tod gar nicht vertuschen können. Wir haben einfach nur seine Privatsphäre und die seiner Familie geschützt.«

»Seine *Privatsphäre*«, wiederholte Vann.

Barber nickte. »Völlig richtig.«

»Auf den Tribünen haben vierzigtausend Menschen Chapmans Tod beobachtet, Ms. Barber.«

»Vierzigtausend Menschen haben gesehen, wie ein Threep vom Feld getragen wurde«, sagte Barber. »Das ist nicht dasselbe.«

»Sie übertragen die Herzfrequenz und Hirnaktivität Ihrer Spieler für 29,96 Dollar pro Spiel an achtzigtausend Menschen«, zählte Vann auf, »oder für 39,95 Dollar für drei Spiele an einem Tag. Wenn Sie auch die Pinkeldaten Ihrer Spieler verkaufen könnten, würden Sie es sofort tun.«

Barber runzelte die Stirn. »Ich glaube, Sie machen sich über eine ernste und tragische Situation lustig.«

Ich mischte mich ein. »Was Agent Vann zu sagen versucht,

ist, dass die NAHL sich bislang keine allzu großen Sorgen um Datenschutz gemacht hat.«

»Ich glaube nicht, dass das zutreffend ist.«

Ich schüttelte den Kopf. »Ich habe nachgeschaut, ob die NAHL jemals den Datenfeed irgendeines Spielers redigiert hat. Sie halten Daten der Haden-Perspektive aus acht Jahren abrufbar, und in der ganzen Zeit haben Sie nie einen Datenfeed gelöscht.«

»Bislang ist auch noch nie einer unserer Spieler auf dem Platz gestorben.«

»Steht das so im Protokoll?«, fragte Vann. »Wenn jemand stirbt, wird der Feed gelöscht? Ist das irgendwo in der Satzung der NAHL verzeichnet?«

»Ich müsste nachschauen«, antwortete Barber nervös. »Aber es geht darum, dass es das Vernünftigste war, den Feed zu löschen, als klar wurde, dass Duane Probleme hatte.«

Vann sah Barber blinzelnd an. »Warum?«

Medina meldete sich wieder zu Wort. »Damit seine Familie nicht über einen gottverdammten Datenfeed erfahren muss, dass er gestorben ist, Agent Vann. Damit jemand von uns die Nachricht überbringen kann und nicht irgendein Sportreporter oder ein Troll von der Agora.«

Vann sah Medina an. »Oh-oh.«

»Sie wirken nicht besonders mitfühlend«, sagte Medina zu Vann. »Vielleicht wäre es Ihnen lieber, wenn seine Mutter oder seine Schwester es von irgendeinem Troll erfahren.«

»Wenn Sie das vermeiden wollten, hätten Sie den Feed einfach an diesem Punkt unterbrechen können«, sagte ich. »Aber sie haben den gesamten Feed entfernt. Alles, was seit Spielbeginn passierte.«

»Und?«, fragte Medina.

»Einer Ihrer Spieler ist gestorben. Sie haben einen Live-

Feed mit Daten über seine körperliche Verfassung. Dann haben Sie alles gesperrt. Wer weiß, was sie seitdem damit gemacht haben?«

Medina schmunzelte. »Weil wir natürlich Daten manipulieren würden, die auch andere Leute haben.«

»Aber ausschließlich Ihr Datenfeed ist offiziell«, gab ich zu bedenken. »Nicht einmal die Feeds Ihrer Partnersender wären beweiskräftig.«

»Und niemand hat irgendwelche Daten ab dem Zeitpunkt, als Sie offline gingen«, sagte Vann.

»Duanes Tod war ein *Unfall*«, bekräftigte Barber.

»Ja«, sagte Vann. »Wenn wir nur einen verifizierbaren Datenfeed hätten, um das bestätigen zu können. Aber den haben wir nicht, also können wir es nicht. Was der Grund ist, warum wir jetzt hier sind, Ms. Barber. In dem Augenblick, als die League diesen Feed unterbrach, mussten wir davon ausgehen, dass es etwas *anderes* als ein Unfall war.«

»Wenn Sie damit andeuten wollen, dass die League auf irgendeine Weise in einen unrechtmäßigen Zwischenfall verwickelt ist, werden wir dieses Gespräch unverzüglich beenden«, sagte Medina.

Vann wandte sich mir zu. »Ach so, er ist Anwalt.«

»Das wusste ich bereits«, sagte ich.

»Mr. Medina«, wandte sich Vann wieder an den Anwalt, »Beenden Sie dieses Gespräch, wenn Sie möchten. Und wenn Sie es tun, werde ich meinen Job machen, was bedeutet, dass ich richterliche Anordnungen einhole, sämtliche Daten zu beschlagnahmen, die im Zusammenhang mit Duane Chapmans Tod stehen, genauso wie alle anderen Dinge, von denen ich glaube, sie könnten noch so entfernt relevant sein, was auf viele Dinge zutreffen dürfte. Ich werde auch der Polizei von Washington und Philadelphia sagen, dass sie richterliche Anordnungen einholen sollen, und dann werden unsere drei Behörden sich lautstark darum streiten. Und ich bin mir ganz sicher, dass Ihre League darüber ausgesprochen begeistert wäre, zu einem Zeitpunkt, wo Sie versuchen, Ihre potentiellen Investoren, die bereits wegen eines toten Spielers nervös geworden sind, daran zu hindern, auszusteigen und ihr Geld woanders anzulegen.«

Barber war entsetzt. Medina hingegen wirkte einfach nur verärgert. Er hatte es kapiert.

»Oder?«, fragte Medina schließlich.

»Oder Sie sagen uns erst einmal, warum Sie die Daten wirklich unter Verschluss halten.«

Medina sah Barber an und nickte.

Sie seufzte. »Deputy Commissioner Kaufmann hat die Sperrung angeordnet«, sagte sie.

Ich schlug den Namen nach. Alex Kaufmann erschien in meinem Sichtfeld, recht jung.

»Warum?«, fragte Vann.

»Weil er ein Dummkopf ist«, sagte Medina und hob dann eine Hand, um Vanns Einwand zuvorzukommen. »Ich weiß. Aber es ist die Wahrheit. Er sah den Feed, erkannte, dass Chapman starb, und geriet in Panik. Er wies die technische Leiterin an, den Feed zu unterbrechen. Sie war nicht glücklich darüber, aber sie hatte keine andere Wahl.«

»Wer ist die technische Leiterin?«, fragte ich.

»Giselle Hurwitz«, antwortete Barber.

»Ist sie hier?«

»Ich denke schon. Inzwischen könnte sie ins Hotel zurückgekehrt sein.«

Vann wandte sich an Medina. »Und sie wird mit uns reden.«

»Ich werde sie mit Ihnen reden lassen, ja.«

»Und Chapmans Daten?«

»Was ist damit?«

»Wir brauchen sie.«

»Warum?«

»Haben Sie die komplette Unterhaltung verschlafen, die wir soeben über die Möglichkeit geführt haben, dass die Daten manipuliert wurden?«, erwiderte Vann.

»Wir müssen sie von unseren eigenen Leuten überprüfen lassen«, sagte ich. »Wir müssen uns ganz sicher sein. Und wir müssen sehen, was nach der Abschaltung des Feeds passiert ist.«

»Ich mache mir Sorgen, dass sie an die Öffentlichkeit gelangen könnten«, sagte Barber.

Vann lächelte. »Spielen Sie schon wieder Ihre Datenschutzkarte aus?«

Jetzt wurde Barber wütend. »Hören Sie, das ist nicht nur eine blöde Phrase. Wir wollen auf jeden Fall vermeiden, dass Duanes Familie die Daten frei herumschwirren sieht, während alle Leute über diese Sache spekulieren.«

»Also werden Sie sie nicht wieder online stellen?«, fragte ich.

Barber öffnete den Mund, doch Medina legte ihr schnell eine Hand auf die Schulter, um sie zum Schweigen zu bringen. »Wir werden Duanes Daten aus der Spielphase schon sehr bald wieder zugänglich machen. Ohne sie können wir die Gesamtstatistiken nicht zertifizieren. Was den Rest betrifft, habe ich kein Problem damit, wenn sie der Öffentlichkeit vorläufig nicht zur Verfügung stehen.«

»Wir brauchen alle Daten«, wiederholte Vann.

»Giselle müsste sie haben«, sagte Medina. »Sie wird sie Ihnen geben. Sie können sie verifizieren, wenn Sie möchten. Und noch etwas, Agent Vann.«

»Ja?«

»Wenn ich diese Daten irgendwann da draußen in der Welt wiederfinde, werde ich Sie dafür verantwortlich machen.«

3

DAS FOYER DES Hilton sah aus, als wäre darin eine Pressekonferenz explodiert. Dort wimmelte es von Reportern und Journalisten unterschiedlichster Couleur, die nach jemandem, irgendjemandem suchten, von dem sie einen O-Ton bekommen konnten, während außerhalb der Lobby Fernseh- und Streaming-Journalisten mit ihren Teams um einen Platz für einen Vor-Ort-Dreh kämpften.

»Das kommt mir reichlich übertrieben vor«, sagte Vann zu mir, als wir aus dem Taxi stiegen, mit dem wir zum Hotel gefahren waren.

»Es ist der erste Todesfall eines Spielers der League, und dann noch während des letzten Vorsaisonspiels«, erklärte ich. »Außerdem gibt sich die League gerade große Mühe, mehr Geld einzusammeln. Das ist eine Nachricht von nationaler Tragweite.«

Dazu brummte Vann nur. Als wir durch die Drehtür in das Foyer traten, richteten sich mehrere Dutzend Augenpaare auf uns, und eine Sekunde später hatten sie mich und Vann mit ihren Brillen als FBI-Agenten identifiziert – und mich als, nun ja, mich.

»Oh, es geht los«, sagte Vann. Dann waren wir von Presseleuten umringt, die uns Fragen zubrüllten.

»Warum untersucht das FBI den Tod von Duane Chapman?«, rief ein Journalist, während wir zu den Aufzügen liefen.

»Kein Kommentar«, sagte Vann.

»Gibt es Grund zu der Annahme, dass es bei Chapmans Tod nicht mit rechten Dingen zuging?«, rief ein anderer.

»Kein Kommentar.« Vann drückte den Knopf, um einen Aufzug zu rufen.

»Agent Shane, wenn Ihr Vater möglicherweise in die League investieren wird, ist es dann angemessen, dass Sie dem Ermittlungsteam des FBI angehören?«

»Kein Kommentar«, sagte ich.

»Chris, sind Sie in einer Beziehung?«

»Was?«, sagte ich. »Im Ernst?«

»Sie sind immer noch berühmt!«

»Verdammt! Kein Kommentar«, sagte ich.

Vann zerrte mich in den Aufzug und funkelte die Reporter an, damit sie nicht auf die Idee kamen, die Tür zu blockieren.

»Du bist immer noch *berühmt*«, sagte Vann spöttisch zu mir, nachdem sich die Tür geschlossen hatte.

»Das bin ich gar nicht!«, protestierte ich.

»Ich glaube nicht, dass du das entscheiden kannst.«

»Ich werde es trotzdem abstreiten.«

»Hast du das früher jeden Tag gemacht?«

»Als Kind hatte ich ständig einen Haufen Presse um mich herum«, sagte ich. »Aber nicht so etwas.«

Vann nickte. »Ein Wasserwerfer würde das Problem lösen.«

»Kurzfristig«, stimmte ich ihr zu. »Langfristig würde es nur größere Schwierigkeiten machen. Reporter sind sehr nachtragend, wenn man sie sich mit Wasserwerfern vom Leib hält.« Wir verließen den Aufzug.

Giselle Hurwitz war ein Haden, und ihr »Zimmer« im Hilton war ein Wandschrank mit induktiver Bodenmatte zum Aufladen. Wir trafen uns in einem Konferenzraum, den die League für Besprechungen reserviert hatte.

»Danke, dass Sie sich hier mit mir treffen«, sagte sie, nachdem wir uns vorgestellt und Platz genommen hatten. »Ich wollte das Foyer meiden.«

»Völlig verständlich«, sagte ich.

»Hat Medina erklärt, weswegen wir hier sind?«, wollte Vann von Hurwitz wissen.

Sie nickte. »Sie wollen Duanes Datenfeed haben.«

»Wir wollten Sie auch fragen, warum er gesperrt wurde.«

»Ach, *das*«, sagte Hurwitz. Ihr Threep war ein Modell mit Mimik. Sie runzelte die Stirn. »Das war allein Commissioner Kaufmanns Sache. Ich hatte ihm davon abgeraten.«

»Was hat er gemacht?«

»Er ist ausgeflippt. Ich habe zusammen mit meinem Assistenten Taylor die Spielerfeeds in der Sendekabine überwacht, als er reinkam und mir sagte, dass ich Chapmans Feed aus dem Datenstream nehmen sollte. Er riss die Tür auf, und seine ersten Worte waren: ›Sperren Sie Chapmans Feed! Sperren Sie all seine Daten!‹«

»Haben Sie gesehen, dass Chapmans Werte zu diesem Zeitpunkt hochgegangen sind?«, fragte ich.

»Klar, aber so etwas hatten wir schon gelegentlich«, antwortete Hurwitz. »Ich meine, es ist noch nie zuvor jemand *gestorben*. Aber es gab Spieler, die Probleme hatten. In der letzten Saison hatte Clemente Salcido während eines Spiels einen Herzanfall. Er gehörte zum Team von Mexico City. Sein Threep kippte einfach um und zappelte, und seine Hirnaktivitäten schossen nach oben.«

»Und damals hat Ihnen niemand gesagt, dass Sie den Feed unterbrechen sollen.«

»Uns wurde gesagt, dass wir ihn *hervorheben* sollen«, erwiderte Hurwitz. »Wir können die individuellen Daten eines Spielers in den Vordergrund rücken, um jeden mit

Haden-Perspektive darauf aufmerksam zu machen. Der Sendeleiter wollte, dass wir die Daten hervorheben, bevor wir sie an unsere Medienpartner weitergeben. Er sagte, es wäre ein großartiges Drama. Er war ein ziemliches Arschloch.«

»Was ist mit dem Spieler passiert?«, fragte Vann.

»Salcido wurde für den Rest der Saison auf die Ersatzbank geschickt und dann rausgeworfen. Dem Versicherungsträger der League war das Risiko zu hoch. Man machte sich Sorgen, dass ein weiterer Anfall ihn töten könnte.«

»Sah das, was mit Chapman passiert ist, genauso aus wie das, was mit Salcido passiert ist?«, fragte ich.

»Ich erinnere mich nicht«, sagte Hurwitz und breitete die Hände aus. »Tut mir leid. Ist schon eine Weile her. Außerdem bin ich Technikerin und keine Ärztin.«

»Können Sie uns den Feed für den Zwischenfall mit Salcido besorgen?«

»Klar, aber genau darauf will ich hinaus. Ich muss Ihnen diesen Feed gar nicht besorgen. Sie können sich die Daten selbst holen. Sie befinden sich im öffentlichen Datenarchiv der League. Wir sperren keine Feeds. Jedenfalls war das bisher so.«

»Und warum jetzt?«, wollte Vann wissen.

»Das müssen Sie Commissioner Kaufmann fragen.«

»Sie haben sich nicht nach dem Grund erkundigt?«

»Natürlich habe ich das. Worauf er sagte: ›Sperren Sie den verdammten Feed, oder Sie werden gefeuert!‹ Er ist der Boss. Oder einer der Bosse. Ich wollte deswegen nicht meinen Job verlieren.« Hurwitz nickte mir zu. »*Sie* wissen, warum.«

Ich nickte zurück. Vor einem Jahr verabschiedete der Kongress das Abrams-Kettering-Gesetz, das einen drastischen Einschnitt der staatlichen Unterstützung und Absicherung für Menschen mit Haden bedeutete. Es ist kein kostengünstiges Syndrom, selbst mit staatlicher Unterstützung.

Ein Jahr war keine allzu lange Zeit, aber doch lang genug, dass viele Hadens bereits spürten, dass sie ökonomisch auf immer dünnerem Eis standen. Hurwitz' Job als technische Leiterin für die NAHL war vermutlich gut bezahlt, und es wäre kein gutes Signal für einen Sportverband, der auf Haden-Athleten angewiesen war, wenn er bei seinen Haden-Angestellten mit Zusatzleistungen knauserte.

Aber heutzutage arbeiteten sie und die meisten anderen Hadens ohne Sicherheitsnetz. Die Gründe für das Abrams-Kettering-Gesetz liefen darauf hinaus, dass die technologischen und medizinischen Fortschritte den Hadens eine größere Gleichstellung ermöglicht hatten, weshalb man nun die Leistungen zurückschrauben konnte, die ihnen während der letzten paar Jahrzehnte zugutegekommen waren.

Das war eine nette Theorie. Hurwitz' Bemerkung deutete jedoch darauf hin, dass es damit in der Praxis einige Probleme gab.

Aber was konnte ich schon dazu sagen? Ich war ein Beamter mit hervorragender Bezahlung. Und mit einem völlig abartigen Treuhandfonds.

»Sie haben sich keine Sorgen gemacht, vielleicht in Schwierigkeiten zu geraten, weil sie den Feed gesperrt haben?«, fragte Vann.

»Nein«, sagte Hurwitz. »Nun ja, ein bisschen schon«, räumte sie dann ein. »Aber es waren noch sechs weitere Leute in der Sendekabine, und alle hatten gehört, wie Commissioner Kaufmann mir die Anweisung gab. Ich dachte mir, dass es schwer für ihn werden dürfte, sollte er versuchen, mir allein die Schuld daran zu geben, falls es zu einem Problem wird.«

Sie hielt kurz inne. »*Ist* es ein Problem? Ich meine, ich *weiß*, dass es ein Problem ist. Sonst wären Sie nicht hier. Aber ich wüsste gern, ob es ein *Problem*-Problem ist. Ich möchte meinen Job nicht verlieren.«

»Es ist ein Problem«, sagte Vann. »Aber ich glaube nicht, dass es Ihr Problem ist. Allerdings könnte es Alex Kaufmanns Problem sein.«

Hurwitz schien sich ein wenig zu entspannen. »Immerhin wohnt er hier im Hotel. Falls Sie ihn danach fragen wollen.«

Vann sah Hurwitz lächelnd an. »Haben Sie Ihren Boss gerade den Wölfen zum Fraß vorgeworfen, Ms. Hurwitz?«

Ein sehr leises mechanisches Geräusch ertönte, als Hurwitz' Threep sich an einem Lächeln versuchte. »Er hat mir gedroht, mich zu feuern, Agent Vann. Ich denke, es ist okay, wenn ich ihn ein bisschen ins Schwitzen bringe.«

Kaufmann nahm meinen Anruf nicht an, aber er textete mir kurz darauf eine Antwort. Anscheinend selektierte er seine Anrufe. *Ich habe mit Ihnen gerechnet,* schrieb er. *Ich bin gerade dabei, unter die Dusche zu springen. Können Sie in 15 Minuten hochkommen? Zimmer 2423.*

»Er will sich in fünfzehn Minuten mit uns treffen«, sagte ich zu Vann, als wir zur Lobby zurückkehrten.

»Gut. Ich muss jetzt eine rauchen.«

»Schon mal ans Aufhören gedacht?«

Vann bedachte mich mit einem Seitenblick.

»Du solltest damit aufhören, weißt du?«, sagte ich.

»Darauf werde ich dir jedes Mal mit diesem Blick antworten.«

»Ja, ich weiß.« Die Aufzugtür öffnete sich, und wir traten ins Foyer. Die Journalisten, die uns zuvor belästigt hatten, waren jetzt mit einem Funktionär der League beschäftigt. Wir konnten unbeschadet aus dem Foyer entkommen.

»Hast du dir die Daten schon angesehen?«, fragte Vann mich, während sie ihre Zigarette rauchte.

»Nein«, sagte ich. Hurwitz hatte sie mir direkt geschickt, von Threep zu Threep. Sie hatte sie aus der Datencloud der NAHL abgerufen, und ich hatte sie auf den internen Speicher meines Threeps geladen. »Ich wollte Tony damit beauftragen, sie sich anzusehen. Er wird erkennen, ob daran herumgepfuscht wurde.«

Vann nickte. Tony war nicht nur mein Mitbewohner, sondern auch ein erstklassiger Computernerd, der regelmäßig für die Bundesregierung arbeitete. Er war intelligent, umgänglich und bereits als Vertragsarbeiter gelistet, und wenn er bezahlt wurde, kam ein Teil des Geldes der Gemeinschaftsmiete zugute. Also war es in gewisser Weise eine Rückzahlung.

»Aber die Daten sind vollständig«, sagte Vann.

»Sie sind vollständig, soweit ich es beurteilen kann«, stimmte ich ihr zu. »Und schon bald werden wir sehen, was sie uns über Chapmans Tod verraten.«

»Sie werden beweisen, dass Chapman irgendeinen Anfall hatte, so wie dieser andere Typ.«

»Salcido«, sagte ich.

»Richtig.« Vann nahm wieder einen Zug. »Bei Hadens kommt es häufiger zu Herzanfällen, was an den Folgen des Syndroms und an den neuronalen Netzwerken liegt, die ihnen verpasst werden.« Sie sah mich an. »Hattest du schon mal einen?«

»Einen Herzanfall?«

»Ja.«

»Nein. Du?« Vann hatte sich als Jugendliche mit Haden

infiziert und das frühe grippeartige Stadium und dann die wesentlich schmerzhaftere zweite Phase durchgemacht, die ähnlich wie eine Meningitis verläuft. Im Gegensatz zu vielen anderen, bei denen die Krankheit so weit fortgeschritten war, trat sie nicht ins Lock-in-Stadium ein, und sie erlitt auch keinen nennenswerten Hirnschaden oder kognitive Beeinträchtigungen. Dem äußeren Anschein nach hatte sie die Erkrankung schadlos überstanden.

Doch ihr Gehirn hatte sich verändert. Und sie hatte ein neuronales Netzwerk im Kopf, ein Souvenir aus ihren Tagen als Integratorin. Integratoren waren die uneingeschränkt bewegungsfähigen Menschen, die einem Haden ihren Körper ausborgen konnten, um Dinge zu tun, für die ein menschlicher Körper erwünscht oder nötig war.

»Nein«, sagte sie und hielt ihre Zigarette hoch. »Dafür habe ich meine Selbstmedikation.«

»Wenn die Daten also auf einen Anfall hindeuten, was dann?«, fragte ich.

»Dann hatte Duane Chapman einfach nur großes Pech.«

»Man wird eine Autopsie durchführen. Das wurde in der Pressekonferenz erwähnt.«

»Richtig. Die voraussichtlich bestätigen wird, dass es ein plötzlicher Anfall war.«

»Aber das erklärt nicht, warum Kaufmann so ausgerastet ist.«

»Wahrscheinlich weil er ein Idiot ist, wie der Anwalt sagte. Er sieht, wie einer seiner Spieler auf dem Platz stirbt, erinnert sich daran, dass die League potentielle Investoren umwerben möchte, einschließlich deines Vaters … wie ist das übrigens gelaufen?«

»Mom sagte, dass sie mit Dad nach Hause gefahren ist. Ein Lakai der League flehte sie an, noch nicht zu gehen. Ich glaube, nach dieser Sache brauchen Sie seine Unterstützung mehr als je zuvor.«

»Nach dieser Sache könnte dein Dad sie wahrscheinlich bitten, ihn zum Commissioner zu machen, und man würde ihm den Job mit Handkuss geben.«

»Ich glaube nicht, dass er einen solchen Job haben will.«

»Weil dein Vater ein kluger Mann ist. Also besuchen wir jetzt Kaufmann, und er gibt zu, dass er überreagiert hat und ein Idiot ist, was traurig für ihn, aber eigentlich kein Verbrechen ist. Und dann sind wir hier fertig.«

»Gut«, sagte ich.

»Was bedeutet, dass du mich an einem Sonntag wegen nichts hierherkommandiert hast.«

»Tut mir leid.«

»Ich habe geschlafen.«

»Es war nachmittags um halb fünf, als ich dich anrief. Deswegen werde ich kein allzu schlechtes Gewissen haben.«

»Ich hatte eine lange Nacht.«

»Meine Mutter sagt, dass du davon vielleicht zu viele hast.«

Vann lächelte. »Sie ist nicht meine Mutter.« Sie ließ ihre Zigarette fallen und trat sie aus. »Komm jetzt. Lass uns mit Kaufmann reden.«

»Wir wären zu früh da.«

»Ich will mich wieder schlafen legen. Wenn Kaufmann nicht vollständig bekleidet ist, wird es an ihm nichts geben, das ich nicht schon mal irgendwo gesehen habe.«

Die Tür zu Zimmer 2423 war nicht abgeschlossen. Der Riegel, der sie normalerweise gesichert hätte, stand vor und verhinderte, dass sich die Tür vollständig schließen konnte. Aus dem Zimmer drang das Geräusch der laufenden Dusche. »Ich hab dir doch gesagt, dass wir zu früh dran sind«, sagte ich.

Vann ging nicht darauf ein und klopfte an die Tür. Dann

rief sie Kaufmanns Namen, und als er nicht antwortete, tat sie beides ein zweites Mal. Auch beim zweiten Mal antwortete er nicht. Vann zog ihre Pistole und machte sich bereit, den Raum zu betreten. Dann sah sie mich an. »Wo ist deine Waffe?«

»Zu Hause«, sagte ich.

»Du bist im Dienst.«

»Das war ich nicht«, rief ich ihr ins Gedächtnis. »Ich war es erst danach. Es wäre unpraktisch gewesen, zuerst nach Hause zu gehen.«

Sie bückte sich und zog eine kleinere Pistole aus ihrem Holster am Fußknöchel. Sie gab sie mir.

»Du hast tatsächlich ein Knöchelhalfter«, sagte ich, nachdem ich einen Moment lang darauf gestarrt hatte.

»Ja. Jetzt komm.« Wir traten vorsichtig in den Raum.

Im eigentlichen Hotelzimmer hielt sich niemand auf, was mich nicht unbedingt überraschte, da die Dusche lief. Das Bett war zerwühlt, offenbar hatte jemand darin geschlafen. Neben dem Bett lagen verschiedene Kleidungsstücke auf dem Boden: Hemd, Anzugjacke, Hose, Krawatte. Ein Portemonnaie und eine Brille waren auf der Kommode neben dem Fernseher abgelegt worden.

Etwas fehlte in dieser Sammlung.

»Chris«, sagte Vann. Ich blickte auf und sah, dass sie ins Bad zeigte.

Was fehlte, war ein Gürtel. Dessen eines Ende um den laufenden Duschkopf geknotet war, dessen Leitungsrohr ein Stück aus der Wand gerissen war.

Aber nicht weit genug, um zu verhindern, dass Alex Kaufmann vom anderen Ende des Gürtels stranguliert wurde. Er war ganz offensichtlich tot. Vann ging hinein und überprüfte es, nur um sicherzugehen.

»Scheiße«, sagte Vann, als sie aus dem Bad zurückkam. Sie steckte ihre Waffe wieder ein.

Ich sah sie an. »Wir gehen jetzt nicht mehr von der ›Einfach nur großes Pech gehabt‹-Theorie aus, oder?«

Vann musterte meinen Threep von oben bis unten. »Neuer Threep.«

»Ja.«

»Wie gut kann er aufzeichnen und kartieren?«

»Er ist mit dem neuesten technischen Schnickschnack ausgestattet. Ich zeichne auf, seit wir den Raum betreten haben.«

Vann nickte. »Kartiere ihn. Kartiere das gesamte Zimmer und auch alles da drin.« Sie zeigte Richtung Bad. »Ich möchte so viele Informationen wie möglich haben, bevor die Metropolitan Police hier aufkreuzt und den Tatort versaut. Und dann solltest du noch etwas anderes tun.«

»Was wäre das?«

»Nach Philadelphia gehen.«

»Noch heute Abend?«

»Ja«, sagte Vann. »Wir müssen mit Duane Chapmans Frau reden. Bevor jemand von der League sie überzeugen kann, nicht mit uns zu reden.« Sie zeigte auf Kaufmanns Leiche. »Nach dieser Sache dürfte das Bedürfnis der League, alle zum Schweigen zu bringen, sehr stark werden.«

4

EINE STUNDE SPÄTER kehrte ich nach Hause zurück, um meine Reise nach Philly anzutreten. Ein Empfangskomitee wartete im Foyer auf mich.

»Erzähl uns *alles*«, sagten die Zwillinge. Oder zumindest einer von ihnen – Justin und Justine teilten sich einen Threep, und man wusste nie genau, wer gerade drinsteckte, so dass man nach einer Weile aufhörte, sich darüber Gedanken zu machen, und ihren Threep einfach mit »den Zwillingen« gleichsetzte. Ich hatte erfahren, dass es einen Grund gab, warum die Zwillinge denselben Threep benutzten, und mir war versprochen worden, dass man es mir erklären würde. Aber ein Jahr nachdem ich ins Haus eingezogen war, das ich mit ihnen und drei weiteren Hadens teilte, war mir der Grund immer noch nicht offenbart worden. Ehrlich gesagt machte es mir inzwischen sogar mehr Spaß, darüber zu spekulieren, als die tatsächliche Antwort zu erfahren.

»Chris kann nicht alles erzählen«, rief Tony aus dem Wohnzimmer. »Weil es vertraulich ist.«

»Es ist nicht vertraulich«, rief ich zurück. Dann wandte ich meine Aufmerksamkeit wieder den Zwillingen zu. »Aber wahrscheinlich weiß ich im Moment auch nicht mehr als ihr über Duane Chapman.«

»Es gibt *Gerüchte*«, sagten die Zwillinge und wichen zurück, um mich eintreten zu lassen.

»Das glaube ich gern.« Ich ging ins Wohnzimmer, wo die

Threeps von Tony und Tayla Givens, zwei meiner Mitbewohner, Poolbillard spielten. Elsie Curtis, der letzte Neuzugang zur Wohngemeinschaft, erledigte einen Auftrag in Singapur und hatte einen anderen Tagesrhythmus als wir anderen. In letzter Zeit sahen wir sie nur selten.

Obwohl das nicht ganz stimmte. Wir sahen sie jeden Tag. Ihr Körper lag in ihrem Zimmer, zusammen mit ihrem hiesigen Threep. Wir schauten alle paar Stunden nach ihr, wechselten verschiedene Beutel, und die Einzige von uns, die tatsächlich Ärztin war – nämlich Tayla –, überzeugte sich davon, dass es keine auffallenden biologischen Probleme gab, die behoben werden mussten. Auch Elise kümmerte sich regelmäßig um uns, für gewöhnlich dann, wenn wir alle schliefen.

Das war der eigentliche Sinn der Wohngemeinschaft: sechs Hadens, die zusammenlebten und wechselseitig nach ihren Körpern schauten. Das war kostengünstiger und freundlicher, als Personal zu beschäftigen, vor allem jetzt, nachdem die medizinischen Beihilfen für Hadens wegen Abrams-Kettering gekürzt worden waren.

Zumindest für meine übrigen Mitbewohner. Mein tatsächlicher Körper befand sich immer noch im Haus meiner Eltern im Norden von Virginia, wo er von zwei Vollzeitpflegekräften versorgt wurde. Ich hatte geplant, meinen Körper irgendwann ins Gemeinschaftshaus zu verlegen, aber dann wäre ich mit dem Problem konfrontiert, dass ich zwei persönliche Pfleger hatte, während meine übrigen Mitbewohner keine hatten, was nicht gut aussah. Oder ich kündigte meinen Pflegern und war dann dafür verantwortlich, dass zwei Menschen, die ich seit Jahren kannte und an denen mir etwas lag, ihre Jobs verloren. Und es wäre nicht einfach, einen neuen Job zu finden, weil das Abrams-Kettering-Gesetz zur Folge hatte, dass weniger Geld übrig war, um Hadens zu Hause zu versorgen.

Es war einfacher, den Status quo beizubehalten. Vielleicht auch feiger. Aber auf jeden Fall einfacher.

Nicht dass es meine Mitbewohner gestört hätte. Ein zusätzliches Augen- und Händepaar, das sich um ihre Körper kümmerte, ein Körper weniger, um den sie sich täglich kümmern mussten. Außerdem zahlte ich für das größte Zimmer im Haus. Ich war wirklich ein vorbildlicher Mitbewohner.

»Wir haben dich in den Nachrichten gesehen«, sagte Tayla. Sie brachte sich für einen Stoß auf dem Billardtisch in Position. »Wie du und deine Partnerin gemobbt wurden, während ihr auf einen Lift gewartet habt.«

»Und dann, wie ihr beiden diesen toten NAHL-Funktionär in seinem Hotelzimmer gefunden habt«, sagte Tony.

»Es gibt *Gerüchte*«, wiederholten die Zwillinge.

»Und ich möchte lieber keine neuen in die Welt setzen«, erwiderte ich.

»Es heißt, du würdest gar nicht in diesem Fall ermitteln, wenn es kein Mord wäre.«

»Das stimmt nicht«, sagte ich zu den Zwillingen. »Wir ermitteln, weil Duane Chapman unter ungewöhnlichen Umständen gestorben ist.«

»Genauso wie der Funktionär«, gab Tony zu bedenken.

»Mord ist ein ungewöhnlicher Umstand«, bemerkten die Zwillinge.

»Gar nicht *so* ungewöhnlich«, sagte Tayla. Sie arbeitete in der Notaufnahme einer Klinik in D.C., also hatte sie ein Wörtchen mitzureden.

»Es deutet nichts darauf hin, dass es Mord war«, sagte ich. »In beiden Fällen. Es sind ungewöhnliche Umstände, das ist alles. Und Chapmans Threep befand sich in D.C., während sein Körper in Philadelphia war. Also ist es eine zwischenstaatliche Angelegenheit. Und wenn es das ist, werden wir gerufen.«

»Obwohl du gar nicht gerufen werden musstest«, sagte Tony. »Weil du bereits *da* warst.«

»Verdammt!« Tayla hatte ihren Stoß vermasselt, und nun bereitete sich Tony auf seinen vor. »Zumindest hattest du heute einen arbeitsreichen Tag«, sagte sie.

»Er ist noch nicht zu Ende«, erwiderte ich. »Ich muss nach Philly und Duane Chapmans Frau befragen.«

»Mann!«, sagte Tayla. »Das wird kein Spaß.«

»Die Gerüchte besagen, dass sie sich auseinandergelebt hatten«, warfen die Zwillinge ein.

»Besagen die Gerüchte auch, warum?«, fragte ich.

»Das Übliche. Untreue. Dummheit. Groupies. Stress, weil er ein Haden ist und sie nicht.«

»Wie kommst du nach Philly?«, fragte Tony. Er versenkte eine Kugel.

»Im dortigen FBI-Büro gibt es einen Besucher-Threep. Den werde ich benutzen. Und ich muss unter vier Augen mit dir reden, Tony, bevor ich gehe.«

»Im Moment bin ich damit beschäftigt, Tayla fertigzumachen«, sagte Tony, worauf ihm sein nächster Stoß missglückte. Die Kugel klickte gegen die achte Kugel, die vor der linken Seitentasche gelegen hatte. Die achte Kugel rollte hinein. »Scheiße.«

»Was wolltest du sagen?«, wandte sich Tayla an Tony.

»Chris hat mich abgelenkt«, sagte Tony und blickte dann zu mir herüber. »He, du hast mich abgelenkt!«

»Tut mir leid.«

»Ich verlange eine Entschädigung!«

»Oh, zufällig könnte die Sache, weswegen ich mit dir reden wollte, bestens dazu geeignet sein.«

Der Gäste-Threep des FBI in Philadelphia war ein Sebring-Warner Galavant, was mich ein wenig überraschte. Der Galavant war ein neueres Modell mittlerer Preisklasse und Ausstattung, und da das FBI seine Ersatz-Threeps normalerweise durch Beschlagnahmung erhielt, waren es für gewöhnlich kaum funktionsfähige einfache Modelle, die von Straßenschurken stammten, oder hochwertige Luxusstücke, die zuvor höhergestellten Schurken gehört hatten. Also hatte sich entweder ein Haden aus der Vorstadt in eine fragwürdige Unternehmung verstrickt, oder das FBI-Büro von Philly hatte tatsächlich einen Gäste-Threep käuflich erworben, und von der Rechnungsprüfung war ihnen nur so etwas genehmigt worden.

Der Ersatz-Threep war in einem Lagerschrank abgestellt. Als ich ihn übernahm, bemerkte ich als Erstes, dass seine Energieanzeige bei dreizehn Prozent stand. Ich blickte nach unten und sah, dass der Threep durch einen Kistenstapel von der Induktionsplatte heruntergeschoben worden war.

»Mist!«, sagte ich laut. Ich schob die Kisten zurück und stellte mich mitten auf die Platte, um zu sehen, ob es eine Schnellladevorrichtung war. Aber es kam nichts. Ich folgte dem Stromkabel. Es war nicht eingesteckt. Ich fluchte, steckte es ein und trat wieder auf die Platte. Sie teilte mir mit, dass eine volle Aufladung acht Stunden benötigen würde.

Die Tür zum Schrank wurde geöffnet, und ein älterer Herr lugte herein. »Hallo?«

»Wissen Sie, ob es hier irgendwo in diesem Büro eine schnellladende Induktionsplatte gibt?«, erkundigte ich mich.

»Eine was, bitte?«, fragte der Mann.

Ich unterdrückte ein Stöhnen. »Arbeiten Sie hier als Agent?«

»Nein, äh …«

»Agent Shane.«

»Nein, Agent Shane. Ich gehöre zum Hauspersonal. Fast alle anderen sind zu Hause. Es ist Sonntagabend. Ich wusste nicht einmal, dass Sie hier sind. Ich habe nur irgendein Geräusch gehört.«

»Entschuldigung.«

»Schon gut. Ich dachte mir, dass vielleicht die Ratten wieder da sind.« Er hielt die Tür auf, um mich herauszulassen.

Ich trat aus dem Lagerschrank in einen Korridor und rief eine Karte mit den nächstgelegenen Schnellladestationen auf, die der Öffentlichkeit zugänglich waren. Es gab keine. Das FBI-Büro lag im Stadtzentrum von Philadelphia. Hier gab es zahlreiche Verwaltungsgebäude und Museen, aber nicht viele Läden, die an einem Sonntagabend geöffnet hatten. Wie es schien, würde ich versuchen müssen, das FBI-Auto, das ich reserviert hatte, zu überreden, mich aufzuladen.

»Ich habe hier keine Mitteilung über ein für Sie reserviertes Fahrzeug, Agent Shane«, sagte der Sicherheitsbeamte im Foyer zu mir, als ich hinunterging, um nach dem Fuhrpark zu suchen.

»Ich habe die Anfrage gleichzeitig mit der Bestellung des Threeps rausgeschickt«, sagte ich.

»Davon bin ich überzeugt«, sagte der Sicherheitsbeamte. »Aber leider kam diese Anfrage nie bei mir an. Deshalb kann ich keins der Fahrzeuge für Sie freischalten.«

Ich rief meinen FBI-Ausweis auf dem kleinen Brustbildschirm des Galavant auf. »Sie können überprüfen, ob ich wirklich bin, wer ich zu sein behaupte. Ich meine, abgesehen von der Tatsache, dass ich nur über das verschlüsselte FBI-Netzwerk auf diesen Threep zugreifen kann.«

»Ich glaube Ihnen«, sagte der Sicherheitsbeamte. »Aber ich bin tatsächlich nicht in der Lage, ohne Autorisierungscode ein Fahrzeug freizugeben.«

»Aber ich brauche irgendein Auto«, sagte ich. »Nicht nur, um mobil zu sein, sondern auch, um diesen Threep aufzuladen.«

»Ich kann Ihnen ein Taxi rufen. Vielleicht können Sie sich darin aufladen.«

Ich widerstand dem Drang, mich einem Wutanfall hinzugeben, weil den Sicherheitsbeamten keinerlei Schuld an dieser Situation traf. »Bitte«, sagte ich.

Fünf Minuten später hielt ein Taxi vor dem FBI-Gebäude an. Ich verließ das Foyer und klopfte auf der Beifahrerseite gegen das Fenster. »Dieses Taxi ist nicht zufällig mit einer Induktionsplatte ausgestattet?«

»Einer was?«, fragte der Taxifahrer verwirrt.

»Schon gut.« Ich gab ihm die Adresse von Duane Chapmans Haus. Während wir fuhren, schaltete ich alle nicht unverzichtbaren Threep-Systeme herunter, um Energie zu sparen. Mir stand eine lange Nacht bevor, aber wenn ich meinen Energieverbrauch nicht im Auge behielt, würde es paradoxerweise gleichzeitig eine kurze Nacht werden.

Das Stadthaus der Chapmans wurde von Reportern und Journalisten sowie mehreren Hilketa-Fans in den Farben der Boston Bays belagert. In Philadelphia gab es noch kein Hilketa-Team, obwohl die Stadt genauso wie Washington für einen Beitritt zur League vorgesehen war. Pittsburgh hatte die Pitbulls. Dass Pittsburgh früher als Philly ein Hilketa-Team hatte, war für viele Bewohner Philadelphias ein Grund zur Verärgerung.

Ich ließ meinen FBI-Ausweis auf dem Brustbildschirm des Threeps aufleuchten, drängte mich durch die Menge und stieg die Treppe zum Haus hinauf. Die Tür öffnete sich, bevor ich anklopfen konnte, und ein Mann in Krankenpflegerkleidung lugte heraus. »Agent Shane?«

»Der bin ich.«

Der Mann nickte. »Kommen Sie bitte herein. Ich bin Alton Ortiz«, sagte er, nachdem ich eingetreten war. Er hielt mir eine Hand hin, und ich schüttelte sie. »Ich war einer von Duanes Pflegern.«

»Ich weiß«, sagte ich. »Mein herzliches Beileid.«

»Danke. Es war ein harter Tag.«

»Das glaube ich Ihnen.«

»Ich weiß, dass Sie gekommen sind, um mit Marla zu sprechen, aber im Moment ist sie beschäftigt.«

»Spricht sie mit der Polizei von Philadelphia?«

»Nein, das hat sie schon vor einer Weile getan. Diesmal handelt es sich um einen Vertreter der League.«

»Hmmm«, sagte ich. Dabei war es der Sinn der Sache gewesen, schon jetzt mit ihr zu reden, bevor die League versuchen konnte, sie zum Schweigen zu bringen. Ich machte mir eine mentale Notiz, die Polizei von Philly zu kontaktieren, um herauszufinden, wer dort an diesem Fall arbeitete, und um zu sehen, ob unsere Geschichten zusammenpassten. »Ist es ein Anwalt?«, wollte ich von Ortiz wissen.

»Keine Ahnung. Ich weiß nur, dass sie hier ist, um über ihre Hinterbliebenenrente zu sprechen.« Ortiz zeigte auf ein kleines Wohnzimmer. »Wenn Sie möchten, können Sie dort Platz nehmen, und ich werde ihr sagen, dass Sie auf sie warten.«

»Eigentlich würde ich mir gern Mr. Chapmans Zimmer ansehen, wenn das möglich ist.«

Ortiz schien einen Moment darüber nachzudenken, dann nickte er wieder. »Gut«, sagte er. »Aber die Polizei hat es bereits untersucht.«

»Davon bin ich überzeugt. Machen Sie sich keine Sorgen, ich werde nichts durcheinanderbringen.«

Duane Chapmans Zimmer befand sich im ersten Stock des Stadthauses, wo üblicherweise das Esszimmer war. Das leuchtete ein, da der Küchenbereich als Lager und als Aufenthaltsraum für die Pfleger genutzt werden konnte. An der Wand standen drei Threeps, ein handelsüblicher Luxus-Threep, einer, der für Hochleistungssport konstruiert war, und ein auffällig herausgeputztes, recht albern wirkendes Ding, das ich als »feierlichen« Threep wiedererkannte, etwas, das man auf einer Gala oder zu besonderen Anlässen trug. Im Hintergrund des Zimmers sah ich eine nun leere Wiege, ein Modell, das ich nicht kannte.

»Das ist eine Labram«, sagte Ortiz, als ich ihn danach fragte. »Die Firma stellt sie exklusiv für die League her. Alle Spieler haben so etwas.«

»Das ist ein sehr spezieller Werbedeal«, sagte ich.

Ortiz schüttelte den Kopf. »Ganz und gar nicht. Labram-Wiegen verfügen über besondere Systeme zur Informationsübertragung, die gewährleisten sollen, dass nirgendwo geschummelt wird.«

»Passiert so etwas im Hilketa des Öfteren?«

»Es ist ein professioneller Sport, Agent Shane. Viele Spieler würden es gern probieren.«

Ich nickte zur leeren Wiege hinüber. »Was ist mit Chapman?«

Ortiz lächelte und schüttelte den Kopf. »Nein. Nicht Duane.

Er war korrekter, als die Polizei erlaubt.« Er deutete auf einen Infusionsbeutel, der abgeklemmt war und neben der Wiege hing. »Er hat nur Infusionen und Ergänzungsmittel benutzt, die von der League zugelassen sind.«

Ich ging hinüber und schaute mir den Beutel mit der Infusionslösung an. Auch darauf stand der Markenname Labram. »War Chapman auch privat stets korrekt?«, fragte ich.

»Wie meinen Sie das?«

»Es gibt Gerüchte, dass er Probleme mit Genussmitteln hatte.« Ich zeigte auf ein Bild an der Wand, ein Porträt von Marla Chapman. »Weil er zu Hause Ärger hatte.«

Ortiz' Gesicht wurde ein wenig düsterer. »Ich glaube nicht, dass ich darüber reden muss«, sagte er.

Ich hob eine Hand. »Ich frage nicht, weil ich den neuesten Tratsch hören möchte. Ich frage, weil ich wissen möchte, warum Ihr Freund bei einem Spiel starb, das ihn eigentlich nicht hätte töten sollen.«

»Darüber sollten Sie mit Marla sprechen«, antwortete Ortiz nach kurzer Überlegung. »Aber ich sage Ihnen eins, Agent Shane. Ich war die meiste Zeit bei Duane, wenn er wach war, und die ganze Zeit, wenn er auf dem Platz war, während des Trainings und während der Spiele. Niemand außer mir wüsste besser, ob er sich gedopt hat, sei es professionell oder in der Freizeit. So etwas habe ich nie bemerkt. Das war nicht seine Sache.«

»Und was war seine Sache?«

»Wie ich bereits sagte, sollten Sie darüber mit Marla reden. Apropos, ich schaue mal nach, ob Sie jetzt Zeit für Sie hat.«

Ich nickte, und Ortiz ging in Richtung Küche, wo Marla Chapman mit dem Vertreter der League sprach. Ich nutzte die Gelegenheit, das Zimmer in Ruhe für künftige Auswertungen zu kartieren.

Als ich damit fertig war, wandte ich meine Aufmerksamkeit Marlas Foto an der Wand zu. Sie war jung und attraktiv, die typische amerikanische Cheerleaderin. Sie war keine Haden, also war es ungewöhnlich, dass sie jemanden geheiratet hatte, der einer war. Bei gemischten Ehen dieser Art war es meistens so, dass einer der Partner irgendwann nach der Hochzeit erkrankt war. Niemand hinderte Hadens und Nicht-Hadens daran, etwas miteinander anzufangen oder zu heiraten – ihr seid selbstverantwortliche Erwachsene, also tut, was ihr wollt, und werdet damit glücklich –, aber wie jedes Mal, wenn die Partner einen sehr unterschiedlichen Hintergrund haben, kann es zu Herausforderungen kommen.

Und wenn die Gerüchte in diesem Fall der Wahrheit entsprachen, könnten die Herausforderungen für diese spezielle Ehe vielleicht etwas zu groß gewesen sein.

Ortiz kehrte in das Zimmer zurück. »Marla wird jetzt mit Ihnen sprechen.«

Ich folgte ihm in die Küche und stieß an der Tür mit dem League-Vertreter zusammen, den Ortiz dann nach draußen begleitete. Er machte keinen allzu glücklichen Eindruck. Andererseits schien auch Marla Chapman, die am Küchentisch saß, nicht besonders glücklich zu sein. Sie blickte zu mir hoch, und ihre Stimmung verharrte im »Nicht ganz glücklich«-Zustand.

»Mrs. Chapman, ich bin Agent Chris Shane von der FBI-Abteilung für Haden-Angelegenheiten.«

»Ich weiß, wer Sie sind«, sagte Chapman und schlug die Augen nieder. Sie hielt ein kleines Glas in der Hand und spielte geistesabwesend damit, fuhr mit einem Finger den Rand entlang. »Duane war früher ein *Fan* von Ihnen.« Sie deutete auf einen freien Stuhl am Tisch, damit ich mich setzte.

Ich setzte mich. »Mein herzliches Beileid zum Tod Ihres Mannes.«

»Danke.« Chapmans Stimme klang distanziert

Ich zeigte in die Richtung, in die der Vertreter der League verschwunden war. »Ich hoffe, zwischen Ihnen und der League gibt es keine Probleme.«

Chapman warf einen Blick zur Tür und schmunzelte. »Ach, dieser Arsch«, sagte sie. »Alles gut. Er hat nur versucht, mich zu bestechen.«

»Wie?«

»Mit meiner Hinterbliebenenrente.«

»Hat er damit gedroht, sie Ihnen vorzuenthalten?«

»Das kann er gar nicht. So viel weiß ich. Aber er hat mir eine Zusatzprämie angeboten, wenn ich schweige. Eine Ausgleichszahlung.«

»Die League kann Sie nicht daran hindern, mit uns zu reden«, sagte ich.

»Nicht mit Ihnen.« Chapman zeigte zur Haustür. »Mit denen da draußen. Die Presse hat vor meinem Haus ihre Zelte aufgeschlagen.«

»Warum möchte er das?«

»Weil es der League lieber wäre, dass Duane von der Öffentlichkeit als tragische Gestalt gesehen wird und nicht als der betrügerische Drecksack, der er war.« Chapman sah mich an, und obwohl sie offensichtlich attraktiv war, wirkte sie erschöpft und abgezehrt. »Agent Shane, dürfte ich Ihnen eine Frage stellen?«

»Ja.«

»Ein persönliche Frage.«

»Gut. Ich werde sie beantworten, wenn ich kann.«

»Wann würden Sie einen Haden als betrügerischen Drecksack bezeichnen?«

»Ich fürchte, ich kann Ihrer Frage nicht ganz folgen«, erwiderte ich.

Chapman deutete auf meinen Threep. »Schauen Sie sich an. Sie laufen in einer Maschine herum. Wenn Sie in einer Maschine stecken und Sie mit jemandem rummachen, wie sehr machen Sie dann wirklich mit dieser Person rum? Ist es Sex? *Richtiger* Sex?«

Sie hob eine Hand und zeigte dorthin, wo das Zimmer mit der Wiege ihres Mannes war. »Ich möchte wissen, ob Sie glauben, ich dürfte wütend auf meinen verstorbenen Ehemann sein, weil er mich betrogen hat, oder ob ich einfach nur die trauernde Witwe sein sollte, weil Sex nicht zählt, wenn man es in einem Maschinenkörper macht.«

Ich starrte sie eine Weile an. »Mrs. Chapman …«

»Marla.«

»… ich glaube nicht, dass ich geeignet bin, die Beziehung zwischen Ihnen und Ihrem Ehemann zu beurteilen.«

»Sicher sind Sie das. Sie sind ein *Haden.* Genauso wie mein Ehemann. Er war es seit dem Alter von drei Jahren. Wir lernten uns im College kennen. Ich hatte etwas mit einem Kerl in einem Threep. Sie glauben nicht, was für beschissene Sachen ich mir deswegen anhören musste, nebenbei bemerkt. An Thanksgiving im ersten Jahr meiner Beziehung mit Duane fragte mich ein Cousin, wie es wäre, mit einem wandelnden Vibrator zusammen zu sein.«

»Was haben Sie gesagt?«, fragte ich.

»Ich habe gar nichts *gesagt.* Ich habe ihm nur die Scheiße aus dem Leib geprügelt.«

Darüber musste ich still lächeln. »Das klingt fair.«

»Ich habe immer gesagt, dass ich Duane so liebe, wie er ist, und dass er in einem Threep steckt, spielt überhaupt keine Rolle.« Chapman spielte wieder mit dem Glas herum. »Und dann ging er zur League, und diese *anderen* kamen ins Spiel. Er stritt es ab, und es gab keine Möglichkeit, ihm etwas zu beweisen.« Sie zeigte auf mich. »Sie ziehen sich in die Agora zurück, oder Sie porten sich in einen anderen Threep, wenn Sie wollen. Sie könnten sagen, dass Sie geschlafen oder sich mit einem Spiel die Zeit vertrieben haben oder was weiß ich, und keiner von uns würde jemals etwas davon erfahren. Zumindest nicht, bis Sie es vermasseln und der Vermieter des Apartments, in dem Sie Ihre *Abenteuer* erleben, unter Ihrer Geschäftsnummer anruft, um Ihnen zu sagen, dass sich die Nachbarn wegen des Lärms beschwert haben, und der Anruf nicht von Ihnen, sondern von Ihrer Frau entgegengenommen wird.«

»Das tut mir leid«, sagte ich.

»Mir auch. Aber ich hätte trotzdem gern eine Antwort auf meine Frage.«

Ich dachte eine Weile darüber nach. Dann sagte ich: »Sie hatten bestimmte Erwartungen und Vereinbarungen mit Ihrem Ehemann. Was Intimität betrifft. Mit wem Sie beide Zeit verbringen und wie Sie diese Zeit verbringen. Wenn Ihr Ehemann gegen diese Vereinbarungen verstoßen hat, war er Ihnen gegenüber untreu. Ob es tatsächlich als ›Sex‹ zählt, ist dabei ohne Belang.«

»Also würden Sie sagen, dass er ein betrügerischer Drecksack war.«

»Ja«, bestätigte ich. »Wenn er das getan hat, war er ein betrügerischer Drecksack.«

»Danke«, sagte Chapman und trank ihr Glas aus. »Nun zu Ihnen. Welche Fragen möchten Sie mir stellen?«

»Waren Sie heute hier, als Ihr Mann den Anfall hatte?«

»Nein. An Spieltagen haben wir zu viele Leute im Haus. Alton, seinen Pfleger. Sie haben ihn kennengelernt.«

Ich nickte.

»Außerdem irgendjemanden, den die League herüberschickt, um Duane und Alton zu überwachen, damit sie nicht schummeln oder was auch immer«, fuhr sie fort. »Duanes Kumpel aus der Nachbarschaft, die sich das Spiel im Wohnzimmer auf unserem Hundert-Zoll-Bildschirm anschauen. Sie haben ihren Spaß daran, Duane anbrüllen zu können, wenn er im Spiel etwas verpatzt hat. Es sind meistens fünf oder sechs. Also nein. Ich gehe dann shoppen oder essen oder mit Freunden ins Kino und komme erst zurück, wenn das Spiel vorbei ist und alle abgehauen sind.«

»Und heute …«

»Und heute habe ich mit meiner Freundin Karen einen Film gesehen und mein Telefon abgestellt.« Eine Pause folgte, in der Chapman mit dem leeren Glas spielte und sich ihre Augen mit Tränen füllten, die aber nicht flossen. Sie wandte den Blick ab, blinzelte und sah mich dann wieder an. »Und als ich mein Telefon anschließend wieder einschaltete, erfuhr ich, dass Duane gestorben war.«

»Haben Sie irgendetwas zu Ihrem Mann gesagt, bevor Sie das Haus verließen?«

»Nur dass ich mir einen Film anschauen werde.«

»Also kein Streit.«

»Nein. Das heißt, *heute* nicht«, räumte Chapman ein. »Wir hatten uns davor gestritten. Sehr viel in letzter Zeit.«

»Wegen dieses Apartments?«

»Nein, das nicht. Entschuldigung, ich hätte mich etwas klarer ausdrücken sollen. Duane wusste nicht, dass ich von seinen außerehelichen Aktivitäten wusste. Das hatte ich erst in der vergangenen Woche herausgefunden. Ich wollte nicht, dass er weiß, dass ich es weiß. Ich wollte es als Überraschungsmoment im Scheidungsverfahren einsetzen.«

»Mrs. Chapman«, sagte ich, »vielleicht sollten Sie jetzt einen Anwalt hinzuziehen.«

»Warum?«, fragte sie. »Ich habe ihn nicht *getötet*, Agent Shane. Ich war nicht einmal hier, als er starb. Und Sie können mir glauben, wenn ich sage, dass ich sehr an seinem Weiterleben interessiert war. Ich wollte ihn durch die Scheidungshölle hetzen. Ich brauche keinen Anwalt.«

Ich wechselte das Thema. »War Duane von vielen Dingen abhängig?«

»Abgesehen vom Sex? Nein. Er hat nie getrunken oder irgendwelche Drogen genommen, nicht einmal im College. Schon damals war es sein Ziel, in die League zu kommen. Er sagte, er wolle sich nicht schwächen.«

»Wollte er sich vielleicht stärken?«

»Sie meinen leistungssteigernde Drogen?« Chapman schüttelte den Kopf. »Auch so etwas hat er nie genommen. Die League hat alles überprüft, was Duane seinem Körper über die Magensonde oder die Infusion einverleibte. Auch was rauskam, würde überprüft. Diese Wiege hat alles Mögliche überwacht. Alton musste nach jedem Spiel die ersten Beutel Urin und Kot zum Testen an die League schicken. Und das musste nicht nur Duane tun. Das gilt für alle Spieler. Duane wollte kein Risiko eingehen. Er wusste, dass er kein Star war.«

»Es sind die Spieler, die keine Stars sind, die vielleicht ein Risiko eingehen«, sagte ich. »Sie wissen, wie schnell sie aus der League fliegen können.«

Wieder schüttelte Chapman den Kopf. »Sie kennen Duane nicht. Das würde er nie tun. Die League hat eine spezielle Nahrungsergänzung entwickelt, die jeder Spieler bekommt, mit Ausnahme der Stars, die ihre eigenen Ergänzungsmitteldeals haben. Aber selbst *sie* müssen sich ihre Rezepturen genehmigen lassen. Das war das einzige Extra, das Duane sich jemals einverleibt hat.«

»Woraus besteht diese Nahrungsergänzung?«, fragte ich.

»Keine Ahnung. Vitamine, Elektrolyte. Duane sagte immer, es wäre so etwas wie Haden-Gatorade. Warum fragen Sie danach?«

»Ihr Ehemann starb unter sehr öffentlichen Umständen. Entschuldigung, wenn ich es so sage, aber wir brauchen absolute Gewissheit, dass es ein Unfall und nichts anderes war.«

Chapman nickte und zeigte nach oben, wo sich das Zimmer ihres Mannes befand. »Alles, was in Duanes Körper gelangte, ist dort. Und wenn Sie noch einmal mit Alton sprechen wollen, wird er Ihnen eine Liste geben können, was ihm wann verabreicht wurde.«

»Danke, das werde ich tun«, sagte ich. »Ich wäre auch an diesem Apartment interessiert, das Sie erwähnten.«

»Was ist damit?«

»Wenn er es Ihnen verheimlicht hat, könnten sich dort Dinge befinden, von denen er nicht wollte, dass Sie sie sehen.«

»Sie meinen, abgesehen von den Leuten, die er gevögelt hat?«, fragte Chapman.

»Genau.«

Chapman zuckte mit den Schultern. »Dann schauen Sie sich dort um.«

»Dazu brauchen wir einen Durchsuchungsbefehl«, sagte ich. »Von einem Richter hier in dieser Stadt.«

»So etwas brauchen Sie nicht«, sagte Chapman. »Ich kann Ihnen die Erlaubnis erteilen, es zu betreten.«

»Wenn er Ihnen die Existenz eines solchen Apartments verheimlicht hat, könnte er es über eine dritte Partei angemietet haben.«

Darüber musste Chapman lachen. »Sollte man meinen, oder? Aber ich habe Ihnen gesagt, dass der Anruf vom Vermieter über die Geschäftsnummer kam. Wir haben eine Durchlaufgesellschaft für Werbedeals und Kapitalanlagen. Sie gehörte Duane und mir. Er hat das Apartment über diese Firma gemietet. Ich selbst bin die gottverdammte Mieterin.«

5

»ICH DACHTE, SIE hätten gesagt, Ihr Taxi hätte eine Aufladeplatte«, sagte ich zu dem Fahrer, als ich in das nächste Taxi stieg.

»Ich habe da hinten ein Ladegerät«, erwiderte er.

»Das ist ein Ladeanschluss für ein Telefon«, sagte ich.

»Genau, ein Ladegerät«, bekräftigte er.

Ich seufzte und nannte ihm eine Adresse an der Natrona Street im Viertel Strawberry Mansion. Er tippte sie ein und ließ das Auto dann selbst fahren, während er auf sein Telefon starrte. Ich schaute nach meinem derzeitigen Energievorrat. Ich war schon im einstelligen Prozentbereich. Toll! Ich rief einen Stadtplan auf, um zu sehen, ob es zwischen mir und Duane Chapmans geheimem Apartment irgendwelche öffentlichen Ladestationen gab, und fand zwei, die sich beide in geschlossenen Geschäften befanden. Philadelphia beeindruckte mich ganz und gar nicht.

Ein internes Fenster öffnete sich und zeigte eine New Yorker Nummer an, die mir zunächst nichts sagte. Ich überlegte, ob ich rangehen sollte, doch dann siegte die Neugier.

»Ich bin Laurie Wilkerson von der *New York Times*«, sagte die Stimme am anderen Ende der Leitung. »Ich hatte gehofft, mit Ihnen vielleicht über die Ermittlungen in den Todesfällen Duane Chapman und Alex Kaufmann reden zu können.«

»Woher haben Sie diese Telefonnummer?«, fragte ich.

»Gibt es irgendeine Verbindung zwischen den beiden Todesfällen?«, fragte Wilkerson.

»Kein Kommentar«, sagte ich, legte auf und setzte meine Telefoneinstellungen unverzüglich auf »passiv«, womit Anrufe und Texte gespeichert wurden, statt sie entgegenzunehmen, sofern sie nicht auf einer speziellen Kontaktliste standen. Ich sah mir die Anrufliste an, die sich plötzlich mit Texten und Kontaktanfragen füllte. Ich schloss sie und pingte Vann an. »Anscheinend ist meine Nummer gerade an die Presse durchgesickert«, sagte ich zu ihr.

»Ach was?«, erwiderte sie. »Mein Telefon ist seit zehn Minuten ein einziges Chaos. Du hattest Glück, als du mich angerufen hast. Ich wollte es gerade ausschalten.«

»Was ist passiert?«

»Hier geht alles drunter und drüber«, sagte sie. »Die Sache hat sich zu einem landesweiten Skandal aufgebläht. Offenbar musste sich unser geliebter Direktor mit einem Zitat wichtigmachen.« Vann hielt nicht allzu viel von Gibbs Ablemare, dem derzeitigen Leiter des FBI. »Es war nicht weniger dumm als alles andere, was er in den vergangenen anderthalb Jahren gesagt hat. Er sagte, die Ermittlungen im Fall Chapman hätten für ihn höchste Priorität.«

»Heißt das, wir wurden von dem Fall abgezogen?«, fragte ich.

Vann schnaufte. »Das heißt, wir sollten es lieber nicht vermasseln, weil wir uns sonst einen neuen Job suchen können. Für einen von uns wäre das ein Problem. Wie sieht es auf deiner Seite aus?«

Ich brachte Vann auf den neuesten Stand. »Außerdem ist die Batterieladung dieses Threeps fast bei null, und ich kann ihn nirgendwo aufladen.«

»Mach es im Taxi.«

»Die Taxis in Philadelphia sind seltsamerweise nicht gut auf Hadens eingestellt. Ganz zu schweigen von der übrigen Stadt.«

»Nun ja, du fährst zum geheimen Liebesnest eines Haden. Ich vermute, dort wird es Lademöglichkeiten geben.«

»Das könnte vielleicht unangebracht sein«, sagte ich.

»Unangebrachter als ein leerer Akku mitten in einer Ermittlung?«

»Da hast du nicht ganz unrecht.«

»Es funktioniert über drahtlose Induktion. Du könntest sagen, du hättest gar nicht gewusst, dass du auf einer Platte stehst.«

Darauf ging ich nicht ein. »Gibt es irgendwelche Neuigkeiten in diesem Fall?«

»Kaufmann wurde heruntergenommen und ist jetzt beim hiesigen Gerichtsmediziner. Sie werden sich irgendwann morgen mit ihm beschäftigen. Ich hatte nicht den Eindruck, dass die Sache für sie allzu dringend ist. Sie halten es für einen eindeutigen Selbstmord.«

»Tun wir das nicht auch?«

»Schon, aber ihnen sitzt nicht der Direktor des FBI im Nacken, weil er gerade im landesweiten Fernsehen die Priorität dieses Falls verkündet hat.«

»Wohl wahr.«

»Aber hallo! Zumindest ist die Gerichtsmedizin von Philly etwas mehr auf Draht. Sie lassen Chapmans Leiche bereits von jemandem untersuchen und werden morgen einen vorläufigen Bericht für uns haben.«

»Also muss ich bis dahin zurück sein.«

»Auch ich werde da sein. Ich möchte mir diesen Bericht persönlich anhören.«

»Warum?«

»Weil uns der FBI-Direktor im Nacken sitzt.«

»Es scheint da gewisse wiederkehrende Themen in deinen Gesprächsbeiträgen zu geben.«

»Keine Ahnung, warum.« Vanns Sarkasmus war unüberhörbar. »Außerdem habe ich den Spieler-Threep von Chapman beschlagnahmen lassen. Der technische Leiter der Bays sagte, damit wäre alles in Ordnung, aber ich will mir ganz sicher sein. Kennt sich dein Mitbewohner einigermaßen mit Threeps aus?«

»Tony?«, sagte ich. »Klar. Er hat Programmierungsaufträge für einige der großen Hersteller von Personentransportern übernommen.«

»Setz die Analyse des Threeps auf seine To-do-Liste.«

»Wonach soll er suchen?«

»Zunächst einmal nach Sachen, die Chapmans Schmerzempfindlichkeit verstärken würden.«

»Das dürfte eine Weile dauern. Threeps sind kompliziert, und sowohl ihre Hardware als auch ihre Software sind für gewöhnlich geschütztes Firmeneigentum.«

»Willst du damit sagen, dass wir eine richterliche Verfügung brauchen, wenn wir sie uns ansehen wollen?«, fragte Vann.

»Nein, nur dass es mit einer Menge Reverse Engineering verbunden ist.«

»Wir werden uns mit der Herstellerfirma in Verbindung setzen und schauen, ob sie nett zu uns sind.«

»Sie werden sich wegen einer möglichen Haftung Sorgen machen«, gab ich zu bedenken.

»Dann werden wir ihnen erklären, dass sie sich wegen der Behinderung einer polizeilichen Ermittlung Sorgen machen sollten.«

»Das klingt nett«, witzelte ich.

»Der FBI-Direktor …«, begann Vann.

»… sitzt uns im Nacken«, ergänzte ich. »Ja, nein. Ich hab's kapiert.«

»Das dachte ich mir. Bring zu Ende, was du gerade machst, und komm bald zurück. Ich habe für uns einen Termin in aller Frühe gemacht. Für dich, mich und deinen Mitbewohner Tony.«

Ich schaute auf meinen internen Stadtplan. »Wir sind fast da. Ich muss noch den Vermieter überreden, mich reinzulassen. Ich werde mich umschauen und alles kartieren und dabei alles Brauchbare oder Bemerkenswerte notieren, damit es morgen eingesammelt werden kann, wenn wir wieder in der Stadt sind.«

»Ganz einfache Sache«, sagte Vann.

»Beschrei es nicht!«, warnte ich sie.

Wir bogen auf die Diamond, die zur Natrona führte, und sahen ein brennendes Gebäude.

»He!«, sagte mein Fahrer. Er zeigte durch die Windschutzscheibe auf das brennende Stadthaus. »Ist das nicht Ihr Ziel?«

Das Gebäude war definitiv mein Ziel, es stand definitiv in Flammen, und die Menge, die sich dort versammelt hatte, schrie irgendjemanden an.

»Ich gehe auf gar keinen Fall wieder da rein«, sagte ein kleiner pummeliger Mann. »Ich selbst bin nur mit Mühe rausgekommen.«

»Es ist Ihr Haus«, erwiderte jemand in der Menge. »Sie sind der Vermieter.«

»Ich bin nicht der Vermieter, ich bin nur der Verwalter.«

»Also wollen Sie sie einfach sterben lassen?!?«

»Die Feuerwehr ist unterwegs!«

»Sie wird nicht rechtzeitig hier sein!«, brüllte jemand anderer.

»Sie ist an der York Avenue, verdammt nochmal!«, sagte der Verwalter.

»Diese Station wurde vor zwei Jahren geschlossen, Sie Arschloch!«

»Ich gehe nicht rein!«

»Ich werde reingehen«, sagte ich laut.

Alle drehten sich zu mir um. »Ich bin FBI-Agent«, sagte ich.

Der Verwalter zeigte auf mich. »Lassen Sie den Fed reingehen!«

»Wer ist noch drin?«, fragte ich.

»Die alte Dame im dritten Stock«, sagte ein Jugendlicher zu mir.

Ich drehte mich zum Verwalter um, der das mit einem Nicken bestätigte. »Shaniqa Miller. Alle bis auf sie sind rausgekommen.«

»Alle?«

»Ja«, sagte der Verwalter. »Ich wohne im Erdgeschoss, die Waverlys im ersten Stock« – er zeigte auf ein Paar, das schluchzend an der Bordsteinkante stand, mit einem kleinen lockigen Hund, der ihnen über das Gesicht leckte, um sie zu trösten – »und Shaniqa im dritten.«

»Was ist mit dem zweiten Stock?«

»Der Kerl ist tot«, sagte jemand in der Menge.

»Aber nicht durch das Feuer!«, brüllte der Verwalter zurück.

Ich streckte eine Hand aus. »Schlüssel.«

Der Verwalter reichte mir einen Schlüsselbund mit mehreren Schlüsseln in verschiedenen Farben. »Die roten sind für den dritten Stock.«

»Wie lange brennt das Haus schon?«

»Seit etwa fünf Minuten«, sagte der Verwalter. »Es kam plötzlich aus dem Nichts.«

Ich betrachtete das Gebäude. Die Eingangstür war aufgesprengt, und überall lagen Glassplitter. Rauch quoll aus der Tür und den Fenstern.

»Das ist keine gute Idee«, sagte ich zu mir und sprang durch die zertrümmerte Tür hinein.

Ich schaltete meine Geruchs- und Schmerzwahrnehmung aus, konnte aber, während ich die Treppe hinaufstieg, trotzdem die Hitze spüren. Das Apartment im ersten Stock stand offen und in Flammen. Beim Apartment im zweiten – das von Chapman – war die Tür geschlossen. Wenn auch die Tür zu Shaniqa Millers Wohnung geschlossen war, musste ich eine Entscheidung treffen. Wenn ich sie öffnete, könnte ein Schwall Sauerstoff aus dem Treppenhaus hineinströmen und das Feuer noch stärker entfachen. Falls ich überstürzt versuchte, Miller zu retten, könnte ich sie am Ende damit töten.

Das Problem hatte sich erübrigt, als ich den dritten Stock erreichte. Miller lag bewusstlos auf dem Treppenabsatz, hinter ihr stand die Tür offen. Vermutlich hatte sie versucht, über die Treppe zu flüchten, und war vom Rauch überwältigt worden, bevor sie es auch nur ein Stockwerk nach unten geschafft hatte. Entweder das oder ein Herzanfall oder etwas ähnlich Schlimmes.

Doch jetzt war nicht der geeignete Moment, darüber zu spekulieren. Das Feuer griff weiter um sich. Ich bückte mich, hob Miller auf, warf sie mir über die Schulter und stürmte so schnell wie möglich die Treppe hinunter. Die Stufen ächzten unter meinem Gewicht. Diesmal musste ich die Tür im Erdgeschoss öffnen, um mit ihr auf dem Rücken nach draußen zu gelangen.

Aus der Menge eilten einige Leute herbei und nahmen sie mir ab, um sie in sicherem Abstand zum brennenden Gebäude auf den Asphalt zu legen. Ich schaltete meinen Geruchssinn wieder ein, und mir schlug der Gestank von versengtem Kunststoff und heißem Metall entgegen. Wahrscheinlich würde das FBI-Büro von Philly nicht glücklich über das sein, was ich mit ihrem Threep angestellt hatte.

Jemand berührte mich am Arm. Es war ein kleiner Junge, der mit ernster Miene auf ein Fenster im zweiten Stock des Gebäudes zeigte. Dort bewegte sich etwas. Ich schaute genauer hin.

»Chapman hatte eine gottverdammte Katze?«, sagte ich laut, ohne jemand Bestimmtes anzusprechen.

»Werden Sie sie holen?«, fragte der Junge.

Ich bitte dich!, dachte ich, sprach es aber nicht aus, sondern wandte mich an den nächsten Erwachsenen. »Wie lange dauert es noch, bis die Feuerwehr hier ist?«

»Wir sind hier in Strawberry Mansion«, sagte die Frau. »Wenn sie hier ist, wird von diesem Haus nichts mehr übrig sein.«

Nun, ich wollte mich dort sowieso umsehen, dachte ich und suchte in der Menge nach dem Verwalter. »Welche Schlüsselfarbe hat der zweite Stock?«, fragte ich ihn.

»Grün«, sagte er. »Wollen Sie noch mal reingehen?«

»Da ist eine Katze.«

»Das würde ich nicht tun«, warnte er mich.

»Ja, weil Sie ein Arschloch sind«, sagte jemand in der Nähe.

Der Manager zog eine finstere Miene und hielt die Klappe.

Mein zweiter Abstecher ins Treppenhaus war heißer und gefährlicher und verrauchter als der erste. Ich dirigierte den grünen Schlüssel ins Türschloss, entriegelte die Tür und machte mich bereit, sie so schnell wie möglich zu öffnen und wieder zu schließen, bevor der Luftzustrom den Flammen neue Nahrung geben konnte. Ich drückte die Tür vorsichtig auf ...

... und sah etwas an meinen Füßen vorbeiflitzen, als die Katze aus der Wohnung geschossen kam und die Treppe hinunterhetzte. Ich schlug die Tür zu und rannte gerade noch rechtzeitig zur Treppe zurück, um zu sehen, wie die Katze durch die zertrümmerte Eingangstür raste. Ich starrte benommen auf den Fluchtweg der Katze und erinnerte mich wieder daran, wo ich war. Ich kehrte zur Tür des Apartments zurück und trat schnell hinein.

Das Apartment war voller Rauch und Threeps, und die Threeps, die im Vorzimmer ausgestellt waren, ließen keinen Zweifel, wofür sie gedacht waren. Einer von ihnen war anatomisch männlich, ein zweiter anatomisch weiblich, und dann waren da noch zwei Threeps, die weder das eine noch das andere waren, sondern einen Bereich am Unterleib hatten, der mit Furchen und Lamellen ausgestattet war – drei Furchen, die durch zwei aufgewölbte Lamellen voneinander getrennt waren. Das war für mich etwas Neues.

Ich fotografierte sie, während ich das Apartment kartierte, so schnell ich konnte, da es schließlich in Flammen stand. Der Plan war, jetzt zu kartieren und später alles genauer zu untersuchen. Was gut war, als ich das Schlafzimmer erreichte, das voller Spielzeug war, und das Gästezimmer, das ein Kerker war, und die Küche, die weniger eine Küche, sondern eher eine erotische Kunstgalerie war.

Ich maßte mir kein Urteil an. Allerdings waren das ganz schön viele Eindrücke, die ich da in mich aufnahm.

Aber mir war auch bewusst, dass es an der Oberfläche und in all dem Rauch nicht viel gab, das sich als nützlich erweisen würde. Chapman hatte offensichtlich besondere Vorlieben, aber sie standen wahrscheinlich in keiner Verbindung zu seinem Tod. Mein Besuch hier fand unter dramatischen Bedingungen statt, mehr aber auch nicht.

Aber das glaubst du doch nicht wirklich?, sagte irgendein Teil meines Gehirns.

Und so war es auch. Es gab Zufälle, aber dass Chapman starb und ein Funktionär der Hilketa-League Selbstmord beging und Chapmans geheimes Liebesnest abbrannte, und das alles innerhalb von acht Stunden, war ein wenig zu viel auf einmal.

»Irgendetwas übersehe ich«, sagte ich laut und beschloss, das Apartment auf dem Weg nach draußen noch einmal zu kartieren. Ich blickte auf, um mit der Kartierung loszulegen.

Einer der Threeps aus dem Vorzimmer stand im Korridor und blickte mich durch den Rauch an.

Was zum Teufel!, dachte ich, trat einen Schritt vor und war dann zutiefst verwirrt, als der Fußboden unter mir nachgab. Die Schwerkraft riss mich in die Wohnung der Waverlys im ersten Stock, in der es erheblich stärker brannte als in der von Chapman. Ich rollte mich ab und blickte durch die Überreste der Decke der Waverlys hinauf, wo ich in Chapmans Apartment den Threep sah, der auf mich hinabschaute. Dann verschwand er.

Mein Threep teilte mir mit, dass ich brannte.

Dann wird es wohl Zeit, dachte ich und rappelte mich auf, um nach draußen zu gelangen, als die internen Systeme meines Threeps mich warnten, dass ich nur noch für dreißig Sekunden Energie hatte.

»Scheiße!«, sagte ich und sprintete zu den Fenstern. Ich hatte vor, hindurchzuspringen und den Threep weit genug vom Feuer und dem einstürzenden Gebäude wegzubringen.

Es war ein ausgezeichneter Plan, der nur ein wenig durch

die Tatsache gestört wurde, dass das Energiemanagementsystem des Threeps die noch verfügbare Energie maßlos überschätzt hatte. Ich schaffte es gerade bis ins Wohnzimmer der Waverlys, das geschmackvoll mit modernen Möbeln eingerichtet war, auch wenn sie nun in Flammen standen, als der Threep zusammenbrach. Das Letzte, was ich durch die Augen des Threeps sah, war der Eames-Polstersessel, mit dem der Threep zusammengestoßen war, der ebenfalls brannte und von dem aus die Flammen nun auf den Threep übergriffen. Dann wurde ich komplett aus dem Threep geworfen und schwebte in meiner Zwischenwelt, dem privaten Bereich, den alle Hadens in der Agora hatten, unserem Onlinenetzwerk.

Ich blieb für mehrere Minuten in meiner Zwischenwelt. Dann seufzte ich innerlich und öffnete ein Fenster zu Avis, dem Mietunternehmen, bei dem ich einen Account hatte.

»Willkommen bei Avis«, sagte der Bot im Fenster. Ich würde es erst mit einem Menschen zu tun bekommen, wenn meine Anfrage zu kompliziert wurde. »Wie kann ich Ihnen helfen?«

»Ich muss einen Threep mieten«, sagte ich. »Und ein Auto. Beides in Philadelphia und möglichst in der Nähe des Viertels Strawberry Mansion, wenn das geht.«

6

»DU SIEHST MÜDE aus«, sagte Vann am nächsten Morgen zu mir, als ich in den Bildgebungsraum im Keller des FBI schlenderte. Sie, Tony Wilton und Ramon Diaz, der Techniker des Imaging-Labors, warteten dort auf mich.

»Ich bin in einem verdammten Roboterkörper«, sagte ich. »Wie kann ich da müde aussehen?«

»Du hängst durch.«

»Ich hänge nicht durch.« Ich richtete mich auf.

»Aha«, sagte Vann und widmete sich wieder ihrem Kaffee.

»Chris ist erst um zwei Uhr nachts nach Hause zurückgekehrt«, erklärte Tony.

»Musst du mich verpetzen?«, fragte ich ihn fassungslos.

»Ich bringe nur Kontext ein.«

»Du warst auch noch wach«, protestierte ich.

»Aber *er* hängt nicht durch.« Vann zeigte auf Tonys Threep.

»Zu Chris' Verteidigung kann ich sagen, dass ich auch nicht in brennende Gebäude gestürzt bin, um alte Damen und kleine Katzen vor dem Feuer zu retten«, sagte Tony.

»Und du musstest der Polizei und der Feuerwehr auch keine Berichte liefern, weil dein geborgter Threep im Feuer verbrannt ist«, fügte ich hinzu.

»Was mich daran erinnert, dass wir eine Einladung von der Direktorin in Philadelphia haben«, sagte Vann. »Wir sollen in ihrem Büro aufkreuzen und ihr erklären, warum dir ein Fünfzigtausend-Dollar-Threep bis aufs Metall verkohlt ist.«

»Du kannst ihr sagen, dass das nie passiert wäre, wenn sie diese beschissene Induktionsplatte an die Steckdose angeschlossen hätten.«

»Nein, das wirst *du* ihr sagen. Das dürfte lustig werden.«

»Leute, wir sollten jetzt loslegen«, sagte Diaz. »Der Raum ist nur für eine Stunde gebucht, und es gibt vieles, was Sie sich ansehen sollten.«

Vann nickte und drehte sich zu Diaz um. »Rufen Sie das Hotelzimmer auf.«

Diaz fuhr die Imaging-Anlage hoch, und die Projektoren stellten dar, was ich am Vortag kartiert hatte: Alex Kaufmanns Hotelzimmer, durchscheinend und in halber Lebensgröße, einschließlich des Badezimmers, in dem Kaufmanns Leiche am Duschkopf hing.

»O Mann!«, sagte Tony und schlug die Hand vors Gesicht.

»Tut mir leid«, sagte ich.

»Ich finde, ich sollte extra bezahlt werden, wenn ich mir so etwas anschauen muss.«

»Still!«, sagte Vann.

»Du warst dort, nachdem unsere Leute und die Metropolitan Police dort waren«, sagte ich zu Vann. »Wie lief es?«

»Nun, die Metro Police hat es nicht vermasselt, was ein kleines Wunder war.« Vann zeigte auf Kaufmanns virtuelle Leiche. »Unsere Leute, die Metro Police und alle von der Gerichtsmedizin waren sich einig, dass es nach einem Selbstmord aussieht. Keine offensichtlichen Anzeichen an seinem Körper, die auf einen Kampf mit einer anderen Person hindeuten, und auch im Raum keine Spuren, die etwas in der Art vermuten ließen. Selbstverständlich müssen wir auf den offiziellen Schiedsspruch warten. Wir betraten den Raum, etwa zehn Minuten nachdem wir getextet hatten, und als wir dort eintrafen, war er bereits tot.«

»Also müsste er mir einen Text geschickt und praktisch im nächsten Augenblick seinen Gürtel genommen haben, um sich aufzuknüpfen«, sagte ich.

»Glaubst du, wir haben ihn in die Enge getrieben?«

»Vielleicht?« Ich zeigte auf Kaufmanns Telefon, das auf dem Klodeckel lag. »Aber ich kann mir auch vorstellen, dass er bereits dabei war und nach dem Telefon gegriffen hat, als meine Textnachricht hereinkam.«

»Er soll seine Selbstmordvorbereitungen unterbrochen haben, um eine Nachricht zu beantworten?«, fragte Vann skeptisch. »Ganz zu schweigen von der Tatsache, dass er sein Telefon ins Badezimmer mitnahm, als er sich umbringen wollte?«

Ich deutete auf die Tasche, in der Vann ihr Telefon aufbewahrte. »Du nimmst dein Telefon überallhin mit.« Ich sah Ramon an. »Sie bestimmt auch.« Tony brachte ich nicht ins Spiel, weil er einen Threep hatte. Wir hatten integrierte Telefone.

»Ich nehme mein Telefon auf jeden Fall mit, wenn ich ins Bad gehe«, bestätigte Ramon.

»Ja, aber Sie gehen zum Kacken ins Bad und nicht, um sich umzubringen«, sagte Vann zu Ramon, der nur mit den Schultern zuckte.

»Ich will darauf hinaus, dass man es automatisch tut«, sagte ich. »Wahrscheinlich hat er gar nicht darüber nachgedacht.«

»Also flippt Kaufmann wegen des Feeds aus, lässt ihn sperren, geht ins Hotel zurück, zieht sich aus, nimmt seinen Gürtel und sein Telefon mit ins Bad, schlingt den Gürtel um den Duschkopf und seinen Hals, beantwortet einen Text, sagt uns, dass wir in fünfzehn Minuten da sein sollen, und begeht dann Selbstmord.«

»Richtig.«

»Klingt kompliziert«, sagte Vann.

»Spielt das eine Rolle?«, fragte ich. »Ob er vor oder nach unserem Anruf den Plan fasste, sich umzubringen?«

»Wir versuchen herauszufinden, warum er sich umgebracht haben könnte, also ja. Und dann wäre da noch das hier.« Vann zeigte auf die Tür mit dem vorgezogenen Riegel. »Er wollte es jedem leichtmachen, der ins Zimmer gelangen wollte. War das für uns gedacht? Oder für jemand anderen? Und falls ja, für wen? Und warum?«

»Du hast die Leute von der NAHL vernommen«, bemerkte ich. »Was haben sie dazu gesagt?«

»Sie alle waren schockiert«, antwortete Vann. »Ich meine, sie waren wirklich schockiert und haben nicht nur gesagt, dass sie schockiert sind. Anscheinend stand Kaufmann für alle ganz unten auf der Liste der Leute, von denen sie glauben, sie könnten sich in einem Hotelzimmer erhängen.« Sie deutete auf Kaufmanns Projektion. »Keine Vorgeschichte mit Depressionen, sondern im Allgemeinen recht lebensfroh und so weiter. Ein ›Mann der Tat‹, wie es scheint.«

»Was heißt das?«

»Ich glaube, das heißt, dass er ein Arschloch war, aber ein engagiertes Arschloch. Jemand, der seinen Job machte und über Durchsetzungsvermögen verfügte.«

»War er verheiratet oder in einer Beziehung?«, fragte ich. »Falls an jenem Abend damit etwas schiefging, könnte es dazu beigetragen haben, dass er diesen Ausweg suchte.«

Vann schüttelte den Kopf. »Nein. Er hat Eltern und eine Schwester. Die League hat sie benachrichtigt. Ich werde mich heute oder morgen mit ihnen in Verbindung setzen.«

»Hat jemand sein Telefon überprüft?«, wollte Tony wissen. »Falls er mit Verwandten oder sonst jemandem sprechen wollte, könnte er angerufen oder getextet haben, bevor …« Tony wedelte mit der Hand in die Richtung, wo das Ergebnis des Selbstmords zu sehen war.

»Das Telefon war gesperrt«, sagte Vann.

Tony sah sich das Telefon an. »Mir fallen mehrere Möglichkeiten ein, wie man Zugang zu so einem Telefon bekommen kann.«

»Ich glaube, während sich zwei verschiedene Polizeibehörden am Tatort aufhielten, wollte es niemand darauf ankommen lassen, eine verfassungswidrige Untersuchung anzustellen.«

»Wohl wahr«, sagte Tony.

»Ich habe eine richterliche Vollmacht beantragt, bevor ich hierhergekommen bin«, sagte Vann. »Wenn sie bewilligt wird, können wir damit zu seinem Telefondienstleister gehen.«

»Wenn er das Telefon von der League erhalten hat, brauchen Sie vielleicht gar keine Vollmacht«, sagte Diaz.

Vann sah mich an und zog die Augenbrauen hoch.

»Ich bin dran«, sagte ich und zeigte wieder auf die Projektion. »Besteht irgendeine Möglichkeit, dass jemand anderer vor uns in diesem Raum war?«

Vann nickte Diaz zu, und ein virtueller Bildschirm erschien, der den Korridor vor Kaufmanns Zimmer im Schnelldurchlauf zeigte. »Das sind die Überwachungsaufnahmen aus dem Stockwerk während der Stunde vor unserer Ankunft. Das ist Kaufmann …« Sie deutete auf seine beschleunigte Version, die in sein Zimmer huschte. »Sonst ist niemand durch diese Tür gegangen, bis wir aufkreuzten. Andere Leute gehen in andere Zimmer oder kommen heraus, aber in diesem waren nur er und wir beide.«

»Hat die Spurensicherung irgendetwas ermittelt?«, fragte ich.

»Sie sagen, es ist ein Hotelzimmer, also wird es eine Weile dauern, alle Fingerabdrücke und andere Daten auszuwerten. Die Hotelkette hat die Fingerabdrücke ihres Personals gespeichert, was uns helfen wird, die Zahl der Leute zu reduzieren, die sich ansonsten im Zimmer aufgehalten haben. Zumindest vorläufig besteht kein Grund zu der Annahme, dass hier irgendetwas anderes passiert ist als das, wonach es aussieht.«

»Wo ist Kaufmanns Leiche jetzt?«, fragte ich.

»In der Gerichtsmedizin von D.C. Er wird heute untersucht. Man wird uns einen ersten Bericht schicken, der auch die toxikologische Analyse enthält. Also warten wir jetzt auf richterliche Verfügungen und Ergebnisse der Spurensicherung und der Gerichtsmedizin.«

»Gut«, sagte ich. »Fairerweise sollte man anmerken, dass es neun Uhr dreizehn an einem Montagmorgen ist. Wahrscheinlich bekommen wir zuerst die Verfügungen. Und ich werde mich mit der League in Verbindung setzen, sobald wir hier fertig sind.«

Vann nickte und wandte sich Tony zu. »Sie sind dran.«

Tony schaute zu Diaz, der das Hotelzimmer verschwinden ließ. Im Projektionsbereich erschien nun ein langer Streifen in Blaugrün und Orange mit zwei Spalten – eine für die Herzfrequenz und die andere für die Hirnaktivität, beide übereinandergelegt. Vann sah Tony mit fragender Miene an.

»Das ist das visuelle Design, das die League für die Statistiken benutzt«, sagte er. »Für eine anschauliche Darstellung ist es besser geeignet als die extrahierten Rohdaten.«

»Es sieht hässlich aus«, sagte Vann.

»Es soll ins Auge springen.«

»Hässlich springt ins Auge«, pflichtete Vann ihm bei.

»Also gut. In diesen Daten gibt es drei Stellen, die ich Ihnen zeigen möchte.« Die Graphik wurde schnell vorgespult und verlangsamte sich dann. »Duane Chapman war während des Spiels dreimal der Sündenbock. Das bedeutet, dass er der Verteidigungsspieler war, dessen Kopf als Spielball ausgewählt wurde.«

»Ich brauche kein Mansplaining für die Hilketa-Regeln«, sagte Vann.

Tony hob beschwichtigend eine Hand. »Bitte, nicht alle Menschen sind mit diesem Spiel vertraut.«

»Ich kenne mich nicht damit aus«, warf Diaz ein.

Tony zeigte auf Diaz, als wollte er sagen: *Sehen Sie?*

»Fahren Sie fort«, sagte Vann.

»Also, hier ist das erste Mal.« Tony deutete auf dic Stelle. »Man sieht, wie die Herzfrequenz hochgeht und die Hirnaktivität etwas mehr wackelt. Das liegt daran, dass es schon ein wenig schmerzt, wenn einem der Kopf abgerissen wird. Nicht sehr, weil sie die Empfindlichkeit runterregeln, aber genug, um den Spieler zu motivieren, es zu vermeiden. Tut ungefähr so weh wie eine Ohrfeige. Das spiegelt sich in den Vitalwerten wider – eine plötzliche Steigerung, die gleich wieder runtergeht, weil sich die sensorischen Systeme des Threeps abschalten, sobald der Kopf ab ist.«

»Warum?«, fragte Diaz.

»Weil es in der Anfangszeit des Spiels häufig dazu kam, dass einige gegnerische Spieler einfach nur aus Spaß auf dem gestürzten Threep herumtrampelten, wenn man es nicht machte. Weil einige Leute einfach Arschlöcher sind.«

»Also erhöhen sich Herzfrequenz und Hirnaktivität und gehen dann wieder nach unten«, sagte Vann, um Tony auf den richtigen Kurs zurückzubringen.

»Richtig, aber jetzt schauen Sie sich an, was passierte, als Chapman zum zweiten Mal der Sündenbock war.« Die

Daten rauschten vorbei und hielten an. »Diesmal fällt die Reaktion wesentlich stärker aus, und sie geht nicht so weit runter wie beim ersten Mal, nachdem der Threep den Kopf verloren hat. Wenn diese Daten den Schmerzwerten entsprechen, war es jetzt deutlich schlimmer, und es ging nicht wieder ganz weg.«

»Jemand hat die Schmerzempfindlichkeit seines Threeps erhöht«, sagte ich. Ein Haden konnte seinen Threep entsprechend einstellen. Es war dumm, die Schmerzempfindlichkeit auf null zu regulieren, denn genauso wie bei einem menschlichen Körper konnte man sich auf diese Weise schwere Schäden zufügen, und Reparaturen waren kostspielig. Aber eine Verringerung der Empfindlichkeit konnte manchmal praktisch sein. Man konnte es auch andersherum machen, aber, nun ja. Das machen nur wenige.

»Das sollte man meinen, aber der technische Leiter der Bays am Spielfeldrand sagt, dass mit dem Threep alles in Ordnung war. Zumindest sagt er das in einem Artikel, den ich heute früh gelesen habe. Und das sind Daten, die die League auf jeden Fall hat. Sie überwachen ständig die Einstellungen und Datenfeeds der Threeps, weil die Versuchung riesengroß ist, ein wenig an den Standardeinstellungen zu drehen.«

»Also ist es wie bei einem Autorennen«, sagte Diaz. »Im Prinzip sollten alle mit dem gleichen Fahrzeugmodell starten.«

»Richtig«, bestätigte Tony. »In diesem Fall ist es eins von vier Modellen, und es sind noch einige andere Modifikationen erlaubt, aber nur innerhalb eines bestimmten Rahmens. Geht man darüber hinaus, werden alle bestraft. Und in diesem Fall wäre der Techniker wahrscheinlich gefeuert worden. Also wird er es vermeiden, in diesem Punkt auf einer Pressekonferenz zu lügen.«

»Wenn es nicht am Threep liegt, woran dann?«, fragte Vann.

»Ich bin mir nicht sicher, aber was auch immer es ist, es ist signifikant.« Tony spulte den Feed wieder vor, aber etwas langsamer als beim letzten Mal. »Chapmans Werte beruhigen sich nicht mehr, nachdem er zum zweiten Mal der Sündenbock war. Das Ganze wird sogar noch sprunghafter, und das Stressniveau geht nach oben. Und als er zum dritten Mal der Sündenbock ist, genau *hier*« – Tony zeigte auf einen dritten Ausschlag, der noch stärker war – »sind seine Werte schon nahe an der zweiten Spitze dran. Und nach dieser dritten Spitze wird es richtig chaotisch.«

Tony hatte recht. An dieser Stelle schlugen Chapmans Vitalwerte heftig aus. »Und hier wurde der Feed abgeschaltet«, sagte Tony und deutete auf eine Markierung im Datenstream, dann auf eine weitere etwas später. »Und hier kommt es zum Herzstillstand. Und hier« – wieder eine Markierung – »ist der Moment, wo seine Hirnaktivität komplett aufhört.«

»Als er starb«, sagte Vann.

»Als der Tod vermutlich unausweichlich war, ja.«

»Also willst du damit sagen, dass Chapman an zu großen Schmerzen starb«, fasste ich zusammen.

»Das nicht«, antwortete Tony. »Wir wissen, dass er Schmerzen hatte, weil man es uns bei der Pressekonferenz gestern Abend gesagt hat.« Er zeigte auf den Streifen, der nun stillstand. »Diese Werte geben keinen direkten Hinweis auf irgendwelche Schmerzen, sie lassen nur darauf schließen. Außerdem sind die Daten unvollständig, insbesondere die ›Hirnaktivitäten‹, die nur eine allgemeine Messung des neurologischen Zustands sind, aber nichts über bestimmte Systeme oder Sektionen des Gehirns aussagen.«

»Es ist nur Show«, sagte Vann.

»Im Wesentlichen«, stimmte Tony ihr zu. »So hat die League etwas, das sie verkaufen kann. Daran erkennt man, dass mit Chapmans Gehirn irgendetwas nicht stimmte. Aber es ist nicht spezifisch genug, um Genaueres sagen zu können.«

»Außer dass er Schmerzen hatte.«

»Außer dass diese Daten die mehrfach geäußerte Behauptung stützen, dass er Schmerzen hatte«, stellte Tony richtig. »Ansonsten sind Schmerzen nur ein Symptom. Ich würde sagen, das Chapman an Herzstillstand starb. An einem Herzinfarkt. Man müsste die Gerichtsmedizin von Philadelphia fragen, ob sie das bestätigen kann.«

»Was meinen Sie? Wurde dieser Datenfeed auf irgendeine Weise manipuliert?«, fragte Vann.

»Nein. Oder falls doch, wurde es richtig gut gemacht«, antwortete Tony. »Das ist eine vorläufige Einschätzung, die auf einer mehrstündigen Untersuchung basiert. Später werde ich gründlichere Tests durchführen. Aber selbst wenn die Daten manipuliert wurden, zeigen sie mehr oder weniger das, was wir bereits wussten: Chapman starb, kurz nachdem sein Threep vom Platz gebracht wurde. Falls etwas manipuliert wurde, stellt sich die Frage, warum.«

»Das bringt uns zu unserer ursprünglichen Theorie zurück, dass Kaufmann den Feed nur aus Panik stoppen ließ«, sagte ich.

Vann schüttelte den Kopf. »Wir haben nie aufgehört, von einer Panikreaktion auszugehen. Allerdings wissen wir nicht, *weshalb* er in Panik geriet. Und warum er deswegen Selbstmord beging.«

»Falls es Selbstmord war.«

»Es war Selbstmord«, sagte Vann und deutete mit einer Kopfbewegung zum Datenstreifen. »Er mag sein ganzes Leben lang ein selbstgefälliger, arroganter Drecksack gewesen sein, und jeder, mit dem ich gestern Abend gesprochen habe, hat das bestätigt. Aber hier gibt es irgendetwas, das ihn auf eine ganz andere Bahn brachte.«

»Und was tun wir jetzt?«, fragte ich.

»Wir halten diese Überlegung fest, und du zeigst uns, was du in Philly gesehen hast.«

Ich nickte und übermittelte meine Informationen an Diaz, der Tonys Daten verschwinden ließ und Chapmans brennendes Apartment aufrief. Rauch, Feuer und Staubteilchen hingen erstarrt in der Luft.

»Uff«, sagte Tony.

»Ich weiß«, sagte ich. »Ich war dort.«

»Was hast du gefunden?«, fragte Vann.

»Nichts, dachte ich. Es sah einfach nur nach der Grundausstattung eines Groupie-Spielzimmers aus.«

»Und woher weißt du, wie ein Groupie-Spielzimmer aussieht?«

»Du erinnerst dich, dass ich für eine Weile berühmt war? So etwas ist mir nicht völlig neu.«

Vann sah mich mit schiefgelegtem Kopf an. »Hattest ... hattest *du* ein Groupie-Spielzimmer, Chris?«

»Soll das ein Witz sein?«

»Eigentlich schon, aber zu etwa fünf Prozent bin ich tatsächlich neugierig.«

»Ich komme auf knapp zehn Prozent«, sagte Tony.

Diaz schien sich unbehaglich zu fühlen.

»Ihr beide seid schreckliche Menschen, und die Antwort lautet nein«, sagte ich. »Außerdem habe ich gedacht, dass es das war, bis jemand anderer auftauchte und einen der Threeps aktivierte.«

»Welchen?«, fragte Vann. Ich zeigte auf einen der beiden,

die mit den Rillen ausgestattet waren. Sie sah ihn sich genauer an. »Dieses Modell kenne ich nicht.«

»Ich kenne keines dieser Modelle«, sagte ich.

»Das sieht nach einem Van Diemen aus«, sagte Tony und zeigte auf den Threep mit einem Penis.

Vann blinzelte. »Und woher wissen Sie das?«

»Weil ich mich offenkundig in nächster Nähe eines Exemplars aufgehalten habe.«

»Fahren Sie fort«, sagte Vann.

»Möchten Sie mehr über meinen sexuellen Hintergrund wissen?«

»Nein.« Vann machte eine abwehrende Handbewegung. »Ich meine, erzählen Sie uns mehr über diese Firma.«

»Dazu gibt es nicht viel zu sagen«, antwortete Tony. »Es existiert ein Markt für so etwas, aber die Großen wollen offiziell nichts damit zu tun haben. Also hat Van Diemen Lizenzen für die Technik erworben und nimmt dann Veränderungen vor. Sie stellen Modelle beiderlei Geschlechts her.«

»Und das?« Vann zeigte auf die Threeps mit den Rillen.

Tony zuckte mit den Schultern. »So etwas habe ich noch nie gesehen. Aber wie es aussieht, dient es im Prinzip dem gleichen Zweck.«

Vann sah mich an. »Chris«, sagte sie.

»Bin schon dran.« Ich hatte ein Fenster mit Informationen über das Unternehmen geöffnet. »Sie sitzen in der Nähe von Baltimore.«

»Was ist mit diesen Threeps in Chapmans Apartment passiert?«, wollte Vann wissen.

»Sie sind verbrannt. Ich hatte die Polizei von Philly aufgefordert, die Überreste zu beschlagnahmen.«

»Wir werden den, der sich bewegt hat, morgen mitnehmen

und auf dem Rückweg von Philly bei Van Diemen vorbeischauen«, sagte Vann. »Hast du sonst noch etwas?«

»Ich habe Aufnahmen aus Chapmans Stadthaus mit seinem Zimmer.«

»Das wollen wir uns ansehen.«

Ich schickte die Daten zu Diaz rüber, der sie projizierte. Wir alle schauten uns das Zimmer an.

»Ja, das ist ein Zimmer«, sagte Vann schließlich.

»Das war auch in etwa mein Gedanke«, sagte ich.

»Sonst noch jemand?«, wandte sich Vann an Tony und Diaz.

»Also ...«, sagte Tony.

»Ja?«

»Könnten Sie den Infusionsbeutel ranzoomen?«

Vann nickte Diaz zu, der den Ausschnitt vergrößerte. Sie drehte sich zu mir um. Ich zuckte mit den Schultern.

Tony deutete auf den Beutel. »Das ist nicht richtig.«

»Was ist daran nicht richtig?«, fragte Vann.

»Das ist die falsche Marke«, sagte Tony.

Vann runzelte die Stirn. »Ich verstehe nicht, was Sie meinen.«

»Eine Infusion enthält viele Ergänzungsmittel, die die League ihren Athleten während des Spiels erlaubt hat, damit sie munter bleiben und was weiß ich. Okay? Und die Topspieler im Hilketa haben Werbedeals für ihre Infusionsergänzungen. Diejenigen, die nicht die von der League gebilligten Ergänzungen benutzen. Zum Beispiel Tigertone. Aber auf diesem Beutel steht Labram. Chapman hatte keinen Werbedeal mit Labram.«

»Aha. Und?«, sagte Vann. »Vielleicht wollte Chapman einfach nur etwas Neues ausprobieren.«

Tony schüttelte den Kopf. »So läuft das nicht. Die NAHL

könnte verklagt werden, weil Chapman während eines Spiels etwas anderes als Tigertone benutzt hat. Und Chapman könnte von den Bays dafür bestraft werden, weil er so etwas ohne einen Werbedeal getan hat.«

Vann nickte. »Also stellt sich die Frage, warum er umgestiegen ist.«

»Und was in diesem Beutel ist«, fügte ich hinzu. Dann hielt ich inne und wandte mich an Diaz. »Rufen Sie bitte noch einmal Chapmans geheimes Apartment auf.«

Diaz tat es. »Projizieren Sie das Wohnzimmer in voller Größe«, forderte ich ihn auf.

»Was suchst du?«, fragte Vann.

»Das«, sagte ich und zeigte auf einen Karton in der Ecke des Raums, neben einem der Threeps, zum Teil von erstarrtem Rauch verhüllt. »Darauf steht ›Labram‹.«

»Das könnte alles Mögliche sein.«

Ich nickte. »Es könnte alles Mögliche sein, aber in diesem Fall ist es etwas ganz Bestimmtes.« Ich wies sie auf eine Lieferungsnummer oben auf dem Karton hin. »Das können wir zurückverfolgen. Und während wir dabei sind …« Ich bat Diaz, noch einmal zu Chapmans Stadthaus zu wechseln und erneut den Infusionsbeutel ranzuzoomen. »Jeder Beutel hat eine eigene Seriennummer. Sie wird uns verraten, wann er produziert wurde und zu welchem Posten er gehörte. Wenn wir das wissen, wird vielleicht auch klar, ob er direkt an Chapman geliefert wurde oder ob er ihn von einer anderen Person bekommen hat.«

Vann runzelte die Stirn. »Du meinst, das könnte etwas mit seinem Tod zu tun haben?«

»Ich weiß es nicht«, sagte ich. »Aber wenn Tony recht hat, dass es der falsche Beutel ist, sollten wir vermutlich ermitteln, warum das so ist. Wir wissen nicht, warum Chapmans

Körper während des Spiels ausflippte, und wir dürfen keine Erklärung als gegeben hinnehmen. Wir müssen herausfinden, was mit seinem Körper und was mit seinem Threep los war. Also holen wir uns diesen Beutel und lassen ihn untersuchen. Dann brauchen wir einen medizinischen Bericht von der Gerichtsmedizin in Philadelphia. Und dann müssen wir mit den Leuten reden, die für die Threeps der Boston Bays verantwortlich sind.«

»Du hast mit Chapmans Pfleger gesprochen?«

»Alton Ortiz, ja.«

»Und er hat nichts dazu gesagt, dass es eine andere Infusion war?«

»Nein.«

»Vielleicht sollten wir ihn noch einmal danach fragen.«

»Das können wir tun, wenn wir wegen der Gerichtsmedizin in Philly sind. In der Zwischenzeit sollten wir jemanden aus unserem Büro dort in Chapmans Haus schicken, um den Beutel als Beweisstück zu sichern.«

Darüber musste Vann ein wenig lächeln. »Lass mich das machen. Ich glaube nicht, dass die dir im Moment einen Gefallen tun möchten.«

»Wohl wahr.«

»Außerdem müssen wir noch einmal nach Strawberry Mansion und mit einigen der Bewohner des Hauses reden. Um herauszufinden, was in diesem Liebesnest von Chapman ablief und warum das Gebäude in Flammen aufging.«

»Ja«, stimmte ich ihr zu. »Und was tun wir jetzt wegen Kaufmann?«

»Ach, der«, sagte Vann und sah mich dann an. »Ich weiß es nicht, Chris. Was wollen wir tun?«

Es ging nicht darum, dass Vann sich tatsächlich im Unklaren darüber war, was als Nächstes zu tun war. Es ging darum, dass Vann meine Seniorpartnerin war, die ihren Juniorpartner – mich – testete. So hatte unser Arbeitsverhältnis vor einem Jahr begonnen, und so war es weitergegangen. Ich vermutete, wir konnten noch die nächsten zehn Jahre zusammenarbeiten, und sie würde mir weiterhin solche Testfragen stellen.

»Die Verfügung oder die Freigaben von der League besorgen und die Gerichtsmedizin hier in D. C. und die Spurensicherungsteams bitten, ihre Untersuchungen zu beschleunigen.«

»Und was ist mit der Verbindung zwischen Kaufmann und Chapman?«

»Da bin ich überfragt«, sagte ich. »Außerdem ist mein Tag bereits komplett verplant.«

Vann schmunzelte. Dann wandte sie sich an Diaz. »Zeigen Sie uns noch einmal das Hotelzimmer.« Kaufmanns Hotelzimmer wurde projiziert. »Ich glaube, wir haben etwas übersehen«, sagte sie zu mir.

Ich sah mir den Raum ein weiteres Mal an. »Mir fällt nichts auf«, sagte ich nach einigen Minuten.

»An dieser Stelle hast du als Haden einen blinden Fleck.« Vann deutete auf das Bett. »Das Bett ist total zerwühlt.«

»Okay. Und?«

»Schauen wir uns die Überwachungsaufnahmen an«, sagte Vann zu Diaz. Er rief die Daten auf und spielte sie erneut in einem eigenen virtuellen Fenster im Schnelldurchlauf ab. »Hier geht Kaufmann ins Zimmer. Das ist etwa fünfundvierzig Minuten vor unserer Ankunft.«

»Worauf er ein Nickerchen machte«, sagte ich.

»Das ist nicht allzu viel Zeit. Außerdem hatte er einen stressigen Tag.«

»Erst recht ein Grund für ein Nickerchen.«

»So wie ihn alle beschrieben haben, scheint er nicht der Typ zu sein, der Nickerchen macht.«

»Vielleicht wurde sein Zimmer an diesem Tag nicht gemacht«, gab Tony zu bedenken.

»Gehen diese Aufnahmen von der Hotelsicherheit noch weiter zurück?«, wollte Vann von Diaz wissen.

»Ich habe hier etwa sechs Stunden«, antwortete er.

»Spulen Sie zurück, damit wir sehen können, ob das Zimmer in Ordnung gebracht wurde.«

Diaz ließ den Feed zurücklaufen, bis der Servicewagen auftauchte und das Personal rückwärts laufend in die Zimmer ging und wieder herauskam. Dann stand der Wagen vor Kaufmanns Tür, und jemand vom Personal war darin beschäftigt.

»Damit wäre diese Frage beantwortet«, sagte Vann.

»Das ist aber nicht ganz schlüssig«, warf ich ein. »Auch wenn du hinsichtlich seiner Persönlichkeit einen anderen Eindruck gewonnen hast, neigte Kaufmann vielleicht wirklich dazu, sich gelegentlich aufs Ohr zu hauen.«

Vann ging nicht darauf ein. »Wurde das Zimmer bereits freigegeben?«

»Für den Hotelbetrieb? Keine Ahnung.«

»Finde es heraus. Wenn nicht, soll sich ein Spurensicherungsteam noch einmal dort umsehen. Und wenn doch, sollen die Leute es trotzdem tun. Und das Hotel soll das Personal aus dem Zimmer neben dem von Kaufmann heraushalten, bis unsere Leute es sich angesehen haben.«

»Warum?«

Vann zeigte auf die Projektion des Raums. »Schau noch einmal genauer hin«, sagte sie.

Ich unterdrückte den Drang, dagegen zu protestieren, und schaute noch einmal genauer hin. Diesmal sah ich es, nach ungefähr einer Minute.

»Die Zwischentür«, sagte ich.

»Die Zwischentür«, bestätigte Vann. »Die sich zum Nachbarzimmer öffnen lässt, wenn jemand beide mieten und das Ganze als Suite nutzen möchte. Oder wenn jemand ein Nachbarzimmer haben möchte, weil er vom einen ins andere Zimmer gehen möchte, ohne dass alle Welt das mitbekommt.«

»Trotzdem sehr vage«, sagte ich.

»Möglicherweise.« Vann lächelte, allerdings ohne allzu viel Frohsinn. Sie sah aus, als hätte sie ihr Zeitlimit erreicht, an dem sie wieder Nikotin brauchte. »Aber wir wollen nichts ausschließen. Und wir brauchen einen Namen zu diesem Zimmer. Wenn wir Glück haben, hat die Person noch nicht ausgecheckt. Lass uns das erledigen, bevor wir uns auf den Weg nach Philly machen.«

»Und mit ›Lass uns das erledigen‹ meinst du ›Mach du das‹, nicht wahr?«

»Ja«, sagte Vann. »Ja, das meine ich.«

»Dann fährst du nach Philly. Und zurück.«

»Das hatte ich sowieso vor. Denn während wir fahren, solltest du noch etwas anderes tun.«

»Und was wäre das?«

»Mit deinen Eltern reden.«

7

DER FBI-WAGEN, den wir normalerweise benutzten, war in der Werkstatt. Vann holte sich einen anderen aus dem Fahrzeugpark. Ich wollte dort nicht warten, während sie sich mit dem Personal stritt, welchen Wagen man ihr überlassen konnte. Sie würde schlechte Laune bekommen und die Leute genauso, und am Ende würde ich mich wie das Kind fühlen, das traurig war, weil Mommy und Daddy sich stritten. Ich sagte ihr, dass sie mich vor dem Haupteingang abholen sollte, und trat durch die Tür hinaus, um einen für Washington typischen feuchtwarmen Tag zu genießen. Die Leute um mich herum waren schon sichtlich ins Schwitzen geraten. Ich regelte meine Wärmeempfindlichkeit herunter und empfand eine gewisse Genugtuung, ein Haden zu sein.

Doch dann verflüchtigte sich die Genugtuung, als ein kleines Rudel Reporter über mich herfiel und mir Fragen zum Fall zurief. Man hatte meinen Threep wiedererkannt.

»Ich gebe keine Kommentare ab«, sagte ich und hob die Hände.

»Kommen Sie, Chris«, sagte einer der Reporter. Ich scannte sein Gesicht, und laut Datenbank war es Dave Miller, der für die *Post* über Hilketa schrieb. »Ihre Presseleute sind nicht besonders hilfreich.«

»Das liegt vielleicht daran, dass es sich um laufende Ermittlungen handelt, und darüber reden wir nicht so gern«, gab ich zu bedenken.

»Wenn es laufende Ermittlungen sind, deutet es darauf hin, dass es nicht um einen natürlichen Todesfall geht, nicht wahr?«

Ich sah Miller mit schiefgelegtem Kopf an. »Das ist eine hübsche Suggestivfrage«, sagte ich. »Als Nächstes wollen Sie bestimmt wissen, wann ich aufgehört habe, in meiner Partnerschaft Gewalt auszuüben, was?«

»Ist das eine Bestätigung, dass Sie in einer Partnerschaft leben?«, fragte Miller grinsend, nachdem er die Anspielung verstanden hatte.

»Was ist mit Commissioner Kaufmann?«, kam eine andere Frage – diesmal von Cary Wise von den *Hilketa News*.

»Sehen Sie, auch das sind laufende Ermittlungen, nicht wahr?«, sagte ich. »Und was haben wir gerade über laufende Ermittlungen gelernt?«

»Sie könnten eine inoffizielle Stellungnahme abgeben«, schlug Wise vor.

Alle in der kleinen Pressegruppe stöhnten auf und sahen Wise an.

»Was?«, fragte Wise und blickte sich um.

»Sie sind neu in dieser Branche, wie?«, fragte ich.

»Nein«, widersprach Wise.

»Jetzt haben Sie gerade dafür gesorgt, dass Chris nie wieder irgendetwas Inoffizielles zu irgendwem sagen wird, Dummkopf«, erklärte ein anderer Journalist.

»Genau«, sagte ich und zeigte dann auf die verschiedenen Überwachungskameras um uns herum. »Hier ist ein Profi-Tipp: Fragen Sie niemals einen FBI-Agenten nach einer inoffiziellen Stellungnahme, wenn Sie sich in der Öffentlichkeit vor Mikrophonen und Videokameras befinden, und erst recht nicht *unmittelbar vor einem FBI-Gebäude.*«

»Wann wird das FBI eine Stellungnahme herausgeben?«

Diese Frage kam von Leona Garza, die für den Sender WTTG arbeitete.

»Fragen Sie unsere Presseleute.«

»Das haben wir getan. Aber sie wollten nichts dazu sagen.«

»Vielleicht fragen Sie sie nach einer inoffiziellen Stellungnahme«, schlug ich vor.

»Was war mit der gestrigen Demonstration?«, wollte Wise wissen.

»Welche Demonstration?«

»Die Leute, die gegen das Hilketa-Spiel demonstrierten«, sagte Wise. »Werden sie im Zusammenhang mit den gestrigen Ereignissen unter die Lupe genommen?«

Ich hielt für einen Moment inne. »Das ist eine ziemlich willkürliche Frage«, sagte ich schließlich.

»Das waren nicht irgendwelche Demonstranten«, sagte Wise. »Sie haben massive finanzielle Unterstützung erhalten.«

»Aha, *okay*«, warf Miller ein und baute sich dann vor Wise und mir auf. »Wenn Sie uns nichts über die Ermittlungen sagen können, Chris, könnten Sie uns vielleicht etwas mehr über diese Frau erzählen, die Sie letzte Nacht in Philly vor dem Feuer gerettet haben.«

Ein Hupen war zu hören. Vann war mit unserem Wagen vorgefahren.

»Mein Chauffeur ist da«, sagte ich und spazierte winkend davon. Miller protestierte, weil er keine Antwort erhalten hatte. Ich winkte so lange, bis ich ins Fahrzeug eingestiegen war.

»Du bist echt populär«, sagte Vann.

»Es geht nicht um mich, sondern um unseren Fall.« Ich schnallte mich an und musterte dann den Wagen. »Nett. Viel netter als der, den wir normalerweise benutzen.«

»Nun ja«, sagte Vann und fuhr los. »Zuerst wollten sie mir diesen gottverdammten Fiesta geben. Ich habe damit gedroht, jemanden zu erschießen.«

»Es ist nur ein Auto«, wandte ich ein.

»Sagt jemand, der sich keine Sorgen machen muss, dass seine Wirbelsäule auf dem Weg nach Philly drei Stunden lang zusammengestaucht wird. Und drei Stunden zurück.«

»Wir könnten jemanden vom Philly-FBI dazu bringen, die Sache zu übernehmen«, sagte ich. »Wir führen einfach über Video ein kleines Gespräch mit dem dortigen Direktor.«

»Netter Versuch, sich aus der Affäre zu ziehen«, bemerkte Vann schmunzelnd. »Jedenfalls kenne ich die Person, die sich dort um Haden-Angelegenheiten kümmert. Rachel Ramsey.«

»Und?«

»Wir fahren nach Philly.«

»Ich bin schon seit einem Jahr dein Partner, und ich glaube, in der ganzen Zeit hast du noch nie etwas Nettes über irgendjemanden im Polizeidienst gesagt«, stellte ich fest.

Vann fischte eine Zigarettenschachtel aus der Tasche ihrer Anzugjacke. »Dich hasse ich nicht.«

»Das ist beruhigend.«

»Ich werde unterwegs rauchen.«

»Du weißt, dass mir das zuwider ist. Ich werde deswegen von den Leuten im Fahrzeugpark angebrüllt, weil sie glauben, es würde dich davon abhalten, wenn sie mich anbrüllen. Ich erkläre ihnen immer wieder, dass das nichts bringt. Aber sie brüllen mich trotzdem an.«

»Tut mir leid.«

»Deshalb haben sie versucht, dir den Fiesta anzudrehen. Was ist mit deiner elektronischen Zigarette passiert?«

»Sie ist kaputt.«

»Kauf dir eine neue.«

»Die Dinger sind teuer.«

»Und Zigaretten sind mit zwölf Dollar pro Schachtel billiger? Deine Ausgabenplanung ist zumindest fragwürdig.«

»Hat die Presse dir irgendwas entlocken können?«, wechselte Vann das Thema.

»Nein. Mit Medienrummel komme ich klar, und das war noch eine recht kleine Horde. Allerdings hat jemand eine merkwürdige Frage gestellt. Jemand von irgendeiner Gazette, die sich *Hilketa News* nennt. Schon mal davon gehört?«

»Eher nicht.«

»Beim Spiel gab es Demonstranten, die behaupteten, Hilketa wäre diskriminierend. Cary Wise von den *Hilketa News* deutete an, dass es nicht nur irgendwelche Verrückten waren. Angeblich sind sie gut organisiert und werden von jemandem finanziert.«

»Ach du Scheiße«, sagte Vann.

»Dass die Demonstranten finanziert werden?«

»Nein. Ich finde mein Feuerzeug nicht.«

»Die Leute vom Fahrzeugpark werden darüber sehr erfreut sein.«

»Wir halten an einem Laden an.«

»Du fährst«, sagte ich, »und du entscheidest, wann wir wo anhalten.«

»Diese Demonstranten werden also finanziert«, sagte Vann. »Und was heißt das?«

»Ich glaube, Wise wollte andeuten, dass das kein gutes Zeichen ist.«

»Und?«

»Weiter nichts. Ich frage mich nur, ob wir sie uns mal genauer ansehen sollten.«

»Ich finde, wir haben schon genug zu tun. Außerdem haben die Demonstranten nicht unrecht, ob sie nun bezahlt wurden oder nicht. Hilketa *ist* diskriminierend.«

»So ein Quatsch!«, sagte ich. »Es ist die am wenigsten diskriminierende bedeutende Sportart. Sie hat keine Barrieren, weder geschlechtliche noch ethnische oder sexuelle.«

»Aber es ist sehr hilfreich, ein Haden zu sein.«

»Dann könnte man auch behaupten, es gäbe Diskriminierung im Basketball, weil im Team der Washington Wizards niemand spielt, der oder die kleiner als eins achtzig ist.«

»Ein künstliches neuronales Netzwerk im Kopf ist keine zwingende Voraussetzung, um in der NBA spielen zu dürfen.«

»Nein, es sind nur viele Generationen der genetischen Selektion nötig, um jemanden zwei Meter groß zu machen«, konterte ich. »In beiden Fällen kommt etwas ins Spiel, für das man selbst gar nichts kann. Die Genetik oder eine Infektionskrankheit, die zur Folge hat, dass man sich ein gefährliches Implantat ins Gehirn setzen lässt, um in der Welt zurechtzukommen. Eins von beiden ist schlimmer als das andere.«

»Doch nichts davon widerspricht der Aussage, dass Hilketa diskriminierend ist«, bemerkte Vann.

»Mein Gott, Vann«, sagte ich. »Ich habe das Gefühl, du könntest im College eins von den Arschlöchern gewesen sein, die immer den *advocatus diaboli* spielen wollten.«

»Im Gegenteil. Ich habe sogar ein paar von diesen Leuten verprügelt.« Vann steckte die Zigarette sorgfältig in die Schachtel zurück. »Du hast mich mit deinem Wutanfall unterbrochen, bevor ich meine eigentliche Überlegung zu Ende führen konnte. Ich wollte sagen, dass die Demonstranten nicht unrecht haben, weil das Spiel tatsächlich diskriminierend ist, aber wen interessiert es, denn es ist keine *rechtliche* Diskriminierung, sondern eine, die hauptsächlich auf bestimmten Fertigkeiten beruht, genauso wie bei jeder anderen Sportart auch. Es hilft, im Profi-Basketball größer als einen Meter achtzig zu sein, aber es hat genug Spieler gegeben, die es nicht waren und das mit anderen Fertigkeiten ausgleichen konnten. Ich bin mir ziemlich sicher, dass für Hilketa dasselbe gilt.«

Ich schwieg für einen Moment. »Also willst du damit sagen, dass ich dich wegen nichts angebrüllt habe.«

»So in etwa.«

»Aber du hast dagegengehalten.«

»Ja nun …« Vann steckte die Zigarettenschachtel in die Jackentasche zurück. »Im Moment bin ich etwas gereizt.«

»Wir müssen irgendeinen Laden finden.«

»Wohl wahr.« Vann übernahm die Steuerung des Wagens. »Ich kenne einen hier in der Nähe. Und während ich hinfahre, möchte ich, dass du deine Eltern besuchst und dich mit ihnen unterhältst. Wenn du zurück bist, werde ich nicht mehr so kribbelig sein.«

Also stattete ich meinen Eltern einen Besuch ab.

Was recht einfach war, weil ich im Gegensatz zu den meisten anderen Hadens mehr als einen Threep besaß.

Mein »Haupt«-Threep, ein Sebring-Warner 680XS, war der auf dem Beifahrersitz des FBI-Wagens auf dem Weg nach Philly. Ich hatte ihn bekommen, als ich meinen 660XS in Zahlung gegeben hatte, der noch relativ neu gewesen war, aber dank meiner Arbeit schon starken Verschleiß erlitten hatte. Der 680XS war, wie ich bereits Vann gegenüber angemerkt hatte, mit allem nur denkbaren Schnickschnack ausgestattet.

Mein zweiter Threep war ein Kamen Zephyr, ein nettes Modell, auch wenn dieser spezielle Threep eine umfangreiche Generalüberholung hinter sich hatte. Er blieb im Haus meiner Eltern, weil ich die beiden gern besuchte und manchmal keine Lust hatte, mich mit meinem 680XS in den Verkehr zu stürzen. Außerdem befand sich auch mein biologischer Körper im Haus meiner Eltern, obwohl ich ein Zimmer in D.C. gemietet hatte und in meinem Haupt-Threep dort lebte. Wenn ich irgendetwas mit meinem biologischen Körper zu tun haben musste, schlüpfte ich schnell in den Zephyr.

(Ich hatte noch einen dritten Threep: einen Brummel Maier-Vonn III, der die meiste Zeit im Ferienhaus der Familie in Jackson Hole blieb. Er war speziell fürs Skifahren und für den Wintersport konstruiert. Der MVIII ist im Wesentlichen ein Schneemobil für Hadens. Ich hatte ja erwähnt, dass meine Familie wohlhabend ist. Wir unternehmen von Zeit zu Zeit widerliche Dinge, die wohlhabende Leute tun, zum Beispiel sich ein Ferienhaus im Tal von Jackson Hole und völlig verrückte Spezialausrüstung leisten. Dabei mag ich Skifahren eigentlich gar nicht so sehr.)

Die Möglichkeit, augenblicklich von einem Threep in einen anderen springen zu können, mochte auf Nicht-Hadens irritierend wirken. Ihnen kam es ein wenig wie Teleportation vor. Ich erklärte es immer wieder damit, dass es im Grunde kaum anders war, als von einem Telefon zu einem Tablet zu wechseln, aber zugegebenermaßen ist es schon ein Unterschied, ob man auf einen Bildschirm schaut und dann auf einen anderen oder ob man sein Bewusstsein von einem Maschinenkörper in einen anderen bewegt. Zwischen denen ein halber Planet liegen kann. Was tatsächlich fast wie Teleportation ist, wenn man einmal genauer darüber nachdenkt.

Das eigentliche Geheimnis ist, dass weder ich noch irgendein anderer Haden sich jemals von der Stelle bewegen.

Wir befinden uns die ganze Zeit am selben Ort: in unserem Körper. Meiner befand sich nicht weit von Washington in Virginia, in einem sonnigen Zimmer im Haus meiner Eltern, in einer erstklassigen Wiege, rund um die Uhr von Pflegern versorgt, mit einem Ersatz-Threep, der auf einem Induktionsstuhl saß und den ich jederzeit benutzen konnte. Was ich nun tat, um meine Eltern zu besuchen.

Ich schaute nicht nur kurz vorbei. Obwohl mein biologischer Körper bei meinen Eltern lag, verbrachte ich jetzt den größten Teil meiner wachen Zeit in dem Haus, das ich mir mit Tony und meinen anderen Mitbewohnern teilte. Sofern es nicht um unmittelbare Probleme mit meinem Körper ging, versuchte ich, meinen Eltern Bescheid zu geben, bevor ich rüberkam. Es bestand immer das Risiko, in einem unpassenden Moment aufzukreuzen. Diese Formulierung könnte für viele unterschiedliche Dinge zutreffen, aber in diesem Fall bedeutete es, meinen Vater zu stören, während er Geschäfte zu tätigen versuchte.

Doch als ich Mom anpingte, dass ich rüberkommen wollte, sagte sie nur: »Tu das. Dein Vater hat Besuch, und ich glaube, deine Sicht der Dinge könnte für ihn sehr hilfreich sein.«

Mir wurde klar, was sie damit meinte, als ich meinen Vater und seine Besucher im Trophäenzimmer vorfand. Das war der Raum, in dem Dad Erinnerungsstücke an seine Basketballkarriere und aus seinem Geschäftsleben aufbewahrte. Der Zweck des Ganzen bestand darin, die Millionäre und Milliardäre zu demütigen, mit denen er sich traf. Normalerweise klappte das gut. Sicher, auch andere Leute waren Milliardäre. Aber waren sie Milliardäre mit vier Meisterschaftsringen der NBA, so wie Dad? Wahrscheinlich nicht. Setzen Sie sich.

»Chris!« Dad grinste mich breit an, als ich eintrat, und

erhob sich von der Couch, auf der er mit seinen zwei Besuchern saß, einem älteren Mann und einer jüngeren Frau. Beide kamen mir irgendwie bekannt vor. Er durchquerte den Raum und umarmte mich. »Schön, dich zu sehen, mein Junge.«

»Ich weiß, es war eine lange Zeit«, witzelte ich.

»Ich verstehe, dass das ein Scherz sein soll, aber wir haben uns gestern eigentlich gar nicht richtig gesehen, nicht wahr?«, sagte Dad.

»Ja, stimmt schon«, räumte ich ein.

Dad nickte und deutete auf seine Gäste. »Du erinnerst dich bestimmt an Wendell Gorden, den Commissioner der North American Hilketa League, und das ist Amelie Parker, die Geschäftsführerin eines Start-ups namens MobilOn.«

Jetzt wusste ich wieder, woher ich die beiden kannte. Gordon hatte ich gestern beim Spiel gesehen. Er war der NAHL-Funktionär gewesen, der mich angesehen hatte, als sein Apparatschik ihm ins Ohr geflüstert und ihm von Duane Chapman erzählt hatte. Es war möglich, dass er zu diesem Zeitpunkt nicht gewusst hatte, dass ich in diesem Threep steckte.

Parker erkannte ich nicht als Parker, der ich nie zuvor begegnet war, sondern weil die Frau vor mir eine Integratorin war, eine Person, die von Hadens angeheuert wurde, damit sie sich ihre Körper ausleihen konnten. Auch Integratoren hatten ein neuronales Netz im Gehirn, das es Hadens ermöglichte, ihren Körper zu übernehmen und zu steuern, wobei sie dezent von den Integratoren unterstützt wurden. Integratoren sind relativ selten – in den USA gibt es nur etwa zehntausend –, was bedeutet, dass sie normalerweise mehrere Klienten haben, die ihre Dienste zu unterschiedlichen Zeiten in Anspruch nehmen.

Diese Integratorin war Lena Fowler, die in der Region von D.C. noch recht neu war. Ich erkannte sie wieder, weil Vann und ich vor einigen Monaten wegen Überweisungsbetrug gegen eine Klientin von ihr ermittelt hatten. Diese Klientin plädierte auf schuldig und saß nun drei Jahre in einer speziellen Haden-Stafanstalt ab. Zumindest in absehbarer Zeit würde sie Fowler nicht mehr als Integratorin buchen können.

»Mr. Gordon, Ms. Parker«, sagte ich und nickte beiden zu. Wie es den Gepflogenheiten entsprach, begrüßte ich Fowler nicht, weil sie für eine Klientin arbeitete. Ich sah Gordon an. »Mein Beileid zum Tod von Duane Chapman und Alex Kaufmann, Sir.«

»Danke.«

»Und ich möchte Ihnen für die Kooperation der League danken, während das FBI die Todesfälle untersucht.«

Gordon war für einen Moment überrascht und stellte dann die Verbindung zwischen meiner Arbeit und der Tatsache her, dass ich mich am Vortag in der Luxusloge aufgehalten hatte. »Ja, sicher. Wir unterstützen Sie gern.«

»Darüber hinaus verstehen Sie zweifellos, dass ich Ihnen keine Informationen über den Stand der Ermittlungen in beiden Fällen geben und dass ich solche Informationen auch nicht meinen Eltern anvertrauen kann.«

»Ja, selbstverständlich«, sagte Gordon, was ich mit einem Nicken quittierte.

»Wendell und Amelie sind hier, weil sie mich mit allen Mitteln überzeugen wollen, eine Minderheitsbeteiligung am Hilketa-Lizenzteam von Washington zu erwerben«, sagte Dad. »Und das wäre eine ›Minderheitsbeteiligung‹ in mehr als nur einer Hinsicht, nicht wahr, Wendell?«

Gordon wirkte für einen Moment verblüfft über Dads Worte, doch dann erholte er sich schnell wieder. »Ja, ich vermute, so könnte man es formulieren.« Er wandte sich an mich. »Hilketa ist die am stärksten wachsende Sportart in diesem Land, und wir sind stolz auf die Diversität unserer Spieler und Fans. Aber ein Bereich, in dem wir noch besser werden könnten, sind unsere Partnerschaften.«

»Er meint, dass fast alle Lizenznehmer der NAHL weiß und männlich sind und dass fast keiner von ihnen irgendeine persönliche Verbindung zu Hadens in der eigenen Familie hat«, erklärte Dad lächelnd.

»Das ist eine unangenehme Nebenwirkung der ersten Versuche, Sponsoren und Beteiligungen zu gewinnen«, fügte Gordon hastig hinzu. »Damals waren wir ehrgeizig, aber vielleicht nicht allzu vorausschauend. Wir bemühen uns bei dieser Expansionsrunde um eine leichte Kurskorrektur, was unsere Lizenznehmer betrifft.«

»Also interessieren Sie sich für meinen Vater als Anteilseigner des Teams von D.C., weil er schwarz ist und weil er mein Vater ist«, sagte ich.

»Ja«, warf Parker ein, bevor Gordon die Gelegenheit erhielt, sich um eine korrekte Antwort auf die Frage zu bemühen. »Und wenn das die *einzigen* Gründe wären, warum wir an Ihrem Vater interessiert sind – genauer gesagt, an Ihren Eltern –, dann wäre es Ihr gutes Recht, der League bloße Symbolpolitik vorzuhalten. Genauso wie Sie ihr Symbolpolitik unterstellen könnten, weil ich eine Haden bin. Aber in beiden Fällen geht es nicht nur darum. Ich meine, ich bitte Sie, Chris!« Parker zeigte auf Dad. »Das ist *Marcus Shane.* Viermaliger Meister mit den Wizards. Wenn jemand tatsächlich eine lebende Ikone von Washington, D.C. ist, dann ist es Ihr Vater. Er weiß mehr über diese Stadt und über die Geschäfte in dieser Stadt und über die Sportszene dieser Stadt als sonst irgendjemand.«

»Ein Paradebeispiel, wie man jemandem Honig ums Maul schmiert!«, sagte Dad.

Parker grinste und lachte. »Danke. Ich habe mir alle Mühe gegeben.«

»Amelie, vielleicht könnten Sie Chris etwas mehr über MobilOn erzählen.« Dad wandte sich mir zu. »Amelie möchte eine zweite Finanzierungsrunde für ihr Unternehmen einleiten, und unabhängig davon, was mit der League geschieht, denke ich über eine Investition nach. Ich bin neugierig, wie du ihr Geschäftsmodell findest.«

Ich beugte mich näher an Dads Ohr heran. »Eigentlich bin ich hier, um mit dir zu reden, weißt du«, sagte ich leise.

»Ich weiß. Wir sind fast fertig.« Wir lehnten uns wieder zurück, und Dad deutete auf Parker. »Starten Sie Ihre Dreißig-Sekunden-Präsentation, Amelie.«

»Zwei Worte«, sagte Parker. »Timesharing-Threeps.«

»Wie bitte?«, fragte ich nach.

»Es ist ganz einfach«, fuhr Parker fort. »Mit der Verabschiedung von Abrams-Kettering befinden wir uns in einem einzigartigen Moment in der Geschichte der Personentransporter. Vor AK« – mir war nicht ganz wohl dabei, dass jemand das Abrams-Kettering-Gesetz so jargonmäßig abkürzte – »beschränkte sich der Besitz von Threeps auf Haden-Familien, damit sie von Hadens benutzt werden können, und der Kaufpreis wurde zu einem erheblichen Anteil durch Steuergutschriften und Niedrigzinskredite subventioniert. Nun wurden diese Zuschüsse gestrichen, was bedeutet, dass der reale Preis gestiegen ist. Das ist schlecht für viele Hadens, die sich nun keinen Threep mehr leisten können, und für die Threep-Hersteller, deren Verkäufe in den Keller gehen. MobilOn hilft dabei, beide Probleme zu lösen.«

»Indem Sie Threeps an Hadens vermieten?«

»Indem wir eine Subskription anbieten, die Zugang zu Threeps ermöglicht.«

»›Vermieten‹ ist kürzer«, sagte ich. »Und es gibt bereits Möglichkeiten, Threeps zu mieten.«

»Genau da liegt der Unterschied.« Parker lächelte. Jetzt kam sie zum springenden Punkt ihrer Präsentation. »Sie mieten einen Threep, wenn Sie in eine andere Stadt reisen und nicht dafür zahlen wollen, ihren eigenen Threep zu transportieren, oder wenn ihr Haupt-Threep gewartet wird. Mit MobilOn können Sie ganz auf ihren persönlichen Threep verzichten.«

Darüber erschauderte ich innerlich. »Warum?«

»Weil persönliche Threeps dank Abrams-Kettering für viele Hadens viel zu teuer geworden sind«, sagte Dad.

»Richtig«, bestätigte Parker. »Wir könnten den ganzen Tag lang über die philosophischen Aspekte diskutieren, aber letztlich würde das nichts an der Tatsache ändern, dass viele Hadens – viele von *uns*, Chris – es sich nicht mehr leisten können, einen eigenen Threep zu kaufen und zu warten. Und das sollten sie auch gar nicht! Wie viel Zeit verbringen Hadens tatsächlich pro Tag in ihrem Threep?«

»Ich bin ständig in meinem. Ich bin FBI-Agent.«

Parker nahm das mit einer Handbewegung zur Kenntnis. »Sie gehören vielleicht nicht zu unserer demographischen Hauptzielgruppe«, räumte sie ein. »Aber unsere Untersuchungen zeigen, dass immer mehr Hadens immer weniger Zeit in Threeps verbringen. Dafür halten sie sich häufiger in der Agora auf« – das ging in Richtung meines Vaters, der vor einem Jahr eine größere Summe in den wichtigsten Onlineraum der Haden-Gemeinschaft investiert hatte – »und erledigen ihre Angelegenheiten ansonsten in der virtuellen Welt.

Zumindest weiß ich, dass *ich* das tue. Ich benutze meinen Threep kaum noch.«

Ich überlegte, ob ich darauf hinweisen sollte, dass Parker das sagte, während sie eine Integratorin benutzte, was pro Kopf berechnet erheblich kostspieliger war, als mehr oder weniger regelmäßig in einem Threep unterwegs zu sein. Doch ich beschloss, es nicht zu tun. »Und Sie glauben, damit können Sie Leute begeistern, die die ganze Zeit einen eigenen Threep verwendet haben?«, sagte ich stattdessen.

»Wir wissen, dass Wert und Nutzen für Hadens sehr wichtig sind, genauso wie für alle anderen. Und wir wissen, dass die Hersteller von Personentransportern begeistert wären, wenn wir Masseneinkäufer für Threeps hätten, bevor der Markt sich wieder verändert.«

»Damit meint sie Threep-Nutzer, die keine Hadens sind«, warf Dad ein.

»Ja«, sagte Parker. »Nachdem AK den Markt jetzt für Nicht-Hadens geöffnet hat, ist es nur eine Frage der Zeit, bis auch sie Threeps nutzen. Ältere Menschen. Solche mit eingeschränkter Beweglichkeit. Körperlich gesunde Menschen, die zu fernen Zielen reisen wollen, aber nicht die Zeit oder die finanziellen Mittel für einen kompletten Urlaub erübrigen können. Innerhalb des nächsten Jahrzehnts wird die Nutzungsquote von Threeps explodieren. Einige dieser neuen Nutzer dürften einen eigenen Threep erwerben wollen. Andere möchten jedoch lediglich hin und wieder einen zur Verfügung haben.«

»Also besteht Ihr Geschäftsmodell darin, die eingeschränkten Möglichkeiten der Hadens zu nutzen, um die Threep-Produktionsindustrie nach Ihren Vorstellungen umzukrempeln, nur so lange, bis die Hadens selbst kaum noch eine Rolle für das Threep-Geschäft spielen«, sagte ich.

»Ich habe AK nicht auf den Weg gebracht, Chris.« Parkers

Tonfall legte nahe, dass sie sich oft in Situationen befand, in denen sie klingen musste, als täte es ihr sehr leid, dass sich die Umstände auf diese Weise entwickelt hatten. »Wir arbeiten in der Welt, wie sie ist. Und in dieser Welt ist das nicht nur die Realität, sondern auch eine Gelegenheit.«

»Was meinst du dazu, Chris?«, fragte Dad.

Ich nickte Parker zu. »Ich glaube, Sie haben den Finger am finanziellen Puls der Zeit, Ms. Parker.«

Dazu lächelte Parker.

»So, und was meinst du *wirklich*?«, fragte Dad, nachdem er sich von Gordon und Parker verabschiedet und ihnen versprochen hatte, sie würden wegen der Lizenz bald von ihm hören.

»Ich finde jeden einzelnen Aspekt an dieser Sache widerlich«, sagte ich.

Dad nickte. »Das dachte ich mir.« Er blickte zur Tür, durch die Parker und Gordon hinausgegangen waren. »Aber sie hat nicht unrecht, weißt du. Die Nachfrage nach Threeps ist abgestürzt. Hadens verbringen immer weniger Zeit in der realen Welt.«

»Das liegt daran, dass sie sich ihre Threeps nicht mehr leisten können«, gab ich zu bedenken.

»Amelie neigt dazu, den Kausalzusammenhang zu beschönigen«, räumte Dad ein. »Aber wie auch immer man diesen Zusammenhang darstellt, gibt es gute Argumente für einen Dienst wie MobilOn.«

»Für mich klingt es nach Blutsaugen«, sagte ich. »Sie tut es nicht, um den Hadens zu helfen. Sie tut es, weil sie die Erste in der Schlange sein möchte, wenn alle anderen einen Threep mieten wollen.«

»Also glaubst du, die Hadens könnten durch ihr Geschäftsmodell an den Rand gedrängt werden.«

»Wir werden bereits an den Rand gedrängt. Und Threeps sind für Hadens viel wichtiger, als sie zugeben möchte. Sie sind nicht nur eine Dienstleistung.«

Dad nickte wieder, dann schaute er zu mir herüber. »Ich wusste, dass es dir nicht gefallen wird«, erklärte er. »Das habe ich auch zu Amelie gesagt. Sie erwiderte, sie wäre neugierig, was du dazu meinst, weswegen ich sie aufgefordert habe, dir davon zu erzählen, als du vorhin gekommen bist. Aber es scheint dir sogar noch weniger zu gefallen, als ich erwartet hatte.«

»Ich bin schlechtgelaunt«, gab ich zu. »Vann und ich hatten uns über die Leute unterhalten, die gegen Hilketa protestieren, weil es keine Nicht-Hadens als Spieler gibt, und jetzt höre ich von diesem Start-up, in dem es im Prinzip darum geht, dass Hadens ihre körperliche Präsenz nur noch mieten sollen, bis die Nicht-Hadens sie völlig marginalisiert haben. Ich habe das Gefühl, dass wir langsam aus unseren Räumen in dieser Welt gedrängt werden.«

»Willkommen im Club«, sagte Dad. »Zumindest gewissermaßen. Wir beide haben noch etwas Luft zum Atmen.«

»Auch darüber habe ich nachgedacht«, sagte ich. »Wirst du in diese Firma investieren?«

»Ich werde noch eine Weile darüber nachdenken«, sagte Dad. »Und jetzt wollen wir beide uns mit deiner Mutter unterhalten. Was können wir für dich tun?«

»Dasselbe, worum du eben mich gebeten hast, Dad. Ich brauche eine zweite Meinung.«

8

VANN ZUCKTE LEICHT zusammen, als ich in meinen Threep zurückkehrte. Dadurch schaukelte der Wagen ein wenig, bis der Autopilot ihn wieder abfing. »Mann!«, rief sie.

»Du wusstest, dass ich zurückkommen würde«, sage ich zu ihr.

»Ja, aber du hast jetzt neunzig Minuten lang völlig reglos dagesessen, und plötzlich *zuckst* du.«

»Tut mir leid.«

»Schon gut. Was konntest du aus deinen Eltern herausbekommen?«

»Die NAHL hält definitiv weiter an ihrem Standpunkt mit den häuslichen Schwierigkeiten und der Selbstmedikation fest.«

»Hast du deinen Eltern erzählt, dass wir anderer Meinung sind?«

»Nein«, sagte ich. »Es ist eine laufende Ermittlung.«

»Wirklich beeindruckend, deine ethischen Grundsätze«, murmelte Vann.

»Ich hoffe, du bist nicht allzu überrascht.«

»Nein, aber du hast mich gerade daran erinnert, dass wir beide sehr unterschiedliche Persönlichkeiten sind. Andererseits könnte die NAHL damit durchaus richtigliegen, zumindest was das Thema verbotene Substanzen betrifft.«

»Spielst du damit auf diese ausgetauschte Ergänzungsmittelinfusion an?«

»›Ergänzungsmittel‹«, sagte Vann, und ich konnte deutlich die Anführungszeichen vor und hinter diesem Wort hören. »Ja, genau darauf spiele ich an. Es ist durchaus möglich, dass sich im Beutel etwas befand, das nicht von der League genehmigt ist.«

»Etwas, das seine Schmerzempfindlichkeit steigert und einen Herzinfarkt auslöst?«

»Ich bin mir sicher, dass diese Folgen nicht beabsichtigt waren«, sagte Vann.

»Ich kann mir keine Substanz vorstellen, die so etwas bewirken würde.«

»Ich genauso wenig, Chris, aber das ist eigentlich auch nicht unser Fachgebiet, oder?«

Darüber dachte ich einen Moment lang nach. »Einen Moment«, sagte ich zu ihr und tätigte einen Anruf.

»Ich habe geschlafen«, antwortete meine Mitbewohnerin Tayla Givens.

»Es ist Mittag«, sagte ich.

»Ich bin Ärztin in einer Klinik«, erklärte sie. »Ich habe lange Schichten. Ich werde schon sehr bald eine weitere lange Schicht haben. Du hast Glück, dass dein Körper nicht hier im Haus ist, sonst würde ich mit meinem Threep zu deinem Zimmer rübergehen und dich schlagen.«

»Tut mir leid. Ich hätte nur schnell eine medizinische Frage.«

»Hat es mit dir zu tun, oder hängt es mit deinem Job zusammen.«

»Mit dem Job.«

»Heißt das, ich bekomme ein Beraterhonorar, genauso wie Tony?«

»Klar, wenn du all die behördlichen Vertragsformulare ausfüllen und dich der erforderlichen Sicherheitsüberprüfung unterziehen willst. Ich kann dir den ganzen Papierkram noch heute schicken.«

Tayla stöhnte. »Wie lautet deine blöde Frage?«

»Du kennst dich mit Arzneimitteln für Hadens aus, nicht wahr?«

»Ja, weil ich eine Ärztin und eine Haden bin.«

»Ist dir irgendein Medikament bekannt, von dem wir wissen, dass es die Schmerzempfindlichkeit eines Haden erhöht?«

»Du meinst, abgesehen von denen, die diese Wirkung bei jedem hätten und nicht nur bei Hadens?«

»Genau.«

»Nicht als beabsichtigte Folge. So etwas streben wir im Allgemeinen nicht an, medizinisch gesprochen. Als Nebenwirkung kenne ich einige. Aber nicht die konkreten Namen, weil du mich geweckt hast und mein Gehirn noch benebelt ist.«

»Könnte eins dieser Mittel auch zur Leistungssteigerung verwendet werden?«

»Zum Beispiel auf einem Hilketa-Spielfeld?«, fragte Tayla nach.

»Es muss nichts mit Hilketa zu tun haben.«

»Alles klar.«

»Das ist lediglich eine hypothetische Frage.«

»Aber klar«, sagte Tayla mit deutlich hörbarem Sarkasmus. »Die kurze Antwort lautet nein. Die längere Antwort ist wesentlich komplizierter und bezieht sich auf eine Frage, die du eigentlich gar nicht gestellt hast.«

»Welche Frage wäre das?«

»Ob irgendein Medikament die Schmerzempfindlichkeit eines Haden erhöhen könnte.«

»Das habe ich doch gefragt!«, protestierte ich.

»Nein, du hast gefragt, ob wir ein Mittel *kennen*, das so

etwas bewirkt. Die Frage ist, ob irgendein bekanntes Medikament das bewirken *könnte* oder ob eine erhöhte Schmerzempfindlichkeit die beabsichtigte Wirkung oder eine bekannte Nebenwirkung des Medikaments ist.«

»Was ist der Unterschied?«

»Der Unterschied ist, dass sich jedes Haden-Gehirn signifikant von jedem anderen unterscheidet«, sagte Tayla. »Die Krankheit organisiert unsere grauen Zellen in jedem Fall auf andere Weise um, und jedes Gehirn erholt sich anders davon. Infolgedessen ist jedes Haden-Gehirn einzigartig. Das ist eine der Schwierigkeiten in der Haden-Medizin. Wir können nicht einfach davon ausgehen, dass irgendein Haden genauso auf ein bestimmtes Mittel reagiert wie ein anderer oder wie ein Nicht-Haden-Patient.«

»Also willst du damit sagen, dass Aspirin einen Haden schmerzempfindlicher machen könnte.«

»Wahrscheinlich nicht Aspirin oder ein anderes Medikament, das Schmerzen lindern soll. Aber vielleicht irgendein spezifisches Mittel zur Senkung der Schmerztoleranz? Das wäre möglich, klar. Wahrscheinlich? Nein. Aber möglich. Deshalb reden wir von ›spezifischen‹ Medikamenten.«

»Wenn ein Haden also ein leistungssteigerndes Mittel nimmt, das für alle anderen keine bekannten Nebenwirkungen hat, wäre es also theoretisch möglich, dass er oder sie ganz anders darauf reagiert.«

»Ja«, bestätigte Tayla. »Ein leistungssteigerndes oder sonstiges Mittel. Und jetzt weißt du, warum deine Ärzte immer sehr, sehr vorsichtig waren, wenn sie dir irgendwelche Pharmaka gaben, Chris.«

»Kannst du mir die Namen der Medikamente geben, von denen wir wissen, dass sie die Schmerzempfindlichkeit von Hadens steigern können?«

»Das wäre ein Haufen Arbeit, Chris.«

»Und du wärst dann meine Lieblingsmitbewohnerin.«

Wieder stöhnte Tayla. »Wie auch immer. Ich werde mal schauen, was ich machen kann. Aber nicht jetzt. Ich muss weiterschlafen. Und ich werde dein Anrufsignal blockieren.«

»Verständlich. Schöne Träume.«

Tayla brummte etwas und unterbrach die Verbindung.

»Also könnte prinzipiell alles Mögliche so etwas ausgelöst haben«, sagte Vann, nachdem ich das Gespräch für sie zusammengefasst hatte.

»Prinzipiell«, stimmte ich zu. »Und falls sich etwas anderes in diesem Infusionsbeutel befand, das absichtlich hineingegeben wurde, haben Marla Chapman und Alton Ortiz mich belogen.«

»Oder sie wussten nichts davon.«

»Marla Chapman vielleicht«, sagte ich. »Duane hatte Geheimnisse vor ihr. Aber wie könnte Ortiz nichts davon wissen? Das gehört zu seinem Job.«

Vann zuckte mit den Schultern. »Ortiz steht für heute auf unserer Liste, also werden wir ihn noch einmal danach fragen. Diesmal nicht ganz so nett. Aber zuerst fahren wir zur Gerichtsmedizin von Philadelphia. Ohne konkrete Hinweise hätte es keinen Sinn, mit Ortiz ›Guter Bulle, böser Bulle‹ zu spielen.«

»Keine konkreten Hinweise haben dich bislang nicht daran gehindert, so etwas zu tun«, bemerkte ich.

»Ja, aber wir haben heute einen straffen Zeitplan«, sagte Vann. »Und ich möchte mich nicht länger als unbedingt nötig in Philadelphia aufhalten.«

»Substanzen? Was für Substanzen?«, fragte Sara Powell, die Gerichtsmedizinerin, die für Duane Chapman verantwortlich war. Wir hatten uns mit ihr in ihrem Büro getroffen, was mir nur recht war. Ein Vor-Ort-Besuch im Leichenschauhaus war eigentlich nicht so mein Ding.

»Das möchten wir von Ihnen wissen«, forderte Vann sie auf.

»Nun, wenn Sie Freizeitdrogen meinen, so hat unsere erste toxikologische Untersuchung nichts dergleichen in Mr. Chapmans Körper gefunden«, sagte Powell. »Und in meinen ersten Untersuchungen deutet nichts auf langzeitigen Drogen- oder Alkoholmissbrauch hin.«

»Keine Leberzirrhose oder etwas in der Art?«

»Definitiv keine Zirrhose. Mr. Chapmans Leber sah tadellos aus. Das ist für Hadens nicht ungewöhnlich. Statistisch gesehen trinken viel weniger von ihnen als die allgemeine Nicht-Haden-Population. Sie beteiligen sich nicht an den gleichen gesellschaftlichen Aktivitäten.«

»Das lässt sich arrangieren«, sagte ich.

»Natürlich«, räumte Powell ein. »Ich habe auch nicht gesagt, dass es nie geschieht. Nur nicht im gleichen Ausmaß wie in der Bevölkerungsgruppe der Nicht-Hadens. Davon abgesehen, dass ich keine Hinweise auf tatsächlichen Drogen- oder Alkoholmissbrauch gefunden habe, ergab die Untersuchung von Mr. Chapman Spuren von zahlreichen pharmakologischen Elementen, die zu seinem Status als Haden und anderen bekannten Problemen passen. Er hatte eine Autoimmunerkrankung, also sind Medikamente, die mit dieser Erkrankung in Zusammenhang stehen, in seinem System nachweisbar.«

»Könnten wir eine Liste dieser Mittel bekommen?«, fragte ich.

»Das wird in meinem vollständigen Bericht stehen.«

»Sonst noch etwas?«, fragte Vann.

»Sie müssten schon etwas spezifischer werden«, sagte Powell.

»Chapman war professioneller Athlet. Gibt es Hinweise auf irgendetwas, das zur Leistungssteigerung gedacht sein könnte?«

Powell runzelte die Stirn. »Sie sind schon die Dritte, die mich das heute fragt.«

»Wer waren die ersten beiden?«, wollte Vann wissen.

»Der Erste sagte, er wäre ein Vertreter des Sportverbands, in dem Mr. Chapman organisiert war. Ein Anwalt.«

»Oliver Medina?«, fragte ich.

Powell nickte. »Richtig.«

»Wer war der andere?«

»Irgendjemand von der Presse. Hat mich auf meinem Privattelefon angerufen, was mich ziemlich sauer gemacht hat. Diese Nummer ist nicht öffentlich. Der Name fällt mir im Moment nicht ein. Er fing mit einem ›C‹ oder einem ›K‹ an.«

»Cary Wise«, sagte ich.

Powell blinzelte. »Sie kennen diese Leute?«

»Die Welt ist klein, zumindest wenn es um den Tod von Duane Chapman geht«, stellte Vann fest. »Was haben Sie ihnen gesagt?«

»Ich habe beiden das Gleiche gesagt. Dass sie auf meinen vorläufigen öffentlichen Bericht warten sollen, der im Laufe dieser Woche kommen wird.«

»Werden Sie das auch uns sagen?«

»Ihnen werde ich sagen, dass ich es nicht weiß. Ich weiß nicht, was bei einem Haden-Athleten als leistungssteigerndes Mittel gilt. Das liegt außerhalb meines Erfahrungsbereichs.« Sie sah mich an. »Nichts für ungut.«

»Kein Problem«, sagte ich. »Auch ich habe ansonsten nicht viel mit Sport zu tun.«

Powell lächelte und wandte sich wieder an Vann. »Die Untersuchung auf Freizeitdrogen ist etwas, das wir sehr häufig machen, und wir kennen Mr. Chapmans medizinische Vorgeschichte, so dass wir auch nach diesen spezifischen Medikamenten gesucht haben. Alle anderen Sachen, mit denen wir nicht direkt rechnen, dauern etwas länger.«

»Also müssen wir uns noch eine Weile gedulden, wollen Sie mir damit sagen.«

»Ich will Ihnen damit sagen, wenn Sie wissen, wonach ich noch Ausschau halten sollte, dann können Sie es mir sagen, und dann werde ich gezielt danach suchen.«

»Wissen Sie, wie viel ein Threep heutzutage kostet, Agent Shane?«, fragte mich Lara Burgess, die Leiterin des FBI-Büros von Philadelphia. Vann und ich hatten uns dort zu dem angeordneten Treffen und zu meinem geplanten Anschiss eingefunden. Neben uns dreien hielt sich noch eine weitere Agentin in Burgess' Büro auf: Rachel Ramsey, von der Vann bekanntermaßen nicht viel hielt.

»Nur zu gut, Ma'am«, gestand ich ein. »Ich weiß auch, dass das spezielle Threep-Modell, das ich mir aus ihrem Büro ausgeliehen hatte, für um die fünfzigtausend Dollar gehandelt wird.«

»Sie verstehen sicherlich, dass unser derzeitiger Präsident und der Kongress nicht besonders erpicht darauf sind, die Finanzierung staatlicher Institutionen auszuweiten«, sagte Burgess. »Transportmittel für fünfzigtausend Dollar wachsen nicht gerade auf Bäumen.« Burgess zeigte auf Ramsey. »Falls Agent Ramsey mit einem Fünfzigtausend-Dollar-Auto losfahren und es vor einen Baum setzen würde, was glauben Sie, wie das ankommen würde?«

»Fairerweise muss man sagen, das Shane eine bewusstlose Frau aus einem brennenden Gebäude gerettet hat«, sagte Vann.

»Worauf er noch einmal ins Gebäude zurückrannte«, sagte Ramsey.

Vann warf ihr einen vernichtenden Blick zu.

»Um eine *Katze* zu retten«, sagte Burgess. »Hätte Agent Shane ein Fünfzigtausend-Dollar-Gefährt während der Rettung einer alten Lady zerstört, würden wir dieses Gespräch jetzt nicht führen. Aber ich denke, wir alle sind uns einig, dass bei aller Liebe für unsere Haustiere nur wenige es wert sind, ihretwegen Staatseigentum im Wert von fünfzigtausend Dollar zu zerstören. Und in diesem Fall war es nicht einmal Ihre eigene Katze, Agent Shane.«

»Wo ist die Katze?«, fragte Ramsey.

»Sie ist weggerannt«, sagte ich.

»Aha«, sagte Ramsey.

»Haben Sie die Informationen weiterverfolgt, die ich Ihnen geschickt hatte?«, wollte Vann von Ramsey wissen.

»Wegen des Infusionsbeutels?«

»Wegen des Infusionsbeutels und wegen des Strichcodes am Karton, den Agent Shane in dem Apartment gefunden hat.«

»Wir haben einen Agenten hingeschickt, um den Beutel zu holen, und den Code vom Karton und vom Beutel überprüft«, sagte Ramsey. »Der Beutel stammt aus einem Posten, den Labram vor drei Wochen produzierte. Der fragliche Karton war Teil einer Lieferung, die vor etwa zwei Wochen an die Boston Bays geschickt wurde.«

»Was ist mit dem Inhalt des Beutels?«, fragte Vann.

»Unsere Laborleute schauen sich die Sache gerade genauer an.«

»Also wäre es eine realistische Annahme, dass der Beutel aus diesem Karton stammt.«

»Worauf wollen Sie hinaus?«, fragte Burgess.

»Ich will darauf hinaus, dass Agent Shane durch die Rückkehr ins Gebäude und die Kartierung des Raums Informationen sammeln konnte, die für unsere derzeitigen Ermittlungen von Bedeutung sind«, sagte Vann. »Es ging nicht nur darum, eine Katze zu retten. Wir haben es mit zwei Todesfällen unter verdächtigen Umständen zu tun, und hierbei handelt es sich um relevante Informationen.«

Burgess sah mich mit kühlem Ausdruck an. »Und Sie glauben, ein *Strichcode* wäre es wert, mein fünfzigtausend Dollar teures Transportmittel zu opfern, Agent Shane?«

»Das lässt sich noch nicht sagen, Ma'am«, erwiderte ich. »Die Ermittlungen sind im Gange. Aber ich würde sagen, dass sich dadurch eine interessante neue Perspektive eröffnet.«

»Wie das?«

»Der Beutel mit den Ergänzungsmitteln stammt von einer anderen Firma als das, was Chapman eigentlich benutzen sollte.« Damit wiederholte ich, was Tony vor einer Weile gesagt hatte, aber das wusste Burgess nicht, und ich wollte es ihr auch nicht verraten. »Der Karton wurde anscheinend direkt an die Boston Bays geliefert. Das bedeutet, dass er vermutlich für einen anderen Spieler des Teams gedacht war. Wenn wir herausfinden, welche Spieler der Bays Werbeverträge für Labram-Infusionen haben, wäre das wahrscheinlich eine Verbindung, die wir weiterverfolgen können. Vor allem dann, wenn Ihre Labormitarbeiter irgendetwas Interessantes im Inhalt dieses Beutels finden. Ich weiß nicht, ob der Strichcode am Karton einen Threep wert ist, aber diese Spur könnte es sein.«

Burgess sah Ramsey an.

Die Agentin zuckte mit den Schultern. »Den Beutel hatten wir bereits«, sagte sie. »Der Strichcode ist nützlich, aber er hat uns nichts verraten, was wir vermutlich nicht auch so herausgefunden hätten. Chapman war ein Spieler der Bays. Es ist ohnehin naheliegend, sich die anderen Spieler etwas genauer anzusehen.«

»Dem stimme ich zu«, sagte Burgess. »Es war unverantwortlich von Ihnen, in das Gebäude zurückzukehren, Agent Shane. Infolgedessen hat dieses Büro keinen Threep mehr, und Agent Ramsey« – Burgess nickte in Richtung ihrer Untergebenen – »hat einen riesigen Berg Papierkram vor sich, um zu erklären, wie er verbrannt ist und warum wir einen neuen anfordern müssen. Das bedeutet auch, dass alle Haden-Agenten – Sie eingeschlossen, Agent Shane –, die mit unserem Büro zusammenarbeiten müssen, bis zur Genehmigung eines neuen Threeps gezwungen sind, einen zu mieten und das gesamte Antragsverfahren zu durchlaufen, das dazu nötig ist. Sie wissen, wie stressig das sein kann.«

»Ja, Ma'am«, sagte ich.

»Ich setze einen disziplinarischen Vermerk in Ihre Akte«, sagte Burgess zu mir. »Und ich möchte klarstellen, dass ich noch viel mehr als einen disziplinarischen Vermerk in die Wege geleitet hätte, wenn sie diese alte Frau nicht aus dem Gebäude gerettet hätten. Ich hätte dafür gesorgt, dass Sie gefeuert werden. Es interessiert mich nicht, wer Sie sind oder wer Ihr Vater ist, Agent Shane. Unsere Agenten arbeiten, um Geld zu verdienen, und wir sind es den Bürgern schuldig, dass wir ihre Steuern nicht für Aktionen wie die Rettung einer Katze vergeuden. Haben Sie mich verstanden?«

»Ja, Ma'am.«

»Gut. Ich werde diesen Vermerk noch heute an das Büro in D. C. schicken.«

»Das würde ich nicht tun«, sagte Vann.

»Wie bitte?«, sagte Burgess zu Vann.

»Sie haben mich verstanden«, sagte Vann.

»Ich habe Sie verstanden«, bestätigte Burgess. »Ich bin mir nur nicht sicher, warum Sie glauben, dazu eine Meinung äußern zu müssen, Agent Vann.«

»Ich äußere dazu eine Meinung, weil Shane vielleicht nicht weiß, was Sie beabsichtigen, Direktorin Burgess. Aber ich weiß es.«

»Und was beabsichtige ich Ihrer Meinung nach?«

Vann zeigte mit dem Daumen auf Ramsey. »Sie versuchen, ihren dummen Arsch zu retten.«

»Ich bitte Sie, Vann!«, sagte Ramsey. »Machen Sie sich nicht lächerlich.«

Vann ging nicht auf Ramsey ein, sondern sah weiterhin Burgess an. »Diese Idiotin ist für den Threep verantwortlich, nicht wahr? Weil sie hier für Haden-Angelegenheiten zuständig ist. Und sobald Sie diesen disziplinarischen Vermerk abgeschickt haben, Direktorin Burgess, wird Ramsey beantragen, dass die offizielle Verantwortung für den Zustand des Threeps auf Shane abgewälzt wird und die Kosten für den Ersatz aus dem Budget des Büros in D. C. bestritten werden und nicht aus Ihrem.«

»Shane ist in ein brennendes Haus zurückgerannt«, sagte Ramsey. »Für Sie mag das ein belangloses Detail sein, aber ich denke, es dürfte als durchaus relevant betrachtet werden.«

Vann wandte sich mir zu. »Warum ist der Threep verbrannt?«

»Weil meine Energie aufgebraucht war«, sagte ich.

»Und warum war die Energie aufgebraucht?«

»Weil der Threep bei etwa dreizehn Prozent stand, als ich eintraf«, sagte ich. »Er war von der Induktionsplatte weggeschoben worden, und die Platte war sowieso nicht ans Netz angeschlossen.«

»Sie ist angeschlossen«, sagte Ramsey.

»Jetzt ja«, pflichtete ich ihr bei. »Weil ich den Stecker eingesteckt habe, als ich hier ankam.«

»Und davon gibt es Aufzeichnungen«, gab Vann mir ein weiteres Stichwort.

»Ich war im Dienst«, sagte ich. »Natürlich habe ich alles aufgezeichnet.«

Vann nickte und sah wieder Burgess an. »Und hätte Shane einen voll einsatzfähigen Threep erhalten, wie es den FBI-Vorschriften entspricht, würden wir jetzt gar nicht in diesem Büro sitzen und diese Unterhaltung führen.«

»Agent Shane hätte bis zur vollständigen Aufladung warten können, was er jedoch nicht getan hat. Des Weiteren hätte Shane entscheiden können, nicht mit fast leerer Batterie ins brennende Gebäude zurückzukehren, aber auch in diesem Fall hat er anders gehandelt. Infolgedessen sind wir jetzt in diesem Büro und führen diese Unterhaltung«, sagte Burgess. »Ich verstehe, was Sie beabsichtigen, Agent Vann. Es ist bewundernswert, dass Sie sich für Ihren Partner einsetzen, aber das ändert nichts an den Tatsachen.«

»Die Tatsachen«, sagte Vann. »Gut, dann probieren wir es mal mit *dieser* Tatsache. Wenn Sie es Shane in die Schuhe schieben wollten, müssen Sie und Ramsey sich für die Verletzung des ADA rechtfertigen.«

»Des was?«, fragte Ramsey.

»Des Americans with Disabilities Act«, sagte Vann. »Sie haben vielleicht schon davon gehört.«

»Natürlich kenne ich dieses Gesetz!«, sagte Ramsey.

»Gut, denn als Sie Shane einen Threep mit unzureichender Ladung gaben, machten Sie sich der Diskriminierung Behinderter schuldig.« Vann sah wieder Burgess an. »Und als Sie dann versuchten, Shane vorzuverurteilen und ihn wegen Ramseys Pfusch zu disziplinieren, haben Sie ihn erneut diskriminiert.«

»Das ist sehr weit hergeholt«, sagte Burgess.

»Möglicherweise«, stimmte Vann ihr zu. »Aber wie Sie selbst sagten, sind die Budgets knapp bemessen. Sie wollen dem Büro in D.C. fünfzigtausend Dollar aus den Rippen leiern. Ich kenne meine Chefs. Sie werden *begeistert* sein, wenn Shane eine Beschwerde im Sinne des ADA einreicht, damit dieses Geld in unserer Kasse bleibt. In der Zwischenzeit werden Sie beide wie Arschlöcher aussehen, die versuchen, Ramseys Inkompetenz auf einen Haden abzuwälzen. Auf einen wirklich *berühmten* Haden, da Sie sich alle Mühe gegeben haben, Shane so etwas vorzuhalten. Und wenn Sie verlieren, nun ja.« Vann sah beide lächelnd an. »Mit disziplinarischen Vermerken in Ihren Akten wird es dann nicht getan sein.«

Burgess und Ramsey waren gute fünfzehn Sekunden lang totenstill. Dann wandte sich Burgess mir zu. »Und Sie würden bei diesem Blödsinn mitmachen, Agent Shane?«

»Ich meine, ich habe tatsächlich einen Threep mit nur dreizehn Prozent Energie erhalten, während ich mit Ermittlungen beschäftigt war, bei denen die Zeit eine kritische Rolle spielte«, sagte ich und ließ die Worte in der Luft hängen.

»Verdammt«, sagte Burgess.

»Damit wäre dieser Punkt geklärt«, sagte Vann und wandte sich wieder Ramsey zu. »Was wissen wir über das Feuer?«

Für einen Moment machte Ramsey den Eindruck, als wollte sie zu Vann sagen, dass sie sich ihre Frage in den Arsch stecken konnte, aber dann riss sie sich zusammen. »Die Ermittler der Feuerwehr glauben, dass es ein Kabelbrand war«, sagte sie gepresst. »Die Elektrik des Gebäudes ist alt und entspricht nicht den aktuellen Vorschriften. Es ist möglich, dass Chapmans Apartment mehr Strom geschluckt hat, als das System bewältigen konnte.«

»Wegen all der Threeps, die dort rumstanden«, sagte Vann.

Ramsey nickte. »Es gab mehrere. Wenn sie alle gleichzeitig Strom aus den Induktionsplatten zogen, könnte es zu einer Überladung gekommen sein. Oder zu einer so großen Beanspruchung, dass das System zusammenbrach, als sich an einer anderen Stelle der Stromverbrauch erhöhte.«

»Im Gebäude gab es keine Sicherungen?«, fragte ich.

Ramsey zuckte mit den Schultern. »Wie gesagt, es war nicht auf dem neuesten Stand.«

»Hat sich schon jemand mit der alten Dame unterhalten?«, wollte Vann wissen.

»Shaniqa Miller«, warf ich ein.

»Sie ist immer noch ausgeknockt«, sagte Ramsey. »Die Klinik wird anrufen, sobald sie bei Bewusstsein ist und mit uns sprechen kann. Auch die Feuerwehr und die Polizei würden gern mit ihr reden.«

»Was ist mit dem Vermieter oder dem Hausverwalter?«

»Beide sind abgetaucht«, sagte Ramsey. »Der Vermieter macht anscheinend Urlaub in Amalfi, wo auch immer das ist.«

»In Italien«, sagte ich. Auch meine Familie hatte dort Urlaub gemacht.

»Oh, das ist ja nett«, erwiderte Ramsey in einem Tonfall, der das Gegenteil nahelegte. »Der Manager namens Woody Poole ist ebenfalls verschwunden, aber wahrscheinlich nicht nach Italien. Er sagte der Polizei, er würde bei seiner

Schwester wohnen, nannte aber weder eine Adresse noch eine Nummer. Wir werden ihn finden.«

»Sie haben die Threeps aus dem Apartment beschlagnahmt?«, fragte ich.

»Wir haben sie. Brauchen Sie sie sofort?«

»Nur die Serien- und Identifikationsnummern. Vorläufig.«

»Ich werde sie Ihnen schicken.«

»Danke«, sagte ich.

»Ich denke, sofern es nichts Weiteres zu besprechen gibt, sind wir hier fertig«, sagte Burgess und machte ihre Autorität wieder geltend. »Nur noch eins, Agent Shane.«

»Ja, Ma'am?«

»Wenn Sie dieses Büro besuchen, mieten Sie von nun an besser ein Transportmittel.«

»Wir sollten jetzt mit Alton Ortiz reden«, sagte ich zu Vann.

»Das wollte ich mir vorher noch ansehen«, sagte Vann. »Es liegt auf dem Weg.«

»Nicht direkt.«

»Es ist nahe genug dran«, verbesserte sich Vann.

Wir standen vor dem ausgebrannten Gebäude, in dem Chapman sein Liebesnest eingerichtet hatte. Trümmer übersäten den Vorgarten und den Gehweg.

Vann zog ihre Zigaretten hervor.

»Vor einer Brandruine rauchen«, sagte ich. »Nette Idee.«

»Alles, was verbrennen konnte, ist bereits verbrannt«, sagte sie und zündete sich eine an. Dann blickte sie sich um. »Das ist keine hübsche Gegend.«

»Ich glaube, der Euphemismus lautet ›gentrifizierungsbereit‹«, sagte ich.

»Was glaubst du, warum er sich dieses Haus für sein Liebesnest ausgesucht hat?«, fragte Vann. »Professionelle Athleten sind eher nicht für finanzielle Besonnenheit bekannt.«

»Hallo!«, sagte ich. »Mein Vater wohnte in einem winzigen Stadthaus, während er Millionen scheffelte, weil er sein Geld investiert hat.«

»Ich glaube, wir können uns darauf einigen, Chris, dass dein Vater in vielerlei Hinsicht ein Sonderfall ist.« Vann nahm einen weiteren Zug von ihrer Zigarette.

»Chapman war ein professioneller Athlet, aber er war kein Star«, sagte ich. »Er wurde gut bezahlt, verdiente aber keine Unsummen wie einige andere der Lizenzspieler der League. Also war das vielleicht einfach das, was er sich leisten konnte.«

»Oder es war gar keine Groupiefalle, wie du angenommen hast«, sagte Vann.

»Ich kann dir noch einmal die Kartierung des Apartments zeigen«, sagte ich. »Es sah aus, als sei es zum Spielen gedacht.«

»Das habe ich auch nicht abgestritten. Aber vielleicht nicht für eine endlose Abfolge von Leuten.« Vann nahm wieder einen Zug und blickte sich um. »So etwas sucht man sich nicht aus, wenn man andere mit seinem Starruhm beeindrucken will. Sondern wenn man ein Geheimnis wahren möchte.«

»Ich denke, du liest vielleicht zu viel in eine Adresse hinein«, sagte ich.

»Gut möglich.« Vann machte den Eindruck, als wollte sie noch mehr sagen, hielt dann jedoch inne.

»Was …«, setzte ich zu einer Frage an, aber dann hob Vann eine Hand. Ich verstummte und horchte. Dann hörte ich es auch.

Ein Miauen.

»Das ist die *Katze*«, sagte ich und setzte mich in Richtung des Miauens in Bewegung.

Die Mühe hätte ich mir sparen können. Eine schwarzweiße Katze stürmte aus dem Schatten zwischen den Abfalleimern zwei Gebäude weiter hervor und rannte auf mich zu. Sie miaute beharrlich und rieb sich an mir.

»Sie erinnert sich, dass du sie gerettet hast«, sagte Vann, während sie die Katze beobachtete.

Ich ging in die Knie, um die Katze zu streicheln, die sofort auf meine Schulter sprang. »Nein«, sagte ich. »Sie erinnert sich, dass ihr Besitzer ein Threep ist.«

Die Katze sprang wieder herunter und blickte erwartungsvoll zu mir hoch.

Ich musterte sie und wandte mich dann wieder Vann zu. »Wir können sie nicht hierlassen«, sagte ich.

Vann lächelte. »Weil die Katze eine wichtige Zeugin ist?«

Ich hob die Katze auf und kraulte sie am Hals, worauf sie bereitwillig den Kopf reckte und den Kragen mit der daran hängenden Marke zeigte. Eine Marke, die mein Threep als kleinen Datentresor identifizierte.

»Möglicherweise«, sagte ich.

9

»MANN!«, SAGTE VANN, als wir zu Alton Ortiz' Haus fuhren. »Du hast diesen Kater seit gerade mal fünfzehn Minuten, und schon verhätschelst du ihn.«

»Ich verhätschele ihn nicht«, sagte ich und streichelte das Tier, während es zufrieden schnurrend in meinem Schoß saß. Auf der Marke stand »Donut«. Ich ging davon aus, dass das der Name des Katers war.

»Du hast ihn gerade mit Thunfisch gefüttert. Du hast mich anhalten lassen, damit du Thunfisch besorgen kannst, und du hast den Kater damit gefüttert.«

»Damit verhätschele ich ihn nicht. Schließlich muss er was essen.«

»Es ist *Thunfisch.* Im Unterschied zu Katzenfutter.«

»Er hatte einen schweren Tag«, sagte ich und streichelte Donut.

»Du verstehst mich nicht«, sagte Vann. »Sobald du einer Katze Thunfisch gibst, nimmt sie kein normales Katzenfutter mehr an. Wenn du jetzt versuchst, diesem Kater normales Katzenfutter vorzusetzen, wird er dich nur vorwurfsvoll anstarren. Und wenn du ihm dann keinen Thunfisch gibst, wird er in deine Schuhe scheißen.«

»Sprechen wir etwa aus Erfahrung?«

»Gut möglich.«

»Ich bin in einem Threep. Threeps tragen im Allgemeinen keine Schuhe.«

»Dann wird der Kater irgendetwas anderes finden, dass er vollkacken kann.«

»Ich werde Marla Chapman wegen des Thunfischzwischenfalls vorwarnen«, sagte ich.

Vann starrte mich für einen kurzen Moment an, dann richtete sie den Blick wieder auf die Straße. »Du hast vor, den Kater bei Chapmans Witwe abzuliefern?«

»Wir brauchen den Kater nicht«, sagte ich. »Wir behalten nur die Datenmarke.«

»Und du glaubst, Marla Chapman wird glücklich sein, das Tier in Empfang zu nehmen? ›Hier ist der Kater, den Ihr Ehemann in seinem geheimen Apartment gehalten hat, während er andere Leute vögelte, Mrs. Chapman. Sein Name ist *Donut.*‹«

»Möglicherweise habe ich diesen Plan nicht richtig durchdacht«, sagte ich nach einer Weile.

»Möglicherweise«, pflichtete Vann mir bei.

»Möchtest du einen Kater?«, fragte ich Vann.

Sie warf mir einen kurzen Seitenblick zu. »Es ist nicht mein Schoß, auf dem das Vieh sitzt«, sagte sie.

»Das liegt daran, dass du fährst. Stell den Wagen auf Autopilot und hab auch ein bisschen Spaß.«

»Nein.«

»Gibt es da ein Vergangenheitstrauma, das etwas mit Thunfisch zu tun hat?«

Dazu sagte Vann nichts, während wir auf die Cresson Street und dann auf die Levering abbogen, wo Ortiz wohnte.

»Schau mal«, sagte ich und zeigte nach draußen. Alton Ortiz lief die Straße entlang, in dieselbe Richtung, in die wir unterwegs waren, Einkaufstüten in der Hand. Wir fuhren an ihm vorbei, ohne dass er es bemerkte, und hielten ein paar Türen von seiner Wohnung entfernt.

Wir parkten und kümmerten uns um den Kater, der allerdings kein Interesse zeigte, das Auto zu verlassen. Als wir auf Ortiz zugingen, stand er auf der kleinen Veranda vor der Tür zu seinem Apartment.

»Mr. Ortiz«, sagte ich zu ihm. »Ich bin Agent Chris Shane vom FBI.« Ich ließ meinen Ausweis auf dem Brustbildschirm aufleuchten. »Wir haben uns gestern unterhalten.«

»Da waren Sie in einem anderen Threep«, sagte Ortiz.

»Ja, so etwas tue ich manchmal.«

»Was ist mit dem passiert?«

»Er ist einem Großbrand zum Opfer gefallen.«

Ortiz lächelte. »Sie haben aufregende vierundzwanzig Stunden hinter sich, Agent Shane«, sagte er.

»So ist es«, stimmte ich zu und zeigte auf Vann. »Das ist meine Partnerin, Agent Vann. Wir haben noch ein paar Fragen, die wir Ihnen gern stellen würden.«

»Über Duane?«, wollte Ortiz wissen.

»Ja, und über ein paar andere Dinge.«

Ortiz nickte. »Gut. Geben Sie mir ein paar Sekunden, um diese Tür zu öffnen.« Ortiz stellte seine Einkäufe ab und hantierte mit seinen Schlüsseln, während Vann und ich zur Veranda hinaufstiegen. Als wir ganz oben waren, ließ Ortiz die Schlüssel fallen. Er griff nach dem Geländer der Veranda und schwang sich hinüber, auf die Terrasse seines Nachbarn. Er wollte sich aus dem Staub machen.

Bedauerlicherweise kalkulierte Ortiz die Markise über der Tür seines Nachbarn nicht mit ein, die sich auf Gesichtshöhe befand, weil die Levering Street ein starkes Gefälle hatte. Ortiz stieß mit der Stirn dagegen, verdrehte sich auf eigenartige Weise und landete unglücklich. Er stürzte auf die Betontreppe vor der Terrasse und brach leise stöhnend auf dem Gehweg zusammen.

»Ich habe nicht die geringste Ahnung, was ich davon halten soll«, sagte Vann nach kurzem Zögern.

Ich stieg von der Veranda und ging zu Ortiz hinüber, der sich inzwischen aufgesetzt hatte und sich den Arm hielt. »Wie geht es Ihnen?«, fragte ich.

»Ich glaube, ich habe mir den Arm gebrochen«, sagte er.

»Das ist passiert, weil Sie versucht haben, vor uns beiden die Flucht zu ergreifen«, sagte ich. »Dürfte ich vielleicht den Grund dafür erfahren?«

»Ohne einen Anwalt werde ich gar nichts mehr sagen, Agent Shane«, antwortete Ortiz.

»Sind Sie sich wirklich sicher?«, fragte Vann von der Veranda. »Wir sind nicht gekommen, um Sie zu verhaften, Ortiz. Wir hätten nur ein paar Fragen. Und jetzt liegen Sie mit einem kaputten Arm auf dem Gehweg, weil sie versucht haben, vor uns wegzulaufen. Ein solches Verhalten ist höchst verdächtig. Wenn Sie mit uns reden, können wir alles problemlos aufklären. Wir können uns darauf einigen, dass Sie versehentlich gestürzt sind und dass es nicht auf der Flucht vor zwei FBI-Agenten passiert ist.«

Ortiz blickte, während er sich immer noch den Arm hielt, zu ihr auf. »Netter Versuch«, sagte er und wandte seine Aufmerksamkeit dann wieder mir zu. »Keine weiteren Aussagen ohne Anwalt. Bin ich verhaftet?«

Ich drehte mich zu Vann um. »Wollen wir ihn verhaften?«

»Nun, strenggenommen ist er ein flüchtiger Verdächtiger«, sagte Vann. »Er ist vor uns weggerannt, als wir ihn befragen wollten.«

»Ich glaube nicht, dass so etwas als ›wegrennen‹ zählt«, sagte ich. »Eher als ›springen und hinfallen‹.«

»Deine Entscheidung«, sagte Vann zu mir.

Ich sah Ortiz an, der meinen Blick erwiderte und sichtlich

unter Schmerzen litt. »Wir sollten einen Krankenwagen für ihn rufen und dann weitersehen.«

»Du weißt, was das bedeutet, nicht wahr?«, sagte Vann.

»Erklär es mir.«

Vann zeigte auf Ortiz. »Dann werden wir morgen noch einmal hierherkommen müssen, um dieses Arschloch zu befragen.« Sie kramte in ihrer Tasche nach ihren Zigaretten. »Himmel, ich hasse diese Stadt.«

Demarcus Hinson war der Chefdesigner von Van Diemen Concepts, und er war gesprächig und charmant und entschlossen, uns alles über seine Arbeit zu erzählen, die darin bestand, Threeps mit simulierten Geschlechtsorganen zu bauen.

»Manche Leute sind über unsere Arbeit empört«, sagte er, während er mit uns einen Rundgang durch die Fabriketage machte. Obwohl »Fabriketage« vielleicht zu hoch gegriffen war. Die Werkstatt von Van Diemen bestand aus einem Dutzend Fabrikatoren, die die harten und weichen Teile eines Threeps mit entsprechenden Druckern herstellen konnten, um sie dann mittels Roboterarmen zusammenzusetzen. Recht gelangweilt wirkende menschliche Arbeiter starrten auf Statusmonitore, um sicherzustellen, dass die Konstruktionsprozesse wie vorgesehen abliefen. Zwei der Monitorstationen schienen unbesetzt zu sein, doch wenn man genauer hinsah, wurde klar, dass das so nicht stimmte. Sie wurden per Fernsteuerung von Hadens überwacht.

»Weil Sie Threeps mit Genitalien ausstatten?«, fragte Vann.

»Ja, aber nicht nur das«, sagte Hinson. »Es geht eher darum, dass wir den Hadens *Sexualität* geben. Oder präziser gesagt, dass Hadens eine Sexualität haben. Natürlich hatten sie sie auch schon vorher.« Er deutete auf einen Fabrikator, an dem gerade ein Threep zusammengesetzt wurde. »Und natürlich geht es auch nicht nur um Genitalien. Unsere Modelle verfügen am ganzen Körper über völlige nervliche Empfindlichkeit, wie die meisten anderen Threeps auch, allerdings mit besonderer Betonung der Bereiche, die bekanntlich zur sexuellen Erregung beitragen. Wenn man so etwas tut, macht man sich damit einige Feinde.«

»Was interessiert das die Leute?«

Hinson zuckte mit den Schultern. »Aus den üblichen Gründen. Manche haben religiöse oder sogenannte moralische Probleme mit der Sexualität. Anderen gefällt die Vorstellung nicht, dass Menschen, die sie als behindert ansehen, einen starken Sexualtrieb und ein erfülltes erotisches Leben haben. Es gibt einige Leute, die Hadens in jeder Hinsicht als geschlechtslos betrachten. Sie regen sich auf, wenn die Hadens sich weigern, gemäß ihren vorgefassten Meinungen zu leben. Und dann wären da noch die Leute, die sich einfach nur gruseln, wenn sie sich Roboter mit Schwänzen vorstellen.« Hinson lachte über seinen eigenen Witz. »Im Wesentlichen ist also alles vertreten.«

»Bekommen Sie jemals Beschwerden von Hadens?«, fragte ich.

Hinson zeigte auf mich. »In der Tat«, sagte er. »Es gibt ein Hintergrundrauschen von Haden-Puristen, die sich weigern, für irgendetwas einen Threep zu benutzen. Diese Leute werfen uns vor, wir würden versuchen, die Haden-Sexualität mit den Standards von Nicht-Hadens in Übereinstimmung zu bringen.« Wieder zuckte Hinson mit den Schultern. »Ich persönlich verstehe nicht, wie das funktionieren soll. Wir beliefern Kunden, die unsere Threeps haben wollen. Wer das nicht will, muss sie nicht benutzen. Aber selbst die, die sie benutzen, müssen das nicht auf ›konventionelle‹ Art und Weise tun. Dank unserer Threeps haben sie die Gelegenheit, ihre Sexualität in einem Ausmaß zu erkunden, wie es ihnen ansonsten nicht möglich wäre. Und in manchen Fällen sind es Spielarten, die mit den üblichen biologischen Geschlechtern gar nicht realisierbar sind.«

»Sie meinen Ihre Threeps mit den Furchen.«

Eine gerunzelte Stirn. »Es ist mir unverständlich, woher Sie davon wissen«, sagte Hinson. »Es handelt sich ausschließlich um Betamodelle. Alle Tester mussten Geheimhaltungsvereinbarungen unterzeichnen.«

Ich rief eine Aufnahme der Threeps in Chapmans Apartment auf und schickte sie an Hinson, der sie auf seinem Tablet betrachtete. »Ich habe sie mit eigenen Augen gesehen«, sagte ich.

Hinson sah sich das Foto an und blinzelte dann. »Steht dieser Raum ... in *Flammen*?«

»Ja«, bestätigte ich. »Also sind alle diese Threeps von Ihnen?«

»Sie sehen definitiv wie unsere Modelle aus«, sagte Hinson und zeigte auf den, der einen Penis hatte. »Das da ist das ›Gable‹-Modell.« Dann zeigte er auf den Threep mit einer Vulva. »Und das ist das ›Bette‹-Modell. Wir benennen die explizit gegenderten Modelle nach Kinostars aus dem Goldenen Zeitalter.«

Vann deutete auf die Genitalien. »Nach dem wahren Leben gestaltet?«

»O nein. Ich meine, nicht nach dem Vorbild der Schauspieler. Unsere Basistypen sind nach statistischen Modellierungen verschiedener Bevölkerungsgruppen konfiguriert. Aber wir übernehmen auch Sonderbestellungen. Wir können Ihre eigenen Genitalien modellieren, oder Sie können sich eine unter den Formen auswählen, die wir von Pornodarstellern oder anderen Prominenten lizensiert haben. Sie lächeln, Agent Vann.«

»Ich wäre nie auf die Idee gekommen, die Genitalien einer anderen Person auszuprobieren«, sagte sie.

»Willkommen in der Zukunft«, sagte Hinson und lächelte zurück.

Ich tippte auf Hinsons Tablet. »Was können Sie uns über die anderen beiden sagen?«

Hinsons Lächeln verschwand. »Diese beiden haben noch keine offizielle Bezeichnung.«

»Keine klassischen Schauspieler, denen sie ähneln?«, witzelte Vann.

»Wir versuchen, von dieser speziellen Markenidentität wegzukommen«, sagte Hinson. »Einige unserer Klienten haben uns nach Modellen gefragt, die die volle Sinneslust ohne die weiterhin vorhandenen Probleme mit spezifischen Geschlechtsrollen erlauben. Wir haben verschiedene Designs ausprobiert, und dieses hat am besten funktioniert, sowohl in ästhetischer als auch in praktischer Hinsicht.«

»In praktischer Hinsicht?«, fragte ich nach.

»Ja. Einige der nichtgegenderten Konzeptionen verlangten von den Testpersonen, sich auf eine Art und Weise zu bewegen, die sie als nicht sehr sexy empfanden. Das Furchendesign ermöglicht konventionelle Stoßbewegungen in unterschiedlichen Positionen.«

»Unkonventionelle Genitalien für konventionellen Sex«, sagte ich.

»Aber sicher«, sagte Hinson. »Wir sind stolz darauf, unseren Klienten dienen zu können. Aber Menschen bleiben oft Gewohnheitstiere, ob nun in einem Threep oder in ihrem eigenen Körper. Und obwohl wir Maßanfertigungen an unsere

Klienten liefern, müssen wir auch den Massenmarkt im Auge behalten.«

Vann blickte sich auf der Fabriketage um. »Wie massenmarktmäßig planen Sie denn?«

»Derzeit haben wir eine exklusive Klientel, aber wir überlegen, künftig zu expandieren. Abrams-Kettering bedeutet, dass wir in ein paar Jahren über eine ganz neue Klasse von Kunden verfügen werden. Nicht-Hadens jeder Couleur. Einige werden sich Threeps für ihr Sexualleben wünschen. Weil ihre Körper gealtert oder behindert sind. Weil sie sich mit Phantasiespielen beschäftigen möchten. Oder einfach nur, um etwas Neues auszuprobieren.« Er zeigte auf das Tablet. »Manche wollen in einem nichtgegenderten Körper neue Erfahrungen machen. Wir sind auf alles vorbereitet, was sie möchten, aus welchen Gründen auch immer sie es möchten.«

»Sie glauben, dass es einen großen Bedarf an Sexbots geben wird«, sagte Vann.

»Wir glauben, dass wir gut aufgestellt sind«, sagte Hinson. »Aber wir sind auch realistisch.« Er deutete auf die Fabrikatoren. »Wenn wir Auszeiten oder nur wenige Aufträge haben, vermieten wir die Fabrikatoren. Manchmal schließen wir Subunternehmerverträge mit großen Herstellern für Spezialmodelle ab. Beispielsweise hat Sebring-Warner uns Aufträge für einige ihrer Hilketa-Modelle erteilt. Und im Augenblick machen wir ein gutes Geschäft mit einem Subunternehmervertrag über die Produktion von Grundmodellen für einen größeren Hersteller. Sie sind für ein neues Start-up gedacht, das Threeps vermieten will.«

»MobilOn?«, fragte ich.

Für einen Moment wirkte Hinson fassungslos, erholte sich aber rasch wieder. »Dazu sollte ich vermutlich nichts sagen«, antwortete er, was ich als Bestätigung auffasste.

»Dann kommen wir noch einmal auf diese hier zurück«, sagte Vann und deutete auf Hinsons Tablet.

»Was ist damit?«

»Einer von ihnen aktivierte sich, als ich in diesem Apartment war«, sagte ich.

»Sie waren in diesem Apartment«, sagte Hinson.

»Ja.«

»Während es *brannte.*«

»Ja.«

Hinson musterte meinen Threep skeptisch.

»In einem anderen Threep«, sagte ich.

»Genau das hatte ich mir gerade überlegt«, murmelte er. »Nun, ich bin mir nicht sicher, wozu Sie mich brauchen. Ich vermute, wenn Sie zu diesem Zeitpunkt in diesem Apartment waren, ist Ihnen unser Tester bekannt.«

»Zu diesem Zeitpunkt war er bereits tot«, erklärte Vann.

»Wie bitte?«

»Das sind Duane Chapmans Threeps. Er starb am Sonntag. Dieser Threep bewegte sich später an jenem Abend durch das brennende Apartment. Wir haben einen Anfangsverdacht, dass der Threep mit dem Brand in Zusammenhang stehen könnte. Zumindest haben wir einige Fragen.«

»Ich verstehe«, sagte Hinson. »Weil Chapman diese Threeps für uns getestet hat, möchten Sie, dass wir seinen Log-in-Account öffnen, um zu sehen, wer sonst noch darauf zugegriffen hat.«

»Richtig.«

Hinson breitete die Hände aus. »Ich fürchte, das kann ich ohne richterliche Anordnung nicht tun. Unsere Klienten erwarten aus offensichtlichen Gründen, dass ihre Privatsphäre geschützt bleibt. Und diese Privatsphäre betrifft auch jene, die wir einladen, unsere Produkte zu testen.«

»Es verhält sich folgendermaßen«, sagte Vann. »Duane Chapman hat diese Testeinheiten von Ihrer Firma gekauft und einen Account auf Ihren Servern eingerichtet, damit Sie sein Feedback erhalten. Aber wie sich herausstellte, hat er sie nicht persönlich gekauft. Er hat sie über seine Durchlaufgesellschaft erworben. Die ihm und seiner Frau gehörte. Und als Eigentümerin dieser Threeps möchte sie die Informationen haben. Sie hat uns gebeten, sie für sie zu besorgen.«

Hinson sah mich an. »Ist das wahr?«

»Wir können sie anrufen, wenn Sie möchten«, sagte ich. »Oder Sie können ihren Anwalt anrufen, der Ihnen das Gleiche sagen wird.« Wir hatten Marla Chapman auf dem Weg zu unserem Gespräch mit Hinson kontaktiert.

Hinson sah uns beide verunsichert an. »Ich glaube, darüber muss ich mit unserer Rechtsabteilung sprechen.«

»Beeilen Sie sich«, sagte Vann. »Wir haben eine Katze im Auto.«

»Das ist eine Katze«, sagte Tayla, als ich wankend das Haus betrat, weil ich Donut, ein Katzenklo, Katzenstreu und mehrere Dosen Thunfisch trug.

»Deine kombinatorischen Fähigkeiten als Wissenschaftlerin erstaunen mich immer wieder aufs Neue«, sagte ich. »Auch wenn es sich in diesem Fall um einen Kater handelt.«

Donut wand sich aus meinen Armen und sprang auf den Boden. Dann lief er schnurrend zu Tayla hinüber.

»Ich erinnere mich an kein Mitbewohnertreffen, bei dem die Anschaffung einer Katze besprochen wurde«, sagte Tayla.

»Er wird nicht dauerhaft hier wohnen.«

Tayla zeigte auf das Katzenklo. »Dein Mund sagt das eine, und deine Einkäufe sagen etwas anderes.«

»Der Kater ist ein Zeuge«, sagte ich. »In meinem Fall.«

»Ein Zeuge.«

»Völlig richtig.«

»Du willst mich verarschen.«

»Nicht direkt.«

»Und was sind wir dann? Ein sicherer Katzenunterschlupf?«

Aus dem zweiten Stock waren Geräusche zu hören, dann ging die Tür zum Zimmer der Zwillinge auf, und ihr Threep trat heraus. »Hier ist eine Katze?!?«, kreischten sie.

»O Gott«, sagte Tayla.

»Das ist kein dauerhafter Mitbewohner«, sagte ich zu den Zwillingen, als sie die Treppe hinunterstürmten.

»Warum nicht?«, fragten sie.

»Weil der Kater ein Zeuge für das FBI ist«, erklärte Tayla ihnen.

»Wir haben einen Zeugenschutzkater?« Die Zwillinge betrachteten Donut mit offenkundiger Aufregung. Donut blickte zu ihnen hoch.

»Bitte, wir sollten Ruhe bewahren.«

»Kann er in unserem Zimmer wohnen?«, fragten die Zwillinge.

»Was ist hier los?«, rief Tony aus seinem Zimmer.

»Wir haben eine Flüchtlingskatze!«, riefen die Zwillinge zurück.

»Was?«

»Das ist kein Flüchtling«, brüllte ich.

»Das ist nur ein Zeuge«, sagte Tayla.

»Das klingt idiotisch, wenn du es so sagst«, bemerkte ich zu Tayla.

»Ja, schon.« Tayla bückte sich und kraulte Donut.

Inzwischen kam Tony über die Treppe nach unten. »Wir hatten kein Mitbewohnergespräch über eine Katze.«

»Er bleibt nicht dauerhaft hier«, sagte ich.

»Aber er *könnte* dauerhaft hier leben«, sagten die Zwillinge.

»Was ist mit seinem Besitzer?«, fragte Tony.

»Er ist tot. Das ist Duane Chapmans Katze.«

»Der Kater ist verwitwet«, sagten die Zwillinge.

»Hört damit auf«, sagte ich.

»Warum ist er bei *uns*?«, wollte Tony wissen.

Ich nahm Donut das Halsband ab und gab es Tony.

»Das ist ein Datentresor«, sagte er.

»Ja«, bestätigte ich. »Glaubst du, dass du ihn knacken kannst?«

»Bezahlst du mich dafür?«

»Ich nicht, aber das FBI.«

»Dann wahrscheinlich ja, irgendwann.«

»Und was ist mit dem Kater?«, fragte Tayla.

Ich sah die Zwillinge an und reichte ihnen das Katzenklo, das Katzenstreu und die Thunfischdosen.

»Juhu!«, riefen sie.

»Ihr habt tatsächlich *juhu* gerufen«, sagte Tayla fassungslos zu den Zwillingen, doch sie stiegen bereits mit den Katzensachen die Treppe hinauf. Tayla drehte sich wieder zu mir um. »Das geht auf deine Kappe.«

»Ich nehme alle Schuld auf mich«, erklärte ich.

»Dir ist klar, dass sie die Katze behalten wollen.«

»Es ist nur vorübergehend«, bekräftigte ich.

»Sicher«, sagte Tayla. »Der Besitzer ist tot, und die Zwillinge benehmen sich wie kleine Kinder. Selbstverständlich ist es nur vorübergehend.«

»Tut mir leid.«

»Hauptsache, du erinnerst dich daran, wenn ich einen Hund zur Sprache bringe. Weil ich das bei einem der nächsten Mitbewohnertreffen tun werde.«

»Dein gutes Recht.«

»Einen *großen.*«

»Ich mag große Hunde«, sagte ich.

»Das will ich hoffen.« Tayla marschierte davon.

»Ich persönlich bin kein Fan von Hunden«, warf Tony ein.

»Sag das nicht Tayla«, warnte ich ihn.

»Da bin ich dir weit voraus. War heute noch irgendetwas anderes Interessantes, abgesehen von der Adoption eines verwitweten Katers?«

Ich wollte gerade *Ja, aber ich kann es dir nicht sagen* sagen, als ein interner Ping mir einen Anruf signalisierte. Ich sah mir die Nummer an.

Und dachte: *Hm, das ist auf jeden Fall interessant.* Ich hob eine Hand, um Tony zu signalisieren, dass ich mich um etwas kümmern musste, und nahm den Anruf entgegen.

»Chris Shane.«

»Hallo, Agent Shane. Hier ist Kim Silva. Ich bin eine Teamkollegin von Duane.«

»Ja, ich weiß. Mein herzliches Beileid.«

»Danke. Und ich bin mir ziemlich sicher, dass Sie inzwischen herausgefunden haben, dass Duane und ich eine Affäre hatten.«

»Das ist mir nicht entgangen, ja«, sagte ich. Nach den Informationen, die Hinson uns gegeben hatte, hatte sie sich im vergangenen Jahr mehrmals in die Threeps in Duane Chapmans Apartment eingeloggt.

»Und ich glaube, Sie wissen auch, dass ich den Threep übernommen hatte, den Sie im brennenden Apartment gesehen haben.«

»Ja, das weiß ich. Deswegen hätte ich einige Fragen an Sie. Und wegen einiger anderer Dinge.«

»Ich habe mit meinen Rechtsberatern und mit der Organisation der Bays gesprochen, und wir haben gemeinsam entschieden, dass es das Beste wäre, wenn ich uneingeschränkt mit Ihnen kooperiere. Hätten Sie Zeit, sich morgen mit mir zu treffen? Um elf Uhr vormittags in der Trainingsanlage der Bays?«

»Ja, selbstverständlich«, sagte ich.

»Vielen Dank, Agent Shane.« Sie zögerte einen Moment.

»Haben Sie noch etwas anderes auf dem Herzen, Ms. Silva?«, erkundigte ich mich.

»Es handelt sich um eine etwas eigenartige Frage«, sagte Silva.

»Kein Problem«, sagte ich. »Stellen Sie sie mir einfach.«

»Als Sie in Duanes Apartment waren, haben Sie da zufällig meine Katze gesehen?«

10

ICH ÜBERLIESS DONUT den Zwillingen, ging in mein Zimmer, dirigierte meinen Threep auf die Induktionsliege und öffnete dann einen Zugang zu meiner Höhle.

Es war natürlich keine echte Höhle. Meine »Höhle« war der private Raum, den ich für mich in der Agora erschaffen hatte, dem Netzwerk, in dem die Hadens ihr nichtkörperliches Leben verbrachten.

Jeder Haden definierte sich einen eigenen privaten Raum. Manche, hauptsächlich jene, die sich die Krankheit zu einem späteren Zeitpunkt im Leben zugezogen hatten, entschieden sich für einen Raum, der eine Nachbildung ihres Hauses oder einer anderen Umgebung war, die ihnen aus ihrem Nicht-Haden-Leben vertraut war. Andere, vor allem jene, die in frühem Alter erkrankt waren und deren überwiegende Lebenserfahrung aus der Agora stammte, legten sich private Räume zu, die weitaus abstrakter und oftmals skurriler waren oder sogar recht satirisch mit der Idee eines »privaten Raums« umgingen. Im College hatte ich einen Freund, der seinen privaten Raum als »nichteuklidischen Kamelmagen« beschrieb. Ich kann nicht für die Exaktheit dieser Beschreibung garantieren, aber der Raum war genauso prätentiös und irritierend gestaltet, wie die Beschreibung vermuten ließ.

Mein eigener privater Raum war irgendwo in der Mitte – kein Haus, keine topologische Kuriosität, sondern eine dunkle, stille Höhle, die nach den berühmten Waitomo-Höhlen Neuseelands gestaltet war, nur erheblich größer. Ganz oben zwinkerten mir simulierte Glühwürmchen zu. Unten strömte ein unterirdischer Fluss vorbei und bot das perfekte Maß an Hintergrundrauschen für Entspannung und stille Kontemplation.

Was ich nun völlig ruinieren würde, indem ich die Nachrichten über Duane Chapmans Tod aufrief.

Genauer gesagt, nicht nur die Nachrichten über Duane Chapmans Tod, da mir die meisten sachdienlichen Informationen bereits bekannt waren oder es schon bald sein würden. Ich suchte außerdem nach Kommentaren, Meinungen, Spekulationen und nach allem, was aus der guten alten Gerüchteküche kam.

Allzu lange musste ich nicht suchen.

Als Erstes die *Washington Post*, die *New York Times*, der *Boston Globe*, *Sports Illustrated*, ESPN und andere seriöse Medien, im Print-, Audio- und Videoformat. Ihre Geschichten verteilten sich auf die zu erwartenden Kategorien – konventionelle Reportagen, Sonderberichte, trauervolle Stellungnahmen, der gelegentliche Ausblick, welchen Einfluss Chapmans Tod auf die Geschäfte der NAHL haben könnte. In den schnörkellosen Artikeln wurden nichtssagende Zitate des FBI-Pressesprechers wiedergegeben, die nichts Substantielles enthielten. Darin war er richtig gut. Die *Post* und andere lokale Medien merkten an, dass Vann und ich mit dem Fall betraut waren und dass mein Vater in Erwägung zog, Miteigentümer des noch unbenannten künftigen Expansionsteams von D.C. zu werden. Kein düsteres Raunen, was das vielleicht bedeuten mochte.

In diese Bresche sprangen die *Hilketa News* und einige andere zweitrangige Medien. Insbesondere Cary Wise versuchte, einen Zusammenhang zwischen meiner Mitwirkung am Fall und den potentiellen Geschäften meines Vaters herzustellen. Es kam nicht viel dabei heraus, weil es daran nichts Skandalträchtiges gab. Trotzdem merkte ich es mir als mögliches Problem. Nur weil eine Story nichts hergab, hieß das nicht, dass es keine Story gab.

Was mich zu den weniger seriösen Seiten führte, die von geschriebenen und gesprochenen Spekulationen geradezu überflutet wurden, von Fans, Möchtegernjournalisten und den gelegentlichen politisch motivierten Schreihälsen. Ich scrollte mich schnell durch sie hindurch und pickte mir einige der Beschwörer für eine spätere Überprüfung heraus.

Unter anderem diese:

Dass Chapman getötet wurde, weil er zu viel über die schmutzigen Geschäftspraktiken der NAHL wusste.

Dass er ermordet wurde, weil er den anderen Teams gegen Bezahlung Zugang zum Spielbuch der Boston Bays verschafft hatte.

Dass er Selbstmord beging, um gegen die Kommerzialisierung zu protestieren, nachdem Hilketa früher eine unverfälschte, beglückende Wettkampfsportart gewesen war.

Dass er getötet wurde, damit auch Nicht-Hadens in die Spielerriegen aufsteigen konnten, und dass sein Tod nur der erste gewesen war.

Dass er von seiner Frau abserviert worden war, weil er sie betrogen hatte. Diesen Kommentar markierte ich, aber nicht, weil ich dachte, Marla Chapman hätte ihren Ehemann ermordet, sondern weil ich neugierig war, wie weit sich die Gerüchte über Chapmans Untreue verbreitet hatten.

Dass Chapman wegen seiner Versicherungspolice von der League getötet wurde, weil sie knapp bei Kasse war und eine bessere Liquidität brauchte. Auch diese Seite markierte ich, um mich daran zu erinnern, einen Blick in die Finanzen der League sowie der Boston Bays zu werfen.

Dass Chapmans Tod ein Gottesurteil war, weil ein Haden eine Nicht-Haden geheiratet hatte.

Dass Chapmans Tod ein Gottesurteil gegen die unmoralischen Tendenzen der North American Hilketa League und die Liederlichkeit der größeren Wettkampfsportarten im Allgemeinen war.

Dass Chapmans Tod das Werk von Terroristen war, die den American Way of Life zerstören wollten (und damit indirekt auch den kanadischen und mexikanischen Way of Life, da die NAHL auch in diesen beiden Ländern Teams aufgestellt hatte).

Dass Chapmans Tod in Zusammenhang mit der Geschichte stand, die dazu geführt hatte, dass Clemente Salcido aus der League geworfen wurde. Diese Theorie wurde von einem Fan der Mexico City Aztecs aufgestellt. Auch das markierte ich und schickte schnell einen Ping an Tony.

Er antwortete sofort. »Ich habe den Datentresor noch nicht geknackt«, sagte er.

»Danach wollte ich dich gar nicht fragen«, sagte ich. »Eigentlich wollte ich dich fragen, wie deine endgültige Beurteilung des Datenfeeds von Duane Chapman lauten wird.«

»Zufällig wollte ich sie ziemlich genau jetzt an dich und Vann schicken«, antwortete er. Und wie durch ein Wunder teilte ein Ping mir mit, dass er eine verschlüsselte Datei mit dem Bericht gesendet hatte. »Mein abschließendes Urteil lautet, dass der Datenfeed auf keine erdenkliche Weise manipuliert wurde. Er wurde nur der Wahrnehmung der Öffentlichkeit entzogen. Und dass er nichts enthält, was wir nicht schon seit heute früh wissen.«

»Könnte es andere Feeds geben, die mehr Daten enthalten?«

»Sicher. Ich habe dir heute Vormittag gesagt, dass dieser Datenfeed hauptsächlich Unterhaltungszwecken dient. Aber die League besitzt noch viel detailliertere Aufzeichnungen der Körperfunktionen. Herz, Gehirn, andere Organe. Man bewahrt sie auf, damit jederzeit überprüft werden kann, dass kein Doping oder andere Sachen im Spiel waren.«

»Kommen wir da ran?«

»Wahrscheinlich. Vielleicht brauchst du dazu eine richterliche Verfügung.«

»Gut, ich werde mich darum kümmern. Könntest du in der Zwischenzeit noch etwas anderes für mich tun?«

»Wann?«

»Baldmöglichst.«

»Dann werde ich es jetzt tun, da meine Überstunden extra bezahlt werden. Worum geht es?«

»Könntest du dir den öffentlichen Feed von Clemente Salcidos letztem Spiel ansehen? Er war im Team der Aztecs.«

»Ich weiß, wer Salcido war«, sagte Tony mit vorwurfsvollem Unterton. »Wonach soll ich suchen?«

»Schau ihn dir einfach an, und wenn dir irgendetwas auffällt, sag mir Bescheid.«

»Gut, immer schön mysteriös bleiben.«

»Das ist doch kein Problem, oder?«

»Nein, nur dass es dann länger dauert. Ich werde es parallel zu meinen Bemühungen machen, diesen Datentresor zu knacken.«

»Was hält dich so lange auf?«

»›Was hält dich so lange auf?‹ Du kannst es mir verraten, wenn du irgendwann mal versuchst, in eine gut verschlüsselte Hardware hineinzukommen.« Damit unterbrach Tony die Verbindung.

Ich fuhr damit fort, bösartige Gerüchte zu lesen.

Der Sinn des Ganzen lag nicht darin, den Gerüchten und dem Unsinn irgendeine Art von Glauben zu schenken. Es ging darum, eine Vorstellung vom emotionalen Hintergrund zu bekommen, der die Geschichte über den ersten Hilketa-Spieler begleitete, der auf dem Platz gestorben war.

Einige Stunden Lektüre bestätigten, dass die Story landesweit die Phantasie der Menschen angeregt hatte. Jeder größere Nachrichtenkanal, der über Sport berichtete, hatte das Ereignis erwähnt, und die Massen schwatzten aktiv und enthusiastisch darüber. Doch bislang stach nichts als wirklich schockierend oder überraschend heraus. Selbst die schrulligen Verschwörungstheorien klangen relativ normal – zumindest für Verschwörungstheorien.

Was mich überraschte. Denn es gab jede Menge Stoff für Verschwörungstheorien. Zum Beispiel: Alex Kaufmanns Ableben, so kurz nach Duane Chapmans Tod. Es war kein Geheimnis, dass wir gleichzeitig in den Fällen Kaufmann und Chapman ermittelten. Doch abgesehen von der *Post* und dem *Globe* und einem Bericht der Associated Press beschäftigten sich nur wenige Medien mit seinem Tod, und selbst dort wurde kaum mehr als der AP-Bericht wiedergegeben. Die *Post* hatte den umfangreichsten Artikel gebracht, ein Feature mit dem Titel »Alex Kaufmanns Tod hätte eine große Schlagzeile sein können. Doch dann starb Duane Chapman«. Ich fand das ein bisschen platt, und im Wesentlichen gab die *Post* zu, dass Chapmans Tod die spannendere Geschichte war, weswegen man nicht groß über Alex Kaufmann berichtete.

Das bedeutete auch, dass die Presseleute der NAHL sehr gute Arbeit leisteten, um die Aufmerksamkeit von Kaufmann abzulenken, der immerhin ein Funktionär der League gewesen war. Die Chapman-Story war für sie nicht *besser* – der

Tod eines Spielers war nie eine gute Meldung, ganz gleich, wie man es formulierte –, aber es lief darauf hinaus, dass sie sich nur um eine Story kümmern mussten.

Zumindest bis jetzt. Die Ergebnisse der Spurensicherung an Kaufmanns Hotelbett und die Informationen über das Nachbarzimmer würden am nächsten Vormittag publiziert. Dann würden wir sehen, was sich daraus ergab.

Ich ließ die Video-, Audio- und Textkommentare noch eine Weile weiterplappern, nahm die Meinungen in mich auf und wischte dann alle gleichzeitig weg, ließ sie so schnell verstummen, dass die folgende Stille fast körperlich zu spüren war. Kurz darauf rief ich ein einziges Fenster mit einer universellen Informationsseite auf, die von Fans über die Sportart erstellt wurde und passenderweise den Namen Hilketapedia trug.

Ich ging auf Duane Chapmans Seite. Sein Avatar, der nach seinem biologischen Körper gestaltet war, erschien zusammen mit einem Foto von ihm, wie er in seinem Spieler-Threep in einer Partie gegen New York während seiner ersten Spielzeit über seinen Gegner Marcello Gibbons hinwegsetzte. Das war eins seiner besseren Spiele gewesen, als es noch danach aussah, als stünde er kurz vor seinem Durchbruch als Star. Doch so weit kam es nie. Er war gut genug, um im Team der Boston Bays zu bleiben, aber nicht so gut, dass bereits über mögliche Ablösesummen spekuliert wurde.

Diese Rolle hatte Kim Silva inne, seine Teamkameradin und anscheinend gleichzeitig seine Geliebte. Ihre Hilketapedia-Seite war recht lang und listete ihre Fähigkeiten, Rekorde, Auszeichnungen und verschiedene Karriereleistungen auf. Chapman spielte für das Team. Silva war die Spielerin, um die herum das übrige Team aufgebaut wurde.

Und das zu Recht. Im Wesentlichen hatte sie ein durchschnittliches Team in der vergangenen Spielzeit mit einem Sieg über Los Angeles in die Meisterschaft geführt, obwohl L.A. eine viel bessere Wertung und eine besser ausgewogene Mischung von Talenten hatte. Mit ihr wurden die Bays zu einem Eliteteam. Ohne sie waren sie bestenfalls mittelprächtig.

Silvas Dominanz in der League hatte sich für sie ausgezahlt. Zusätzlich zu einem rekordverdächtigen Festgehalt hatte sie mehrere Werbeverträge, von denen einige mit Hilketa zu tun hatten und andere nicht. Beispielsweise warb sie für Pepsi, ein Getränk, dessen besonderer Reiz einem Haden im Wesentlichen verborgen blieb. Wir konnten Limonade zu uns nehmen, doch die meisten von uns taten es nicht. Silva hatte Haden so früh bekommen, dass sie wahrscheinlich nicht einmal eine vage Erinnerung an den Geschmack hatte. Aber wenn Pepsi sie als Galionsfigur haben wollte, war das ihre Angelegenheit, und meine Meinung tat nichts zur Sache.

Auf der Hilketapedia-Seite gab es eine vollständige Liste ihrer Werbeverträge mit einer ungefähren Vorstellung, was jeder pro Jahr einbrachte. Wie bei einer recht großen Anzahl von Starathleten war Silvas League-Gehalt deutlich geringer als das jährliche Einkommen aus dem Merchandising. Ich scrollte durch die Liste und rechnete die Dollars im Kopf zusammen.

Und hielt inne, als ich sah, dass Silva einen Vertrag mit Labram für ihre Infusionsergänzungen hatte. Sogar die gleiche Sorte, die Chapman am Tag seines Todes benutzt hatte.

»*Das* ist ja mal interessant!«, sagte ich laut, ohne jemanden anzusprechen. Unsere Leute untersuchten den Infusionsbeutel auf Auffälligkeiten. Wenn sie irgendetwas fanden und Silva tatsächlich ihren Vorrat mit Chapman teilte, konnte das einschneidende Folgen für sie haben. Neben allem anderen mochte das der Grund sein, warum sie plötzlich so sehr daran interessiert war, mit uns zu sprechen.

Ich wischte die Hilketapedia beiseite und rief Bilder von allen Personen auf, mit denen wir während der bisherigen Ermittlungen Kontakt gehabt hatten. Duane Chapman. Seine Frau Marla. Sein Pfleger Alton Ortiz. Alex Kaufmann. MacKenzie Stodden, Oliver Medina und Coretta Barber, die Apparatschiks der North American Hilketa League. Wendell Gordon, der Commissioner der NAHL. Widerstrebend fügte ich auch meine Eltern hinzu. Der Sinn dieser Aufstellung bestand nicht darin, Verdächtige aufzulisten oder sonstige Leute, die aufgrund von verdächtigen Aktivitäten aufgefallen waren, sondern es war ein Versuch, sämtliche Verbindungen zwischen ihnen zu erkennen. Um anhand der Verbindungen etwas zu erkennen, das Vann oder ich bisher vielleicht übersehen hatten.

Ich hatte definitiv das Gefühl, dass wir einiges übersahen. Das Wort, das ich für den Ablauf unserer Ermittlungen benutzen würde, lautete »frustrierend«. Zwei verdächtige Todesfälle, ein brennendes Apartment, ein unterbrochener Datenstream, der Fluchtversuch eines Befragten, eine Katze mit einem Datentresor am Halsband und eine Horde perverser Threeps. Und dennoch gab es im Moment keine stichfesten Hinweise, dass Duane Chapman nicht eines natürlichen Todes gestorben war. Wir hatten kaum mehr als den Datenstream der NAHL, der zeigte, wie Chapmans Hirnaktivität hochging. Aber das bedeutete gar nichts, wenn wir es nicht mit einer externen Ursache verknüpfen konnten.

Ich starrte zu den Gesichtern hoch und zog Verbindungslinien zwischen ihnen. Etwas an dieser Aufstellung störte mich.

Hier fehlt jemand, wurde mir klar. Ich wollte gerade ein weiteres Gesicht hinzufügen, als ich einen Ping empfing.

»Chris«, sagte die Stimme am anderen Ende der Leitung. »Hier ist Amelie Parker. Wir sind uns heute im Haus Ihrer Eltern begegnet.«

»Ich erinnere mich«, sagte ich.

»Gut«, sagte sie. »Sind Sie gerade sehr beschäftigt?«

»Ich schaue mir nur ein paar Bilder an.« Ich ließ ein Foto von ihr zu den anderen hinaufschweben. »Warum fragen Sie?«

»Ich würde Sie gern zu einem Gespräch zu mir einladen«, sagte sie.

»Jetzt?«

»Wenn Sie bereit sind, ja.«

»Geht es dabei um unseren Fall?«

»Nein. Damit hat es nicht das Geringste zu tun.«

»Worum geht es dann?«

»Um die Zukunft. Meine und vielleicht auch Ihre.«

11

EIN GRELLES WEISS, die Empfindung von Herbstluft auf meinem Gesicht, und dann saß ich auf dem Rücksitz eines 1940er Chrysler Newport Phaeton, der über einen Privatweg fuhr, auf ein beeindruckend großes Landhaus zu, wie man es besitzt, wenn man der Nachkomme eines Grafen oder eines Raubritters ist.

Ich blickte nach rechts und links auf die Bäume, hauptsächlich Ahorne, die den Weg säumten, und die herbstliche Farbenpracht der Blätter in Rot- und Orangetönen. Jedes Blatt war individuell ausgeführt und reagierte auf den sanften Wind, der durch die Bäume strich und ihren Duft forttrug. Dann schaute ich nach vorn und betrachtete den Chauffeur, der den Phaeton fuhr, beziehungsweise seinen Rücken. Der Stoff und der Schnitt seines Anzugs waren vorzüglich, genauso wie die Textur seiner Haut bis hin zu den einzelnen kurzen Härchen in seinem Nacken. Das rote Leder seines Sitzes war fein gemasert, und ich war mir sicher, wenn ich mich vorbeugte und schnupperte, würde es nach Kuh riechen.

Ich hab es kapiert, Parker, dachte ich. *Du gibst eine Menge Geld für deinen privaten Raum aus.*

Der Phaeton war nicht real, genauso wenig wie der Chauffeur oder seine Uniform oder der Weg oder die Bäume oder der Waldgeruch in der Luft oder sogar die Luft selbst. Auch nicht das beeindruckend große Landhaus, auf das ich mich zubewegte. Es war eine Simulation in Amelie Parkers privatem Raum, genauso wie meine übergroße Waitomo-Höhle.

Der Unterschied war das Ausmaß der Rechnerkapazität, das nötig war, um Parkers Raum zu generieren. Parker generierte nicht nur einen Raum oder ein Haus oder eine einzelne Höhle. Sie generierte mehrere Hektar Land und modellierte alles bis ins letzte Detail. Nicht nur Bäume, sondern individuelle Blätter. Nicht nur individuelle Blätter, sondern auch den Geruch, den diese Blätter verströmen würden. Nicht nur den Geruch, sondern auch den Wind, der ihn zu mir oder jedem anderen herüberwehen würde, während wir in einem simulierten Auto aus den 1940er Jahren fuhren, mitsamt dem Surren und Knirschen der Räder, die über Kieselsteinchen rollten.

Ein solcher Detailreichtum eines privaten Raums ist nur mit viel Geld möglich. Es ist nicht schwer, einen Raum voller realistischer Details zu erschaffen. Es ist nicht einmal schwer, einen einigermaßen großen Raum zu erschaffen, wenn man weiß, wie man an den Ecken und Kanten spart, indem man genaue Details nur in dem Bereich realisiert, die jemand tatsächlich wahrnimmt, während alles andere nur allgemeine Formen und Muster sind, bis jemand aktiv hinschaut. Meine eigene Höhle ist groß, aber dunkel und in sich abgeschlossen. Das einzige echte Detail ist meine Plattform über dem Fluss. Alles andere – die Höhle, der Fluss, die Glühwürmchen weit oben – wird nur mit *gerade genug* Detailreichtum generiert.

Aber wenn man mehr als *gerade genug* haben möchte, buchstäblich Milliarden Blätter und Grashalme und Kieselsteine, dann muss man für all das bezahlen. Und nicht nur das, man muss auch für die Aufrechterhaltung bezahlen, nicht nur für die Erschaffung. Als ich mit meiner Höhle fertig war, kollabierte sie in einen Wartezustand. Als ich mich auf Amelie Parkers Anwesen umschaute, hatte ich den starken Verdacht, dass sie das Ganze weiterlaufen ließ, auch wenn sie gar nicht hier war.

Man zahlt für Beständigkeit.

Und jeder Haden wusste auch, dass man dafür bezahlte. In einer Gemeinschaft, in der alles möglich war und alles, was vorstellbar war, hinreichend real erschaffen werden konnte, war Beständigkeit in sehr großem Detailreichtum eine der wenigen Möglichkeiten, in einer virtuellen Welt tatsächlichen Reichtum zur Schau zu stellen.

Was paradoxerweise der Grund war, warum nur relativ wenige wirklich reiche Hadens es taten – oder, genauer gesagt, warum nur wenige es vor anderen Leuten taten, die keine engen Freunde waren. Die meisten reichen Hadens erschufen gut ausgestattete Räume mit moderater Rechenleistung, um sich mit Geschäftspartnern und Bekannten zu treffen. Erst wenn man sie näher kennenlernte, nahmen sie einen zum kompletten Planeten mit, den sie bis hin zu den tektonischen Bewegungen gestaltet hatten.

Dass Amelie Parker mich in ihren detailreichen privaten Raum einlud, konnte nur einen von zwei möglichen Gründen haben. Entweder betrachtete sie mich nach nur einem Treffen bereits als guten Freund, oder sie war neureich und wusste nicht, wie sich Hadens mit viel Geld verhielten.

Der Phaeton umkreiste den Springbrunnen vor dem Landhaus und hielt vor der Treppe an. Der Chauffeur, der, wie ich nun sah, mehr als nur eine flüchtige Ähnlichkeit mit dem Robert Redford der 1960er hatte, öffnete mir die Tür und tippte sich, als ich den Wagen verließ, an die Mütze. Er fuhr weiter, während ich die Treppe zu Parker hinaufstieg, die auf dem oberen Treppenabsatz aus Marmor auf mich wartete.

»Danke, Chris, dass Sie gekommen sind«, sagte sie und streckte mir die Hand entgegen.

Ich schüttelte sie. »Sie haben darum gebeten, ich bin gekommen«, sagte ich. »Auch wenn ich nicht damit gerechnet habe, von einem Chauffeur hergebracht zu werden.«

Parker lächelte. »Nur das Beste für Sie. Gefällt es Ihnen hier?« Sie deutete auf das Landhaus.

»Es ist sehr beeindruckend.« Ich konnte immer noch den Phaeton hören, wie er sich entfernte.

»Sie meinen, es ist ein bisschen übertrieben, nicht wahr? Gleich beim ersten Treffen mit einem kompletten Anwesen zu protzen.«

»Es ist eigentlich nicht unser erstes Treffen«, rief ich ihr ins Gedächtnis.

»Nein, das ist es nicht«, pflichtete Parker mir bei. »Außerdem finde ich es scheinheilig, was reiche Hadens tun. Sie wissen, dass ich Geld habe, Chris. Ich weiß, dass Sie Geld haben.« Sie deutete erneut auf unsere Umgebung. »Wir beide können uns so etwas leisten. Es ist Unsinn, Ihnen oder anderen Leuten vorzutäuschen, dass wir nicht so leben.«

»Damit werden Sie beim alten Geldadel anecken«, sagte ich.

»Scheiß drauf.« Parker wandte sich dem Landhaus zu. »Wollen wir?«

Im Haus setzte sich die Atmosphäre des reichen Müßiggängers fort, mit nur ein wenig mehr Prunk, als nötig gewesen wäre, ohne dass es zu protzig war, aber wir blieben gar nicht lange genug drinnen, um Einzelheiten betrachten zu können. Wir gingen weiter zum Garten auf der Hinterseite, der an einen See mit Pier grenzte. Am Pier war ein großes Segelboot festgemacht.

»Fahren wir damit raus?«, fragte ich.

»Ich dachte mir, dass es nett sein könnte. Es sei denn, Ihnen ist es auf dem Wasser unangenehm.«

Ich zuckte mit den Schultern. »Immerhin kann ich hier nicht ertrinken.«

Parker lachte und bedeutete mir, dass ich ihr aufs Segelboot folgen sollte. Als wir sicher an Bord waren, legte das Schiff von selbst ab und fuhr auf den See hinaus.

»Ich sollte Ihnen sagen, dass dieser Raum für mich noch relativ neu ist«, merkte Parker an, während wir segelten.

»Aha«, sagte ich.

»Ich bin wie Sie aufgewachsen, Chris. Als reiches Kind. Aber im Gegensatz zu Ihnen haben meine Eltern meine Haden-Identität nie ganz akzeptiert. Sie erwarteten von mir, dass ich mich auf die reale Welt konzentriere. Ich musste die meiste Zeit in meinem Threep verbringen, und sie erlaubten mir nur wenig Kontakt mit der Agora.«

»Das klingt nicht so toll.«

»Sie meinten es nur gut. Aber natürlich ist gut gemeint nicht dasselbe wie tatsächlich gut. Ich habe vieles verpasst, was für meine Haden-Zeitgenossen selbstverständlich war. Und die Ironie daran ist, dass die Firma meiner Eltern sehr gut damit verdient hat, den Haden-Markt zu versorgen, abgesehen von allem anderen. Aber meine Eltern hielten sich beide ganz klar an das Motto ›Was wir nicht verstehen, mögen wir auch nicht‹, wissen Sie? In dieser Hinsicht waren sie sehr konservativ. Sie dachten, die Agora wäre etwas, wo man mich ausnutzen oder wo man mich auf radikale, ketzerische Ideen bringen würde.«

»Fairerweise muss man sagen, dass dort beides passieren kann«, warf ich ein.

»In der Agora sind viele Millionen Menschen zu Hause«, gab Parker zu bedenken. »Natürlich kann dort so etwas passieren. Aber es könnte auch in der sogenannten realen Welt passieren. In diesem Punkt unterscheiden sich beide kaum voneinander.«

Ich blickte mich auf dem See um. »Und wann haben Sie sich das hier zugelegt?«

»Vor einigen Jahren. Nachdem die erste Firma, die ich gegründet hatte, an die Öffentlichkeit ging und ich es mir ohne das Geld meiner Familie leisten konnte, etwas in dieser Art zu erschaffen. Es ist beständig, wissen Sie?«

»Ich hatte es mir gedacht.«

Parker nickte. »Also wissen Sie, worum es geht. Ich habe es ganz allein erschaffen, so dass meine Eltern sich nicht darüber beklagen konnten. Obwohl das nicht stimmt. Sie haben sich beklagt. Wir einigten uns auf den Kompromiss, dass ich sie niemals hierher einlade.«

Darüber musste ich lachen. »Eine gute Lösung.«

»Und jetzt wissen Sie auch, Chris, warum ich kein Problem damit hatte, die Regeln zu missachten, als ich vor Ihnen mit dieser Welt geprotzt habe. Es geht nicht darum, Sie zu beeindrucken. Ich weiß, dass Sie nicht davon beeindruckt sind. Damit will ich Ihnen zeigen, wer ich bin. Es ist sozusagen meine Unabhängigkeitserklärung. Und vielleicht sind sie *davon* beeindruckt.«

»Warum wollen Sie mich beeindrucken?«

»Ich habe meine Gründe. Ich werde gleich darauf kommen.«

Ich drängte sie nicht. Stattdessen deutete ich auf die Simulation. »Und wie gefällt *Ihnen* Ihre Unabhängigkeitserklärung?«, fragte ich.

»Um ehrlich zu sein, ist es ganz schön nervig«, gestand Parker lachend ein. »Beständigkeit ist teuer. Die Software erodiert, was bedeutet, dass überall Stellen auftauchen, die gewartet werden müssen. Letzte Woche gab es ein Problem mit dem Code, der den Wind reguliert, und alles war zwei Tage lang eingefroren, bis ich die Programmierer dazu bringen konnte, den Fehler zu beheben. Blätter und Vögel, alles war in der Luft erstarrt. Und selbst wenn es mit voller Kapazität läuft, muss ich einige Abstriche machen.« Sie zeigte auf den See. »Wenn Sie weiter als drei Meter tief in den See eintauchen, fallen Sie aus der Simulation und werden komplett rausgeworfen.«

»Das ist nicht gut.«

»Ich muss die Leute warnen, wenn sie schwimmen gehen wollen, damit sie nicht irritiert sind.«

»Sie könnten das Ganze immer noch etwas verkleinern.«

»Das könnte ich, aber ich will es nicht. Es nervt, aber es ist einzig und allein *mein* Problem, verstehen Sie?«

Ich nickte, dann genossen wir eine Zeitlang schweigend Parkers nervige Simulation.

»Sosehr es mir hier gefällt, ist das aber nicht der Grund, warum Sie mich hergebeten haben«, sagte ich schließlich.

»Richtig«, sagte Parker.

»Was gibt es?«

»Arbeiten Sie gern für das FBI, Chris?«, fragte sie.

»Es ist okay«, antwortete ich. »Wie in jedem Job gibt es Höhen und Tiefen, aber die meiste Zeit ist es interessant, und ich mag die Leute, mit denen ich zusammenarbeite.«

»Das klingt nicht gerade glamourös.«

»Das ist ein besonderes Merkmal und kein Mangel. Ich hatte es satt, das Aushängeschild für eine ganze Bevölkerungsgruppe zu sein.«

»Aber Sie wissen, dass Sie nicht *aufgehört* haben, das zu sein«, sagte Parker. »Ich weiß, dass Sie sich in den letzten Jahren bemüht haben, das Scheinwerferlicht zu meiden, aber selbst als bescheidener FBI-Ermittler stehen Sie weiterhin im Zentrum der öffentlichen Aufmerksamkeit. Sie und Ihre Partnerin haben ein Händchen dafür, mit Ihren Fällen große Wellen zu schlagen. Diese Sache mit Lucas Hubbard letztes Jahr. Den berühmtesten Haden der Welt ins Gefängnis zu schicken zeugt nicht gerade von Bescheidenheit. Und jetzt untersuchen Sie den Tod von Duane Chapman. Das gibt tagelang große Schlagzeilen.«

»Wir suchen uns die Fälle nicht aus«, sagte ich. »Wir nehmen einfach, was kommt.«

»Richtig, aber mit den Fällen, die zu Ihnen kommen, rücken Sie wieder ins Scheinwerferlicht«, sagte Parker. »Sie kennen also meine Firma. MobilOn.«

»In die mein Vater investieren soll«, erwiderte ich. »Über die wir heute schon gesprochen haben. Die mit den Threeps zum Mieten.«

»Genau. Threeps auf Abruf, ja. Als wir damit anfingen, überlegten wir, wen wir als Partner ins Boot holen wollten. Nicht nur, was die Finanzierung betrifft, obwohl auch das offensichtlich von Bedeutung ist. Es ging auch darum, wen wir mit unserer Marke in Verbindung bringen wollen, als Unterstützer oder sogar als Sprachrohr. Also bezahlten wir Ginsberg Associates vor einigen Monaten dafür, eine Umfrage zu den am meisten bewunderten Hadens in den USA zu machen.«

»Von dieser Umfrage habe ich nichts gehört.«

»Sie war nur intern und nicht für die Öffentlichkeit gedacht. Möchten Sie gern wissen, auf welchem Platz Sie gelandet sind?«

»Da Sie mich hierhergeholt haben, um darüber zu reden, vermute ich, auf einem weit oben.«

»Wenn wir die Hilketa-Spieler außer Acht lassen, die eine

ganz eigene Kategorie sind, sind Sie der viertbeliebteste Haden in den USA, Chris. Insbesondere sind Sie der Vierte für die Hadens und der Dritte für die Nicht-Hadens. Was ziemlich erstaunlich ist.«

»Eine Nachwirkung meiner Kindheit«, sagte ich.

Parker schüttelte den Kopf. »Das dachten wir zunächst auch. Aber dann haben wir nachgehakt. Wie sich herausstellte, spielt auch Ihr derzeitiger Job eine Rolle für Ihre Platzierung. Paradoxerweise gefällt es den Leuten, dass Sie als erwachsener Mensch ganz normal arbeiten, statt sich auf Ihrem nicht selbst verdienten Reichtum auszuruhen. Dass Sie böse Menschen verhaften und ins Gefängnis schicken, wirft ein sehr gutes Licht auf Sie.«

In einem plötzlichen Flashback erinnerte ich mich an den Reporter in der Hotellobby, der mir sagte, dass ich immer noch berühmt war. »Es gibt noch andere Hadens, die für das FBI arbeiten«, sagte ich zu Parker.

»Sicher. Aber Sie sind trotzdem etwas Besonderes. Und genau darauf will ich hinaus. Ihr Ruhm besteht weiter. Und er wird sogar noch größer. Sie sind immer noch Sie, Chris. Was die Berühmtheit betrifft.«

»Gut. Und?«

»Und ich frage mich, wie es Ihnen in Ihrem jetzigen Job gefällt.«

»Er scheint zu meiner Berühmtheit beizutragen.«

Parker lächelte. »Ich glaube, da geht noch mehr.«

»Aha. Jetzt kommen wir auf den Punkt.«

»MobilOn ist eine großartige Firma, Chris. Sie wird einen Markt beliefern, der ihre Produkte schon jetzt braucht, und sie wird auf einen Markt expandieren, der noch gar nicht existiert. Außerdem ist es ein Markt, auf dem es eine große Rolle spielt, wer zuerst dort präsent ist. Nicht nur, weil wir die Produkte haben, sondern auch, weil wir uns als Erste dessen bewusst sind.«

»Sie wollen von Leuten profitieren, die zu arm sind, um sich einen eigenen Threep leisten zu können«, sagte ich.

Wieder schüttelte Parker den Kopf. »Ich weiß, dass Sie das glauben. Das wurde aus unserem Gespräch heute früh ersichtlich. Aber lassen Sie es mich noch einmal sagen, Chris: Ich habe Abrams-Kettering nicht verabschiedet. Das hat der Kongress getan. Also befinden wir uns nun in einer Situation, in der die Hadens die Wahl haben, ob sie mehr für einen Threep ausgeben wollen, als sie sich leisten können, oder ob sie die ganze Zeit in der Agora bleiben.« Sie deutete auf ihren See. »Für manche von uns ist das kein Problem. Aber Sie haben selbst darauf hingewiesen, dass die meisten Hadens weiterhin an der materiellen Welt teilhaben müssen. Genau das wird MobilOn ihnen ermöglichen.«

»Und Sie wollen mich anheuern, damit sich die Leute gut dabei fühlen, wenn sie ihr Leben einschränken.«

»Ich würde sagen, dass Sie uns dabei helfen sollen, den Leuten klarzumachen, dass es noch andere Optionen gibt außer Verschuldung oder Isolation.«

»Wir sagen das Gleiche.«

»Das finde ich nicht«, entgegnete Parker. »Außerdem wäre das nur ein Teil. Richtig spannend wird es, wenn Nicht-Hadens anfangen, Threeps zu benutzen, und wir beide wissen, dass sie das schon sehr bald tun werden. Dann wären Sie jemand, dem diese Leute vertrauen, der ihre Hand hält, wenn sie diese Technologie zum ersten Mal ausprobieren.«

»Aha«, sagte ich. »Und das ist Ihr *eigentlicher* Markt.«

»Natürlich.« Parker wirkte nun ein wenig gereizt. »Chris, lassen Sie es mich so formulieren. Dieser Markt wird sich herausbilden. Die Technologie, die bisher nur für Hadens gedacht war, wird allen zugänglich sein. Jeder wird Threeps benutzen. Und wer sollte Ihrer Meinung nach davon profitieren? Eine Firma, die von Hadens betrieben wird? Oder eine von Nicht-Hadens, die nicht zögern werden, uns zu marginalisieren, weil sich damit Geld verdienen lässt? *Wir* haben es verdient, dabei zu sein, Chris. *Wir* haben es verdient, die Ersten auf diesem besonderen Geschäftsfeld zu sein.«

»Wir haben es verdient, als Erste damit reich zu werden.«

»Ja! Oder zumindest noch reicher.« Parker hielt für einen Moment inne und blickte in die Ferne. »Ich verstehe Sie, Chris«, sagte sie dann. »Sie haben damit moralische Probleme. Es gibt Sachen, die Sie an MobilOn stören. Aber das ist einer der Gründe, warum ich Sie in unserem Team haben möchte. Damit Sie uns auf Linie halten. Und damit anderen klar ist, dass Sie uns auf Linie halten. Das wäre gut für uns, sowohl intern als auch für unser Image.«

»Und es wird Ihnen mit meinem Vater helfen«, sagte ich.

»Wie meinen Sie das?«

»Ich meine damit, dass mein Vater noch nicht entschieden hat, ob er in Sie investieren will.«

»Darum geht es nicht«, sagte Parker und hob dann eine Hand. »Ich meine, ja, natürlich wäre es hilfreich, wenn Sie im Team wären. Ich werde Ihre Intelligenz nicht beleidigen, indem ich etwas anderes behaupte. Aber das ist davon unabhängig. Ob Ihr Vater nun investiert oder nicht, ich möchte Sie auf jeden Fall im Team haben.«

»Im Moment bin ich eigentlich nicht im Merchandisingsektor unterwegs. Das verstößt gegen die FBI-Richtlinien.«

»Und deshalb frage ich Sie, ob Sie mit Ihrem Job glücklich sind.«

»Glücklich genug, um ihn nicht für einen Werbevertrag aufgeben zu wollen.«

»Wie wäre es mit einem Werbevertrag und einem Firmenanteil?«, fragte Parker. »Zweieinhalb Prozent. Wenn wir in ein paar Jahren mit MobilOn auf den Markt gehen, halten wir einen Börsenwert von einhundert Milliarden Dollar für durchaus realistisch. Dann wären Sie Ihr eigener Milliardär, Chris. Nicht nur ein Treuhänder.«

»Zweieinhalb Prozent, wenn ich Ihr prominenter Werbeträger werde.«

»Das nicht. Für einen so großen Anteil vom Kuchen wollen wir Sie ganz haben. Weil Sie sich auch anderweitig nützlich machen können. Sie wären unser Lobbyist bei Kongressabgeordneten. Sie würden Gastkolumnen schreiben. Sie würden tun, was wir Ihnen sagen. Sie würden arbeiten und nicht nur lächeln und winken. Aber der Profit wäre es wert.«

»Wenn Sie Erfolg haben.«

Parker lächelte. »Wie gesagt, dieser Markt wird irgendwann da sein. Er existiert bereits. Im Moment geht es nur darum, wer ihn als Erstes besetzt. Wir sind gut aufgestellt. Wenn Sie zu uns gehören, würden wir noch besser dastehen.«

»Und wie soll ich erklären, dass ich mit jemandem durchbrenne, der auf einen Anteil an einer Liga hofft, die im Zusammenhang mit meinen aktuellen Ermittlungen steht?«

»Nun, wie erklären Sie die Ermittlungen im Zusammenhang mit einer Liga, an der sich Ihr Vater vielleicht beteiligen möchte? Wenn Sie das eine hinkriegen, müssten sie auch das andere hinkriegen können. Ich möchte klarstellen, Chris, dass dieses Angebot nichts mit Ihren Ermittlungen zu tun hat. Meine Hilketa-Beteiligung kommt aus einem ganz anderen Geldtopf. Familienvermögen. Und schließlich würden Ihre Ermittlungen auch ohne Sie weitergehen. Agent Vann ist doch auf dem Laufenden, nicht wahr?«

»Das deutet darauf hin, dass Sie bald eine Antwort haben möchten«, sagte ich.

»Nächsten Montag habe ich mehrere Besprechungen mit potentiellen Investoren. Ich würde ihnen gern sagen können, dass Sie an Bord sind.«

»Ich kann nicht innerhalb einer Woche meinen Job aufgeben.«

»Nein, aber Sie können es ankündigen. Das wäre für meine Zwecke völlig ausreichend.«

»Also möchten Sie bis nächsten Montag eine Antwort.«

»Ich hätte die Antwort gern *jetzt.*«

»Das kommt für mich etwas überstürzt.«

»Dann werde ich bis Sonntagnachmittag warten. Noch besser wäre Freitagabend. Ich werde dann beim Saisonstart mit den Boston Bays anwesend sein. Aber ich würde auch Ihren Anruf entgegennehmen.«

»Sie sagten, Sie hätten diese Umfrage vor einigen Monaten durchführen lassen.«

»Ja«, bestätigte Parker.

»Warum wenden Sie sich dann erst jetzt an mich? Während ich mitten in einem Fall stecke, zu dem Sie zumindest eine flüchtige Verbindung haben? Warum nicht schon vor Monaten, als das alles noch nicht passiert war?«

»Wollen Sie die Wahrheit hören?«

»Natürlich.«

»Sie sind die Nummer vier der vertrauenswürdigsten Hadens in den USA. Wir sind der Reihe nach vorgegangen, angefangen mit den ersten drei.«

Darüber musste ich lächeln. »Das ist nachvollziehbar.«

»Tut mir leid«, sagte Parker.

»Ich habe gesagt, dass ich die Wahrheit hören will.«

»Ja, das haben Sie«, stimmte sie mir zu. »Und jetzt wissen

Sie es. Hoffentlich überzeugt es Sie, dass ich mit dem Timing nichts Böses im Schilde führe.«

»Es hilft.«

»Und Sie wollen mir jetzt noch keine Antwort geben?«

»Nein«, sagte ich und stand auf. Ich schaute mich auf dem Deck des Segelboots um. »Drei Meter nach unten?«

»Was? Oh. Ja. Oder Sie können warten, bis ich das Boot gewendet habe.«

»Ich denke, so geht es auch.« Es war unhöflich, urplötzlich im privaten Raum eines Haden aufzutauchen oder daraus zu verschwinden. Die meisten von uns hatten Türen, durch die die Leute hinein- und hinausgehen konnten. Parker benutzte ein fahrendes Auto. Das kam mir zu umständlich vor.

»Wie Sie meinen«, sagte Parker. »Teilen Sie mir Ihre Entscheidung mit, sobald Sie können, Chris. Ich will nicht sagen, dass für mich eine Menge Geld und Planung von Ihrer Antwort abhängt, aber so ist es.«

Ich nickte und sprang über die Bordwand, tauchte mit nasser Kleidung tief in den See ein. Das Wasser war klar, und ich konnte weiter als drei Meter nach unten sehen, bis zu einem dunklen, undeutlichen Grund. Nichts schien mich daran zu hindern, bis ganz hinunter zu tauchen.

Abgesehen von der Tatsache, dass ich bei drei Metern in einen gestaltlosen grauen Raum fiel. Der Seegrund war eine Illusion, genauso wie das Wasser dazwischen. Ich stürzte weiter in die Tiefe und drehte meinen simulierten Körper nach oben, um das Wasser und die Unterseite des Segelboots auf den gekräuselten Wellen zu betrachten. Es entfernte sich immer weiter von mir, bis ich plötzlich in meiner Höhle stand, ohne zu fallen oder irgendetwas anderes zu tun. Ich war kurzerhand aus Parkers Raum gekickt und zurück in meinen befördert worden.

Eine ziemlich miese Programmierung, dachte ich.

Ein Ping kam mir zu Bewusstsein. Jemand hatte versucht, mich anzurufen. Es war Vann.

»Wo warst du?«, fragte sie, als ich sie zurückrief.

»Ich hatte ein Bewerbungsgespräch«, sagte ich.

»Was?«

»Das ist eine lange Geschichte.«

»Mit wem?«

»Amelie Parker. Eine Unternehmerin. Sie versucht, meinen Dad zu überzeugen, in ihre Firma zu investieren.«

»Amelie Parker«, wiederholte Vann.

»Ja. Du kennst sie?«

»Mehr oder weniger«, sagte Vann. »Die Spurensicherung hat sich wegen Kaufmanns Bett bei mir gemeldet. Wie sich herausstellte, befand sich noch eine andere Person darin. Willst du raten, wer?«

»Nicht Amelie Parker«, sagte ich. »Sie ist eine Haden.«

»Nicht Amelie Parker«, bestätigte Vann. »Es war jemand namens Lena Fowler.«

»Sie ist eine Integratorin«, sagte ich.

»Ja, genau, das ist sie«, sagte Vann. »Und rate mal, wer eine ihrer Hauptklientinnen ist.«

»Wenn du jetzt ›Amelie Parker‹ sagst, werde ich ein sehr ungutes Gefühl haben.«

»Dann hab ein ungutes Gefühl. Aber das ist noch gar nicht das Interessante daran.«

»Was ist das Interessante daran?«

»Ich habe einen vorläufigen Bericht vom Gerichtsmediziner in D. C. über Alex Kaufmann.«

»Und?«

»Und es sieht so aus, als wäre jemand vielleicht doch kein Selbstmörder.«

12

ICH RIEF DAS Bild in meinem Sichtfeld auf. »Okay, ich sehe eine Röntgenaufnahme von Alex Kaufmanns Hals«, sagte ich. »Was genau sollte ich mir ansehen?«

»Du solltest dir den C4-Wirbel ansehen«, sagte Vann. Sie fuhr uns zu Lena Fowlers Haus in Arlington. Inzwischen war es Dienstagmorgen, und wir hofften, dass wir genug Zeit hatten, um mit ihr zu reden, bevor ich in Boston meinen Gesprächstermin mit Kim Silva hatte. Zu dieser Tageszeit fuhren wir gegen den Verkehrsstrom, also sah es zumindest in einer Hinsicht gut für uns aus.

»Welcher ist das?«

»Verblüffenderweise der Vierte von oben.«

»Sehr hilfreich«, sagte ich. »Jetzt habe ich ihn gefunden. Was ist damit?«

»Er wurde in Mitleidenschaft gezogen.«

»Genau«, sagte ich. »Durch Kaufmanns Körpergewicht und den Gürtel.

Vann schüttelte den Kopf. »Das könnte die Ursache sein. Aber der Gerichtsmediziner sagte, es wäre auch möglich, dass die Verletzung einen anderen Grund hatte und das Ganze durch das Erhängen verschlimmert wurde.«

»Und haben wir eine Vorstellung, was dieser andere Grund sein könnte?«, fragte ich.

»Es könnte stumpfe Gewalteinwirkung gewesen sein. Zum Beispiel ein Schlag ins Genick.«

»Aber es gab keine Spuren eines Kampfes.«

»Nein«, bestätigte Vann. »Wer auch immer das getan hat, hätte Kaufmann ausknocken oder ihn zumindest lange genug betäuben müssen, um ihm den Gürtel um den Hals zu knüpfen.«

Ich wechselte zu einem Foto von Kaufmann auf dem Seziertisch. »Und man hätte es schnell machen müssen«, sagte ich. »Wenn zwischen der ersten Genickverletzung und dem Erhängen einige Zeit verstrichen wäre, gäbe es Spuren davon.«

»Ja«, sagte Vann. »Was der Grund ist, warum ich gesagt habe, dass der Schlag ins Genick ihn ausgeknockt, aber nicht getötet hat. Wenn er ihn getötet hätte, würde es Spuren von zwei separaten Ereignissen geben. Die Art der Blutergüsse wäre unterschiedlich gewesen. Aber da ist nichts.«

»Warum glauben wir, dass jemand ihm zuerst einen Genickschlag verpasst hat?«, fragte ich.

»Der Gerichtsmediziner sagte, der Schaden am Wirbel scheint größer zu sein, als man beim Erhängen erwarten würde, vor allem, wenn man berücksichtigt, wie es bei Kaufmann abgelaufen ist. Es war kein tiefer Fall mit einem heftigen Ruck. Er erhängte sich selbst aus geringer Höhe in der Dusche. Kaufmann hätte sich im Wesentlichen selbst erstickt und den Hals gequetscht.«

»Also langsamer mit weniger Knochenschäden.«

»Genau das sagte der Gerichtsmediziner.«

»Aber er ist sich nicht ganz sicher.«

»Nein. Die zusätzliche Verletzung könnte eingetreten sein, als Kaufmann irgendwie Kraft einsetzte, solange das Duschrohr noch hielt. Er sagte auch, es wäre denkbar, dass Kaufmann irgendeine frühere Knochenverletzung oder Erkrankung an den Halswirbeln oder an der Wirbelsäule hatte. Das will er sich noch einmal genauer anschauen.«

»Also war es wahrscheinlich doch Selbstmord«, sagte ich.

»Abgesehen von der Tatsache, dass Fowler sich wenige Minuten vor seiner Selbsttötung in seinem Bett aufgehalten hat«, sagte Vann.

»Also glaubst du, dass Fowler es getan hat?«

»Ich glaube, ich möchte mir zumindest anhören, wie sie es abstreitet.«

Fowler wohnte im Viertel Arlington Views, nicht weit von der Columbia Pike, in einem gemütlichen, aber unscheinbaren Vorstadthaus aus Backstein, das von anderen gemütlichen, aber unscheinbaren Vorstadthäusern umgeben war, genau gegenüber einer Grundschule. Ideal für eine Familie, um Kinder großzuziehen, die Fowler, die laut ihrem Profil als Integratorin Single war, nicht hatte.

»Wolltest du jemals in der Vorstadt leben?«, fragte ich Vann, während wir auf Fowlers Tür zugingen.

»Das ist mit meinem bevorzugten Lebensstil inkompatibel«, antwortete sie.

»Ich bin mir sicher, dass es hier irgendwo eine Bar gibt«, sagte ich.

»Nett«, erwiderte Vann. »Ich bin in der Vorstadt aufgewachsen. Das hat für ein ganzes Leben gereicht.« Sie klopfte an die Tür.

Lena Fowler öffnete uns, sah, wer wir waren, und blickte für eine Sekunde zurück ins Haus. Dann wandte sie sich wieder uns zu und setzte eine mürrische Miene auf. »Ich habe eine Klientin«, sagte sie. Was bedeutete, dass eine andere Person uns aus ihrem Körper beobachtete, während wir miteinander sprachen.

»In diesem Moment?«, fragte ich.

»Ja.«

»Bei Ihnen zu Hause?«, fragte Vann.

»Wir wollten uns gerade auf den Weg machen.«

Vann warf mir einen kurzen Blick zu. Es war zwar nicht ausgeschlossen, dass sich der Klient eines Integrators zu Hause mit ihm verband, sei es beim Klienten oder beim Integrator, aber in den meisten Fällen fand die Integration am eigentlichen Einsatzziel oder in der Nähe statt. Integratoren ließen sich stundenweise bezahlen, und niemand wollte eine größere Summe darauf verschwenden, einen längeren Weg zurückzulegen.

»Wir haben, sofern Sie einverstanden sind, kein Problem damit, vor Ihrer Klientin mit Ihnen zu reden«, sagte Vann.

Fowler verzog das Gesicht. Wir hatten sie bereits in eine recht peinliche Situation gebracht, als wir sie zwangen, sich während einer Integration in den Vordergrund zu drängen. Das war eine Verletzung aller möglichen Regeln. Sie in Anwesenheit ihrer Klientin zu befragen war ein beispielloser Fall.

Was vermutlich der Grund war, warum Vann genau das vorgeschlagen hatte. Sie wollte Fowler so lange wie möglich aus dem Gleichgewicht bringen.

»Entschuldigen Sie mich für einen Moment«, sagte Fowler und schloss ihre Haustür. Vann und ich sahen uns an und warteten etwa eine Minute. Dann kam Fowler wieder durch die Tür heraus und schloss sie hinter sich.

»Worum auch immer es geht, ich hoffe, es ist tatsächlich wichtig, Agent Vann, Agent Shane.«

»Sie erinnern sich an uns«, sagte Vann.

Fowler zeigte auf mich. »Diesen Threep habe ich gestern gesehen«, sagte sie, dann zeigte sie auf Vann. »Und an Sie erinnere ich mich aus dem Gerichtsprozess meiner Klientin.«

»Es ist nett, einen solchen Eindruck zu hinterlassen.«

»Eher nicht«, sagte Fowler. »Was wollen Sie?«

»Wir würden Ihnen gern ein paar Fragen zu Alex Kaufmann stellen«, sagte ich und deutete auf die Tür. »Dürfen wir eintreten?«

»Nein«, sagte Fowler.

»Warum nicht?«, fragte Vann.

»Weil ich es gesagt habe, Agent Vann.«

»Sie kannten Alex Kaufmann«, fuhr Vann fort, die sich anscheinend damit abgefunden hatte, Fowler vor der Türschwelle zu befragen.

»Offensichtlich. Andernfalls wären Sie nicht hier.«

»Dann wissen Sie, dass er tot ist.«

»Ich habe davon gehört.«

»Sie gehen recht gefasst mit seinem Tod um, wenn man bedenkt, dass Sie sich kurz vor seinem Selbstmord in seinem Bett aufgehalten haben.« Vann hielt kurz inne. »Es sei denn, es geschah während einer Integration.«

»Wenn es so wäre, wissen Sie sehr genau, dass ich Ihnen nicht mehr dazu sagen könnte«, erwiderte Fowler. Integratoren überließen Hadens ihren Körper, indem sie die neuronalen Netzwerke in ihren Köpfen synchronisierten. Doch die Verbindung war nicht perfekt, weswegen der Integrator jederzeit präsent und bei Bewusstsein war, um den Haden bei der Benutzung des Körpers zu unterstützen. Aufgrund der Intimität dieser Arbeit hatte ihre Verbindung einen juristischen Sonderstatus, ähnlich wie die Schweigepflicht, die zwischen Arzt und Patient oder Anwalt und Klient galt.

»Und falls Sie nicht mit einer anderen Person integriert waren?«, fragte ich.

Fowler wandte sich mir zu. »Dann können Sie davon ausgehen, dass ich ohne Anwalt keine weiteren Angaben zu dem Verhältnis machen werde, in dem Alex und ich möglicherweise standen«, sagte sie.

»Wir brauchen keinen Anwalt, um zu erkennen, dass Sie deswegen nicht am Boden zerstört sind«, stellte Vann fest.

»Ich schätze Sie nicht als Expertin dafür ein, wie Menschen schlechte Neuigkeiten verarbeiten, Agent Vann«, sagte Fowler.

»Sie streiten nicht ab, ihn kurz vor seinem Tod gesehen zu haben?«

»Natürlich nicht. Ich bin mir sicher, dass Sie inzwischen Hinweise auf meine Anwesenheit in dem Hotelzimmer sowie im angrenzenden Zimmer gefunden haben.«

»Das Extrazimmer, für das Kaufmann bezahlt hat.«

»Ja.«

»Warum hat er dafür bezahlt? Sie wohnen doch in der Gegend.«

»Das müssen Sie ihn fragen, Agent Vann.«

»Das dürfte sich als schwierig erweisen.«

»Das vermute ich auch.«

»Wirkte Kaufmann auf Sie verärgert oder aufgeregt?«, fragte ich.

»Sie meinen, bevor er sich im Bad mit seinem Gürtel erhängte?«, erwiderte Fowler mit leichter Verwunderung.

»Ja genau.«

»Ich werde keine Spekulationen über seine geistige Verfassung anstellen«, antwortete Fowler. »Das Einzige, was ich sagen kann, ist, dass er noch am Leben war, als ich ihn verließ.«

»Das ist nicht allzu hilfreich«, sagte ich.

»Dann können Sie davon ausgehen, dass genau das meine Absicht ist, Agent Shane. Abgesehen von meinem generellen Glauben an die Unantastbarkeit der Verschwiegenheitspflicht in Angelegenheiten zwischen Integrator und Klient ist es mein Grundsatz, mit Vertretern von Strafverfolgungsbehörden bestenfalls über allgemeine Dinge zu sprechen.«

»Warum?«, fragte Vann.

»Betrachten Sie es als libertäre Einstellung«, sagte Fowler.

»Ich dachte, es könnte etwas mit der Liste Ihrer hauptsächlichen Klienten zu tun haben«, sagte Vann. »Ich habe gestern Abend Ihre Akte durchgesehen. Sie integrieren sich häufig mit zwielichtigen Personen, Fowler. Und das nicht nur hier in D. C. Als Sie in Denver waren, hatten Sie private Klienten, die nun für einige Zeit auf Staatskosten untergebracht sind.«

»Es waren auch Geschäftsführer von Technikunternehmen, Künstler und andere völlig normale Leute dabei«, sagte Fowler. »Ich weiß auch über Sie Bescheid, Agent Vann, durch jene Klientin, die Sie weggesperrt haben. Auch Sie waren früher eine Integratorin. Ich vermute, dass Sie es immer noch sind, auch wenn Sie es nicht mehr aktiv tun. Würden wir *Ihre* ehemaligen Klienten durchgehen, würden wir dann ausschließlich die Namen von Heiligen lesen? Ich bin mir ziemlich sicher, dass es nicht so wäre.«

Vann verzog das Gesicht. Sie hatte aufgehört, als professionelle Integratorin zu arbeiten, nachdem eine Klientin versucht hatte, sich mit Vanns Körper vor eine U-Bahn zu werfen. Sie wollte eine Todeserfahrung machen, ohne dabei selbst sterben zu müssen. Vanns Tod wäre für sie nahe genug dran gewesen. Zum Glück scheiterte der Versuch.

»Sind wir jetzt fertig?«, fragte Fowler und sah uns beide an. »Ich müsste mich wieder um meine Klientin kümmern.«

»Bevor Sie als Integratorin in Denver arbeiteten, waren Sie beim Militär«, sagte Vann zu Fowler.

»Ja«, antwortete Fowler. »Und?«

»Die Armee hat sogar Ihre Schulung und Ausbildung als Integratorin bezahlt.«

»Ja, richtig. Ich wurde an der University of Texas zum Reserveoffizier ausgebildet und war dann in Fort Benning stationiert, wo ich Haden-Offiziere unterstützt habe. Wie Sie zweifellos wissen.«

»Und Sie wurden dem Western Hemisphere Institute for Security Cooperation als Assistentin zugeteilt.«

Fowler lächelte. »Werden Sie mir gegenüber jetzt paranoid, Agent Vann?«, fragte sie. »Dass es während des Kalten Krieges die School of the Americas war, hat heute keine Bedeutung mehr. Diese Zeiten sind lange vorbei.«

»Das glaube ich«, sagte Vann. »Aber ich kann mir vorstellen, dass Sie in diesem Zusammenhang eine spezielle Ausbildung erhalten haben, um die Menschen besser unterstützen zu können, mit denen Sie sich integrieren. An der Waffe. Im Nahkampf. Solche Sachen.«

»Sie haben eine äußerst lebhafte Phantasie, Agent Vann«, sagte Fowler. »Meine militärische Personalakte ist öffentlich zugänglich. Sie dürfen sie gern in Augenschein nehmen. Ansonsten können Sie künftig einen Termin mit meinen Anwälten machen, wenn Sie sich weiter mit mir unterhalten wollen. Es sei denn, Sie wollen mich jetzt verhaften.«

»Nein«, sagte Vann. »Jetzt noch nicht.«

»Gut. Dann verschwinden Sie von meinem Grundstück.« Fowler kehrte, ohne uns eines weiteren Blickes zu würdigen, ins Haus zurück.

»Was für ein Western-Institut?«, fragte ich Vann anschließend.

»Das Western Hemisphere Institute for Security Cooperation«, sagte Vann. Sie trat zurück auf die Straße, und ich folgte ihr. »Damit bringen wir anderen Ländern auf dem amerikanischen Kontinent bei, Leute zu töten, die ihnen unangenehm sind.«

»Ich hätte nicht gedacht, dass wir so etwas immer noch machen.«

»Wir haben nie damit aufgehört«, sagte Vann. »Nur dass wir es jetzt etwas leiser tun.«

»Und du glaubst, Lena Fowler ist tatsächlich eine ausgebildete Killerin?«, fragte ich.

»Ich wäre nicht überrascht, wenn sie über bestimmte Fähigkeiten verfügt, die sie nicht mehr allzu häufig einsetzt.«

»Und sie hat sie reaktiviert, um Alex Kaufmann zu ermorden? Warum? Er war schließlich kein Staatsfeind.«

»Ich glaube, aus Fowlers Klientenliste wird klar ersichtlich, dass sie schon vor langem aufgehört hat, eine fähnchenschwenkende Patriotin zu sein.«

»Du glaubst ernsthaft, dass sie ihn getötet hat? Dass sie ihm einfach das Genick gebrochen hat?«

»Ich glaube, dass sie zumindest weiß, warum er starb.«

»Dann verstehe ich nicht, warum du gedacht hast, sie würde uns gegenüber draußen vor ihrer Tür irgendetwas eingestehen.«

»Natürlich nicht«, sagte Vann. »Mir war klar, dass sie nichts Brauchbares verraten wird.«

»Und warum sind wir dann hierhergekommen?«

»Weil ich sehen möchte, was sie als Nächstes tut.«

»Manchmal verstehe ich dich wirklich nicht«, entgegnete ich.

»Es ist gar nicht so kompliziert«, sagte Vann und zog ihre Zigaretten aus ihrer Jackentasche. »Was auch immer mit Kaufmann passierte, sie war mit ihm im selben Zimmer oder nahe genug dran. Sie wird nicht mit uns reden und hätte es auch niemals getan. Aber mit wem sie als *Nächstes* redet, wird uns einiges verraten.«

»Du brauchst eine Anordnung, um ihr Telefon abzuhören.«

»Die habe ich mir gestern Abend geholt, nachdem ich mit dir gesprochen hatte. Richter Kuznia war mir noch einen Gefallen schuldig.«

»Du musst davon ausgehen, dass Sie ahnt, dass du eine richterliche Verfügung hast. Auf mich macht sie einen sehr argwöhnischen Eindruck.«

Vann nickte. »Ich gehe davon aus, dass sie denkt, wir hören sie vielleicht schon seit Kaufmanns Tod ab, bevor die Spurensicherung sie mit dem Tatort in Verbindung brachte. Was ein weiterer Grund ist, in diesem Moment hier zu sein.« Sie deutete mit einer Kopfbewegung auf Fowlers Haus. »Du hast gesehen, wie sie ins Haus zurückgeblickt hat, als wir an der Tür waren.«

»Ja.«

»Ich vermute, sie hat Gäste. Zu einer Besprechung, an der auch Ihre Klientin teilnimmt.«

»Was bedeutet, dass alles, was bei dieser Besprechung gesagt wird, der Schweigepflicht unterliegt.«

»Außer sie planen strafbare Handlungen«, sagte Vann. »Was sie vielleicht tun, auch wenn es schwer zu beweisen ist.« Sie kramte ihr Feuerzeug hervor und zündete sich eine Zigarette an.

»Und was wirst du jetzt tun?«

»Ich werde mit dem Wagen ein paar Ecken weiterfahren und dann zu Fuß hierher zurückkommen, mich in irgendeinem Gebüsch verstecken und schauen, wer das Haus verlässt.«

»Und wenn sie gar keine Gäste hat?«

»Dann bekomme ich wenigstens etwas frische Morgenluft.«

»Und was mache ich?«

»Was du machst?«, fragte Vann. »Du gehst nach Boston.«

»Ja, aber mein Threep ist hier«, gab ich zu bedenken. »Ich dachte, wir würden ins Büro zurückfahren.«

»Überraschung!«

»Es wird überhaupt nicht verdächtig aussehen, wenn ein inaktiver Threep in einem Auto sitzt.«

»Da ist was dran«, sagte Vann.

»Und was machen wir stattdessen?«

Vann nahm einen langen Zug von ihrer Zigarette. »Da wäre immer noch der Kofferraum«, sagte sie schließlich.

13

MEIN THREEP LANDETE nicht im Kofferraum. Stattdessen rief ich einen Wagen und ließ mich zum Haus meiner Eltern zurückfahren. Unterwegs pingte ich Tony an. »Hast du schon was mit dem Datentresor an Donuts Halsband erreicht?«, wollte ich wissen.

»Bisher nicht«, sagte Tony. »Ich lasse ihn von einigen meiner Standard-Entschlüsselungswerkzeuge bearbeiten, aber sie prallen einfach daran ab. Ich kann sehen, dass etwas im Speicher ist, und ich kann dir sagen, wie groß die Datei ist, aber ich schaffe es nicht, sie zu öffnen.«

»Was ist das Problem?«

»Die Verschlüsselung ist das Problem. Man braucht einen Schlüssel, um den Tresor zu öffnen, was durchaus normal ist, aber das eigentliche Problem ist, wie das Ding nach dem Schlüssel fragt. Es will den Schlüssel von einem anderen Gerät haben, aber das haben wir nicht.«

»Ein anderes Gerät?«

»Ja. Irgendein Gerät, das sich über Nahfeldkommunikation mit dem Tresor verbindet. Wenn beide weniger als zwei Meter voneinander entfernt sind, öffnet er sich.«

»Und so etwas ist normal?«, fragte ich.

»Es ist nicht ungewöhnlich. Telefonhersteller machen so was seit Jahrzehnten. Ein Telefon entsperrt sich nur dann, wenn ein vertrauenswürdiges Gerät wie ein Heimcomputer oder ein bekanntes drahtloses Netzwerk in der Nähe ist. Aus

Sicherheitsgründen würde ich dazu nicht unbedingt raten, weil diese ›vertrauenswürdigen Geräte‹ in vielen Fällen sehr schlecht gesichert sind. Aber in diesem Fall funktioniert es, weil wir dieses unbekannte Gerät nicht haben. Es sei denn, du konntest irgendetwas vor den Flammen retten.«

»Wir haben die verkohlten Überreste mehrerer Threeps.«

»Wie verkohlt?«

»Alles, was kein Metall war, ist zu Asche verbrannt.«

»Dann ist es vermutlich sinnlos.«

»Ich kann sie dir trotzdem schicken lassen, wenn du es probieren möchtest.«

»Du meinst, wenn *du* es probieren willst, Chris. Das geht auf deine Kappe.«

»Mach noch eine Weile weiter und versuche, vielleicht einen anderen Weg in den Datentresor zu finden.«

»Wird erledigt. Aber mach dir keine allzu großen Hoffnungen.«

»Ich werde mich bemühen, meine Enttäuschung zu zügeln.«

»So ist es recht. Davon abgesehen habe ich auch eine gute Nachricht für dich. Zumindest ist sie in einem ganz bestimmten Kontext gut.«

»Das klingt aufregend«, witzelte ich.

»Du hast mich gebeten, mir Clemente Salcidos Datenfeed von seinem letzten Spiel anzusehen und ihn mit dem von Duane Chapman zu vergleichen. Das habe ich getan.«

»Und?«

»Die lange oder die kurze Version?«

»Fang mit der kurzen an.«

»Es gibt einige Ähnlichkeiten.«

»Okay. Jetzt etwas länger.«

»Es kam genauso wie bei Chapman zu einer Steigerung der

Hirnaktivität. Nicht so stark und nicht so gravierend, aber es passierte und führte direkt zu seinem Herzinfarkt.«

»Und das ist bisher niemandem aufgefallen?«

»Da müsstest du die Mediziner fragen, die mit ihm zu tun hatten. Aber selbst wenn sie es bemerkt haben, sieht es nicht so außergewöhnlich aus, dass sie eine große Sache daraus gemacht hätten. Oder vielleicht sollte man lieber sagen, dass sich jemand die Daten angesehen und gemurmelt hat: ›Ja, so sieht es aus, wenn man kurz vor einem Herzanfall steht.‹ Worauf er nicht weiter darüber nachgedacht hat. Ich meine, mir ist es nur aufgefallen, weil du mich aufgefordert hast, nach Auffälligkeiten zu suchen.«

»Ich habe dir nicht gesagt, wonach du suchen sollst«, warf ich ein.

»Nein, aber du hast mir gesagt, *dass* ich mir die Sache ansehen soll. Also habe ich mit besonderer Aufmerksamkeit hingeschaut. Ich bezweifle, dass irgendwer Salcidos Daten mit dem gleichen Blick wie wir unter die Lupe nehmen würde.«

»Ich glaube, ich werde mich mit Salcido unterhalten müssen.«

»Genau das würde ich an deiner Stelle tun«, pflichtete Tony mir bei.

»Mach mit dem Datentresor weiter«, sagte ich.

»Das werde ich tun«, sagte Tony. »Wann wirst du wieder zu Hause sein?«

»Wahrscheinlich heute Abend. Warum?«

»Wir werden ein Mitbewohnergespräch über Donut führen. Die Zwillinge haben ihn völlig in Beschlag genommen.«

Darüber musste ich leise kichern.

»Amelie Parker hat was getan?«, fragte Mom.

Wir waren in meinem Zimmer im Haus meiner Eltern, und Mom schnitt mir die Haare, wie sie es gern tat. Obwohl ich hauptsächlich im Threep präsent war, konnte ich dennoch spüren, wie ihre Hände mich berührten und die Haarsträhnen glattzogen, bevor sie den Haartrimmer ansetzte. Mom fand es praktisch, wenn ich mein Haar kurz trug, und ich stimmte ihr darin zu. Manche Hadens kümmerten sich nicht um ihr Äußeres, da sie naturgemäß nicht körperlich unterwegs waren, aber ich sah keinen Grund, warum ich nicht in allen meinen Inkarnationen adrett aussehen sollte.

Außerdem gefiel es mir, wenn Mom mich zurechtmachte. Sie könnte es selbstverständlich von jemand anderem erledigen lassen. Ich hatte zwei Vollzeitpfleger, und meine Mutter und mein Vater hatten einen eigenen Coiffeur, der bei Bedarf jederzeit ins Haus kommen würde. Beide hätten meine einfache Frisur ohne große Probleme in Ordnung halten können. Aber Mom tat es gern.

Manchmal litten Hadens unter einem Mangel an menschlichen Berührungen. Wenn der eigene Körper reglos herumlag und man sich mit einem Threep durch die Welt bewegte, vergaßen die Leute gelegentlich, dass sie sich eigentlich immer noch in ihrem Körper befanden und ihn trotz Reglosigkeit weiterhin spürten. Haden-Körper reagierten auf Berührungen. Hadens brauchten Berührungen genauso wie jeder andere.

Wenn meine Mutter mir die Haare schnitt, hielt sie damit den Kontakt zu mir, sowohl im buchstäblichen als auch im übertragenen Sinne. Natürlich gab es noch andere Möglichkeiten. Aber diese war etwas Besonderes, eben weil es eine so simple, banale Tätigkeit war, etwas, das Mütter überall auf der Welt für ihre Kinder taten.

Und Väter selbstverständlich auch, um nicht sexistisch zu werden.

Mein Vater hatte sogar einmal versucht, mir die Haare zu schneiden. Das Ergebnis war … dürftig gewesen.

»Sie hat mir einen Job angeboten«, sagte ich. »Als prominentes Sprachrohr für MobilOn. Gehalt plus Anteil. Erklärte mir, so könnte ich aus eigener Kraft zum Milliardär werden.«

Dad, der auf der Couch in meinem Zimmer saß, schnaufte. »Sie ist ehrgeizig, das muss man ihr lassen.«

»Du glaubst nicht, dass es vom Start weg ein Hundert-Milliarden-Dollar-Geschäft sein wird?«, fragte ich Dad mit vorgetäuschter Betroffenheit.

»Ich glaube, sie spielt dir gegenüber die Konkurrenz herunter«, sagte Dad. »Mehrere der großen Threep-Hersteller arbeiten bereits an ihren eigenen Mietdiensten. Im Gegensatz zu MobilOn haben sie längst die Infrastruktur geschaffen, um ihre Threeps schnell an den Mann zu bringen. Amelie wird mindestens achtzehn Monate brauchen, um ihre Produktionsmenge auf das Niveau zu steigern, das sie benötigt.«

»Sie hat Subunternehmerverträge mit Herstellern für Spezialmodelle abgeschlossen«, sagte ich. »Gestern war ich bei Van Diemen, und einer der Mitarbeiter ließ durchblicken, dass sie einen Vertrag mit ihr haben.«

»Die mit den Sex-Threeps?«, fragte Dad.

»Marcus!«, sagte Mom.

»Ich habe nicht gesagt, dass ich irgendein Problem mit Sex-Threeps habe«, sagte Dad und hob eine Hand. »Aber ich weiß auch, dass die Firma nicht annähernd die Kapazität hat, die Amelie benötigt, sei es kurzfristig oder bis zu dem Zeitpunkt, wenn auch Nicht-Hadens anfangen, Threeps zu nutzen.«

»Weshalb wir ihr vorgeschlagen haben, sich um eine direkte Partnerschaft mit einem Threep-Hersteller zu bemühen, als sie hier war, um uns als Investoren zu gewinnen«, sagte Mom.

Dad nickte. »Sie sagte, dass sie so etwas nicht will. Sie glaubt, dass diese Firmen abstürzen werden, worauf sie dann bessere Deals von ihnen bekommt, um den Threep-Bestand zu erweitern, den sie hausintern produzieren will.«

»Was recht *optimistisch* ist«, sagte Mom, während sie mit dem Haarschneider weitermachte. Ich konnte das Summen in meinem Kopf spüren.

Dad deutete auf Mom. »Ich hätte es nicht besser sagen können.«

»Warum ist es optimistisch?«

»Es ist optimistisch, weil alle wichtigen Firmenfusionen auf diesem Gebiet bereits stattgefunden haben«, sagte Dad. »Das passierte schon, bevor Abrams-Kettering beschlossen wurde, und alles war schon einige Monate vor der Verabschiedung erledigt. Einige Fusionen sind noch im Gange, weil diverse Rechtsfragen strittig sind, aber auch das wird bald geklärt sein.«

»Und in der Zwischenzeit hat der Markt in Reaktion auf den Geschäftsrückgang bereits den Aktienkurs gedrückt«, sagte Mom. »Die noch übrigen Firmen haben gleichzeitig ihre Produktion und ihre Arbeitskräfte reduziert.«

»Was vermutlich heißt, dass kein Absturz kommen wird«, sagte ich.

»Kein *neuer* Absturz«, entgegnete Mom. »Was bedeutet, dass Parker ein großes Wagnis eingeht, wenn sie sich nicht mit einem existierenden Hersteller zusammentut.«

»Also sollte ich nicht damit rechnen, zum Milliardär zu werden, willst du mir damit sagen.«

»Du hattest es doch sowieso nicht vor, oder?« Mom blickte zu mir auf, was bedeutete, dass sie den Blick von mir abwandte, als sie von meinem biologischen Kopf zu meinem Threep schaute. Zumindest der Threep, in dem ich mich derzeit befand, da mein anderer Threep auf dem Induktionsstuhl in der Ecke saß. Mehrere Körper zu haben konnte recht verwirrend sein, bis man sich daran gewöhnt hatte. »Ich dachte, dir gefällt dein Job.«

»Und du bist nicht gerade knapp bei Kasse«, fügte Dad hinzu.

»Ja, ich mag meinen Job«, sagte ich. »Und ich bin durchaus mit dem zufrieden, was ich habe. Aber ich muss zugeben, dass sie wusste, welche Knöpfe sie drücken muss. Als ich sie in ihrem privaten Raum besuchte, sprach sie darüber, wie sie ihn mit dem Geld errichtete, das sie mit ihrer ersten Firma verdient hatte, nicht mit dem Geld ihrer Familie.«

»Hat sie das«, murmelte Mom und wandte ihre Aufmerksamkeit wieder meinem Kopf zu.

»Was meinst du damit?«

»Damit meint sie, dass Amelie möglicherweise die Tatsache heruntergespielt hat, dass der Hauptinvestor ihrer ersten Firma das Familienunternehmen war«, sagte Dad.

»Um es ihr dann einige Jahre später abzukaufen, und zwar zu einem für sie sehr kommoden Preis«, fügte Mom hinzu.

»Völlig legal, vom geschäftlichen Standpunkt her möglicherweise durchaus vertretbar und definitiv eine Klüngelei vom Feinsten«, fasste Dad zusammen.

»Was ist das für ein Familienunternehmen?«, fragte ich.

»Labram Industries«, sagte Dad.

»Das kenne ich«, sagte ich. »Die machen Geschäfte mit der NAHL.«

Dad nickte. »Wiegen und andere spezialisierte Hardware.

Nicht nur für die NAHL. Sie haben eine ganze Geschäftssparte für Hadens mit einem ›aktiven Lifestyle‹. Das ist ein Teilbereich ihres Hautgeschäftsfeldes, das aus schweren Transport- und Baumaschinen besteht. Doch nachdem Amelie als Haden geboren wurde, erschloss die Firma diesen neuen Markt.«

»Und wie passen die Ergänzungsmittel für den Sport ins Bild?«, fragte ich, als ich mich an den Beutel in Chapmans Haus erinnerte. »Das zählt nicht unbedingt als Hardware.«

»Das war Amelies frühere Firma«, sagte Mom. »Als Labram sie unter ihr Dach holte, wurde argumentiert, dass das ihre Sport-Hardware gut ergänzt.« Sie zuckte mit den Schultern. »Das könnte sogar stimmen.«

»Was haben die Investoren gedacht?«

»Sie denken gar nichts«, sagte Mom. »Labram ist ein privates Unternehmen. Im Familienbesitz.«

»Wenn sie ihre vorherige Firma gekauft haben, kaufen sie vielleicht auch diese«, sagte ich. »Nachdem Amelie lange genug damit herumgespielt hat.«

Darüber lachte Dad leise. »Aber wenn sie es tun, wird es nicht um hundert Milliarden Dollar gehen, Chris. Ich würde gern einen Blick in ihre Bücher werfen.«

»Warum?«, fragte ich.

»Weil ich mehr über sie wissen möchte, bevor wir vielleicht irgendwelche Geschäfte mit ihnen machen.«

»Ich wusste gar nicht, dass du irgendetwas mit ihnen geplant hast«, sagte ich.

»Es hat mit der Hilketa-League zu tun.«

»Ich weiß nur, dass Amelie Parker sich um einen Anteil an der Washingtonlizenz bemühen will.«

»Das ist eine andere Sache«, sagte Mom. »Das macht sie mit ihrem eigenen Geld. Aber Labram selbst will eine Menge in die geplante Expansion der NAHL nach Asien und Europa investieren.«

»Das ist eine defensive Maßnahme«, sagte Dad. »Sie gewährleisten, dass sie weiterhin der bevorzugte Lieferant für Sportlerwiegen sind, und sie wollen ihre Ergänzungsmittel bei den ausländischen Teams als Standard durchsetzen.«

»Wer zahlt, darf mitspielen«, sagte Mom. Sie war mit meiner Frisur fertig, legte den Haarschneider weg und bürstete meinen Nacken. Bald würde ein automatischer Staubsauger auftauchen und die Haare vom Boden entfernen.

»Warum interessierst du dich für die ausländischen Lizenzen?«, fragte ich meinen Vater. »Das Team von Washington würde in der nordamerikanischen Liga spielen.«

Dad nickte. »Ja. Aber das Ganze ist so organisiert, dass die anderen Ligen allesamt Tochtergesellschaften der NAHL wären. Sämtliche Einnahmen aus den Lizenzen und dem Merchandising und dergleichen fließen an die Muttergesellschaft zurück. Die Gewinne aller Ligen landen im selben Topf.«

»Was die NAHL im Moment gut gebrauchen kann«, bemerkte Mom.

»Ich dachte, du hättest zu mir gesagt, die League würde finanziell gut dastehen«, erwiderte ich.

»Ich sagte, es wäre grenzwertig. In den letzten paar Tagen konnte ich mir die Bücher etwas genauer anschauen.«

»Und?«

»Die *heutige* Situation der League ist grenzwertig. In den nächsten Jahren wird sie finanziell den Bach runtergehen.«

»Einen *tiefen* Bach«, tönte Dad.

»Okay«, sagte ich. »Warum?«

»Zum einen wegen Immobilien und Steuern«, erklärte Mom. »Und zum anderen wegen Abrams-Kettering.«

Ich sah zuerst Mom und dann Dad an. »Also gut«, sagte ich. »Was hat das eine mit dem anderen zu tun?«

Dad lächelte und sah Mom an. »Kläre unseren Sprössling auf, meine Liebe.«

»Der League gehören die Stadien oder Arenen nicht, in denen sie spielt, Chris«, sagte Mom. »Sie mietet sie entweder von der Stadtverwaltung oder von anderen Sportverbänden an. Und das macht sie, weil es vor der Verabschiedung von Abrams-Kettering ein staatliches Förderprogramm für Organisationen gab, die, Zitat, der Gesundheit und dem Wohlergehen von Haden-Bürgern zuträglich sind, Zitat Ende. Was auf Hilketa zutrifft. Also gab es für den Sport Steuererleichterungen und Kredite und gelegentlich sogar direkte finanzielle Unterstützung durch Uncle Sam.«

»Aber das galt nicht für die Arenen oder Stadien?«

Mom schüttelte den Kopf. »Grundstücke und Gebäude wurden nur gefördert, wenn sie dann ausschließlich von und für Hadens genutzt wurden.«

»Also konnte man ein Hilketa-Stadion bauen, aber man durfte es nur zu diesem Zweck benutzen«, sagte ich. »Keine Nebeneinnahmen aus anderen Nutzungen.«

»Richtig«, bestätigte Dad. »Aber wenn man eine Arena mietete, gab es eine Steuervergünstigung für den Mietpreis.«

»Nicht nur das«, warf Mom ein. »Auch die Organisation, von der die League etwas gemietet hat, wurde gefördert, wenn sie einen günstigeren Preis anbot. Wenn es ein Bundesstaat oder eine Stadtverwaltung war, bekam sie eine Erstattung aus der Staatskasse. Eine private Organisation konnte es von der Steuer absetzen. Also lag es im Interesse der League, Veranstaltungsorte zu mieten und nicht zu bauen, und im Interesse der Stadionbesitzer, einen geringeren Mietpreis von der League zu nehmen.«

»Das … klingt irgendwie nach einem Missbrauch dessen, was die Regierung ursprünglich mit einem solchen Programm bezwecken wollte«, sagte ich. »Ich vermute, es war für Sachen wie Sommerausflüge für Haden-Kinder gedacht und nicht für eine professionelle Sportart, mit der tatsächlich Geld verdient wird.«

Dazu nickte Dad. »Und nun verstehst du, warum sich das Abrams-Kettering-Gesetz im Kongress durchsetzen konnte. Für jedes Programm, das den Hadens im Stillen nützte, gab es andere Sachen, bei denen Staatsgelder verschleudert wurden.«

Ich wandte mich wieder Mom zu. »Und nachdem Abrams-Kettering jetzt rechtskräftig ist, gehen die Mietpreise nach oben.«

»Genau.« Sie betrachtete meinen Hals, runzelte die Stirn und strich eine übersehene Strähne fort. Ich spürte ihre Fingernägel auf der Haut. »Die meisten Stadionverträge der League enden mit dieser Spielzeit. Und wenn sie neu ausgehandelt werden, können sie zwischen zweihundert und eintausend Prozent höher ausfallen.«

Ich stieß einen leisen Pfiff aus. Es war nicht selbstverständlich, so etwas in einem Threep zu tun, aber ich fand es angemessen.

»Das ist nur die Spitze des Eisbergs«, sagte Dad und sah dann Mom an. »Erzähl Chris von den Gehältern.«

»Auch die Spieler hatten Steuervorteile?«, fragte ich.

»Es gab Steuervorteile für alles Mögliche«, sagte Mom. »Die Spielergehälter. Das Hilfspersonal. Die medizinische und pflegerische Versorgung. Die Trainingsplätze. Der Transport der Threeps zum Spielort und zurück.«

»Mein Lieblingsthema sind die Steuererleichterungen für die Haden-Perspektive«, sagte Dad. »Weil sie dazu gedacht war, die Hadens am Spiel teilhaben zu lassen, konnte die League die Kosten für die Entwicklung und die Einrichtung steuerlich absetzen, pro Spiel eine bestimmte Abschreibungssumme. Dann drehte sie die Sache um und verkaufte den Zugang dazu. Jeder eingenommene Cent war reiner Profit.«

»Und all das fällt im folgenden Fiskaljahr weg«, sagte Mom. »An sich war die League niemals profitabel. Sie verdiente Geld, weil sie ein einziges großes Steuersparmodell war, aber selbst das war, wie ich sagte, nur grenzwertig. Diese Party ist jetzt vorbei. Die kanadischen und mexikanischen Teams werden noch steuerlich gefördert. Aber die meisten Geschäfte der League laufen in den USA. Das Schiff wird untergehen.«

Für einen Moment war ich still. Dann wandte ich mich an Dad. »Und du willst immer noch in diese Sache investieren?«

»Du hältst das für eine schlechte Idee?«, fragte Dad zurück.

»Ich mache mir plötzlich große Sorgen um mein Treuhandvermögen«, sagte ich.

Dad lachte.

Ich sah Mom an. »Und du?«

»Ich bin damit nicht gerade glücklich, nein«, sagte sie. »Und es gefällt mir auch nicht, dass die League das Problem unter den Teppich zu kehren versucht. Ich habe gestern Nachmittag diesen widerwärtigen Hohlkopf MacKenzie Stodden damit konfrontiert, und er hat mir nur ausweichend geantwortet.«

Ich erinnerte mich an Stodden, den für die Investoren zuständigen Anzugträger, der erstaunt festgestellt hatte, dass ich nicht zum Cateringpersonal gehörte. »Was hat er gesagt?«

»Er versuchte zu erklären, dass all das bei der weiteren Planung berücksichtigt wurde, was aber nicht der Fall ist, und dann drängte er mich ins Obergeschoss, damit ich mit dem Rechtsberater der League spreche.«

»Oliver Medina«, sagte ich.

»Genau der. Ein übler Kerl. Als Erstes erinnerte er mich daran, dass für unsere Verhandlungen mit der League eine Geheimhaltungsvereinbarung gilt – ich glaube, dabei ging es um *dich*, Chris –, und dann deutete er an, dass alles, was die League bis zum jetzigen Zeitpunkt in den USA gemacht hat, in Zukunft überall auf der Welt geschehen wird.«

»Was? Betrügerische Steuervergünstigungen und staatliche Subventionen?«

»Es könnte hinkommen«, sagte Dad. »Wenn man sich die Länder anschaut, in die die League expandieren will, sind das jene, die weiterhin starke Programme zur Förderung von Hadens und Steueranreize haben.«

»Die League plant, die Kosten hin und her zu schieben, so dass die Rückschläge in den USA anderswo absorbiert werden«, fügte Mom hinzu. »Aber dazu müssen sie so lange überleben, bis sie die asiatischen und europäischen Verbände auf die Beine gestellt haben.«

»Wie wollen sie das schaffen?«, fragte ich.

»Dir ist aufgefallen, dass sie die League erweitern wollen«, sagte Dad. »Für Investoren des Washington-Teams liegt das Minimum bei zehn Millionen Dollar, alles im Voraus. Für die ausländischen Investoren ist ein Minimum von einhundert Millionen vorgesehen, die Hälfte davon im Voraus.«

»Und ihr beiden glaubt, dass das so funktionieren wird?«

»Wenn die League in den nächsten Wochen ihre in- und ausländischen Finanzierungsziele erreicht, könnte sie sich ein paar Jahre lang über Wasser halten. *Könnte.* Danach hängt es davon ab, ob andere Länder ähnliche Gesetze wie Abrams-Kettering auf den Weg bringen. Und wie lange sie bis zur Verabschiedung brauchen, wenn sie es tun.«

»Andererseits *könnte* die League versuchen, profitabel zu wirtschaften, *ohne* sich auf staatliche Förderung zu verlassen«, sagte Mom.

»Wenn sie das tut, wäre sie die erste professionelle League, der das gelingen würde«, warf Dad ein. Mom verdrehte die Augen. Er wandte sich wieder an mich. »Ich bin auch kein Fan des Geschäftsmodells der League. Ich sehe nicht, dass sie jemals zum Kassenschlager werden könnte. Außerdem möchte ich kein Geld verlieren. Aber mit einer langfristigen Investition mit einer schwarzen Null könnte ich leben. Ich hätte gern ein Team in dieser Stadt. Ich glaube, es wäre gut für D. C., und ich glaube, es wäre auch gut für die hier lebenden Hadens.«

»Solange es noch *darum* geht«, sagte Mom.

»Wie meinst du das?«, fragte ich.

»Sie meint, dass die League langfristig darauf abzielt, die Nicht-Haden-Spieler hier in den USA aggressiver aufzubauen«, sagte Dad. »Sie haben bereits sogenannte Entwicklungsteams, in denen jeder mitspielen kann. Aber jetzt sagen sie, dass sie sie tatsächlich einsetzen wollen. Als hätten sie das schon die ganze Zeit gesagt.«

»Die League glaubt, sobald Nicht-Hadens in der NAHL spielen, werden die Entwicklungsteams viel aktiver werden und mehr Zuschauer bekommen«, sagte Mom. »Ein weiterer potentieller Profitschwerpunkt.«

»Du hast gesagt, sie sollten mehr tun, als sich nur auf staatliche Förderung zu verlassen«, sagte Dad zu Mom.

»Ich erlaube mir, es zwiespältig zu sehen«, erwiderte Mom. »Entschuldige bitte, Chris«, sagte sie zu mir. »Du hast bestimmt keine Geschäftsbesprechung erwartet, während ich dir die Haare schneide.«

»Das ist nicht das übliche Friseurgeplauder«, räumte ich ein. »Aber insofern, als ich auf dem Weg nach Boston bin, um mit Kim Silva zu reden, die von Funktionären der League umringt sein wird, könnte es sich als nützlicher Kontext erweisen. Keine Sorge, ich werde ihnen nicht sagen, dass du mir gegenüber deine Geheimhaltungspflicht verletzt hast.«

»Das habe ich keineswegs«, sagte Mom. »Du bist ein nicht stimmberechtigtes Mitglied des Vorstands unseres Familienunternehmens. Mit dir können wir über alles Mögliche reden.«

»Trotzdem werde ich ihnen nicht sagen, dass wir miteinander gesprochen haben.«

»Schade. Aber durchaus klug.« Sie deutete auf meinen Kopf. »Ist der Haarschnitt in Ordnung?«

»Das ist er immer.«

Mom lächelte und küsste mich auf den Kopf.

14

ICH WECHSELTE IN den Gäste-Threep, den die Boston Bays in ihrem Verwaltungs- und Trainingskomplex in Allston für mich bereitgestellt hatten, und bemerkte erstaunt, dass es ein einsatzfähiges Hilketa-Scout-Modell war.

»Boah«, sagte ich und hob die Hände, um sie mir anzusehen. Dann bemerkte ich einen weiteren Threep, der auf mich wartete. Laut Informationsfenster handelte es sich um Kim Silva.

»Willkommen, Agent Shane«, sagte sie. Ihr Threep war kein Spielermodell, sondern ein modisch diskreter, hochwertiger Sebring-Warner. »Es sieht aus, als wären Sie über ihren Threep überrascht.«

»Das bin ich«, sagte ich. »Ist das … ist das ein echter Spieler-Threep? Ich meine, wurde er *tatsächlich* in einem Spiel eingesetzt?«

»Mehr oder weniger«, sagte Silva. »Er gehört zu denen, die von unserer Trainingsgruppe benutzt wird. Er war bei Übungsspielen dabei.«

»Das ist ja cool!«, sagte ich.

»Wir dachten uns, dass es Ihnen gefallen wird«, sagte Silva und streckte die Hand aus. »Es freut mich, Sie kennenzulernen, Agent Shane.«

Ich schüttelte ihr die Hand. »Ebenso, Ms. Silva. Ich sollte Ihnen sagen, dass all meine Mitbewohner furchtbar neidisch sind, dass ich Sie persönlich treffe.«

»Dann können Sie ihnen auch sagen, dass einige meiner Teamkollegen furchtbar neidisch sind, dass ich mich mit Ihnen treffe. Früher hing dieses Bild von Ihnen an meiner Wand. Sie wissen schon, das mit dem Papst.«

»Ach das«, sagte ich. Ein Foto, das mein Vater gemacht hatte, als ich in meinem kindergroßen Threep dem Papst eine Blume reichte. Es ging damals durch alle Nachrichtenmedien und wurde zu einem der symbolträchtigsten Bilder der Haden-Geschichte. Dad witzelte gern, dass es meine College-Ausbildung bezahlt hatte.

»Es tut mir nur leid, dass wir uns unter diesen Umständen begegnen«, sagte Silva.

»Ja«, stimmte ich ihr zu. »Mein Beileid.«

»Danke«, sagte Silva und hielt einen Moment inne. »Es ist kompliziert, wissen Sie.«

»Ich weiß.«

»Eigentlich sollte ich noch gar nicht mit Ihnen reden«, sagte Silva. »Über Duane oder andere Sachen. Medina würde mich umbringen.«

»Seine Bedenken sind berechtigt«, räumte ich ein. »Es wäre kein Problem, damit zu warten, bis wir eine offizielle Befragung ansetzen. Haben Sie sich deswegen mit mir getroffen?«

»Mehr oder weniger«, sagte Silva. »Ich wurde geschickt, um Ihnen zu sagen, dass es zu einer Verzögerung kommt. Medina und Bob Kreisberg hatten sich vor uns zu einer Besprechung getroffen. Es wird noch eine Weile dauern.«

»Ich hoffe, es gibt keine Probleme«, sagte ich. Bob Kreisberg war der Besitzer des Bostoner Lizenzteams.

»Es wird viel rumgebrüllt, also vermute ich, dass es Probleme gibt.«

»Etwas Bestimmtes?«

»So genau habe ich nicht zugehört. Ich war nur kurz in

Bobs Wartezimmer, bis seine Assistentin mir sagte, dass es zu einer Verzögerung kommen könnte, und Medina mich bat, Ihnen in der Zwischenzeit Gesellschaft zu leisten.«

»Ich hätte mich auch einfach ins Foyer setzen können.«

»Ich habe das Gefühl, Medina glaubt, Sie könnten in Schwierigkeiten geraten, wenn wir Sie allein lassen. Tut mir leid. Ich bin eine Spionin.«

»Kein Problem«, sagte ich. Das erinnerte mich daran, einen schnellen Selbsttest mit meinem geliehenen Threep zu machen, um mich zu vergewissern, dass die Verbindung zu mir gesichert war. Sie war es. »Ich bin davon überzeugt, dass wir eine Möglichkeit finden, freundlich und belanglos miteinander zu plaudern, bis sie für uns Zeit haben.«

»Möchten Sie einen Rundgang machen?«, fragte Silva. »Ich könnte Ihnen den Trainingsplatz zeigen. Dort halte ich mich für gewöhnlich auf, wenn ich hier bin.«

»Das wäre großartig«, sagte ich.

Unterwegs schaute ich mir die Umgebung an. »Wissen Sie, wofür dieses Gebäude genutzt wurde, bevor es von den Bays übernommen wurde?«, fragte ich.

»Früher gehörte es zur Boston University. Oder zu Harvard, eins von beiden. Beide Unis befinden sich in der Nähe. Ich glaube, eigentlich gehört es sogar immer noch dazu, welche auch immer es ist. Ich glaube, die League hat die Anlage nur gepachtet.«

»Das klingt plausibel«, sagte ich und musste an das Gespräch mit meinen Eltern über das Steuersparmodell der League denken.

»Was vermutlich bedeutet, dass es sich um die Boston University handelt. Bob hat dort studiert. Was er immer wieder betont.«

»Manche tun so etwas.«

»Ich verstehe es nicht. Aber ich war auch nie auf dem College. Ich habe gleich nach der Highschool mit Hilketa angefangen.«

»Sie machen sich keine Sorgen, dass Sie keinen anständigen Beruf haben?«, witzelte ich.

Silva sah mich an. »Wissen Sie, ich glaube, ich komme ganz gut zurecht.« Ihr Tonfall verriet mir, dass sie den Witz verstanden hatte.

»Das ist gut«, sagte ich.

»Ich habe nicht so viel wie manche andere«, wagte auch sie einen kleinen Scherz.

»Aber Sie haben sich selbst erarbeitet, was Sie haben.«

Silva zuckte mit den Schultern. »Es ist ein Spiel.« Sie zeigte auf die Korridorwand, an der Fotos von den Bays in Aktion hingen. »Wir lösen hier nicht unbedingt das Welthungerproblem.«

»Es ist ein Spiel, aber das bedeutet nicht, dass es unwichtig ist«, sagte ich. »Hilketa bedeutet sehr vielen Hadens eine ganze Menge. Ich würde sagen, Sie bedeuten vielen von uns eine ganze Menge. Sie sind ein waschechter Sportstar.«

Silva lachte. »Es macht mir einfach Spaß, Leute zu verprügeln. Auf diese Weise ist es legal, und ich werde noch dafür bezahlt.«

»Eine große Portion Wut?«, witzelte ich.

»Sie haben ja keine Ahnung«, sagte Silva. Wir betraten den Teil des Gebäudes, in dem sich der Trainingsplatz befand.

»Wo sind sie alle?«, fragte ich, nachdem ich das Ganze auf mich hatte wirken lassen. Der Trainingsplatz war ein umfunktioniertes Basketballfeld, umschlossen von einer rechteckigen Außenverkleidung, die an ein Lagerhaus erinnerte. Es wirkte industriell und völlig unromantisch.

»Training ist heute erst ab zwei Uhr. Pena gönnt uns ein

paar Erholungstage, weil er weiß, dass wir alle noch dabei sind, Duanes Tod zu verarbeiten.«

»Klingt vernünftig«, sagte ich.

Silva schüttelte den Kopf. »Es ist blöd. Wir haben ohnehin schon eine kurze Trainingswoche, und wenn alle mehr Zeit haben, sich Gedanken über Duane zu machen, wird das uns ablenken und deprimieren. Insbesondere mich. Am Freitag werden wir heftigst Prügel beziehen. Wir sollten doppelt so viel trainieren.« Sie hielt inne. »Das zählt doch nicht als Gespräch über Duane, oder?«, fragte sie.

»Wahrscheinlich nicht«, sagte ich.

»Gut.« Sie zeigte auf mich und dann auf den Platz. »Sie sollten damit rennen.«

»Wie bitte?«

»Sie tragen einen Scout-Threep. Diese Dinger sind richtig schnell. Viel schneller als die meisten Threeps. Probieren Sie es aus.«

»Ich glaube nicht, dass ich das tun sollte.«

»Sie sollten es unbedingt tun«, sagte Silva. »Sie werden den Platz nicht ruinieren. Dafür ist er da. Und Sie werden vielleicht nie wieder eine Chance bekommen, sich in einem Scout-Threep zu bewegen, sofern Sie nicht in die League einsteigen. Warum also nicht?« Sie zeigte auf die gegenüberliegende Wand, hinter den Torpfosten mit dem Netz. »Schauen Sie, wie schnell Sie dort hinkommen. Versuchen Sie es!«

Ich sah sie für einen Moment an, zuckte dann mit den Schultern und rannte, so schnell ich konnte, zur Wand.

Vier Sekunden später, als mein Threep mit dem Gesicht auf dem Boden lag, hörte ich Silva lachen.

»Ich verstehe nicht, was daran so witzig sein soll«, sagte ich mit gespieltem Ernst.

»Tut mir leid«, sagte Silva und kam zu mir herüber. »Aber eigentlich tut es mir gar nicht leid.«

»Das ist mir klar, da ich vermute, dass Ihnen klar war, dass so etwas passieren wird.« Ich rappelte mich vom Platz auf.

»So ergeht es nicht nur Ihnen«, sagte sie. »*Jeder* fällt mit einem Scout-Threep auf die Nase, wenn man das erste Mal versucht, damit zu rennen. Man ist es gewohnt, in einem bestimmten Tempo zu rennen. Der Scout arbeitet mit einem ganz anderen Tempo. Sie haben keine Ahnung, wo ihr Schwerpunkt liegt.«

»Und dann fällt man auf die Fresse«, sagte ich.

»Ja. Sie und buchstäblich alle anderen. Die Leute glauben, die Panzer-Threeps wären im Spiel am schwierigsten zu steuern, weil sie so groß und mächtig sind.« Sie zeigte auf meinen Threep. »Irrtum. Es sind die Scouts.«

»Ich verstehe.«

Silva nickte. »Um einen Scout zu lenken, braucht man großes Geschick. Ich meine, *ich* kann es auch nicht. Es gibt einen Grund, warum ich das Hauptmodell bevorzuge oder gelegentlich mit dem Panzer einspringe. Das Gehirn muss auf Hochtouren laufen, um mit einem Scout zurechtzukommen.«

Darüber dachte ich einen Moment lang nach. »Haben Sie mich nur in das Scout-Modell stecken lassen, damit sie mich hierherbringen und zuschauen können, wie ich auf die Nase falle?«, fragte ich.

»Das werde ich weder bestätigen noch abstreiten«, sagte Silva. »Ich gebe nur zu, dass wir unsere Besucher häufig in Scout-Threeps stecken. Und wir bringen sie oft hierher und fordern sie auf, damit zu rennen.«

»Und ich dachte schon, ich wäre etwas Besonderes.«

»Wenn Sie etwas Besonderes wollen, dann warten Sie einen Moment.« Silvas Threep nahm auf einmal eine neutrale Ruhehaltung an.

»Hallo?« Ich wedelte mit der Hand vor ihrem Threep herum, doch dieser reagierte nicht.

»Hier drüben«, sagte Silva und kam aus einem Nebenraum, der offenbar ein Lagerraum für Threeps war. Sie trug jetzt einen Panzer-Threep.

Sie marschierte zu mir herüber, schneller, als ich das einem Panzer-Threep zugetraut hätte, und hielt in den schweren Fäusten zwei Waffen hoch. »Streithammer oder Schwert?«, fragte sie. »Suchen Sie sich eins aus.«

»Was?«

»Streithammer oder Schwert?«, wiederholte Silva.

»Schwert?«, sagte ich vorsichtig.

»Eine gute Wahl.« Silva reichte mir das Schwert, das ich zögernd entgegennahm. »Gut. Bereit?«

»Wofür?«, fragte ich, und plötzlich blinkten an meinem Hals rote Lämpchen. Ich blickte zu Silvas Panzer hoch, und auch an ihrem Hals blinkte ein Ring aus roten Lichtern.

»Bei drei versuchen Sie, mir den Kopf abzuschlagen«, sagte Silva.

»Ist das Ihr Ernst?«, fragte ich.

»Eins.«

»Es ist Ihr Ernst!«

»Zwei.«

Ich packte das Schwert mit beiden Händen und hielt es vor mich, wie … nun ja, wie man vermutlich ein Schwert hielt.

»Drei«, sagte Silva, und dann war mein gesamtes Sichtfeld von einem Panzer-Threep ausgefüllt, der mit dem Streithammer in der Hand auf mich zustürmte.

»Ach du Scheiße«, sagte ich und warf mich zur Seite, gerade noch rechtzeitig, bevor mich ein Hammerschlag in die

Flanke traf. Mein Threep wurde auf magische Weise etwa drei Meter weit befördert, und das Schwert flog mir aus den Händen. Ich rollte über den Platz und sprang auf, als ich schon den nächsten Hieb gegen den Brustkorb abbekam. Ich wurde in die Luft geworfen und stürzte rückwärts zu Boden. Ich kroch zur Seite weg, kaum schnell genug, um einem Hammerschlag auszuweichen, der eine menschliche Wirbelsäule zertrümmert hätte und vermutlich auch das, was diesem Threep als Stützträger diente.

Ich schaffte es, wieder auf die Beine zu kommen und zu der Stelle zu rennen, wo mein Schwert lag. Silva beobachtete mich, als ich danach griff und in Angriffsposition ging.

»Das macht Spaß, nicht wahr?«, sagte sie.

»›Spaß‹ ist nicht unbedingt das Wort, das ich benutzen würde«, erwiderte ich.

»Kommen Sie schon!«, sagte sie. »In diesem Threep ist die Schmerzempfindung nicht einmal eingeschaltet. Alles in Ordnung.«

Sie hatte recht. Bei den Schlägen und Stürzen hatte ich keinen Schmerz empfunden. »Das entspricht nicht den Regeln«, sagte ich zu Silva.

»Sie können es aktivieren, wenn Sie möchten«, sagte sie und stürmte dann auf mich zu. Ich ignorierte die verzweifelte Forderung meiner Amygdala, die Flucht zu ergreifen, und lief stattdessen mit erhobenem Schwert auf Silva zu. Ich hatte vor, auf der dem Hammer abgewandten Seite vorbeizustürmen und dabei mit dem Schwert auf ihren Hals zu zielen.

Es war ein wirklich genialer Plan, nur dass sie sofort erkannte, was ich beabsichtigte, und sich im Lauf herumwarf, und dann traf der Hammer erneut meine Brust, und wieder wurde ich durch die Luft geschleudert.

Zumindest behielt ich diesmal das Schwert in den Händen. Ich taumelte und wäre fast gestürzt, aber ich konnte mich aufrecht halten und weitertaumeln.

»Jetzt lernen Sie dazu!«, rief Silva und schien noch etwas sagen zu wollen.

Also rannte ich los, um sie unvorbereitet zu erwischen, und war plötzlich aufs Höchste desorientiert, als sich der Raum um mich drehte.

Ah, ich verstehe, dachte ich, als ich erkannte, dass ich den Platz nun aus einer rotierenden Vogelperspektive sah. *Sie hat mir tatsächlich gerade den Kopf abgeschlagen.*

Dann raste der Platz mit beängstigender Geschwindigkeit auf mich zu beziehungsweise auf meinen Kopf.

Eine Sekunde später sah ich die Füße des Panzers aus dem Winkel des einen Auges, das nicht genau auf dem Kunstrasen des Spielfeldes lag. »Mich direkt angreifen, während ich einen Streithammer schwinge«, sagte Silva. »Das war eine tollkühne Strategie, Agent Shane.«

»Ich hatte darauf gehofft, die Überraschung auf meiner Seite zu haben«, murmelte ich in den Rasen.

»Wenn Sie das wollen, hilft es, überraschend zu sein.«

»Ein guter Tipp«, sagte ich. »Das werde ich mir merken.«

Silva lachte, dann wurde mein Kopf hochgehoben und auf dem Körper meines Threeps ausgerichtet. »Das war ein so sauberer Hieb, dass Ihr Körper aufrecht stehen geblieben ist«, sagte sie. »Das passiert fast nie.«

»Juhu?«, sagte ich.

Wieder lachte Silva und befestigte meinen Kopf am Threep. Ich hörte, wie die Kontakte einrasteten und ich die Kontrolle über den Threep zurückerhielt.

»Das war eine ganz neue Erfahrung für mich«, sagte ich zu dem Panzer-Threep.

»Ich bin jetzt wieder hier«, sagte Silva aus ihrem normalen Threep.

Ich ging zu ihr hinüber.

»Ich wette, das war das erste Mal, dass Sie geköpft wurden«, sagte sie.

»Eigentlich nicht.«

»Wirklich?«

»Ich wurde von einem Lastwagen überfahren, als ich acht war. Mein Kopf flog davon. Aber das war das erste Mal, das jemand es *absichtlich* gemacht hat.«

»Was haben Sie gedacht?«

»Ich glaube, ich bin froh, dass meine Schmerzempfindlichkeit komplett ausgeschaltet war.«

»Damit haben Sie wohl recht.« Silva legte eine Hand an meinen Arm. »Vielen Dank, Agent Shane.«

»Wofür?«, wollte ich wissen.

»Dass ich Sie richtig fertigmachen durfte. Nach den Ereignissen der letzten Tage habe ich das gebraucht. Aber ich wusste gar nicht, dass ich es gebraucht hatte, bis ich es tat. Das war wahrhaftig … kathartisch.«

»Gern geschehen. Obwohl ich Sie vielleicht darauf hinweisen sollte, dass ich so etwas nie wieder tun werde. Zumindest nicht, wenn ich in einem Scout gegen einen Panzer antrete.«

»O nein. Scouts sind die besten Waffen gegen Panzer.«

»Meine soeben gemachten Erfahrungen lassen mich daran ernsthaft zweifeln.«

»Ich werde Ihnen einen Tipp geben. Panzer sind kopflastig. Sobald sie am Boden sind, ist es sehr schwierig, sie wieder hochzukriegen. Bleiben Sie hinter einem Panzer, ducken sie sich und bringen Sie ihn ins Wanken. Dann schlagen Sie einfach auf die Beine ein, bis er umkippt. Scouts sind wirklich gut darin, Panzer umzustürzen. Aus Geschwindigkeit wird Kraftimpuls.«

»Das hätten Sie mir vorher sagen sollen.«

»Das hätte ich tun können«, stimmte Silva mir zu. »Aber wo wäre dann der Spaß geblieben?«

Ich wollte etwas dazu sagen, als Silva eine Hand hob. Ich wartete.

»Das war Sandra, Bobs Assistentin«, sagte sie wenig später. »Sie haben jetzt Zeit.«

Ich blickte mich zu den Waffen und dem Panzer-Threep um.

Silva folgte meinem Blick. »Wir können sie hier liegen lassen«, sagte sie. »Jemand wird kommen und sich darum kümmern.«

»Gut«, sagte ich.

»Agent Shane, ich bin froh, dass wir das getan haben«, sagte Silva. »Bevor wir zur offiziellen Befragung kommen, meine ich. Wir hatten die Gelegenheit, freundlich miteinander umzugehen. Aber ich denke, jetzt gehen wir und werden nicht mehr so freundlich zueinander sein.«

15

»WIR MÖCHTEN DAMIT beginnen, zu Protokoll zu geben, dass Ms. Silva sich freiwillig bereit erklärt hat, sich heute mit Ihnen zu treffen, um Fragen zu beantworten«, sagte Oliver Medina, als er, Silva und David Pena, der Manager der Boston Bays, sich mit mir an den Tisch im Besprechungsraum setzten.

»In Ordnung«, sagte ich und nahm ebenfalls Platz.

»Und dass Ms. Silva jederzeit entscheiden kann, eine Frage nicht zu beantworten, wenn jemand von uns der Ansicht ist, dass es nicht in ihrem Interesse ist.«

»Sind Sie bei dieser Befragung der offizielle Vertreter von Kim Silva, Mr. Medina?«, erkundigte ich mich. »Ich frage danach, weil mir bekannt ist, dass Sie als Rechtsberater der North American Hilketa League fungieren. Ich möchte mir sicher sein, dass Sie für Ms. Silva hier sind und nicht für die League.«

»Ich glaube nicht, dass es in dieser Hinsicht irgendeinen Konflikt gibt«, sagte Medina.

»Ich glaube Ihnen gern, dass Sie das glauben«, sagte ich. »Aber vielleicht sollten wir Ms. Silva fragen.«

Medina sah Silva an, die mich ansah. »Ich habe Oliver gebeten, heute hier anwesend zu sein«, erklärte sie. »Genauer gesagt, hatte ich David und Oliver angekündigt, dass ich mit Ihnen reden will, worauf beide mir anboten, dabei zu sein, und ich habe dieses Angebot angenommen.«

»Sie waren am Sonntagabend in Duane Chapmans Apartment«, sagte ich.

»Ja.«

»Handelt es sich dabei um eine Wohnung, die Sie sich mit Mr. Chapman geteilt haben?«

»Nein. Es war sein Apartment. Beziehungsweise gehörte es, wie ich jetzt erfahren habe, seiner Firma, die er gemeinsam mit seiner Frau betrieb. Was nun aus offensichtlichen Gründen eine etwas fatale Situation darstellt. Aber ich habe dort verschiedene Dinge aufbewahrt und die Adresse gelegentlich als Briefkasten benutzt.«

»Verschiedene Dinge …«, hakte ich nach.

»Einen Threep, ein paar persönliche Gegenstände und eine Katze.«

»Warum die Katze?«

»Weil ich allergisch gegen Katzen bin und in meiner eigenen Wohnung keine halten kann. Die allergische Reaktion ist infolge einiger Komplikationen während meiner Haden-Erkrankung recht stark. Also hatte ich Donut in Duanes Apartment untergebracht.«

»Da Sie dort eine Katze hielten, lässt sich vermutlich behaupten, dass Sie recht häufig dort anwesend waren.«

»Ich war nicht wegen Donut recht häufig im Apartment. Ich war dort, weil ich eine Affäre mit Duane hatte. Und deshalb war ich häufig genug dort, um eine Katze zu halten.«

»Eine einvernehmliche Beziehung zwischen zwei Personen ist kein Thema für eine FBI-Befragung, Agent Shane«, sagte Medina.

»Es ist nützlich für mich, wenn ich klären kann, dass Ms. Silva und Mr. Chapman sich gut kannten«, erwiderte ich.

»Natürlich kannten sie sich gut. Sie waren Teamkollegen.«

»War Ihnen, Ms. Silva, als Mr. Chapmans Freundin und

als … *Teamkollegin*« – ich nickte zu Medina – »irgendeine körperliche Beeinträchtigung bekannt, die dazu geführt haben könnte, dass er am Sonntag zusammenbrach?«

»Nein«, sagte Silva. »Duane hatte ein paar gesundheitliche Probleme, wie sie alle Hadens haben. Aber nichts davon hatte jemals solche Auswirkungen. Er war immer gesund genug, um zu spielen, und für alles andere.«

»Warum haben Sie nach Mr. Chapmans Tod das Apartment aufgesucht?«

»Weil ich Donut und meine persönlichen Sachen holen wollte. Ich meine, es war schließlich nicht *mein* Apartment. Und um ehrlich zu sein, wollte ich nicht, dass Marla von meiner Beziehung zu Duane erfährt. Sie konnte mich noch nie leiden, auch nicht, bevor meine Affäre mit Duane begann, und ihre Ehe war schon seit langem zerrüttet.«

»Hat er Ihnen jemals erklärt, warum?«

»Ich weiß, dass sie ihm Untreue vorgeworfen hat«, sagte Silva. »Was der Wahrheit entsprach. Aber es gab auch andere Schwierigkeiten. Ich glaube, Marla fühlte sich betrogen, weil er der größere Star war, und hat es an ihm ausgelassen. Sie wollte auf größerem Fuß leben als bisher. Ich glaube, sie dachte, er wäre ihr Weg zum Reichtum. Irgendwann sagte Duane zu mir, er hätte allmählich den Eindruck, das wäre einer der Gründe, warum sie überhaupt mit ihm zusammen war. Generell hatte sie keine allzu positive Einstellung zu Hadens, das kann ich Ihnen versichern.«

»Also hatten Sie vor, Ihre Katze und Ihre Sachen zu holen.«

»Ja.«

»Und dann?«

»Ich hatte einen Wagen bestellt. Damit wollte ich Donut und meine Sachen hierher nach Boston bringen lassen. Dann wollte ich außerhalb der Stadt auf den Wagen warten und alles entgegennehmen. Donut sollte bei meiner Mutter untergebracht werden. Alles andere wollte ich nach Hause mitnehmen.«

»Das ist eine lange Fahrt bis Boston.«

»Ich kann es mir leisten.«

»Ich meine, warum haben Sie keinen Bekannten darum gebeten?«

»Weil niemand wusste, dass Duane und ich mehr als nur Teamkollegen waren.«

Ich wandte mich an David Pena. »Ist das zutreffend? Dass niemand davon wusste?«

»*Ich* wusste es nicht«, antwortete Pena. »Ich ermutige die Spieler nicht dazu, mit Teamkollegen herumzuvögeln. Wenn sie sich dann trennen, ist das eine blöde Situation. Trotzdem passiert es. Aber ich wusste nicht, dass die beiden etwas miteinander hatten, und soweit ich weiß, wussten es ihre Teamkollegen auch nicht.«

»Und dieses Auto, das Sie gemietet haben?«, fragte ich Silva.

»Ich hatte es mit einer App bestellt. Es dauerte eine Weile, bis sie jemanden gefunden hatten, der bereit war, diese Strecke zu fahren. Aber ich habe gut bezahlt.«

»Nur um das klarzustellen«, sagte ich. »Haben Sie, ob nun versehentlich oder absichtlich, den Brand des Apartments verursacht?«

»Nein, natürlich nicht«, sagte Silva. »Es brannte schon, als ich dort eintraf. Wie Sie wissen, da Sie bereits dort waren.«

»Und als Sie ins Apartment kamen, um Ihre Sachen zu holen, wussten Sie noch nicht, dass es brannte.«

»Nein, das wusste ich nicht«, sagte Silva.

»Können Sie sich einen Grund vorstellen, warum jemand das Gebäude in Brand stecken sollte, in dem sich Mr. Chapmans Apartment befand?«

»Wollen Sie damit andeuten, dass Brandstiftung im Spiel war, Agent Shane?«, fragte Medina.

»Ich gehe allen Möglichkeiten nach«, sagte ich.

»Mir fällt kein Grund ein«, sagte Silva. »Außer dass Marla dazu wütend genug war.«

»Halten Sie das für möglich?«

»Duane hat mir Geschichten von ihren Wutausbrüchen erzählt. Aber ich glaube nicht, dass sie so etwas tun würde. Es ist eine Sache, auf den Ehemann sauer zu sein. Aber es ist eine ganz andere Sache, ein komplettes Gebäude niederzubrennen und andere Menschen in Lebensgefahr zu bringen.«

»Was können Sie mir über den Karton mit Ihren Infusionsergänzungsmitteln sagen, der sich zum Zeitpunkt des Brandes im Apartment befand?«

»Ich hatte ihn ins Apartment liefern lassen, nachdem er hier im Hauptquartier der Bays eintraf.«

»Warum haben Sie das getan?«

»Weil Duane mich darum gebeten hat. Er wollte meine Ergänzungsmittel ausprobieren.«

»Warum wollte er das tun?«, fragte ich. »Meines Wissens hätte er Ärger mit der League bekommen, wenn er verschiedene Ergänzungsmittel benutzt.«

»Das ist nicht zutreffend«, sagte Medina. »Er hätte keinen direkten Ärger mit der League bekommen. Tigertone, unser Hauptlieferant für Infusionsergänzungsmittel, hätte einen Vertragsbruch monieren können, wenn bekanntgeworden wäre, dass er eine andere Marke verwendet. Dann hätten wir eine Vertragsstrafe an Tigertone zahlen müssen. Anschließend läge es im Ermessen des Vorstands der Bays, Chapman zu rügen oder mit einer Geldstrafe zu belegen.«

Ich wandte mich an Pena. »Hätten Sie ihn dafür bestraft?«

»Wahrscheinlich«, sagte Pena. »Die League erwartet von uns, dass wir uns an alle Verträge halten. Einige Spieler mussten deswegen schon zahlen.«

»Wie viel?«

»Als ich das letzte Mal tätig werden musste, waren es fünftausend Dollar. Für ein Erstvergehen.«

»Fünftausend Dollar waren kein Pappenstiel für einen Athleten wie Mr. Chapman«, sagte ich. »Er war kein Lizenzspieler und bekam nicht das entsprechende Gehalt.« Ich wandte mich wieder Silva zu. »Also kommen wir zu meiner ursprünglichen Frage zurück. Warum ging er dieses Risiko ein?«

»Weil er ein gutes Spiel abliefern wollte«, sagte Silva.

»Es war doch nur ein Vorsaisonspiel.«

»Nein, es war nicht *nur* ein Vorsaisonspiel«, erwiderte Silva hörbar verärgert. »Es war das Spiel, mit dem die League potentielle neue Teilhaber und Investoren umwerben wollte. Es war das Spiel, bei dem Ihr Vater, Agent Shane, und andere wichtige Leute ihn bei einer großartigen Leistung hätten sehen können, um vielleicht zu beschließen, ihm eine Schlüsselfunktion bei der Zusammenstellung ihres neuen Teams zu geben. Duane war kein Dummkopf. Er wusste, dass er hier in Boston nie mehr als ein normaler Spieler sein würde. Also wollte er sich einen Vorteil verschaffen.«

»Inwiefern würden Ihre Ergänzungsmittel ihm einen Vorteil verschaffen?«

»Gar nicht, und das habe ich ihm auch gesagt, als er mich danach gefragt hat. Wenn man sich vertraglich an ein bestimmtes Produkt bindet, soll man so tun, als wäre es besser als alle anderen. Aber das ist Unsinn. Es gibt keinen wirklichen Unterschied zwischen der Ergänzungsmittelmischung von Labram und der, die von Tigertone stammt. Alle wissen das. Duane wusste das.«

»Und warum hat er Sie dann danach gefragt?«

Silva lachte. »Ihnen ist klar, dass Sportler abergläubisch sind, ja? Wir würden alles versuchen, wenn wir glauben, dass es für uns vorteilhaft ist. Selbst wenn wir vernunftmäßig wissen, dass es nicht so ist. Duane wusste, dass es keinen Unterschied zwischen unseren Ergänzungsmitteln gibt. Er wusste auch, dass ich von uns beiden diejenige mit einem Multimillionen-Dollar-Deal bin und nicht er. Und wissen Sie, was? Wenn er das Gefühl hatte, sich einen oder zwei Beutel von meinen Ergänzungsmitteln auszuborgen würde ihm einen Vorteil verschaffen, dann war es vielleicht auch so.«

»Ein Placeboeffekt«, sagte ich.

Silvia nickte. »Placebo, psychologische Projektion, Aberglaube. Nennen Sie es, wie Sie wollen. Also ließ ich einen Karton mit meinen Ergänzungsmitteln in sein Apartment liefern, und am Sonntag benutzte er einen Beutel davon.«

»Wollen Sie damit sagen, dass Ihrer Meinung nach etwas in den Ergänzungsmitteln war, das bei ihm eine Reaktion auslöste?«, fragte Medina.

»Dazu kann ich nichts sagen«, antwortete ich. »Das FBI-Büro in Philadelphia lässt die Sache gerade im Labor untersuchen und wird uns informieren, sobald man etwas findet.«

»Was ist mit den restlichen Beuteln in diesem Karton?«

»Der Schaden am Apartment ist beträchtlich«, sagte ich.

»Agent Shane, als ich Sie gestern anrief, fragte ich nach Donut«, bemerkte Silva. »Sie sagten, mit ihm wäre alles in Ordnung.«

»Mit ihm *ist* alles in Ordnung«, bekräftigte ich. »Er ist derzeit bei mir zu Hause. Er ist dort sehr beliebt.«

»Das ist nett. Ich würde gern wissen, wann ich ihn zurückbekommen kann.«

»Ich würde sagen, wahrscheinlich in ein paar Tagen, obwohl es auch etwas länger dauern könnte.«

»Warum so lange?«, fragte Medina.

»Weil er für unsere Ermittlungen relevant ist«, sagte ich.

»Wie das? Mein Gott, es ist eine *Katze*!«

»Mir ist bewusst, wie das klingt«, räumte ich ein und wandte mich dann an Silva. »Wie auch immer, wir brauchen ihn noch eine Weile. Sobald es möglich ist, werden Sie ihn zurückbekommen.«

»Ich mache mir Sorgen, ob es ihm gutgeht«, sagte Silva.

»Er wird mit Thunfisch gefüttert.«

»Sehen Sie, das ist gar nicht gut«, sagte Silva. »Thunfisch enthält nicht alle Nährstoffe, die eine Katze braucht. Und wenn Sie ihm zu viel davon geben, könnte das zu einer Quecksilbervergiftung führen.«

»Und wenn es roher Thunfisch ist, beeinträchtigt das seine Fähigkeit, Vitamin B aufzunehmen«, sagte Pena. Als wir ihn alle ansahen, nahm er plötzlich eine defensive Haltung an. »Meine Mutter war Tierärztin.«

Silva wandte sich wieder mir zu. »Jetzt mache ich mir große Sorgen um meinen Kater. Ich hätte ihn gern zurück.«

»Ich verspreche, ich werde noch heute richtiges Katzenfutter besorgen«, versicherte ich ihr, doch sie schien nicht ganz überzeugt zu sein. »Nun zu Alex Kaufmann. Kannten Sie ihn?«

»Commissioner Kaufmann? Natürlich kannte ich ihn. Ihn und die meisten Leute, die für sein Büro arbeiteten. Aber ich würde nicht sagen, dass ich ihn besonders gut kannte. Ich habe von Zeit zu Zeit mit ihm gesprochen, aber ich kann nicht behaupten, dass ich mich an irgendetwas Bestimmtes erinnere.«

»Wissen Sie, in welcher Beziehung er und Duane Chapman zueinander standen?«

»Sie waren keine Freunde«, sagte Silva. »Commissioner Kaufmann war so etwas wie ein Karrierist, Agent Shane. Was den Status betrifft, meine ich. Er ließ sich gern mit mir sehen, aber er hätte niemals seine Zeit mit jemandem wie Duane vergeudet.«

»Hat Sie das geärgert?«

»Es gibt einen Grund, warum ich mich nicht genauer an irgendeins meiner Gespräche mit Kaufmann erinnere. Warum fragen Sie? Glauben Sie, Kaufmanns Selbstmord hätte etwas mit Duanes Tod zu tun?«

»Es passierte unmittelbar nach Mr. Chapmans Unglück und unmittelbar nach Mr. Kaufmanns Anweisung, Chapmans Datenfeed für die Öffentlichkeit zu sperren.«

»Ich weiß nicht, warum er das getan hat«, sagte Silva. »Es kann nicht daran liegen, dass sie sich nahestanden, falls das der Hintergrund Ihrer Frage ist.«

»Was glauben Sie, was der Grund ist?«

»Sie sind der FBI-Agent«, erwiderte Silva. »Sagen Sie es mir.«

»Agent Shane, wenn Sie erlauben«, sagte Medina und hob eine Hand. »Für uns ist es sehr wichtig, dass diese Gespräche vertraulich bleiben. Ihnen ist zweifellos bewusst, dass Duanes Tod und Ihre Ermittlungen landesweit Aufmerksamkeit erregen, und der Presse ist es nicht entgangen, dass Sie und Ihre Partnerin mit diesem Fall betraut sind. Wir machen uns Sorgen, dass die Presse von Duanes und Kims Beziehung erfahren könnte, und das wäre für alle Beteiligten eine unhaltbare Situation. Es wird Ihnen die Arbeit erschweren. Und es wird auch uns die Arbeit erschweren.«

»Wir halten uns an die Regel, nicht über aktive Ermittlungen zu sprechen«, sagte ich.

»Trotzdem sickern Informationen durch.«

»Nicht durch mich. Ich hatte lange genug mit der Presse zu tun. Ich weiß, wie ich mit diesen Leuten umgehen muss.«

»Und Ihre Partnerin?«

»Sie sind ihr begegnet, Mr. Medina. Ich glaube nicht, dass sie mir erzählen wollen, sie wäre der Typ, der sich mit Reportern verbrüdert. Sie erinnern sich, dass Sie ihr gedroht haben, auf keinen Fall etwas an die Presse weiterzugeben, als Sie uns Mr. Chapmans Datenfeed überlassen haben. Es ist nichts durchgesickert.«

»Wir können solche Ablenkungen einfach nicht gebrauchen«, sagte Pena. »Diese Woche war sowieso schon schwierig genug für alle, die zu den Bays gehören. Duane war nicht unser Starspieler, aber er wurde hier von allen bewundert. Viele von uns haben am Sonntag einen Freund verloren, Agent Shane. Wir müssen uns mächtig zusammenreißen. Und am Freitag haben wir ein Spiel.«

»Ich kann Ihnen nicht versprechen, dass nichts nach außen dringen wird«, sagte ich. »Bei diesen Ermittlungen spielen sehr viele Dinge eine Rolle. Ich kann Ihnen nur garantieren, dass von mir oder Agent Vann nichts durchsickern wird.«

Medina nickte. »Also sind wir hier fertig, Agent Shane?«

»Fürs Erste«, sagte ich. »Wenn ich noch weitere Fragen an Ms. Silva habe, werde ich mich bei ihr melden.«

»Sie werden sich bei *mir* melden«, sagte Medina.

Ich sah Silva an, die das mit einem Nicken bestätigte.

»Möchten Sie sich vielleicht die Anlage ansehen, wenn Sie schon einmal hier sind?«, fragte Pena. »Wir können Ihnen zumindest den Trainingsplatz zeigen.«

»Vielen Dank«, sagte ich zu Pena und warf einen Blick zu Silva. »Ich habe ihn bereits gesehen.« Ich stand auf.

Silva und Pena erhoben sich ebenfalls, Medina nicht.

»Agent Shane, dürfte ich noch kurz unter vier Augen mit Ihnen sprechen?«, fragte er.

»Worum geht es?«, erkundigte ich mich, nachdem Silva und Pena gegangen waren.

»Ist es richtig, dass Sie und Ihre Partnerin beabsichtigen, Alton Ortiz heute in Philadelphia zu befragen?«

»Ja. Sobald ich hier fertig bin, werden sie und ich zu ihm fahren, um mit ihm zu sprechen.«

»Sie scheinen einen straffen Terminplan zu haben, Agent Shane.«

»Sie haben ja keine Ahnung«, erwiderte ich.

»Nun, ich kann Ihnen eine überflüssige Reise ersparen«, sagte Medina. »Im Namen seines Anwalts soll ich Ihnen mitteilen, dass er Ihnen heute nicht für ein Gespräch zur Verfügung stehen wird.«

»Im Namen seines Anwalts?«, wiederholte ich.

»Mr. Ortiz konnte sich keine angemessene Vertretung leisten und wollte nicht das Risiko einer Pflichtverteidigung eingehen. Also erklärte sich eine Kollegin aus der Rechtsabteilung der League einverstanden, ihn kostenlos zu vertreten. Sie wusste, dass ich mich heute mit Ihnen treffen würde, und bat mich, Ihnen diese Mitteilung zukommen zu lassen. Ich werde Ihnen alle Informationen über sie schicken.«

»Und wann beabsichtigen Sie, Mr. Ortiz für eine Befragung zur Verfügung zu stellen?«

»Ich weiß nicht, ob wir das tun werden. Meine Kollegin müsste zuvor wenigstens einmal mit ihm sprechen. Ihr erster Termin mit ihm ist für morgen Nachmittag angesetzt.«

»Das passt nicht so gut in unseren Terminplan.«

»Das kann ich nachempfinden, Agent Shane. Aber solange es um unsere juristische Verantwortung geht, können wir keine Rücksicht auf Ihren Terminplan nehmen.«

»Ich verstehe nicht, warum Sie ein Treffen mit Silva, aber nicht mit Ortiz gestattet haben.«

»Offenkundig habe ich ein Gespräch mit Silva gestattet, weil ich darin kein Risiko für sie gesehen habe«, sagte Medina. »Sie hat sich keiner Verfehlung schuldig gemacht, von einer unbedachten Affäre einmal abgesehen. Aber wir wissen nicht, was mit Ortiz los ist. Und solange wir das nicht wissen, können Sie nicht mit ihm sprechen. Und wenn wir es wissen, wäre es möglich, dass Sie auch dann nicht mit ihm sprechen dürfen. Das sind die Spielregeln, Agent Shane, was Ihnen zweifellos bewusst ist.«

16

»WAS SIND DAS für Leute?«, fragte ich Vann, während ich sie beim Mittagessen in einem kleinen Pho-Restaurant in Sterling beobachtete. Vann hatte mich, nachdem ich aus Boston zurückgekehrt war, bei meinen Eltern abgeholt. Sie bot mir an, in den Kofferraum zu steigen, was ich jedoch ablehnte. Als wir Platz genommen hatten, schickte sie mir verschiedene Fotos.

»Diese beiden Herren sind Martin Lau und Yegevney Kuznetsov.«

»Du hast sie fotografiert, als sie aus Fowlers Haus kamen?«

»Ja.«

»Haben Sie dich gesehen?«

»Nein. Ich habe mich auf die Lauer gelegt.«

Ich stellte mir Vann vor, wie sie sich auf die Lauer legte, und musste innerlich grinsen. »Was ist mit Fowler?«

»Sie kam nicht heraus, solange ich dort war.«

Ich nickte. »Und wer sind diese Herren?«

»Lau arbeitet für Richu Enterprises in Singapur, und Kuznetsov ist ein Partner von Egor Semenov, einem Oligarchen in Sankt Petersburg. Die Stadt in Russland, nicht die in Florida.«

»Sind das böse Menschen?«

Vann zuckte mit den Schultern und stocherte mit den Stäbchen im Pho herum. »Das hängt davon ab, was man als ›böse‹ betrachtet. Ich habe beide von unserem System und dem von Interpol überprüfen lassen, und beide sind für sich genommen sauber. Aber die Leute, für die sie arbeiten, sind nicht so toll. Richu ist ein Mischkonzern, der in der jüngsten Vergangenheit ein paar moralisch fragwürdige Geschäfte getätigt hat, und Semenov ist ein richtig übler Bursche. Er gehört zu den Leuten, die die russische Regierung höflich darum bitten, Journalisten zu verhaften, die seine Firma zu genau ausspionieren.«

»Und die Journalisten werden dann verhaftet.«

»Nein, das nicht«, sagte Vann. »Aber eine Woche später werden sie tot aufgefunden, als bedauerliche Opfer eines Raubüberfalls. Wenn so etwas einmal passiert, ist das ein tragischer Zufall. Wenn es in kurzer Zeit dreimal hintereinander passiert, ist es ein Muster.«

»Verstanden.«

Vann zeigte auf meinen Kopf, wo ihrer Vermutung nach die Fotos herumschwirrten, die sie mir geschickt hatte, womit sie nicht falschlag. »Sowohl Lau als auch Kuznetsov sind Anwälte. Sie sind keine Schläger. Sie gehören nicht zu den Leuten mit Vorstrafenregister. Ihre Aufgabe ist es, andere aus dem Vorstrafenregister herauszuhalten. Oder ihre Firmen und Chefs vor Strafverfahren zu bewahren.«

»Was könnten Richu und Semenov also miteinander gemeinsam haben, das sie veranlasst, Anwälte in ein Vorstadtreihenhaus in Virginia zu schicken?«

»Nichts«, sagte Vann und nahm einen Schluck von ihrem vietnamesischen Kaffee. »Offiziell haben Richu und Semenov nie Geschäfte miteinander gemacht, zumindest nicht in den letzten zehn Jahren.«

»Woher wissen wir das?«

Vann sah mich ausdruckslos an. »Ich wiederhole: Sie sind keine besonders tollen Menschen.«

»Was bedeutet, dass wir sie schon seit Jahren wegen möglicher zwielichtiger Geschäfte auf dem Radar haben«, sagte ich.

»Ja. Eine befreundete Analytikerin bei der CIA war mir noch einen Gefallen schuldig. Sie brauchte ganze fünfzehn Sekunden, um mir einen Stapel Dokumente zu schicken.«

»Verstanden.«

»Also machen sie offiziell keine Geschäfte miteinander«, fuhr Vann fort. »Aber auch *inoffiziell* haben sie eigentlich nichts miteinander zu tun. Ihr Einflussbereich und ihre Interessen liegen weit auseinander. Semenov agiert hauptsächlich in Russland und im Baltikum und Richu fast ausschließlich in Singapur, Malaysia und Indonesien. Sie berühren sich bestenfalls indirekt.«

»Also geht es nicht darum, was sie miteinander gemeinsam haben, sondern es geht um jemand anderen, den sie gemeinsam haben.«

Vann, die den Mund voller Nudeln hatte, nickte nur.

»Und das ist jemand, mit dem auch Fowler etwas gemeinsam hat. Es sei denn, *sie* ist es, mit der sie etwas gemeinsam haben.«

Vann schluckte. »Immerhin hat sie eine Vorgeschichte.«

»Du meinst diese Sache mit dem Western Hemisphere Institute.«

»Ich denke an etwas, das später war. Ihre Klientenliste weist einen überdurchschnittlich hohen Anteil von Arschlöchern auf, auch wenn sie etwas anderes behauptet.«

»Nun, ich will nicht Partei für sie ergreifen …«

»O Mann!«, sagte Vann und griff erneut nach ihrem Kaffee.

»… aber sie hatte nicht ganz unrecht, als sie dich fragte, ob all deine Klienten während deiner Zeit als Integratorin grundehrliche Menschen waren. Hadens sind nicht anständiger oder gesetzestreuer als irgendeine andere demographische Gruppe. Das ist der Grund, warum wir beide diesen Job haben.«

Vann stellte das Glas ab. »Ich kann nicht sagen, was meine Klienten in ihrem Privatleben gemacht haben, weil mich das nichts anging. Ich kann nur sagen, dass sie nichts Illegales getan haben, während sie bei mir waren. Integratoren sind wie Anwälte. Unsere sogenannte Schweigepflicht endet, wenn wir unseren Klienten helfen, ein Verbrechen zu begehen. Integratoren bleiben aktiv, wenn sie einen Klienten haben, weil wir ihnen helfen müssen, unseren Körper zu benutzen. Alles, was *sie* mit unserem Körper tun, tun auch *wir*. Und ich bin nicht das Risiko eingegangen, für einen Klienten ins Gefängnis zu wandern.«

»Also hast du niemals etwas Illegales für einen Klienten getan«, hakte ich nach.

»Ich habe meinen Klienten schon vor der Integration klargemacht, dass ich, sollten sie versuchen, meinen Körper für irgendwas Außergesetzliches zu benutzen, die Verbindung trennen und die Angelegenheit sofort melden werde. Integratoren wollen nichts mit Klienten zu tun haben, die Arschlöcher sind. Und jemand, der will, dass man gegen Gesetze verstößt, ist ein Arschloch.«

»Mir ist nicht entgangen, dass du meine eigentliche Frage nicht beantwortet hast.«

»Dann kannst du davon ausgehen, dass ich es auch weiterhin nicht tun werde«, sagte Vann.

»Komm schon«, sagte ich. »Die Verjährungsfrist ist doch wahrscheinlich längst abgelaufen.«

»Inzwischen ist sie *definitiv* abgelaufen.«

»Vann!«

Vann schaute sich tatsächlich um und beugte sich dann näher zu mir herüber. »Gut. Mit einer Klientin habe ich Koks genommen.«

»Richtiges Kokain?«, fragte ich.

»Ja, du Blödmann. Es ging nicht darum, einen Ofen zu heizen.« Vann lehnte sich zurück.

»Warum?«

»Weil die Klientin neugierig war und ich zu jener Zeit gern Kokain nahm. Als die Klientin mir einen weiteren Riesen anbot, weil sie es ausprobieren wollte, nahm ich an.«

»Und dann bist du losgezogen und hast Koks gekauft.«

»Nicht ganz. Ich habe es einfach aus meinem Vorrat genommen. Glaubst du wirklich, ich würde mir etwas auf der Straße besorgen? Diese Scheiße besteht hauptsächlich aus Babypuder und Fentanyl. Das kann einen umbringen.«

»Es gefällt mir, dass ich immer noch Neues über dich lerne, Vann«, sagte ich nach einer Weile.

»Jetzt tu nicht so schockiert«, sagte Vann. »Du kennst meine Vergangenheit. Das Paradoxe daran ist, dass es der Klientin überhaupt nicht gefallen hat. Es hat sie total paranoid gemacht.«

»Das ist nicht gut.«

»Ich war nicht überrascht. Kokain macht dich zu dem, wer du bist, nur ausgeprägter.« Sie steckte die Stäbchen in die Nudeln. »Und mein Standpunkt war schon lange, dass es keine Rolle spielt, ob man als Integrator Klienten hat, die Kriminelle oder Arschlöcher sind. Es kommt nur darauf an, ob man zulässt, dass sie sich als Kriminelle oder Arschlöcher verhalten, solange man für sie arbeitet. Und das habe ich nie getan. Allerdings bezweifle ich, dass Fowler dasselbe von sich behaupten kann.«

»Du glaubst, sie leistet Beihilfe zu kriminellen Aktivitäten.«

»Ich glaube, es gibt einen Grund, warum sie nicht mit Ermittlungsbehörden reden will, und dass es nicht an ihren libertären politischen Neigungen liegt.«

»Hast du irgendeine Verbindung zwischen ihr und ihren beiden Gästen gefunden?«

»Nein. Aber ich habe eine Verbindung zwischen einem ihrer Klienten und ihren Gästen gefunden. Ich gebe dir einen Hinweis. Es ist jemand, den du kennst.«

»Amelie Parker?«

Vann zeigte mit den Stäbchen auf mich. »Volltreffer«, sagte sie. »Genauer gesagt, zwischen Labram Industries und Richu und Semenov.«

»Wie sieht die Verbindung aus?«

»Labram macht umfangreiche Geschäfte mit beiden, hauptsächlich im Transport- und Bauwesen. Aber Richu und Semenov sind auch als Investoren tätig, und beide haben vor einigen Jahren maßgeblich in Amelie Parkers Start-up investiert.«

»Die Firma, die Labram ihr abgekauft hat«, sagte ich.

»Du weißt davon?«, fragte Vann nach.

»Ich habe heute mit meinen Eltern darüber gesprochen.«

Vann nickte. »Sie wissen es natürlich. Und nun stecken sowohl Richu als auch Semenov Geld in Parkers neues Start-up und in die Auslandsexpansion der NAHL.«

»Labram ebenfalls«, sagte ich. »In die Auslandsexpansion, meine ich.«

»Deine Eltern werden mit ein paar interessanten Leuten Geschäfte machen«, sagte Vann. »Aber nicht nur sie, schließlich gibt es noch viele andere, die in die NAHL und diese MobilOn-Sache investieren wollen. Auch darauf solltest du sie hinweisen.«

»Sie wissen es bereits.«

Vann nickte wieder. »Deine Eltern sind kluge Leute.«

»Danke, ich mag sie«, sagte ich und schwieg dann.

»Was gibt es?«, fragte Vann schließlich.

»Das hilft uns trotzdem nicht weiter«, sagte ich. »Vielleicht war Fowler mit Parker integriert und hat sich mit diesen Typen getroffen, aber was bedeutet das? Sie hat berechtigte Gründe, so etwas zu tun. Das verrät uns nichts darüber, was Fowler in Alex Kaufmanns Bett gemacht hat und ob sie ihn ermordet oder er sich selbst erhängt hat.«

»Wenn Fowler Kaufmann ermordet hat, wäre es möglich, dass sie es auf Drängen von Parker getan hat«, sagte Vann.

»Oder dass Parker zumindest eine Zeugin war«, sagte ich. »Wir müssen herausfinden, ob sie zu diesem Zeitpunkt mit ihr integriert war. Wir könnten eine richterliche Anordnung für Parkers Klientenverzeichnis erwirken.«

Vann schüttelte den Kopf. »Ich habe Richter Kuznia bereits nach ihren Telefondaten gefragt. Für das Klientenverzeichnis würden wir weitere Beweise brauchen.«

»Also bringen wir Parker ins Spiel«, sagte ich.

»Ich habe eine Neuigkeit für dich, Chris«, sagte Vann. »Falls sich Parker nicht längst einen Schutzschild aus Anwälten zugelegt hat, wird sie es bald tun. Wenn sie mit Fowler integriert war, als wir sie besuchten, weiß sie, dass wir Fragen an ihre Integratorin haben. Sie ist nicht dumm. Sie wird eins und eins zusammenzählen. Aber vielleicht gibt es eine andere Möglichkeit, ohne ihre Anwälte mit ihr zu reden.«

»Wie?«

»Nun ja«, sagte Vann. »Gerüchten zufolge versucht sie, dich für einen Job anzuwerben.«

»Raffiniert«, sagte ich.

»Wir sind das FBI. So etwas machen wir ständig. Du solltest dich für heute mit ihr verabreden. Wir haben eine Lücke in unserem Terminplan, weil wir nicht mit Alton Ortiz sprechen können.«

Ich schüttelte den Kopf. »Die habe ich bereits geschlossen.«

»Womit?«

»Mit jemandem, dessen Reaktion auf meine Bitte um ein Gespräch vermuten lässt, dass er sehr, sehr glücklich sein wird, mich zu sehen.«

»Ich bin *hocherfreut,* Sie zu sehen, Agent Shane«, sagte Clemente Salcido zu mir, als ich seinen privaten Raum betrat. Hier war es sauber, ordentlich, sonnig, aufgeräumt und hundert Prozent von der Stange. Ich erkannte den Raum als einfaches Hacienda-Modell von PositiveSpace wieder, eine Firma, die dergleichen in Massenproduktion für Hadens entwarf, die nicht mit allzu viel Geld um sich werfen konnten. Es war das Äquivalent eines Reihenhauses.

Oder vielleicht sogar noch weniger als das. Ich schaute zu einer Wand und auf das gerahmte Bild, das dort hing. Es zeigte eine Klippe mit einem Threep, der genau an der Kante stand und auf eine Küste mit leichten Wellen hinausblickte. Und in einer Ecke standen die Worte *Der Metro Vista 3 kann Sie überall hinbringen.*

Salcidos Wandschmuck war Werbung. Wahrscheinlich war hier alles voller Werbung. Mit den Anzeigen konnte Salcido, genauso wie Hunderttausende anderer Hadens, die Kosten für einen eigenen privaten Raum in der Agora senken.

Während ich hinsah, verwandelte sich das Bild mit der Klippe in etwas Neues, diesmal mit Sonnenblumen.

Salcido folgte meinem Blick zum Wandbild. »Nicht das,

was Sie von einem ehemaligen Hilketa-Spieler erwartet haben, wie?«

»Sie sind der erste ehemalige Hilketa-Spieler, dem ich je begegnet bin«, erwiderte ich wahrheitsgemäß. »Ich wusste gar nicht, was ich erwarten sollte.«

»Diese Antwort gefällt mir«, sagte Salcido und lachte. Dann deutete er auf die Werbung. »Eigentlich ist es gar nicht so schlimm. Wenn einem etwas zuwider ist, verschwindet es und wird durch etwas anderes ersetzt. Nach den ersten paar Tagen hat das Programm gelernt, dass es mir Landschaften zeigen sollte. Mit Landschaften kann ich leben.«

»Landschaften sind nett«, stimmte ich ihm zu.

»Lassen Sie uns im Innenhof Platz nehmen, Agent Shane. Dort gibt es deutlich weniger Werbung als hier.«

Wie versprochen war der Innenhof werbefrei. Wir setzten uns auf Verandamöbel, während über uns eine durchaus akzeptable Sonne schien und recht realistische Vögel zwischen ansehnlichen Bäumen und Büschen herumflatterten.

»Als ich noch bei den Aztecs war, hatte ich einen netteren privaten Raum«, sagte Salcido. »Eine richtige Hacienda. Ich meine, ein ganzes Anwesen, nicht nur ein Haus. Viel realistischer, mit Blick auf eine Simulation von Bahía de Banderas. Meine Familie ist aus Jalisco. Ich reite gern.«

»Klingt nett.«

»Das war es auch. Aber dann wurde ich rausgeworfen und hatte kein Einkommen mehr. Also musste ich mich entscheiden, ob ich mein restliches Geld dafür ausgebe, auf künstlichen Pferden an einem künstlichen Steilufer über einem künstlichen Ozean zu reiten, oder ob ich meinen Eltern und meiner Familie ein nettes Haus in der realen Welt kaufe.« Er breitete die Arme aus. »Und wie Sie sehen, habe ich meine Entscheidung getroffen.«

»Bereuen Sie es?«

Salcido lächelte. »Ich vermisse die Pferde. Ich bereue es nicht, dass meine Eltern und meine Schwester ein Haus haben. Aber Sie sind sicher gekommen, um mich nach meinem Herzanfall zu fragen, Agent Shane.«

»Richtig.«

»Was wollen Sie darüber wissen?«

»Ich frage mich, was ihn ausgelöst hat.«

»Das wüsste ich auch gern!«, sagte Salcido lachend. »In meinem ganzen Leben hatte ich noch nie einen Anfall, weder vor meiner Haden-Erkrankung noch danach. Und plötzlich habe ich einen während eines Spiels. Und seitdem hatte ich nie wieder einen.«

»Wurden Sie von Ärzten untersucht?«

»Von vielen Ärzten. Gleich danach vom Teamarzt der Aztecs. Dann von einem ganzen Ärzteteam am City of Hope. Ein Test nach dem anderen. Von den Ärzten, zu denen die Aztecs und die Versicherungsträger der League mich schickten, kurz nachdem sie mich fallengelassen hatten. Und dann von den Ärzten, die meine Anwälte beauftragten, nachdem ich die NAHL und die Aztecs verklagte, weil sie mich als Spieler fallengelassen hatten.«

»Niemand konnte es erklären?«

»Es gab nichts zu erklären. Keine ungewöhnliche Hirnaktivität, keine physiologischen Veränderungen der Struktur meines Gehirns, keine neuen körperlichen Leiden. Für einen Haden war ich so gesund, wie wir nur sein können. Der Anfall kam aus dem Nichts und verschwand genauso schnell wieder. Ich war gesund. Ich *bin* gesund.« Er hob die Arme, um seine Fertighacienda zu umfassen. »Und jetzt bin ich hier gelandet.«

»Also will die League nichts mehr mit Ihnen zu tun haben.«

»Nein«, sagte Salcido. »Sie wollten nichts mehr mit mir zu tun haben, nachdem ihre Versicherer mich als Risiko eingestuft hatten. Genau genommen wurde ich wegen chronischer Gesundheitsprobleme rausgeworfen, aber da war nichts Chronisches. Weswegen ich sie verklagt habe. Weswegen sie jetzt nichts mehr mit mir zu tun haben wollen. Ich wurde auf die schwarze Liste gesetzt.«

»Das hat man Ihnen gesagt?«

Salcido schnaufte. »Natürlich nicht. So etwas wird einem nie gesagt. Aber jetzt will mich niemand mehr engagieren. Ich bin achtundzwanzig, ich bin fit, ich war ein zuverlässiger Spieler, und ich habe keine Probleme mit meiner Gesundheit. Ich war fünf Spielzeiten bei den Aztecs. Ich hätte locker noch fünf weitere spielen können. Ich war beliebt, weil ich ein Mexikaner im Team der Aztecs war, während die meisten Spieler aus den USA kamen. Es gibt keinen Grund, warum ich nicht mehr spielen sollte. Abgesehen von dem einen Anfall und der Tatsache, dass ich sie verklagt habe.«

»Und wie läuft es mit der Klage?«

Wieder deutete er auf die Hacienda. »Das Haus meiner Eltern ist nicht der einzige Grund, weswegen ich mich mit so einem privaten Raum begnügen muss, Agent Shane. Anwälte sind teuer. Ich habe in Mexiko und in den USA Klagen eingereicht. Sowohl das Team als auch die League bemühen sich, die Sache in die Länge zu ziehen. Sie wollen mich in den Ruin treiben, damit ich die Klage zurückziehe.«

»Womit verdienen Sie jetzt Ihr Geld, falls Sie mir diese Frage gestatten?«

»Ich trete manchmal auf Conventions auf«, sagte Salcido. »Ich darf keinen Hilketa-Threep tragen – die sind von der League lizensiert –, und ich darf keine Aufnahmen von mir mit Symbolen der League oder der Aztecs posten. Aber ich kann immer noch Fotos signieren und für Kameras posieren.«

»Und das bringt genug ein?«

Salcido zuckte mit den Schultern. »Es wäre besser, wenn ich in meinem Hilketa-Threep auftreten würde, wie ich es früher tun konnte. Wenn ich nur in irgendeinem gemieteten Threep auftauche, glauben manche Leute nicht, dass ich es wirklich bin. Dann wollen sie nicht immer für ein Foto zahlen. Online verkaufe ich noch Autogramme und Fanartikel. Ich verdiene genug für meine Familie und meine Anwälte. Aber nicht viel mehr. Ich würde gern wieder Hilketa spielen.«

»Also hatten Sie vor oder nach diesem einen Spiel niemals ähnliche Schwierigkeiten, Mr. Salcido. Sie sagen, die Ärzte hätten keine Ursache für Ihren Herzanfall gefunden. Aber was glauben Sie selbst, woran es gelegen hat?«

Salcido sah mich eine Weile aufmerksam an. Dann sagte er: »Hier geht es um Duane Chapman, nicht wahr?«

»Ich untersuche die Hintergründe seines Todes, ja.«

Salcido hob mahnend einen Finger. »Nein, nein. Mit seinem Tod hat es irgendeine besondere Bewandtnis, die Sie zu mir geführt hat. Mit ihm ist etwas Ähnliches passiert wie mit mir. Andernfalls wären Sie jetzt nicht hier. Da bin ich mir sicher. Ich habe damals versucht, das FBI einzuschalten. Aber meine Anwälte bekamen keinen Fuß in die Tür.«

»Davon weiß ich nichts.«

»Natürlich nicht. Darauf will ich ja hinaus.« Salcido machte eine wegwerfende Handbewegung. »Also müssen Sie es mir nicht sagen. Aber ich werde es Ihnen sagen, weil das, was Sie herausfinden werden, wahrscheinlich auch mir helfen wird. Und ich selbst glaube, dass mir Drogen verabreicht wurden.«

»Wie?«

»Ich vermute, durch irgendetwas in meinen Ergänzungsmitteln.«

»Wie würde das ablaufen?«

»Was glauben Sie, wie das ablaufen würde? Irgendwann, nachdem der Beutel aus dem Karton genommen wurde und bevor die Infusion in meinen Blutkreislauf gelangte, muss irgendjemand irgendetwas hinzugefügt haben.«

»Haben Sie das auch gegenüber Ihren Anwälten oder der League geäußert?«

»Selbstverständlich.«

»Wie reagierte man darauf?«

»Die League sagte, dass da nichts dran ist. Man hat den Beutel und mein Blut und meinen Urin untersucht und hat nichts Ungewöhnliches gefunden. Die Anwälte wandten sich einige Monate später noch einmal an den Hersteller, um sich zu erkundigen, ob noch etwas von dem Posten übrig war, aus dem der Beutel stammte. Man fand einen Karton und untersuchte den Inhalt.«

»Warum glauben Sie also, dass es etwas in Ihren Ergänzungsmitteln war?«

»Was könnte es sonst sein?«, fragte Salcido zurück. »Sonst war nichts anders.«

»Wie meinen Sie das?«

»Ich meine, dass ich die Ergänzungsmittel einen Monat vorher gewechselt hatte. Ich hatte einen Werbevertrag von Labram bekommen. Wir hatten es noch nicht bekanntgegeben, weil sie eine große Sache daraus machen wollten. Ich war ihr erster Spieler bei den Aztecs und ihr erster mexikanischer Staatsbürger. Sie planten eine große Kampagne mit mir. Dann kam es zu dem Anfall, und ich wurde auf die Verletztenliste gesetzt und dann fallengelassen. Und dann ließ auch Labram mich fallen.«

»Sie sagten gerade, Sie hätten die Ergänzungsmittel schon einen Monat lang ohne schädliche Nebenwirkungen benutzt.«

»Vielleicht dauerte es so lange, bis sich die Wirkung bemerkbar gemacht hat«, sagte Salcido. »Ich will Ihnen damit sagen, dass ich keine Probleme hatte, bevor ich Labram benutzte. Danach hatte ich einen Anfall. Das war das Einzige, das sich geändert hatte.« Er sah mich an und lächelte. »Ah, da ist es.«

»Was ist da?«, fragte ich.

»Der Blick, den ich jedes Mal ernte, wenn ich mit meiner Ergänzungsmittelverschwörungstheorie komme. Das ist wortwörtlich das, was auch dieses Arschloch von Anwalt zum Richter gesagt hat, als er ihn überzeugen wollte, meine Klage abzuweisen.«

»Oliver Medina?«

»Sie haben ihn kennengelernt!«, sagte Salcido. »Ich würde ihn gern an Haie verfüttern, aber sie würden ihn nicht fressen.«

»Berufsehre«, sagte ich.

Salcido nickte. »Sie kennen den Witz. Je mehr ich über Medina weiß, desto weniger kann ich darüber lachen. Zum Glück hat der Richter die Klage nicht abgewiesen. Agent Shane, ich weiß, wie meine Theorie klingt, glauben Sie mir. Sie sind nicht der Erste, der mit diesem Blick reagiert. Aber ich habe einfach keine andere Erklärung zu bieten.«

»Gut«, sagte ich. »Gehen wir also theoretisch davon aus, dass Labram tatsächlich etwas mit Ihren Ergänzungsmitteln gemacht hat …«

»Dann stellt sich die Frage, warum sie es getan haben«, vervollständigte Salcido meinen Satz. »Und darauf kann ich Ihnen keine Antwort geben. Es ergibt überhaupt keinen Sinn.

Es widerspricht der Integrität der Firma und der Integrität der Sportart, und beides wäre sehr schlecht für Labram. Und es ergab keinen Sinn, mir oder den Aztecs so etwas anzutun. Ich war keiner der Starspieler des Teams, und die Aztecs standen nicht im Finale.«

»Wie Sie sagen, ergibt es keinen Sinn, dass Labram so etwas getan hat.«

»Also hat *Labram* es vielleicht nicht getan. Sondern jemand anderes. Vielleicht Leute, die auf die Partie gewettet hatten. Oder jemand, der mich nicht ausstehen kann.«

»Gibt es jemanden, der Sie nicht ausstehen kann, Mr. Salcido?«

Salcido grinste. »Einige wütende Ehepartner vielleicht. Und inzwischen einige Anwälte der League. Ansonsten wüsste ich niemanden.«

»Also, nichts für ungut, aber es ergibt eigentlich keinen Sinn, dass irgendjemand etwas mit Ihren Ergänzungsmitteln angestellt hat.«

»Genau. Aber trotzdem hatte ich vor diesem Spiel nie einen Anfall und auch danach nie wieder.«

»Vielleicht war es nur ein Unglücksfall.«

»Vielleicht«, sagte Salcido und beugte sich vor. »Und vielleicht war auch Duane Chapmans Tod einfach nur ein Unglücksfall. Vielleicht hatten wir beide einfach nur großes Pech.« Er lehnte sich wieder zurück. »Andererseits sind Sie hier bei mir, Agent Shane. Ich glaube nicht, dass Sie hier wären, wenn Sie glauben würden, dass alles, was mit mir und mit Duane Chapman passiert ist, nur Unglücksfälle waren. Alles sieht danach aus, bis es nicht mehr so aussieht.«

»Am Ende könnte es trotzdem einfach nur Pech gewesen sein«, sagte ich.

»Wenn das so ist, haben meine Eltern immer noch ihr

Haus«, sagte Salcido. »Aber wenn es nicht so ist, wenn es einen anderen Grund gibt, sagen Sie mir Bescheid. Vor allem, wenn es dazu führt, dass sich die League gütlich mit mir einigen möchte. Ich hätte gern wieder ein paar künstliche Pferde.«

Ich kehrte in meinen Threep im Büro zurück und wandte mich Vann zu, die mir gegenüber am Schreibtisch saß. »Also, wir sollten wirklich bald die Ergebnisse der Untersuchung der Labram-Ergänzungsmittel vom FBI-Labor in Philly bekommen«, sagte ich zu ihr.

»Ah, gut, du bist zurück«, sagte sie. »Bist du bereit?«

»Bereit wofür?«

»Erstens: Bericht von den Ermittlern der Feuerwehr von Philadelphia über den Brand in dem Gebäude, in dem Chapman sein Apartment hatte. Definitiv Kabelbrand, möglicherweise Brandstiftung.«

»Möglicherweise?«

»Ja, wegen zweitens: Die Firma, die vergangene Woche an den Stromleitungen gearbeitet hat, war AAACE Electral and Wiring. Die Firma gehört einem gewissen Pedro Ortiz, der ein …«

»… Bruder von Alton ist, richtig?«

»Lass mich ausreden.«

»Entschuldigung.«

»Der ein *Cousin* von Alton ist. Er ist für sämtliche Arbeiten an der Elektrik in sämtlichen Gebäuden zuständig, die dem Vermieter gehören.«

»Das ist ein verdammt großer Zufall.«

»Mit Sicherheit ist es kein Zufall. Ich habe die Polizei von Philly gebeten, uns einen Gefallen zu tun und ihn zu befragen.«

»Warum nicht das FBI in Philly?«

»Dazu komme ich gleich. Du hast mich schon wieder unterbrochen.«

»Mach bitte weiter.«

»Das war also die gute Nachricht.«

Ich wartete.

»Jetzt sagst du gar nichts mehr.«

»Ich bin gerade etwas verwirrt, was ich tun oder nicht tun soll«, sagte ich.

»Jetzt sollst du mich nach der schlechten Nachricht fragen.«

»Ach so«, sagte ich. »Was ist die schlechte Nachricht?«

»Die schlechte Nachricht ist gleichzeitig der Grund, warum ich das FBI in Philly nicht mehr bitten werde, auch nur irgendeine Kleinigkeit für uns zu erledigen. Sie haben nämlich die Untersuchung des Infusionsbeutels von Labram verpatzt. Anscheinend hat ihr Labortechniker die Probe kontaminiert. Jetzt ist sie für uns völlig nutzlos, außer als Beleg für meine Forderung, die gesamte FBI-Dienststelle in Philadelphia dem Erdboden gleichzumachen.«

»Ja, das ist wirklich eine schlechte Nachricht«, sagte ich.

»Das ist es«, stimmte Vann mir zu. »Und jetzt frag mich, ob es möglicherweise eine noch schlechtere Nachricht gibt.«

»Gibt es eine noch schlechtere Nachricht?«, fragte ich.

»Möglicherweise«, wiederholte Vann. »Irgendwie hat diese Pappnase von den *Hilketa News* herausgefunden, dass Chapman und Silva miteinander gebumst haben, und es auf ihre Seite gestellt.«

»Das ist nicht toll, aber auch nicht so furchtbar.«

»Dieser Anwalt von der NAHL hat den Direktor angerufen. Sie haben zusammen in Yale studiert. Anscheinend glaubt er, dass du es geleakt hast.«

»Okay, das ist ganz klar noch viel schlimmer«, räumte ich ein.

»Also haben wir beide in zehn Minuten ein Gespräch mit dem Direktor. Ach ja, und noch etwas.«

»O Gott!«, sagte ich.

»Marla Chapman ist spurlos verschwunden.«

17

»HE, WUSSTEST DU, dass Kim Silva und Duane Chapman jede Menge Sex miteinander hatten?«, fragten die Zwillinge, als ich an diesem Abend nach Hause kam. Sie stürmten mir, während ich durch die Tür trat, aufgeregt entgegen.

»Ich bin mir ziemlich sicher, dass Chris das weiß«, sagte Tayla aus dem Wohnzimmer. Dort waren sie und Tony mit irgendeinem Kartenspiel beschäftigt.

»Hast du es an die Presse durchsickern lassen?«, fragten die Zwillinge.

»Natürlich nicht«, sagte ich.

»Weil es in allen Diskussionsforen heißt, dass du das warst.«

»Ich habe mir eure Diskussionsgruppen angesehen. Darin heißt es auch, die NASA hätte das Gesicht von Jesus auf dem Mond gefunden.«

»Das behaupten nur ein paar Leute«, protestierten die Zwillinge. »Aber nicht die, die sagen, dass du Informationen an die Presse weitergegeben hast.«

»Wenn ihr euch dann besser fühlt – auch die NAHL glaubt, ich oder Vann hätten etwas geleakt. Ich habe zwanzig Minuten im Büro des FBI-Direktors zugebracht, um mich deswegen von ihm anbrüllen zu lassen.«

»Also warst du es!«, riefen die Zwillinge.

»Nein«, sagte ich. »Weil ich über jede Sekunde der letzten Tage Rechenschaft ablegen konnte. Das ist einer der Vorteile, wenn man ein Haden ist. Bei Bedarf können wir eine Dokumentation unseres gesamten Lebens vorlegen.«

»Hast du eine Ahnung, wer es gewesen sein könnte?«, fragte Tony und klatschte Tayla eine Spielkarte hin.

»Möglicherweise, aber ich darf es nicht sagen.«

»Wahnsinnig professionell«, murmelte Tayla und spielte ihre Karte aus.

»Kim Silva will ihre Katze zurückhaben«, sagte ich im Vorbeigehen zu den Zwillingen.

»Es ist Duane Chapmans Katze«, erwiderten sie.

Ich schüttelte den Kopf. »Donut hat nur in Chapmans heimlichem Apartment gewohnt. Aber er gehört Silva.«

»Ihm gefällt es hier«, protestierten sie. »Du kannst ihn fragen.«

»Trotzdem ist es ihr Kater«, entgegnete ich. »Ich werde ihn bald zurückbringen müssen.«

»Aber Tony ist mit dem Datentresor noch nicht fertig!«

»Danke, dass ihr mich verpetzt«, sagte Tony zu den Zwillingen.

»Vorher kannst du die Katze nicht zurückgeben.«

»Kim Silva und ihre gesamte League sind ohne mein Verschulden sauer auf mich«, sagte ich. »Vielleicht wäre es hilfreich, wenn ich die Katze zurückbringe.«

»Hmpf«, machten die Zwillinge und stapften dann die Treppe hinauf, vermutlich um noch etwas Zeit mit der unrechtmäßig beschlagnahmten Katze zu verbringen.

»Ich habe dir gesagt, dass es wegen der Katze Ärger geben wird«, sagte Tony.

»Genau genommen war es Tayla, die das gesagt hat«, rief ich ihm in Erinnerung. »Du warst es, der sich beklagt hat, dass wir wegen der Katze noch kein Mitbewohnertreffen abgehalten haben.«

»Dazu stehe ich«, sagte Tony. »Und zu meiner Beschwerde, dass die Zwillinge die Katze einfach an sich gerissen haben.«

»Es ist eine Katze«, sagte ich. »Wenn Donut Zeit mit dir verbringen möchte, würde er in deinem Zimmer aufkreuzen und sich auf wichtige Sachen von dir setzen.«

»Darauf will ich hinaus. Ich versuche immer wieder, Donut hereinzulocken, aber dann schnappen ihn sich die Zwillinge und schleppen ihn in ihr Zimmer zurück.«

»Es ist entzückend, was für eine kindische Bockigkeit du deswegen an den Tag legst«, sagte Tayla.

»Ich finde nur, dass eine Katze eine Gemeinschaftsressource ist.« Tony legte eine weitere Karte auf den Tisch.

»Ähem.« Tayla tat es ihm gleich. »Hauptsache, du vergisst nicht, dass ich mir deswegen einen Hund zulegen werde.«

»Dazu bedarf es eines weiteren Mitbewohnergesprächs«, sagte Tony zu ihr.

»Ich habe bereits alle Stimmen zusammen.«

»Also, Tony, wie ich gerüchteweise hörte, hast du mit diesem Datentresor noch keine Fortschritte gemacht«, wechselte ich das Thema.

»Ich bekenne mich schuldig«, sagte Tony. »Aber ich hab dir ja erklärt, wie schwierig es sich gestalten wird, wenn du mir nicht den materiellen Schlüssel bringen kannst, der das Ding freischaltet. Also habe ich deswegen kein allzu schlechtes Gewissen.« Er zeigte auf Tayla. »Sie dagegen könnte etwas gefunden haben, das nützlich für dich ist.«

»Aha?« Ich wandte meine Aufmerksamkeit Tayla zu.

»Du erinnerst dich, dass du mich gefragt hast, ob es für Hadens irgendwelche Mittel gibt, die absichtlich die Schmerzempfindung verstärken sollen?«, fragte sie.

»Klar.«

»Dazu kann ich dir zwei Sachen sagen. Erstens, ich hasse dich, weil du mir diese Idee in den Kopf gesetzt hast. In den letzten paar Tagen ist meine gesamte Freizeit dafür draufgegangen, mich in medikamentöse Haden-Therapien zu vertiefen. Es ist, als hättest du eine Verbindung zwischen meiner Zwangsneurose, meinen beruflichen Interessen und meiner Liebe zu unnützem Wissen aktiviert.«

»Äh … tut mir leid?«

Tayla tat meine Entschuldigung mit einer Handbewegung ab. »Zweitens, ich habe keine speziellen Medikamente oder sonstigen Therapien gefunden, die dazu gedacht sind, bei Hadens Schmerzen zu verstärken. Aber wenn man sich durch die Journale gräbt, findet man Hinweise auf experimentelle Therapien, die ziemlich krasse Sachen bewirken. Und ich glaube, ich könnte etwas gefunden haben, das zu deiner Frage passt.«

»Sag es mir.«

»Vor etwa fünfzehn Jahren entwickelte Neuracel für die allgemeine Bevölkerung ein Medikament mit dem Namen Attentex, das Kindern mit Aufmerksamkeitsdefiziten helfen sollte, sich zu konzentrieren. Bei Nicht-Hadens wirkte es nicht besonders gut, aber bei uns zeigte es vielversprechende Ansätze, vor allem, wenn man es mit einer leichten elektrischen Stimulation des zerebralen Frontallappens kombinierte. Ohne die Stimulation rührte sich nichts. Es zeigte keine Wirkung. Aber mit Stimulation steigerte sich bei einigen Testpersonen die Aufmerksamkeit.«

»Wobei wir Hadens natürlich ein neuronales Netzwerk im Gehirn haben, das für gezielte elektrische Stimulationen genutzt werden kann«, sagte Tony und klatschte eine weitere Karte auf den Tisch. »Dazu ist ein wenig Programmierung nötig, aber es lässt sich bewerkstelligen.«

»Ich vermute, es gibt einen Grund, warum ich bislang noch nie etwas von Attentex gehört habe«, sagte ich zu Tayla.

»O ja«, sagte sie. »Zu den Nebenwirkungen bei den Testpersonen gehörten starke Übelkeit, Schwindelgefühle, große Geräusch- und Lichtempfindlichkeit und Anfälle.«

»Die Aufmerksamkeit wird also verstärkt«, sagte Tony. »Aber man wird dann besonders aufmerksam darauf, wie schlecht man sich fühlt.«

»Im Wesentlichen«, sagte Tayla. Sie legte eine Karte auf den Tisch, und Tony fluchte. Offenbar lief dieses Spiel nicht so gut für ihn. »Und dem Artikel zufolge, den ich gelesen habe, bestand das Problem für Neuracel darin, dass die Nebenwirkungen sich bei elektrischer Stimulation verstärkten.«

»Das war die Stelle, wo ich die Ohren gespitzt habe«, sagte Tony und nickte Tayla zu. »Erzähl Chris von den Plateaus.«

»Plateaus?«, fragte ich nach.

»Wenn die elektrische Stimulation in Verbindung mit Attentex zur Anwendung kam, gingen die Stressreaktionen hoch und dann nur sehr langsam wieder runter, selbst wenn die Stimulation aufhörte. Aber wenn es erneut zu einer elektrischen Stimulation kam …«

»Wurden die Nebenwirkungen noch viel stärker«, vervollständigte ich den Satz. »Interessant.«

»Ich vermute, das hat irgendeine Relevanz für deine Ermittlungen«, sagte Tayla und zeigte auf Tony. »Der baldige Verlierer dieses Spiels wollte mir nichts weiter dazu sagen.«

»Du weißt, dass wir uns auf zwei von drei geeinigt haben«, erwiderte Tony.

»*Du* vielleicht«, sagte Tayla. »Aber ich weiß, wann ich gewonnen habe.«

»Sind diese Informationen über Attentex öffentlich zugänglich?«, wollte ich von Tayla wissen.

»Ja«, antwortete sie. »Das heißt, mehr oder weniger. Nachdem Neuracel feststellte, dass Attentex für Hadens nützlich sein könnte, beantragte die Firma bei den National Institutes of Health einen Zuschuss zu den Forschungskosten, was bedeutete, dass sie gemäß dem Haden Research Initiative Act alle Ergebnisse in der staatlichen Forschungsdatenbank publizieren mussten, einschließlich der Nebenwirkungen. Also ist alles verfügbar. Aber man muss schon danach suchen. Die Datenbank ist riesig. Buchstäblich Millionen von Seiten mit Forschungsdaten. Ich habe es zufällig gefunden, als ich mich durch etwas ganz anderes geklickt hatte. Wahrscheinlich bin ich die Erste, die es gelesen hat, seit es in die Datenbank aufgenommen wurde. Und mit ziemlicher Sicherheit die Erste, seit Neuracel pleiteging.«

»Ging die Firma deswegen pleite?«

»Nein«, sagte Tayla. »Die Forschungen zu Attentex waren staatlich subventioniert, und dann gab es wahrscheinlich noch eine Steuervergünstigung auf die restliche Forschung, als sich die Hoffnungen nicht erfüllten. Dieser Fehlschlag tat ihnen nicht weh.«

»Das ist der Grund, warum vor Abrams-Kettering jede Firma, die feststellte, dass sie eine Menge Geld in eine dumme Idee gesteckt hatte, anschließend nach einer möglichen Nutzanwendung für Hadens suchte«, sagte Tony. »Das war eine allgemein bekannte und beliebte Art, Steuern zu sparen. Und einer der Gründe, warum Abrams-Kettering verabschiedet wurde.« Er legte seine letzte Karte auf den Tisch.

Tayla klatschte ihre Karte auf seine und hob triumphierend die Arme. Dann wandte sie sich wieder mir zu. »Nein, ich habe weiterrecherchiert. Vor ein paar Jahren versuchte ein neuer Geschäftsführer, das Kerngeschäft von Neuracel von der pharmazeutischen Entwicklung auf Konsumgüter wie Sportgetränke und Ergänzungsmittel zu verlagern, und zwar auf der Grundlage ihrer bereits existierenden Produkte. Das lief sehr schlecht. Die Aktie stürzte ab, Neuracel ging bankrott, und die Firma wurde ausgeschlachtet. Der Geschäftsführer verließ den Laden mit einem vergoldeten Ruhekissen in Höhe von fünfzig Millionen Dollar, also ging die Geschichte für ihn gut aus.« Sie wandte sich an Tony. »Du bezahlst morgen die Kinokarten.«

»Total unfair«, sagte Tony.

»Wenn du mit ›unfair‹ meinst, ›absolut fair verloren, weil du es verpatzt hast‹, dann ja. Andernfalls nein.«

Tony sah mich an. »Möchtest du Karten spielen?«

»Ich werde mit Tayla spielen«, sagte ich. »Sie scheint besser zu sein.«

»Oh, gut, dann kann ich bald zweimal umsonst ins Kino gehen«, sagte Tayla und stupste Tony an, damit er den Stuhl freimachte. »Setz dich, mein Freund.«

»Ist das … ein *Panzer-Threep*?«, fragten die Zwillinge, als sie aus dem Fenster des Hauses auf die Straße schauten. Allen anderen blieb noch ungefähr eine Sekunde, um von unserem Spiel aufzublicken, bevor der Panzer-Threep durch die Fenster ins Haus krachte und Glassplitter in alle Richtungen flogen.

Der Threep der Zwillinge riss die Arme hoch und wurde vom Panzer beiseitegeschleudert, der dann etwas auf den Boden fallen ließ und sich schnell weiterbewegte.

»Feuer!«, schrie Tayla. Was der Panzer fallen gelassen hatte, war irgendein Brandsatz. Boden und Teppich gingen in Flammen auf, Flammen, die sich zügig der Couch näherten.

Tayla löste sich aus ihrer Erstarrung und rannte zum Feuerlöscher an der Wohnzimmerwand. In fast jedem Raum des Hauses gab es Feuerlöscher. Wenn man als Haden lebte, hatte man überall im Haus Feuerlöscher, weil es nicht so einfach ist, einen bewegungsunfähigen Körper zu transportieren.

Tony lief zu den Zwillingen, die sich bemühten, wieder aufzustehen. Der Schlag hatte ihren Threep beschädigt. Ich sah, wie der Panzer schneller, als ich erwartet hätte, zur Treppe stapfte.

Zur Treppe, die ins Obergeschoss führte, wo sich unsere Körper befanden.

»Ach du Scheiße«, sagte ich und rannte los, um ihm den Weg zur Treppe abzuschneiden. Ich zielte genau auf seine Körpermitte.

Ich machte mir keine Illusionen, ich könnte den Panzer ganz allein überwältigen oder beschädigen. Ich wollte nur dafür sorgen, dass er im Erdgeschoss blieb, bis einer meiner Mitbewohner mir helfen konnte.

Ich krachte gegen den Panzer und stemmte mich gegen ihn. Er wankte leicht und schlug mir dann gegen den Kopf. Ich hörte und spürte, wie etwas im Hals meines Threeps nachgab, und plötzlich konnte ich den Kopf nicht mehr nach links drehen. Der Panzer holte erneut aus, und diesmal konnte ich dem Hieb ausweichen. Dann schlang ich die Arme um seinen Hals, um ihn zu Boden zu ziehen.

Er folgte mir nicht. Stattdessen drehte er sich um, suchte sich eine Wand aus und rammte mich hinein, drückte mich tief in den Putz. Ich verlor ihn aus dem Griff und stürzte. Der Panzer wandte sich von mir ab und wieder der Treppe zu …

… und bekam von Tayla mit dem Feuerlöscher eins übergezogen. Sie hatte den Brand gelöscht und schlug jetzt wild um sich. Tony hatte inzwischen aufgehört, sich um die Zwillinge zu kümmern, und suchte nach etwas, womit er den Panzer aufhalten konnte.

Tony! Das Obergeschoss!, sendete ich ihm über den Kommunikationskanal des Hauses. Wir hatten ihn eingerichtet, um uns miteinander unterhalten zu können, wenn jemand von uns einen Film schaute oder mit einem Spiel beschäftigt war oder wir nachts miteinander reden mussten, nachdem wir uns bereits zur Ruhe begeben hatten. Es war einfacher, als zu brüllen, und in diesem Fall auch wesentlich sicherer.

Tony verstand, was ich ihm sagen wollte. Er rannte zur Treppe, während ich in die Küche stürmte und mir dort den Feuerlöscher schnappte.

Als ich zurückkam, sah ich gerade noch, wie sich der Panzer unter Taylas nächstem Hieb mit dem Feuerlöscher wegduckte. Dann prügelte er auf ihren Threep ein, hob ihn hoch und warf ihn quer durch den Raum.

Scheiße!, sendete Tayla, bevor ihr Threep auf dem Boden aufschlug.

Der Panzer drehte sich erneut herum, und ich hob die Arme, um den Feuerlöscher zu schwingen. Der Panzer wehrte den Schlag ab, worauf ich den Inhalt des Feuerlöschers auf seinem Kopf entleerte. Der Trockenschaum hüllte den Kopf des Panzers vollständig ein und versperrte ihm die Sicht. Er versuchte, die Chemikalie abzuwischen, und musste feststellen, dass die Hände des Panzer-Threeps nicht allzu gut für diesen Zweck geeignet waren. Ich setzte nach und schlug kräftig gegen seine Arme.

Was machst du?, empfing ich von Tayla. Sie war wieder auf den Beinen.

Es ist ein Hilketa-Threep, sendete ich zurück. *Wenn sie beschädigt werden, fallen Teile ab.*

Sie verstand sofort. Sie hob ihren Feuerlöscher auf und

rannte herbei, spritzte ihm ins Gesicht, um ihn mit einer neuen Schaumschicht zu blenden, und schlug dann nach einem Bein des Panzers. Wir drei tanzten für ein paar Sekunden um ihn herum, und Taylas und mein Feuerlöscher prügelten im Takt auf ihn ein.

Dann kam der Kater Donut aus dem Zimmer der Zwillinge und blickte miauend die Treppe hinunter, als wollte er sagen: *Was zum Geier treibt ihr Menschen da?*

Der Panzer-Threep holte aus und brachte Tayla und mich aus dem Gleichgewicht, dann wankte er die Treppe zu Donut hinauf. Donut sah den tobenden Threep, nahm Reißaus und rannte in Richtung meines Zimmers am hinteren Ende des Obergeschosses. Ich richtete mich auf, stürmte hinter dem Panzer die Treppe hoch und packte seine Beine.

Ruft die Polizei!, sendete ich über den Hauskanal.

Schon passiert, antworteten die Zwillinge, dann bekam ich eine Faust des Panzer-Threeps ins Gesicht und wurde von seinem Bein weggerissen.

Der Panzer erreichte das obere Ende der Treppe und wurde im nächsten Moment unter einem sehr lauten Knall zurückgeschleudert – von Tonys Schrotflinte, die er zur Verteidigung im Haus aufbewahrte. Die Schrotladung traf den Panzer in die Schulter, wirbelte ihn entgegen dem Uhrzeigersinn herum und trennte seinen linken Arm vom Rumpf. Er flog gegen die Wand und polterte an mir vorbei die Treppe hinunter.

Tonys Schrotflinte war einschüssig, und bevor er nachladen konnte, hatte sich der Panzer wieder aufgerichtet und raste auf ihn zu, drückte ihn an die Wand und schlug ihm die Flinte aus den Händen. Dann war der Panzer an ihm vorbei und rannte weiter auf mein Zimmer zu.

»Was zum Teufel?«, sagte Tony laut und rappelte sich auf,

während ich mich über die Treppe zum ihm hocharbeitete.

Das Krachen, das aus meinem Zimmer kam, war gewaltig und vermutlich äußerst kostspielig für mich. Die Tür schlug zu, schloss sich aber nicht ganz. Der Türknauf klemmte, und ich hatte ihn schon seit langem reparieren wollen, war aber nie dazu gekommen. Da sich mein Körper nicht in dem Zimmer befand, war die fehlende Privatsphäre für mich kein großes Problem. Die Tür prallte zurück, und Donut flüchtete durch den offenen Spalt und rannte ins Nachbarzimmer, das Tony gehörte.

Dann schwang die Tür ganz auf, und der Panzer erschien im Durchgang. Er sah uns an. Hinter dem Panzer war das Beste an meinem Zimmer zu erkennen, die Erkerfenster mit Blick auf die Straße.

»Renn auf ihn zu«, sagte ich zu Tony.

»Was?«, fragte er.

»So geduckt wie möglich. Mach schon!« Und dann rannte ich auf den Panzer zu, so schnell ich konnte. Eine Millisekunde später folgte Tony mir laut brüllend.

Wir stürmten dicht nebeneinander durch den Türrahmen und trafen den Panzer gleichzeitig im unteren Brustbereich. Der Panzer wurde von den Beinen gerissen, und unser Schwung trug uns drei zu den Erkerfenstern und in die kleine Leseecke davor und dann durch beides hindurch, wobei das Alleinstellungsmerkmal meines Zimmers völlig zertrümmert wurde.

Zu dritt stürzten wir auf die Straße, der Panzer zuunterst, dann landeten unsere beiden Threeps krachend auf ihm. Der Aufschlag war so heftig, dass all seine noch übrigen Gliedmaßen abgerissen wurden und über den Asphalt davonschlitterten.

Der Panzer drehte den Kopf vor und zurück, wobei er versuchte, sich von Tony und mir wegzubewegen. Aber er kam nicht weit.

Und dann erstarrte er. Wer auch immer ihn gesteuert hatte, war nicht mehr da.

»Wie geht es dir?«, fragte ich Tony.

»Ich glaube, du bist mir einen neuen Threep schuldig«, sagte er, während er sich aufrappelte. Offensichtlich hatte er schwere Schäden davongetragen. Er sah mich an. »Und ich glaube, du selbst bist dir auch einen neuen Threep schuldig.«

»Das würde mich nicht überraschen«, sagte ich und stand langsam auf. Dabei konnte ich hören, wie es an verschiedenen Stellen knirschte. Immer mehr Fehlermeldungen tauchten in meinem Sichtfeld auf.

Tayla kam heraus. Auch ihr Threep war angeschlagen. »Was ist gerade passiert?«, fragte sie.

»Wir sind zusammen mit einem Panzer-Threep aus dem Fenster gesprungen«, sagte ich.

»Nein, ich meine, was ist gerade passiert?« Mit einer ausholenden Geste umfasste sie den Schauplatz des Geschehens.

»Ich glaube, jemand wollte Chris töten«, sagte Tony. Er hielt sich auf den Beinen, aber sein Threep wankte sichtlich.

Ich schüttelte den Kopf. »Nicht mich«, sagte ich.

»Der Panzer ist in dein Zimmer gestürmt«, sagte Tony. »Er hat es zertrümmert. Wärst du dort genauso wie wir körperlich anwesend gewesen, hätte er dich töten können.«

Ich schüttelte erneut den Kopf. »Er hat nicht nach mir gesucht.«

»Nach wem dann? Nach mir? Tayla? Den Zwillingen? Elsie?«

»Nach jemand anderem.«

»Hier ist sonst niemand«, sagte Tayla.

Ich schüttelte den Kopf und sah Tayla an. »Derzeit wohnt noch jemand in diesem Haus«, sagte ich.

Sie brauchte einen Moment. »Oh, das kann doch nicht wirklich dein Ernst sein«, sagte sie, als sie darauf kam, wen ich meinte.

Ich wandte mich an Tony. »Donut ist in dein Zimmer gelaufen«, sagte ich. »Tu mir einen Gefallen und schau nach, ob er noch dort ist. Und wenn er dort ist, behalte ihn bitte dort.«

»Der Kater?«, fragte Tony. »Du glaubst, man hatte es auf den verdammten *Kater* abgesehen?«

»Geh, bitte«, sagte ich.

Tony erhob sich und humpelte davon.

Ich schaute mich zu Tayla um. »Alles in Ordnung mit dir?«

»Mit dir gibt es nie einen langweiligen Moment, Chris«, sagte sie.

»Ich weiß. Tut mir leid.« Inzwischen hatten sich einige Leute auf der Straße versammelt, um zu sehen, was der Lärm zu bedeuten hatte. Und bald würde auch die Polizei da sein.

»Du glaubst wirklich, dass es um die Katze ging?«, fragte Tayla.

»Der Panzer stürmte sofort zu Donut, als er miaute«, sagte ich. »Du warst dabei.«

Tayla lachte. »Ich weiß nicht, ob du es bemerkt hast, Chris, aber in diesem Moment habe ich nicht weiter auf die Katze geachtet. Ich war damit beschäftigt, auf einen Monster-Threep einzuschlagen.«

»Verstehe.«

»Aber wenn du recht hast, dann hätte dieses Arschloch, wer auch immer es war, problemlos unseren Tod in Kauf genommen, um diese Katze zu erwischen. Er wollte unser Haus abfackeln.«

»Ich glaube, das war nur als Ablenkung gedacht«, sagte ich.

»Ich weiß, wozu das gedacht war«, sagte Tayla. »Und ich weiß auch, dass wir jetzt alle tot wären, wenn wir keine Feuerlöscher in jedem Zimmer gehabt hätten. Wir alle, einschließlich der blöden Katze. Wegen eines Haustiers wurde ich fast ermordet, Chris!«

»Es war nicht meine Absicht, irgendjemanden von euch in Gefahr zu bringen«, sagte ich zerknirscht. »Ich werde die Katze noch heute woanders unterbringen.«

Sie lachte wieder und zeigte auf das Haus mit dem Brandschaden und den zertrümmerten Fenstern. »Ich meine, wir *alle* werden für eine Weile woanders untergebracht sein, meinst du nicht auch?«

»Wir sind doch versichert«, scherzte ich.

»Ich glaube, die eigentliche Frage lautet, ob die Versicherung auch Schäden durch randalierende Threeps abdeckt.«

He, Chris, ich glaube, du solltest mal rüberkommen, sendete Tony direkt an mich.

Alles in Ordnung?, gab ich zurück.

Verglichen mit den letzten zehn Minuten, ja. Und dem Kater geht es gut, auch wenn er stinksauer ist. Aber du solltest unbedingt herkommen. Ich kann dir etwas zeigen, das du dir bestimmt nicht entgehen lassen willst.

»Tony will irgendwas von mir«, sagte ich zu Tayla.

Sie nickte. »Geh nur. Ich werde hier auf die Polizei warten.«

Ich zeigte auf den Oberkörper und den Kopf des Threeps. »Lass nicht zu, dass sie das beschlagnahmen«, sagte ich. »Das ist Beweismaterial für das FBI.«

»Ich bin mir sicher, dass sie auf mich hören werden, wenn ich das sage«, erklärte Tayla.

Ich erhob mich vorsichtig und humpelte zurück ins Haus, durch die Trümmer und dann die Treppe hinauf. Vor dem

Zimmer der Zwillinge blieb ich kurz stehen. »Alles in Ordnung mit euch beiden?«

Ja, alles gut, antwortete einer der Zwillinge, und wieder fiel mir auf, wie eigenartig es war, dass sie entschieden hatten, sich einen Kommunikationskanal zu teilen. *Aber unser Threep ist kaputt.*

Tut mir wirklich leid.

Eigentlich ist es sogar cool, sendeten sie. *Wie im Film. Zumindest, nachdem es vorbei ist. Wie geht es Donut?*

Gut. Er ist in Tonys Zimmer.

Wenn Tony sich Besuch von Donut gewünscht hat, hätte er es nur sagen müssen, erwiderten sie. *Alles andere wäre nicht nötig gewesen.*

Ich werde es ihm ausrichten.

Chris?

Ja?

Wird so etwas jetzt regelmäßig passieren?

Ich hoffe sehr, dass es das letzte Mal war, antwortete ich und humpelte dann zu Tonys Zimmer hinüber.

»Lass den Kater nicht raus«, sagte er, als ich die Tür öffnete, was sehr klug von ihm war, da Donut bereits darauf lauerte, nach draußen flitzen zu können. Tony kam herüber und hob den Kater auf, der laut protestierte. Ich trat durch die Tür und schloss sie hinter mir. Tony setzte Donut wieder ab. Sofort kehrte er zur Tür zurück, blieb dort stehen und sah uns an. *Lasst mich raus, ihr Idioten,* lautete offenkundig die Botschaft.

»Du willst mir eine beleidigte Katze zeigen?«, fragte ich, während ich Donut musterte.

»Nein«, sagte Tony. »Ich will dir zeigen, was eine beleidigte Katze entsperrt hat.«

Ich drehte mich wieder zu Tony um. »Was?«

»Komm in mein Büro«, sagte Tony und sendete mir eine Einladung in seinen privaten Raum. Ich trat ein, und sein Zimmer in unserem Haus mit ihm und einer verärgerten Katze verschwand. Stattdessen befand ich mich in einem großen Raum, der in Neonfarben gestaltet war.

»Schau mal«, sagte Tony und zeigte auf ein Bildschirmfenster, das er aufgerufen hatte. Es zeigte ein Dateiverzeichnis.

»Der Datentresor«, sagte ich.

»Volltreffer«, sagte Tony. »Wie sich herausgestellt hat, war das, was wir brauchten, um den Datentresor am Halsband der Katze zu öffnen, die Katze selbst. Donut hat irgendwo einen implantierten Schlüsselsender, der wahrscheinlich von seiner Körperwärme mit Energie versorgt wird. Allerdings muss er sich im Umkreis von einigen Metern um den Datentresor aufhalten, damit er sich freischaltet. Hättest du dem Kater das Halsband nicht abgenommen, hätten wir das Ding schon vor einigen Tagen knacken können.«

Ich zeigte auf das Verzeichnis. »Und was sind das für Dateien?«

»Nun, manche sind Tabellen, manche sind E-Mails, und einige sehen wie Transaktionsprotokolle aus. Ich verstehe nicht allzu viel davon, aber es sieht fast so aus, als sollten sie von Finanzsachverständigen überprüft werden, und zwar schnell, weil niemand all dieses Zeug nur zum Spaß in einem Datentresor verschlüsselt, der an einem Katzenhalsband hängt.«

»Kannst du irgendwas davon kopieren?«

Tony schüttelte den Kopf. »Keine einzige Datei. Alles ist mit dem Tresor verknüpft. Ich kann versuchen, visuelle Kopien von den Informationen zu machen, aber ich wette, es gibt ein Schutzprogramm, dass jede Erfassung registriert und verhindert.« Er zeigte auf die Daten. »Ich vermute, dass sich das nur in einem privaten Raum oder so öffnen lässt. Wenn man versucht, es mit einem normalen Monitor aufzurufen, wird es einfach nicht übertragen. Ich meine, ich habe so etwas schon mit geheimen Informationen gemacht, die kein anderer sehen sollte.«

»Ich vermute, es gibt eine Möglichkeit, das zu umgehen.«

»Alles lässt sich irgendwie umgehen, Chris. Aber das braucht Zeit. Es ist einfacher, die Finanzprüfer hierherzuholen.«

»Oder auch nicht«, sagte ich.

»Was geht dir durch den Kopf?«, fragte Tony.

»Mir geht durch den Kopf, dass unser unerwünschter Gast die Katze töten wollte.«

»Richtig.«

»Was bedeutet, dass er weiß, dass Donut uns nur lebend etwas nützt.«

»Ja.«

»Also denke ich, dass ich jetzt wieder nach draußen gehen werde und der Polizei sage, dass irgendein Arschloch in einem Panzer-Threep nicht nur große Schäden an unserem Haus und unseren Threeps angerichtet hat, sondern dass außerdem unsere Katze auf die Straße geflüchtet ist, wo sie von einem Auto überfahren wurde.«

»Unsere arme Katze«, bemerkte Tony trocken.

»Richtig. Und dann möchte ich, dass du unseren pelzigen Freund still und leise zum FBI-Gebäude rüberbringst und dich mit diesen Finanzprüfern an die Arbeit machst.«

»Verstanden. Dann wäre aber ein Nachtzuschlag fällig.«

»Es freut mich, dass du auch jetzt noch deinen Lohn im Blick behältst«, sagte ich zu Tony. »Und bevor du gehst, sprichst du mit den Zwillingen darüber. Sie hatten ohnehin einen schweren Tag.«

Draußen auf der Straße ging ich zu den Polizisten hinüber, erzählte meine Geschichte von der toten Katze und schickte eine private Nachricht an Tayla, dass sie sich an dieselbe Version halten sollte. Ich war fast damit fertig, als Vann mit ihrem Wagen eintraf und herüberkam.

»Wir hatten hier eine aufregende Nacht«, sagte ich zu ihr.

Vann blickte auf, betrachtete das Gemetzel und schien es kommentieren zu wollen, hielt dann jedoch inne. »Deine Nacht wird noch viel aufregender werden«, sagte sie. »Oder zumindest noch länger.«

»Was gibt es?«, fragte ich.

»Du hast noch nicht die neuesten Nachrichten gesehen?«, erwiderte Vann.

Ich deutete auf die Trümmer im Haus und den Panzer-Threep. »Wir waren hier mit anderen Sachen beschäftigt.«

»Man hat Marla Chapman gefunden«, sagte Vann.

»Wo?«

»Draußen vor Kim Silvas Haus. Sie ist tot, Chris. Und wie es aussieht, hat sie versucht, Silva mitzunehmen.«

»Also werden wir nach Boston fahren, höre ich da heraus.«

Vann schüttelte den Kopf. »Ich werde nach Boston fahren. Und dann nach Brookline, wo sich Silvas Haus befindet.«

»Warum komme ich nicht mit?«, fragte ich.

»Erstens, schau dir deinen Threep an. Du hast einen weiteren zerstört.«

»Ich habe ihn nicht allein zerstört«, verteidigte ich mich. »Ich hatte Hilfe.«

»Zweitens, du musst nicht nach Boston fahren. Du musst mit Kim Silva reden.«

»Ich dachte, du hättest gesagt, Marla Chapman hätte versucht, sie zu töten.«

»Sie hat es versucht. Aber sie hat es nicht geschafft. Silva liegt im Brigham and Women's Hospital auf der Intensivstation, aber sie lebt und ist bei Bewusstsein, und sie will mit dir reden. Sie hat gesagt, die einzige Person, mit der sie reden will, bist du.«

18

»DIESE GEGEND KENNE ich nicht«, sagte ich zu Kim Silva, nachdem ich ihren privaten Raum betreten und mich umgeschaut hatte. Es war ein Strand, und ein üppiger grüner Wald reichte bis an den Sandstreifen.

»Das liegt daran, dass sie nicht existiert«, sagte sie. »Das heißt, so existiert sie heute nicht mehr. Das ist Dauphin Island in Alabama.«

»Das existiert so nicht mehr?«, fragte ich.

»Früher gab es mehr davon«, sagte sie. »Das ist eine Barriereinsel, die nach und nach vom Meer abgetragen wird. Aber als Kind war ich oft auf Dauphin Island. Bevor ich Haden bekam. Die Familie meiner Mutter stammte von hier, und jeden Sommer besuchten wir für ein paar Wochen meine Großtante. Wir rannten an den Stränden herum und jagten Vögel. Nachdem ich Haden bekommen hatte, war ich nicht mehr da. Ich habe es vermisst.«

»Es ist hübsch«, sagte ich.

»Danke. Als ich bei den Bays einstieg, führte ich als Allererstes ein Upgrade meines privaten Raums durch. Ich zeigte meinem Designer Landkarten der Insel aus dem 20. Jahrhundert, damit er sie für mich komplett rekonstruieren konnte. Und dann entfernte ich jeden Hinweis auf menschliche Anwesenheit, mit Ausnahme des Strandhauses meiner Großtante.« Silva zeigte den Strand hinunter nach Osten. »Es steht da drüben.«

Ich nickte zu dem Strandabschnitt, auf dem wir standen. »Also ist das hier Ihr öffentlicher Zugang«, sagte ich.

»Genau genommen sind Sie erst der Zweite, den ich jemals hier zu Besuch hatte«, sagte Silva. »Der Erste war Duane. Ich ließ ihn hier eintreten, weil es mir Spaß machte, mit ihm über den Strand zu spazieren.«

Wir hatten einen netten Moment, in dem wir die kleinen Wellen beobachteten, die aus dem simulierten Golf von Mexiko hereinkamen, während Pelikane dahinglitten und die Schnäbel ins Wasser tauchten.

»Wie fühlen Sie sich?«, fragte ich Silva nach einer Weile.

»Im Moment fühle ich gar nichts«, sagte sie. »Ich habe eine Schusswunde im Bauch und ein paar Verletzungen durch Glassplitter, nachdem dieses Miststück durch mein Fenster geschossen hat, aber man hat mir eine Nervenblockade unterhalb des Halses verpasst. Es geht mir schlechter, als ich mich fühle. Falls ich plötzlich wegtrete oder verschwinde, wissen Sie, warum.«

»Verstehe.«

»Ich hätte Lust, meinen Panzer-Threep zu holen, Marla zu suchen und sie ordentlich zu verprügeln.«

»Marla Chapman ist tot«, teilte ich Silva mit. »Man hat ihre Leiche vor Ihrem Haus gefunden.«

Das musste Silva erst einmal verdauen. »Selbstmord?«

»Alles deutet darauf hin.«

»Aber Sie glauben nicht daran.«

»Ich weiß es nicht«, sagte ich. »Es würde mich interessieren, was Sie denken. Und warum Sie beschlossen haben, dass Sie ausschließlich mit mir reden wollen.«

»Lassen Sie uns ein Stück spazieren gehen«, sagte sie und schlenderte den Strand entlang, fort von der Stelle, wo sich angeblich ihr Haus befand, wie ich feststellte.

»Sie sind Marla begegnet?«, fragte Silva, während wir gingen.

»Nach Duanes Tod«, sagte ich.

»Kam sie Ihnen wie jemand vor, der zum Selbstmord neigt?«

»Das ist nach nur einem Treffen schwer zu sagen«, antwortete ich. »Vor allem in einer solchen Situation. Sie war definitiv bestürzt. Und wütend.«

»Wütend war sie oft«, sagte Silva. »Zumindest hat Duane sie so beschrieben. Ich kannte sie natürlich. Alle im Team kennen die Partner aller anderen Spieler. An ihr ist mir nichts aufgefallen, was mich auf die Idee bringen würde, sie könnte sich selbst töten.«

»Ihr Ehemann ist gestorben, und sie hat erfahren, dass er eine Affäre hatte«, warf ich ein.

»Das könnte sie auf die Idee bringen, *mich* zu töten«, sagte Silva. »Das ist der einzige Punkt, der mich sofort überzeugt. Zumindest unter normalen Umständen.«

»Ms. Silva.«

»Sagen Sie Kim zu mir«, forderte Silva mich auf. »Sie sind hier in meinem privaten Raum. Damit ist eine gewisse Vertraulichkeit gegeben.«

»Kim. Ich glaube, es gibt etwas, das Sie mir sagen wollen, und in Anbetracht der Situation denke ich, dass Sie es jetzt tun sollten.«

Silva blieb stehen und sah mich an. »Erstens. Sind Sie damit an die Presse gegangen, dass Duane und ich eine Affäre hatten? Bitte lügen Sie mich nicht an.«

»Nein, das habe ich nicht getan.«

Silva hob eine Hand mit ausgestrecktem kleinem Finger. »Schwören Sie.«

Ich musste lächeln. »Ernsthaft?«

»Ernsthaft. Chris … ich kann doch Chris zu Ihnen sagen, ja?«

»Wenn ich Kim zu Ihnen sagen darf, ist das nur fair.«

»Chris, in diesem Augenblick liegt mein Körper mit einer Schusswunde in einem verdammten Krankenhaus. Und während ich gerade am Strand mit Ihnen plaudere, möchte ich eigentlich schreiend losrennen und nie wieder anhalten.«

»Der Strand ist nicht unendlich lang«, sagte ich.

»Es ist eine Insel.«

»Wohl wahr.«

Silva wedelte mit der Hand. »Ich bitte Sie um einen Schwur, weil auf mich geschossen wurde, weil der Mann, den ich geliebt habe, tot ist, genauso wie seine Ehefrau, weil ich müde und verletzt bin und ich nicht weiß, wem ich im Moment noch vertrauen kann. Aber ich brauche jemanden, dem ich vertrauen kann. Ich möchte, dass Sie es sind, Chris. Irgendwie brauche ich das jetzt.«

Ich legte meinen kleinen Finger um ihren. »Ich schwöre. Ich bin nicht zur Presse gegangen. Ich habe niemandem davon erzählt. Nur meiner Partnerin. Und sie würde einen Reporter lieber die Treppe runterschubsen, als mit ihm zu reden.«

»Das klingt ein bisschen totalitär.«

»Nein. Sie ist nur ein wenig verschroben. Reporter sind lediglich ein Punkt auf dieser Liste.«

»Ich habe die League erpresst«, sagte Silva.

»Wie?«

»Das ist kompliziert.«

»Erklären Sie es mir so einfach wie möglich.«

»Die League wird von schlechten Menschen finanziert, und sie bereiten die künftigen Sportverbände im Ausland darauf vor, haufenweise Geld zu waschen.«

»Haben Sie dafür Beweise?«

Silva nickte. »Jede Menge.«

»Wie haben Sie die bekommen?«

»Ich habe einen Fan in Sankt Petersburg, der sehr gut darin ist, vertrauliche Informationen zu beschaffen. Er hat mich gefragt, ob er sie gegen ein paar signierte Merchandisingartikel eintauschen kann.«

»Sie haben ihn nicht darum gebeten?«

»Ich wäre nie auf die Idee gekommen, um so etwas zu bitten. Aber nachdem ich die Informationen hatte, beschloss ich, sie nutzbringend zu verwenden.«

»Für Ihren Vertrag«, sagte ich.

»Was? Nein«, sagte Silva mit verächtlichem Unterton. »Der beruht auf meinen eigenen Leistungen. Ich weiß nicht, ob es Ihnen aufgefallen ist, aber letztes Jahr habe ich die Bays in die Meisterschaft gewuchtet.«

Ich lächelte. »Davon habe ich gehört. Aber was sonst?«

»Ein Platz für Duane in einer internationalen League.«

»Ich dachte, er wollte versuchen, sich für die neuen Expansionsteams der NAHL rekrutieren zu lassen.«

Silva schüttelte den Kopf. »Dafür wäre er qualifiziert gewesen, aber er wäre nie ein Lizenzspieler innerhalb der NAHL geworden. Ich habe ihn geliebt, aber gleichzeitig habe ich jede Woche zusammen mit ihm gespielt und jeden Tag mit ihm trainiert. Auf diesem Niveau war er nicht. Zumindest nicht hier in Nordamerika. Aber in Europa oder Asien hätte er ein Star werden können. Er hätte der League helfen können, dort zuerst als Spieler und dann als Manager Talente aufzubauen. Er hätte bekommen, was er sich wünschte. Es hätte ihn glücklich gemacht. Dann wären auch *wir* glücklich gewesen.«

»Dürfte ich eine taktlose Frage stellen?«

»Wie lautet sie?«

»Hätten Sie nicht einfach fragen können? Sie sind einer der größten Stars dieser Sportart. Die League hat ein ureigenes Interesse daran, Sie glücklich zu machen. Sie wären nicht die erste Prominente, die für einen Freund einen Freundschaftsdienst erwirkt.«

»Ich *habe* gefragt. Darauf sagte man mir, dass es so nicht läuft. Dann habe ich noch einmal gefragt, und mir wurde gesagt, dass ich nicht noch einmal fragen soll. Also habe ich ihnen die Beweise gezeigt und gesagt, wenn sie wollen, dass sie verschwinden, sollten sie tun, worum ich sie gebeten habe.«

»Ich kann mir vorstellen, dass das nicht gut ankam.«

Silva lächelte. »Nein, überhaupt nicht. Aber es brachte mich eine Stufe höher. Bislang hatte ich nur mit Pena und Kreisberg gesprochen«, erwähnte sie die Namen des Trainers und des Besitzers der Boston Bays. »Nach meiner Drohung verhandelte ich mit Alex Kaufmann.«

»Warum Kaufmann?«, fragte ich.

»Weil er in der League für den Aufbau der ausländischen Teams zuständig war. Außerdem wurde er von der League losgeschickt, wenn es um harte Verhandlungen oder schwierige Partner ging. Sie wissen schon. Ein Arschloch.«

»Und er war mit Ihrem Vorschlag einverstanden?«

»Wir waren noch in den Verhandlungen.«

»Dann starb Duane.«

»Ja. Und dann auch Alex. Und dann fanden Sie das Apartment und unsere Threeps, was mich belastete. Daraufhin sagte Medina zu mir, dass ich mit Ihnen reden soll, während Pena und er zugegen sind. Er wollte sicherstellen, dass ich mit Ihnen nicht über die ausländischen Deals spreche.«

»Medina wusste, dass Sie versucht haben, die League zu erpressen.«

»Er ist ihr Rechtsberater. Natürlich wusste er davon.«

»Und er wusste auch von den Plänen, mit Hilfe der ausländischen Ligen Geld zu waschen.«

Silva sah mich an. »Er ist ihr Rechtsberater«, wiederholte sie.

»Auf den unteren Rängen kann eine Menge passieren, ohne dass die oberen Ränge davon erfahren«, sagte ich. »Zumindest wenn zwischen beiden keine direkte Verbindung besteht.«

»Ich bitte Sie«, sagte Silva. »Wenn er wusste, was ich mache, wusste er auch, was sonst noch vor sich geht.«

»Medina wollte nicht, dass Sie mit mir über die ausländischen Ligen sprechen. Aber Sie erzählen es mir jetzt. Ohne irgendeinen Rechtsbeistand, wie ich hinzufügen sollte, was aus juristischer Sicht nicht unbedingt klug ist. Ich fühle mich verpflichtet, es Ihnen zu sagen, weil wir einen gemeinsamen Schwur geleistet haben.«

»Danke.« Silva hob eine Muschel vom Strand auf, betrachtete sie für einen Moment und legte sie dann wieder zurück. »Duane ist tot. Marla ist tot. Alex Kaufmann ist tot, aus einem Grund, der mir unbegreiflich ist. Ich bin nicht tot, aber es ist ziemlich klar, dass irgendjemand darauf hinarbeitet. Das ist der Grund, warum das mit Duane und mir überhaupt an die Öffentlichkeit gelangt ist. Um Marla einen Grund zu geben, auf mich zu schießen. Ich bin eine Haden, Chris. Für mich ist es nicht leicht, wegzurennen und mich zu verstecken. Wenn ich jetzt wegen Erpressung angeklagt werde, wäre das das geringste meiner Probleme.«

»Sie haben immer noch die Beweise«, sagte ich. »Für die geplante Geldwäsche in den ausländischen Ligen.«

Silva wandte den Blick ab. »Ja.«

»Und Sie sind bereit, sie uns zu geben.«

»Ja.«

»Und die Informationen sind zuverlässig.«

Silva sah mich wieder an. »Ich hatte eine Kugel in meinem Körper, Chris. Und das ganz bestimmt nicht, weil meine Informationen völliger Quatsch sind. Deshalb reden wir jetzt miteinander.«

»Weil die Informationen kein völliger Quatsch sind?«

»Weil ich mit einer Schussverletzung im Krankenhaus liege. Medina ist kein Haden. Er vergisst, dass ich mit Ihnen reden kann, ohne dass er etwas davon mitkriegt. Und niemand wird auf die Idee kommen, dass ich es unmittelbar vor der Operation tun könnte.«

»Und was werden Sie tun, wenn jemand Sie fragt, ob Sie mit mir oder mit Agent Vann gesprochen haben?«

»Ich werde lügen wie gedruckt, das werde ich tun.«

Darüber musste ich lächeln. »Klingt vernünftig.«

»Nur noch eine Sache, Chris«, sagte Silva.

»Ja, Kim?«

»Was auch immer Sie jetzt tun, tun Sie es bald. Ich glaube, sie sind noch nicht mit mir fertig. Ich möchte nicht sterben.«

»Stell dir vor, du wärst achtzig Millionen Dollar wert und müsstest trotzdem Angst um dein Leben haben«, sagte Vann, nachdem ich sie auf den neuesten Stand gebracht hatte. »Andererseits fällt dir diese Vorstellung vielleicht gar nicht so schwer.«

»Danke«, erwiderte ich trocken. Ich stand in meinem privaten Raum, während sie sich in Boston mit ihrer Brille eingeloggt hatte. Sie wurde durch einen recht rudimentären Avatar repräsentiert, der ihr ähnlich sah, aber als sehr simple Computeranimation, wie sie um die Jahrhundertwende üblich war. Tony war ebenfalls da und sah aus wie er selbst. Inzwischen war es nach Mitternacht. »Aber ihre Befürchtung ist zu diesem Zeitpunkt vollkommen verständlich.«

»Und es ist vollkommen ihre eigene Schuld«, sagte Vann.

»Das ist nicht ganz zutreffend«, erwiderte ich.

»Also gut, dann möchte ich dich etwas fragen. Du hast einen Stapel Dokumente bekommen, die darauf hindeuten, dass dein Arbeitgeber mit der Mafia in Europa und Asien ins Bett geht. Würde dir dann sofort der Gedanke durch den Kopf schießen: ›Wunderbar! Jetzt werde ich meinen Arbeitgeber mit diesen belastenden Dokumenten erpressen, um einen Gefallen für meinen Lustknaben herauszuschlagen. Mein Arbeitgeber und die Mafia werden damit doch bestimmt kein Problem haben!‹?«

»Damit hat sie nicht ganz unrecht«, stellte Tony fest.

»Ich hätte es nicht so formuliert«, sagte ich.

»Natürlich nicht, denn du hast ja auch diesen blöden Schwur mit ihr gemacht«, sagte Vann. »Weil ihr jetzt nämlich für immer beste Freunde seid.«

»Du hast Marla Chapmans Leiche gesehen«, sagte ich zu ihr. »War das Selbstmord?«

»Es sieht danach aus. Ein einziger Schuss in den Kopf, mit derselben Waffe, mit der sie auch vor Silvas Haus in Brookline herumgeballert hat. Die Schüsse gingen durch ein Schlafzimmerfenster. Silva benutzte ihren Haus-Threep, um ihren Körper abzuschirmen, sobald die Schießerei losging. Wir haben es auf Video, aufgezeichnet von Silvas Überwachungsanlage.«

»Sind Aufnahmen vom Schützen dabei?«

Vann schüttelte den Kopf. »Nichts Brauchbares.«

»Also hätte es auch jemand anders sein können«, sagte ich. »Wenn es professionell durchgeführt wurde, hätte man sich mehr Mühe gegeben und nicht einfach nur mit einer Handwaffe durch ein Fenster geschossen.«

»Silva wurde getroffen«, betonte Vann. »Du hast es nicht mitbekommen, weil du mit einer virtuellen Version von ihr einen Strandspaziergang gemacht hast, aber sie wurde schwer verletzt. Wenn diese Kugel einen etwas anderen Weg durch ihren Körper genommen hätte, wäre sie jetzt tot. Sie hatte großes Glück, dass sie überlebt hat, nicht großes Pech, dass sie getroffen wurde. Bei der Eröffnung am Freitag spielt sie nicht mit, so viel steht fest.«

»Glaubst *du*, dass es Selbstmord war?«, hakte ich nach.

»Ich weiß es nicht«, sagte Vann. »Aber was ich wirklich gern wüsste, ist, wie Chapman nach Boston gekommen ist. Ihr Auto hat sie zu Hause gelassen.«

»Sie hat vielleicht ein Auto zum Bahnhof oder Flughafen gemietet«, sagte Tony.

»Keine Abbuchungen von ihren Konten an Autovermietungen, Eisenbahn- oder Fluggesellschaften. Und sie ist definitiv nicht durch die Flughafensicherheit in Philly gelaufen. Ich habe es von diesen Arschlöchern in der dortigen Dienststelle überprüfen lassen.«

»Mit dem Auto oder dem Zug sind es sechs Stunden von Philly nach Boston«, sagte ich.

Vann nickte. »Damit das hinkommt, hätte Marla Chapman die Reise nach Boston in dem Moment antreten müssen, als die Neuigkeit über die Affäre publik wurde. Ein sehr knapper Zeitplan.«

»Also nein. Wir glauben nicht, dass es Selbstmord war«, schlussfolgerte ich.

»Wir nicht. Du und ich. Die Polizei von Brookline glaubt es, weil sie Marla Chapmans Leiche in Silvas Garten mit einer Waffe und einem Einschussloch im Kopf gefunden hat.

Doch angesichts der Tatsache, dass die Erfahrung der Polizei von Brookline mit Ermittlungsarbeit hauptsächlich darin besteht, herauszufinden, wer Postpakete aus Apartmentfoyers klaut, habe ich das FBI in Boston beauftragt, den Fall zu übernehmen.«

»Und wie stehen wir zum Bostoner FBI?«, fragte ich.

»Die Leute sind zumindest besser als die in Philly.« Sie wandte sich Tony zu. »Sagen Sie uns, was Sie herausgefunden haben.«

»Erstens«, antwortete Tony. »Der Panzer-Threep, der unser Haus zerstört und versucht hat, eine unschuldige Katze zu ermorden, hat keinen offiziellen Eigentümer. Die Identifikationsnummer taucht nirgendwo in der Transportmitteldatenbank auf, aber es wird ein Hersteller angezeigt, ein bestimmtes Spezialgeschäft in der Nähe von Baltimore.«

»Van Diemen«, sagte ich.

»Volltreffer«, sagte Tony und zeigte mit dem Finger auf mich. »Das ist nicht das erste Mal, dass ihr bei euren Ermittlungen auf diese Firma stoßt. Wenn ihr sie das nächste Mal besucht, solltet ihr vielleicht mit Durchsuchungsbefehl und bewaffneten Einheiten anrücken.«

»Nicht sehr subtil.«

»Mein Haus ist zerstört, und ich sitze mit einer Katze und drei Finanzsachverständigen in einem Konferenzraum des FBI. Im Moment ist mir gar nicht nach Subtilität.«

»Verständlich.«

»Was noch?«, fragte Vann.

»Diese Finanzsachverständigen haben ein paar sehr interessante Sachen gefunden. Chris, du hast gesagt, Silva hätte gesagt, dass die League laut ihren Informationen Geldwäsche betreibt.«

»Richtig.«

»Nun, das stimmt nicht hundertprozentig mit unseren neuesten Erkenntnissen überein. Hier deutet nichts darauf hin, dass die League selbst Geld wäscht.«

»›Selbst‹?«

»Du hast die leichte Einschränkung mitbekommen. Gut. Also, was hier passiert, läuft folgendermaßen ab. Eine Menge mutmaßlich schmutzigen Geldes fließt an ein Drittunternehmen, das dann kräftig in die internationalen Ligen investiert.«

»Lass mich raten«, sagte ich. »Es handelt sich um Labram.«

»Wieder ein Volltreffer«, sagte Tony. »Und wie diese Prüfer hier erklären, sieht es danach aus, dass sie es recht clever anstellen. Labram arbeitet mit diesen zwielichtigen Firmen bei seriösen Aufträgen zusammen und stellt ihnen neben den üblichen Kosten einen Aufpreis in Rechnung. Etwa ein Drittel oder so. Genug, um ein wenig unrechtmäßig erworbenes Geld unterzubringen, aber nicht genug, dass es sich von der üblichen kapitalistischen Übervorteilung eines Kunden unterscheiden würde. Labram gibt diesen Firmen die Möglichkeit, in Kryptowährungen zu bezahlen. Also nutzen sie eine, in die man sich relativ billig einkaufen kann, und dann manipulieren sie den Markt, um den Preis hochzutreiben.«

»Wie einfach lässt sich so etwas machen?«, fragte Vann.

»Supereinfach«, antwortete Tony. »Da draußen tummeln sich jede Menge Trottel, die sich für Finanzgenies halten. Dazu muss man nicht einmal irgendetwas Illegales tun, sondern nur auf die Gier der Unterinformierten setzen. Der Trick besteht darin, alles vor dem Crash zu verkaufen, der auf jeden Fall kommen wird.«

»Also berechnet Labram zu viel und spekuliert dann damit«, sagte ich. »Wo ist da die Geldwäsche?«

»Die Geldwäsche kommt ins Spiel, wenn Labram in die

ausländischen Ligen investiert. Aber sie investieren nicht direkt. Sie gründen Gesellschaften mit beschränkter Haftung als Investitionsvehikel, übernehmen eine Mehrheitspartnerschaft in der GmbH und fordern die zwielichtigen Firmen, mit denen sie Geschäfte machen, dazu auf, zu Minderheitsgesellschaftern zu werden.«

»Und wenn die ausländischen Hilketa-Verbände aktiv werden, verkaufen die Minderheitsgesellschafter nach ein oder zwei Spielzeiten ihre Anteile wieder an Labram, und zwar zu einem extrem überhöhten Preis«, sagte Vann.

»Ein extrem überhöhter Preis, der dem Aufschlag entspricht, den sie für Labrams Dienste bezahlt haben, plus ein paar Prozent des Kursgewinns der Kryptowährung«, sagte Tony. »Das schmutzige Geld ist sauber, alle sind glücklich und reicher als vorher, mit Ausnahme der Dummköpfe, die zu spät in die Kryptowährung eingestiegen sind.«

»Das kommt mir etwas zu unkompliziert für Geldwäsche im großen Stil vor«, bemerkte Vann.

»Das war die Kurzfassung«, versicherte Tony ihr. »Die Finanzfreaks sagen mir, dass die Sache in Wirklichkeit auf äußerst fragwürdige Weise äußerst clever abläuft. Und es ist nicht einmal das erste Mal, das Labram so etwas gemacht hat.«

»Wann haben sie es schon einmal gemacht?«

»Als Amelie Parker ihre Firma für Sportergänzungsmittel aufgebaut hat. Ein großer Teil der Investoren waren zufällig entweder die zwielichtigen Firmen, mit denen Labram Geschäfte macht, oder ihre Eigentümer als Privatpersonen. Sie investieren, Amelie Parkers Firma wirtschaftet ein paar Jahre lang herum, gerade gut genug, um nicht zu scheitern, und dann kommt Labram und kauft den Laden zu einem höheren Preis auf.«

»Alle machen Kohle, alle sind glücklich«, sagte Vann und wandte sich dann an mich. »Und ich vermute, dass sie mit MobilOn dasselbe durchziehen wollen. Die Firma, für die sie dich als Sprachrohr gewinnen will.«

»Die, für die sie mich in Anteilen bezahlen will«, fügte ich hinzu.

»An deiner Stelle würde ich das *definitiv* tun«, sagte Tony. »Das kommt einer garantierten Gewinnausschüttung verdammt nahe.«

»Aber sie *braucht* mich nicht«, sagte ich. »Wenn das Ganze nur ein Geldwäschebetrug ist, erübrigt sich ein prominentes Sprachrohr. Oder externe Investoren wie meine Eltern.«

»Nein, das ist das Geniale daran«, sagte Tony. »Man verschafft sich genügend Publicity und genügend externe Investoren, um die Geldwäsche zu verschleiern.«

»Ich fühle mich missbraucht«, sagte ich, und es war nur zur Hälfte witzig gemeint.

»Jetzt weißt du, wozu deine Prominenz gut ist«, bemerkte Vann.

»Also hat die North American Hilketa League nicht den leisesten Schimmer von all dem«, sagte ich zu Tony, um wieder auf das eigentliche Thema zu kommen.

»Klar«, sagte Tony. »Davon könnten wir ausgehen.«

»Ich spüre eine gewisse Skepsis.«

»Deine neue Freundin versucht, die League mit diesen Informationen zu erpressen, und ihr Geliebter fällt kurz danach tot um. Dann stirbt der Mann, der bei der League offiziell für die ausländischen Deals zuständig ist. Dann die Frau des toten Spielers, während sie angeblich versucht, ihre Rivalin zu ermorden. Ach ja, und wir sollten nicht vergessen, dass unser Haus verwüstet wurde, als jemand versucht hat, eine verdammte Katze zu töten. Ja, ich bin skeptisch, wenn ich höre, dass die League mit all dem nichts zu tun haben soll.«

»Du hast Silva nicht gesagt, dass wir ihren Datentresor öffnen konnten?«, fragte Vann.

Ich schüttelte den Kopf. »Nein. Andererseits hat auch sie nicht darüber gesprochen. Sie will mir weismachen, dass sie die Informationen immer noch hat.«

»Euer Schwur ruht auf einem Fundament aus Lügen«, sagte Tony.

»Sie hat das Gefühl, dass sie gerade um ihr Leben feilscht«, rief ich ihm in Erinnerung.

»Unsere Leute sind bei ihr«, sagte Vann. »Und die Klinik hat sie in einem privaten Stockwerk untergebracht, um die Journalisten und Fans fernzuhalten. Solange keine Ninjas auftauchen, ist sie in Sicherheit.«

»Gibt es irgendetwas in dem Datentresor, das die League belastet?«, fragte ich Tony.

»Eure Leute sind noch dabei, die Daten auszuwerten. Es ist eine Menge Zeug.«

»Was ist mit Labram selbst?«, fragte ich. »Chapman starb, während er Ergänzungsmittel von Labram im Körper hatte. Parkers Integratorin war bei Kaufmann, kurz bevor er starb. Und sie hatte heute früh die Anwälte eines der zwielichtigen Partner von Labram in ihrem Haus.«

»Das sind bis jetzt alles nur Indizien«, sagte Vann. »Wenn wir die Ergänzungsmittel hätten, könnten wir sie untersuchen lassen, aber das haben unsere Scheißkollegen in Philly vermasselt. Chapmans Autopsie hat nichts ergeben. Kaufmanns Autopsie ist uneindeutig. Und es gibt kein Gesetz, dass es einem verbietet, zwielichtige Anwälte zu Besuch zu haben.«

»Aber es sind eine *Menge* Indizien«, gab ich zu bedenken.

»Trotzdem ist es noch nicht genug. Wir ermitteln eigentlich nicht wegen Geldwäsche oder Erpressung oder moralisch fragwürdigen Integratoren. Wir ermitteln wegen der Todesfälle Duane Chapman und Alex Kaufmann. Im Augenblick gibt es immer noch keine Beweise, dass der eine nicht an Herzinfarkt und der andere nicht durch Selbstmord gestorben ist. In beiden Fällen sind die Indizien erdrückend. Aber wir konnten noch keinen Zusammenhang herstellen.«

»Was willst du tun?«, fragte ich. »Wir haben Silva, aber alle anderen verstecken sich entweder hinter Anwälten oder sind selbst Anwälte.«

»Wir fangen mit den ganz Kleinen an«, sagte Vann.

»Hier ist niemand klein. Oder hat kleine Anwälte.«

»Doch, ein paar haben wir.«

»Was hast du vor?«

»Ich will ihnen richtig Angst machen, das ist mein derzeitiger Plan.«

19

»ICH BIN HEUTE von Boston hergeflogen, und mein Kollege ist von Washington hierhergefahren, Mr. Ortiz«, sagte Vann und beugte sich, die Hände aufgestützt, über den Tisch im Verhörraum der Polizei von Philadelphia. »Das erzähle ich Ihnen, damit Sie würdigen können, wie tief Sie in der Scheiße sitzen, wenn zwei FBI-Agenten von der Ostküste herüberkommen, um mit Ihnen zu reden.«

Pedro Ortiz, der Cousin von Alton Ortiz, wirkte so verwirrt, wie man es von jemandem erwarten würde, der die Nacht im Gefängnis der Stadt verbracht hatte, weil ihm Dinge vorgeworfen wurden, die er absolut nicht verstand. Neben ihm saß sein Anwalt, ein junger Kerl in einem schlecht sitzenden Anzug, und es war nicht zu übersehen, dass er hier überhaupt nicht in seinem Element war.

»Und Sie«, sagte Vann zu ihm. »Sind Sie Pflichtverteidiger oder Juniorpartner?«

»Zufällig bin ich …«, begann der Pflichtverteidiger (wie ich vermutete).

Doch Vann schnitt ihm das Wort ab und zeigte auf ihn. »Er ist nicht gut genug für die Scheiße, in der Sie stecken«, sagte sie zu Pedro.

»Ich war an der Penn«, rechtfertigte sich der Anwalt.

»Wissen Sie, in was für einer Scheiße Sie stecken?«, sagte Vann zu Pedro, ohne auf den Anwalt einzugehen.

Pedro sah Vann an, dann mich, dann seinen Anwalt. »Als

ich verhaftet wurde, sagte man etwas von Brandstiftung, aber …«

»Sagen Sie ihm, was sonst noch alles auf seiner Liste steht, Agent Shane«, forderte Vann mich auf.

»Also, da wäre der Vorwurf der Brandstiftung, von dem Sie bereits wissen«, sagte ich. »Hinzu kommen Sachbeschädigung in mehreren Fällen, Mordversuch in mehreren Fällen, versuchter Totschlag in mehreren Fällen, Verschwörung zur Brandstiftung, Verschwörung zum Mordversuch und zur Tiermisshandlung.«

»Tiermisshandlung?«, fragte Pedro.

»In dem Apartment, das Sie in Brand steckten«, sagte Vann, »befand sich eine Katze.«

»Von einer Katze wusste ich nichts«, sagte Pedro.

Sein Anwalt stöhnte und sackte ein wenig auf seinem Stuhl zusammen.

»Im Wesentlichen ein komplettes Paket aus staatlichen und bundesstaatlichen Anklagen, ganz zu schweigen von den Zivilklagen, die der Vermieter und sämtliche Mieter erwirken werden, deren Haus Sie abgefackelt haben. Sind Sie versichert, Mr. Ortiz?«

»Nicht *so* hoch«, sagte er.

»Das dachte ich mir. Also«, sagte Vann und faltete die Hände auf dem Tisch. »Sie können mit uns reden, oder Sie können es mit Clarence Darrow hier probieren. Aber bevor Sie antworten, will ich ganz ehrlich zu Ihnen sein: Wir wollen Sie gar nicht drankriegen. Wir haben es nicht mal auf Ihren Cousin abgesehen, der der Grund ist, warum Sie überhaupt hier sind. Wenn Sie also mit uns zusammenarbeiten und uns nützliche Informationen liefern, arbeiten wir mit Ihnen zusammen. Aber wenn Sie das nicht tun …«

»Wir wollen es nicht unbedingt, aber wir würden Sie schon

gern drankriegen«, ergänzte ich. »Als Wiedergutmachung für die Leute, deren Haus Sie niedergebrannt haben.«

»Geben Sie mir einen Moment mit meinem Klienten«, sagte der Anwalt und beugte sich dann vor, um Pedro etwas ins Ohr zu flüstern. Pedro hörte ein paar Sekunden lang zu, dann verzog er das Gesicht und sah den Anwalt an. »Kein Scheiß?«, sagte er und wandte sich dann Vann zu. »Dieses Genie hier findet, ich sollte einen Deal mit Ihnen machen.«

»Äußerst weise«, sagte Vann.

»Ich verlange Immunität für meinen Klienten«, sagte der Anwalt.

»Das glaube ich Ihnen gern.« Vann sah Pedro an. »Lassen Sie hören, was Sie anzubieten haben.«

»Vor ein paar Jahren erzählt mir Alton, dass er einen Freund hat, der ein Apartment sucht«, sagte Pedro. »Nicht zu nobel und nicht zu teuer, nur irgendwas, das er als Büro benutzen kann. Er weiß, dass ich oft als Elektriker für Vermieter und Hausverwalter arbeite, also habe ich vielleicht etwas gehört und kann einen guten Preis für ihn herausschlagen. Also habe ich ihm diese Wohnung an der Natrona besorgt. Das Gebäude ist nur halbwegs in Ordnung, aber die Gegend wird gerade gentrifiziert. Das ist okay. Alton schiebt mir als Dank hundert Dollar rüber, und das war es. Ich sehe ihn manchmal bei Familienfeiern.

Dann kommt er vor zwei Monaten noch einmal zu mir und bittet mich um einen Gefallen. Wie sich herausgestellt hat, benutzt sein Freund das Apartment für Sexdates, und seine Frau will rein und Fotos machen, um Beweise für das Scheidungsverfahren zu sammeln. Und ich sage, okay, aber was hat das mit mir zu tun? Also bittet er mich, den Strom zu dem Apartment abzustellen, damit sie reinkommt. Und ich frage, wieso kann sie keinen gottverdammten Schlüssel benutzen? Und er sagt, der Kerl weiß nicht, dass seine Frau von dem Apartment weiß. Also muss es im Geheimen passieren, und der Kerl hat die Wohnung sehr gut gesichert, weil er darin kostspielige Threeps aufbewahrt. Und dann bietet Alton mir Schmiergeld an.«

»Wie viel?«, fragte Vann.

»Zweitausend Dollar. Also gut, ich habe ein Kind auf dem College. Einverstanden. Er sagt mir, an welchem Tag seine Geliebte in das Apartment gehen will, und als ich beim nächsten Mal die Anlage überprüfe, programmiere ich eine Routine, die in dem Apartment für dreißig Minuten den Strom abschaltet. Ich habe es nur zusammengepfuscht, und ich muss einige Sicherungen für das Gebäude abschalten, damit es funktioniert. Aber es ist ja nur für dreißig Minuten, also ist es eigentlich kein Problem. Ich gebe Alton die Uhrzeit durch und mache mir eine Notiz, dass ich bei der nächsten Wartung den Pfusch rückgängig mache und alles wieder auf normal stelle. Und als Nächstes höre ich, dass das Gebäude abgebrannt ist.«

»Was glauben Sie, ist passiert?«, fragte Vann.

»Ich weiß es nicht«, sagte Pedro. »Die Elektrik war alt, und selbst mit der Softwaresteuerung kam es immer wieder zu Problemen und Kurzschlüssen. Wahrscheinlich hat irgendwer einfach nur ein Gerät zu viel an eine viel zu alte Stromleitung angeschlossen.«

»Würden Sie das alles schriftlich bestätigen?«

»Geben Sie mir einen Stift. Was auch immer es ist, ich will damit nichts zu tun haben. Ich liebe meinen Cousin, aber das gehört nicht mehr zu den Sachen, die man für die Familie tut.«

»Das alles lief über Ihren Cousin«, sagte Vann. »Sonst war niemand involviert?«

»Nicht von meiner Seite aus«, sagte Pedro.

»Kannten Sie Duane Chapman überhaupt?«, fragte ich.

»Der Kerl, der das Apartment gemietet hat? Nein. Aber ich kannte auch die anderen Mieter kaum. Ich bin nicht die ganze Zeit vor Ort. Ich arbeite für sehr viele Gebäude. Gelegentlich gehe ich in die Wohnungen, wenn ich dort etwas erledigen muss. Die Verwalter lassen mich rein, wenn niemand zu Hause ist. In der ersten Woche, nachdem dieser Kerl das Apartment gemietet hat, war ich noch einmal drin, weil er stärkere Stromanschlüsse zum Aufladen seiner Threeps brauchte. Danach war ich nie mehr dort.«

»Was ist mit Marla Chapman?«

»Der bin ich nie begegnet.«

»Sie haben Sie als Altons Geliebte bezeichnet«, sagte Vann.

»Ja.«

»Warum haben Sie das getan?«

»Weil sie das war.«

»Sind Sie sich ganz sicher?«

»So hat er es mir erklärt, als ich ihn fragte, warum er sich so sehr in diese Sache reinhängt.«

»Und Sie sind davon überzeugt, dass sie eine sexuelle Beziehung hatten?«

»Ich habe keine *Fotos*«, sagte Pedro. »Aber ich bin davon überzeugt. Ma'am, ich will nicht sexistisch rüberkommen, aber wenn ein Mann seinen Freund hintergeht, kann es dafür nur einen Grund geben. Weil er seine Ehefrau vögelt.«

»Waren Sie an der Penn Law?«, fragte Vann die Anwältin, mit der wir uns zwei Stunden später in einem anderen Teil der Stadt trafen, und zwar in einem Hotelkonferenzraum, den die NAHL zu diesem Zweck angemietet hatte.

»Nein, ich war auf der Georgetown«, sagte die Anwältin, die sich als Keshia Sanborn vorgestellt hatte. »Warum fragen Sie?«

»Nur so«, sagte Vann. Dann wandte sie sich an Alton Ortiz, der in seinem Anzug dasaß. »Und Sie sind sich sicher, dass Sie von der NAHL und Ms. Sanborn vertreten werden möchten?«

»Ja«, sagte Ortiz und warf Sanborn einen verwirrten Seitenblick zu.

»Gibt es einen bestimmten Grund, warum Sie diese völlig freiwillige Besprechung mit einem Angriff auf mich beginnen, Agent Vann?«, fragte Sanborn. »Denn ich muss sagen, dass es mich nicht dazu motiviert, meinem Klienten zu erlauben, die Besprechung fortzusetzen.«

»Ich möchte nur sicherstellen, dass sich Mr. Ortiz bewusst ist, dass an irgendeinem Punkt seine Interessen und die Interessen der NAHL voneinander abweichen. Es ist zwar sehr schön, dass Sie aus Herzensgüte seinen Fall kostenlos übernommen haben, aber ich halte es für fair, wenn Mr. Ortiz sich fragt, welcher Anteil Ihres juristischen Beistands ihm von Nutzen ist und inwieweit Ihr üblicher Arbeitgeber davon profitiert.«

»Was bedeutet das?«, fragte Ortiz.

»Das bedeutet, dass wir über Sie und Marla Chapman Bescheid wissen«, sagte ich.

Ortiz wirkte schockiert.

»Ihr Cousin hat uns alles darüber erzählt, Mr. Ortiz«, sagte Vann. »Wie Marla Chapman beschlossen hat, dass es, wenn ihr Ehemann mit anderen Personen fremdgeht, nur angemessen wäre, wenn sie sich dasselbe Recht herausnimmt.«

Ich schob eine Aktenmappe zu Sanborn hinüber. »Texte und Nachrichten, die zwischen Mr. Ortiz und Marla Chapman ausgetauscht wurden. Wir haben eine richterliche Verfügung, ihr Telefon im Zuge unserer Ermittlung zu ihrem Todesfall abzuhören.« Ich wandte mich an Ortiz. »Mein Beileid, Mr. Ortiz.«

»Danke«, sagte Ortiz mit sichtlicher Benommenheit.

»Es sieht folgendermaßen aus, Mr. Ortiz«, ging Vann über meine Kondolenz hinweg. »Wir wissen, dass Sie und Marla Chapman etwas miteinander hatten. Wir haben eine eidesstattliche Erklärung von ihrem Cousin, der bezeugt, dass Sie ihn aufgefordert haben, die Stromversorgung von Duane Chapmans Liebesnest zu manipulieren, was schließlich dazu führte, dass das gesamte Gebäude abbrannte.« Passend dazu schob ich Sanborn eine weitere Mappe hinüber, die Pedro Ortiz' Aussage enthielt. »Und Sie sind vor uns weggerannt, als wir neulich mit Ihnen sprechen wollten, was wir nicht als die gewöhnliche Handlungsweise einer Person betrachten, die ein reines Gewissen hat.«

»Was werfen Sie meinem Klienten vor, Agent Vann?«, wollte Sanborn wissen.

»Hier ist nicht von Bedeutung, was ich ihm vorwerfe, Ms. Sanborn, sondern wie in diesem Fall *Ihre* Interessen gelagert sind.« Vann sah die Anwältin an. »Ihre und die der NAHL. Aber da Sie danach fragen: Wir werden Ihren Klienten des vorsätzlichen Mordes anklagen. Er hatte die Mittel, das Motiv und die Gelegenheit, Duane Chapman zu töten, und es gibt Hinweise, dass er es schon seit einiger Zeit geplant hat. Zumindest solange er und Marla Chapman etwas miteinander hatten.« Vann wandte ihre Aufmerksamkeit wieder Ortiz zu. »Sie beschlossen, dass Sie genug von Chapman haben, und Sie wollten sich nicht mehr heimlich mit Marla treffen müssen. Sie haben seine Ergänzungsmittelinfusion mit irgendetwas gedopt, von dem Sie glaubten, dass es bei den üblichen Tests nicht bemerkt wird, dann hatte er seinen Herzanfall und starb, und Sie und Marla Chapman würden den Rest Ihrer Tage gut von der Versicherung und den Leistungen der League leben können. Und vielleicht wären Sie damit sogar durchgekommen, wenn das Apartment nicht gebrannt und Ihr Cousin Sie nicht verpfiffen hätte.«

Ortiz starrte uns mit offenem Mund an. »Das ist völlig *verrückt*«, sagte er schließlich.

»Wir hören uns liebend gern eine alternative Theorie zu diesem Fall an«, sagte ich.

»Ich habe den Ergänzungsmittelbeutel nicht gedopt! Sie können ihn darauf testen!«

»Das können wir nicht«, sagte ich. »Das Labor hat die Probe kontaminiert. Sie ist für juristische Zwecke unbrauchbar.«

»Es gab eine Autopsie!«, protestierte Ortiz.

»Bislang ohne eindeutiges Ergebnis.« Das entsprach so weit der Wahrheit.

»Also haben Sie im Grunde gar nichts gegen Mr. Ortiz in der Hand«, sagte Sanborn.

»Wir haben die Zeugenaussage seines Cousins und seine Tweets, und wie ich bereits erwähnte, hatte er die Mittel, das Motiv und die Gelegenheit.«

»Und all das wird vor Gericht abgeschmettert werden, sofern Sie dumm genug sind, meinen Klienten anzuklagen.«

»Möglicherweise«, sagte Vann. »Falls Sie damit überhaupt vor Gericht gehen.« Sie wandte sich an Ortiz. »Sehen Sie, an dieser Stelle möchte ich darauf hinweisen, dass ich glaube, die NAHL, der Arbeitgeber von Ms. Sanborn, wird *hocherfreut* sein, Mr. Ortiz, wenn Sie sich zu einem Vergleich bereit erklären. Wenn wir gegangen sind, wird sie Ihnen – was korrekt wäre – erklären, dass vor Gericht im Prinzip Ihre Aussage gegen unsere steht, wobei unsere größeres Gewicht hätte. Also wird sie versuchen, Sie zu einem Antrag auf Strafminderung zu drängen, was die Staatsanwaltschaft befürworten wird, weil es den Staat weniger Geld kostet. Damit wird das Problem gelöst sein. Niemand wird weiter herumschnüffeln, und die NAHL kann sich wieder ihrem äußerst wichtigen Vorhaben widmen, nach Asien und Europa zu expandieren, was durch unsere Ermittlungen gerade ein wenig erschwert wird.«

Ortiz sah Sanborn inzwischen mit einem ziemlich verärgerten Gesichtsausdruck an.

»Gut möglich, dass sie ihm die Idee mit dem Vergleich bereits vorgeschlagen hat«, sagte ich zu Vann.

»Wow«, sagte Vann. »Sieht fast danach aus. Nicht einmal Pedros Pflichtverteidiger ist auf diese Idee gekommen.«

Ortiz wandte sich wieder uns zu. »Ich habe Duane nicht ermordet. Er war mein Freund.«

»Ein Freund, mit dessen Frau Sie gevögelt haben«, stellte Vann fest. »Ich kann mir vorstellen, dass er das nicht als besonders freundschaftlich betrachtet hat.«

Ortiz schlug die Hände vors Gesicht. Sanborn räusperte sich und wollte offenbar etwas sagen. Ortiz warf ihr einen strengen Blick zu, der so viel bedeutete wie: *Wagen Sie es nicht!*

»Wir hätten tatsächlich eine andere Theorie zu diesem Fall«, wagte ich mich vor.

»Und wie genau sieht die aus?«, fragte Sanborn.

»Sie hängt ebenfalls mit einem Ergänzungsmittelbeutel zusammen«, sagte Vann.

»Sie sagten, der Ergänzungsmittelbeutel wäre kontaminiert.«

»Nicht *der* Ergänzungsmittelbeutel, sondern *ein* Ergänzungsmittelbeutel.«

»Der Ergänzungsmittelbeutel, der kontaminiert wurde, gehörte zu einem bestimmten Posten. Einer, der für Kim Silva gedacht war und an Duane Chapmans Apartment geliefert wurde«, sagte ich.

»Ja«, bestätigte Ortiz. »Ich bin ins Apartment gegangen und habe die Ergänzungsmittel für das Spiel geholt.«

»Bedauerlicherweise ist der Karton, aus dem Ihr Ergänzungsmittelbeutel stammte, bei dem Feuer verbrannt, Mr. Ortiz.«

»Was wäre, wenn es noch einen anderen Beutel aus diesem Karton gibt?«, fragte Ortiz.

»Je nach dem, was wir darin finden würden, könnte es dazu führen, dass Sie vom Vorwurf des Mordes entlastet werden«, sagte Vann.

»Gut zu wissen«, sagte Ortiz, »weil ich zwei Beutel aus dem Apartment mitgenommen hatte. Der andere befindet sich immer noch in Duanes Stadthaus.«

»Und Sie haben Zugang zu Chapmans Stadthaus?«

»Ich kenne immer noch den Türcode.«

»Gut.« Vann blickte auf die Uhr an der Wand des Konferenzraums. »Es ist jetzt halb eins. Shane und ich haben demnächst einen Gesprächstermin in Trenton. Das wird einige Stunden dauern. Also sollten wir uns um halb fünf vor dem Stadthaus treffen. Dann können Sie uns reinlassen.«

»Also werden Sie mich nicht wegen Mordes anklagen?«

»Das, Mr. Ortiz, hängt davon ab, ob diese Ergänzungsmittel tatsächlich dort sind.«

»Warum Trenton?«, fragte ich, während wir ein paar Hausnummern vom Stadthaus der Chapmans entfernt im Auto warteten.

»Das habe ich vor einer Stunde gesagt, und jetzt fragst du mich danach?«, wunderte sich Vann. Sie saß hinter dem Lenkrad und trank Kaffee. Eine Hand mit der Zigarette hielt sie durch das offene Fenster auf der Fahrerseite nach draußen.

»Seitdem habe ich mir darüber den Kopf zerbrochen.«

»Es ist nahe genug für einen plausiblen Abstecher und weit genug entfernt, um einige Zeit zu beanspruchen. Mehr nicht.«

»Also keine besonderen Erinnerungen an Trenton.«

Vann warf mir einen Seitenblick zu. »Niemand hat besondere Erinnerungen an Trenton, Chris.«

Ich wollte noch etwas dazu sagen, aber dann bemerkte ich, wie jemand von der Straße zur Tür der Chapmans abbog. Die Person tippe einen Zugangscode ein und trat durch die Tür ins Haus.

»Mann, ich bin dir tatsächlich einen Dollar schuldig«, sagte ich zu Vann. »Ich hätte nicht gedacht, dass sie wirklich jemanden durch die Vordertür schicken würden.« Als wir die Wette eingegangen waren, hatte ich eine kleine Kamera am Hintereingang und an der Garage des Stadthauses angebracht und überwachte nun die Bilder. Bis auf streunende Katzen hatte sich dort nichts gerührt.

»Diese Leute sind ziemlich arrogant«, sagte Vann. »Und wir haben gesagt, dass wir eine Zeitlang nicht in der Stadt sind. Warum sollten wir lügen?«

»Aber welche arroganten Leute sind das?«

»Gehen wir und finden wir es heraus«, sagte Vann und stieg aus.

Wir erreichten das Haus in dem Moment, als der Eindringling wieder herauskam. Die Person hatte sich von uns abgewandt, als sie die Tür schloss, und sah uns erst, als sie die Zugangstreppe ganz hinuntergestiegen war.

Es war Rachel Ramsey aus der FBI-Dienststelle in Philadelphia, und sie hielt eine Plastiktüte in den Händen.

Sie schien überrascht zu sein, uns zu sehen. »Was machen Sie denn hier?«, fragte sie verwirrt.

»Wir sind soeben aus Trenton zurückgekommen«, sagte ich.

»Was machen *Sie* hier, Ramsey?«, fragte Vann.

»Ich …«, begann Ramsey und machte eine winzige Pause, bevor sie fortfuhr. »Ich folge einem Hinweis im Zuge der Ermittlungen im Todesfall Marla Chapman.«

Vann deutete mit einem Nicken auf die Plastiktüte. »Und Sie haben das, was auch immer es ist, in eine Einkaufstüte von Wawa getan?«, fragte sie. »Wir scheinen unsere Beweismittel nicht allzu sorgfältig zu behandeln, oder, Agent Ramsey?«

»Hören Sie, Vann …«, setzte Ramsey an.

»O nein, nicht *so*«, schnitt Vann ihr das Wort ab. »Das läuft jetzt folgendermaßen. Sie werden diese Plastiktüte Agent Shane übergeben. Wenn sich darin etwas anderes als ein Beutel mit Infusionsergänzungsmitteln befindet, werde ich mich bei Ihnen entschuldigen, und wir werden laut über unser Missverständnis lachen. Danach geben Sie uns alles, was Sie über Marla Chapmans Tod herausgefunden haben, weil wir, wie Ihnen bekannt ist, die Chefermittler in diesem Fall sind und weil Sie uns unbedingt hätten sagen müssen, was Sie hier tun, was Sie nicht getan haben. Stimmt das, Agent Shane?«

»Ich habe nichts von ihr in meinem Maileingang«, bestätigte ich.

»Aber wenn das wirklich ein Beutel mit Infusionsergänzungsmitteln ist, und es *ist* einer, werden Sie uns alles erzählen, angefangen mit dem Namen der Person, die Sie aufgefordert hat, diesen Beutel zu holen.«

»Sonst passiert was?«, fragte Ramsey.

Vann verdrehte die Augen. »Verdammt nochmal, Ramsey! Was soll ich jetzt sagen? Dass ich Sie erschießen werde?«

»Agent Vann könnte Sie tatsächlich erschießen«, sagte ich zu Ramsey.

»Aber ich werde es *nicht* tun, weil ich keine Zeit für den Papierkram habe«, sagte Vann. »Ich habe überhaupt keine Zeit für diesen ganzen Blödsinn. Ich habe keine Zeit für *Sie*. Sie sind mir scheißegal, Ramsey. Wir haben einen ganzen Tag damit zugebracht, uns eine Kette von Personen hinaufzuarbeiten, die uns scheißegal sind, damit wir an die herankommen, die es nicht sind. Sie sind nur das nächste Glied in der Kette. Aber wie ich heute schon einmal jemandem von Ihnen gesagt habe: Wenn Sie wollen, dass es hier um Sie geht, wäre es mir eine Freude, Ihnen meine *ungeteilte* Aufmerksamkeit zu schenken.«

»Vielleicht wäre es Ihnen lieber, erschossen zu werden«, sagte ich zu Ramsey.

»Gut möglich«, stimmte Vann mir zu. »Ramsey, wenn das, was Sie in den Händen halten, nicht der Ergänzungsmittelbeutel wäre, hätten Sie ihn längst Shane übergeben. Also hören wir lieber auf, hier herumzueiern, und kommen endlich zur Sache.«

Ich beobachtete Ramsey die ganze Zeit. Ihr Pokerface war nicht besonders überzeugend, und Vann hatte einen Tag lang damit zugebracht, Leute zu überrumpeln, um ihnen nicht genug Zeit zum Nachdenken zu geben. Ramsey hatte nicht einmal einen Anwalt dabei, der sie vor dem Überrolltwerden bewahrte. Sie wusste, dass sie erwischt worden war, dass ihre Karriere den Bach runtergehen würde und dass sie vielleicht sogar auf dem Weg ins Gefängnis war, und sie war fest davon überzeugt, dass Vann darüber nur lachen würde.

Und das würde Vann auch tun, wenn es denn dazu kam.

Aber dazu musste es nicht kommen. Es war Zeit, dass ich jetzt den guten Bullen spielte.

»Ramsey, es gibt für Sie einen Ausweg«, sagte ich. »Erzählen Sie uns, was Sie wissen, hier und jetzt, und arbeiten Sie mit uns zusammen. Tun Sie das, und wenn jemand fragt …«

»Und jemand wird fragen«, fügte Vann hinzu.

»… werden wir sagen, dass Sie die ganze Zeit mit uns zusammengearbeitet haben. Still und leise, um die Leute nicht zu erschrecken, die sich an Sie gewandt haben. Arbeiten Sie jetzt mit uns zusammen, und Sie können das alles wieder hinbiegen.«

»Oder Sie tun es nicht, und wir lassen Sie fallen«, sagte Vann. »Wie eine heiße Kartoffel.«

Ramsey sah mich an. »Sie werden sagen, dass ich Sie bei Ihren Ermittlungen unterstützt habe?«

»Von Anfang an«, bestätigte ich.

»Sie meinen das offenbar ernst.«

Fast hätte ich einen Schwur vorgeschlagen, konnte mich aber gerade noch rechtzeitig bremsen. »Ja. Ramsey, wir könnten Ihre Hilfe gebrauchen. Und zwar sofort. Bevor die Leute, für die Sie gegen das Gesetz verstoßen haben, erfahren, dass Sie erwischt wurden.«

»Ja«, sagte Vann. »Die Uhr läuft.«

Ramsey sah uns beide an, seufzte und überreichte mir die Wawa-Einkaufstüte. Ich öffnete sie. Darin befand sich der zweite Infusionsbeutel.

»Reden Sie«, sagte Vann. »Schnell. Kommen Sie zur Sache.«

»Mit meiner Arbeit lief es nicht so gut«, sagte Ramsey. »Schlechte Leistungsbewertungen. Zu viele Fehltage, weil ich mich um meine Mutter kümmern muss. Sie hat Demenz im Zusammenhang mit ihrer Haden-Erkrankung, und die Pflegekosten sind viel zu hoch, vor allem jetzt.«

»Seit Abrams-Kettering«, sagte ich.

Ramsey nickte und deutete dann mit einer Kopfbewegung auf mich. »Die Sache mit dem Threep, den Sie sich von uns geborgt haben, hat das Fass zum Überlaufen gebracht. Es war meine Schuld, und das bei meinen Bewertungen … nun ja. Ich war ziemlich fertig. Dann komme ich eines Abends nach Hause und finde einen Briefumschlag an meiner Tür. Darin befindet sich eine inaktive Kryptowährungskarte und ein Zettel mit einer Telefonnummer. Ich rufe die Nummer an, und eine Computerstimme antwortet. Sie erzählt mir, dass genug Geld auf der Karte ist, um sechs Monate lang die Pflege meiner Mutter zu bezahlen. Der erste Monat war bereits abrufbar. Für den Rest musste ich nur Duane Chapmans Infusionsprobe unbrauchbar machen.«

»Also haben Sie es getan«, sagte ich.

»Ich war sowieso sauer auf Sie«, gab Ramsey zu. »Sie hätten dafür gesorgt, dass ich aus dem FBI fliege.« Sie zeigte auf Vann. »Und sie war das Arschloch, das nicht zulassen wollte, dass ich die Kosten für den verbrannten Threep auf D.C. abschiebe. Also habe ich es getan. Es war nicht schwer, die Probe zu verderben und es nach einer gewöhnlichen Panne aussehen zu lassen. Ich schickte die Beweise, dass ich es getan hatte, und der Rest des Geldes auf der Karte wurde entsperrt.«

»Sie haben sich keine Sorgen gemacht, dass es vielleicht eine Falle sein könnte?«, fragte ich.

Ramsey sah mich mit erschöpftem Gesichtsausdruck an. »Agent Shane, ich kann mir kaum die Kosten für die Pflege meiner Mutter leisten. Verzeihen Sie mir, dass ich diesem geschenkten Gaul nicht ins Maul geschaut habe.«

Vann zeigte auf den Infusionsbeutel. »Und das hier?«

»Ein Text auf meinem privaten Telefon vor weniger als einer halben Stunde. Darin stand der Türcode und das, wonach ich suchen sollte, mit dem Versprechen einer Viertelmillion Dollar in einer anderen Kryptowährung, wenn ich liefere.« Sie zuckte mit den Schultern.

»Was haben Sie mit dieser ersten Rate auf der Karte gemacht?«, fragte ich.

»Nichts«, sagte Ramsey. »Keine Zeit.«

»Sie können das Geld nicht behalten«, sagte Vann.

Ramsey sah sie an. »Nein, natürlich nicht.«

»Sie sollen diesen Infusionsbeutel irgendwo abliefern?«, fragte ich.

»Ja.«

»Wann?«

»Das weiß ich nicht. Ich muss noch ein Foto schicken, das beweist, dass er sich in meinem Besitz befindet, einschließlich des Strichcodes. Dann werden wir einen Übergabetermin vereinbaren.«

Vann und ich wechselten einen Blick. »Und Sie glauben, dass es wirklich klug ist, das zu tun?«, fragte Vann.

»Ich werde mich mit niemandem um Mitternacht auf einem abgelegenen Parkplatz treffen, verdammt«, sagte Ramsey. »Ich bin vielleicht keine tolle FBI-Agentin, aber ich bin auch nicht völlig blöd. Wir werden die Übergabe bei Tageslicht an einem belebten Ort stattfinden lassen.«

»Wann werden Sie die Leute kontaktieren?«, fragte ich.

»Eigentlich hätte ich ihnen schon längst ein Foto des Beutels schicken sollen.«

»Dann tun Sie es«, sagte Vann.

Neunzig Sekunden später sagte Ramsey: »Neben der Statue von George Washington an der Independence Hall. In einer Stunde.«

Ich drehte mich zu Vann um. »Was willst du jetzt machen?«, fragte ich.

Sie musterte mich von oben bis unten. »Dir einen Miet-Threep besorgen.«

20

MEIN MIET-THREEP WAR ein Sebring-Warner Pallas, eins der erschwinglicheren Modelle und das einzige, das in der Filiale an der Chestnut Street verfügbar war. Ich bezahlte eine beträchtliche Summe für die kurzfristige Abholung, loggte mich ein und verließ unverzüglich die Parkgarage, um mich in östlicher Richtung auf den Weg zur Independence Hall zu machen.

»Ich bin in dem gemieteten Threep«, teilte ich Vann über das interne Telefon mit.

»Gut«, sagte sie. Vann befand sich außer Sichtweite in der Lobby des Hotel Monaco. Mein privater Threep war in dem Wagen, den ich mir von meinen Eltern geborgt hatte, um nach Philadelphia zu fahren, und der nun in der Hotelgarage stand. Der Mann vom Parkdienst fand es unheimlich, ein Auto mitsamt Threep fahren zu müssen, aber Vann zahlte ihm im Voraus ein Trinkgeld. »Zeichnest du auf?«

»Ja«, sagte ich. »Aber ich warne dich, dieses Mietmodell ist keine Luxusausführung. Ich würde nicht darauf wetten, dass die Aufnahmen kristallklar sind.«

»Aber du kannst doch damit *sehen*, oder?«, erwiderte Vann. »Dann dürfte es kein Problem sein. Zeichne die Übergabe auf und folge dann dem Empfänger.«

»Ich mache das nicht zum ersten Mal«, rief ich Vann in Erinnerung. Der Asphalt der Chestnut Street ging in Kopfsteinpflaster über, und ich betrat den Park, wo die Freiheitsglocke aufbewahrt wurde, gegenüber der Independence Hall und der Statue von George Washington. Beide wurden von Touristen und Schulklassen belagert, die von verzweifelten Erwachsenen gehütet wurden. Hier und da waren auch Threeps zu sehen. Also war ich in meinem Miet-Threep nicht allzu auffällig.

»Ich sehe Ramsey«, sagte ich zu Vann. Sie wartete auf der östlichen Seite der Statue, blickte auf ihr Telefon und bemühte sich, ungezwungen zu wirken.

»Geht jemand zu ihr?«

»Noch nicht.«

Jemand tippte mir auf die Schulter. Ich drehte mich um und sah drei Touristen, die mich anlächelten. »Ja?«, sagte ich.

Eine Frau hielt mir ihr Telefon hin. »Sie Foto machen?«

Ich sah die Touristen an und überlegte, aus welchem Land sie vielleicht stammten. »Möchten Sie, dass ich ein Foto von Ihnen mache, oder wollen Sie mich fotografieren?«, fragte ich, und die Übersetzung kam einen Sekundenbruchteil später auf Spanisch aus dem Mund des Threeps. Ich nahm das Telefon entgegen.

Sie alle waren von meiner vorgetäuschten Sprachgewandtheit sehr beeindruckt. »Ein Foto von uns dreien, bitte, wenn es Ihnen nichts ausmacht. Vor der Independence Hall«, antwortete die Frau, die mir das Telefon gegeben hatte, auf Spanisch.

»Sicher«, sagte ich. »Lassen Sie uns über die Straße gehen, von dort ist es besser.«

»Was zum Teufel machst du da?«, fragte Vann. Der Audiokanal zwischen uns war weiterhin geöffnet.

»Mich einfügen, wenn du nichts dagegen hast«, antwortete ich über die Verbindung.

»Du bist ein Idiot.«

»Genau genommen habe ich den Treffpunkt jetzt sogar besser im Blick.« Ich gab den drei Touristen zu verstehen, dass sie sich vor die Statue Washingtons stellen sollten, und hielt das Telefon hoch, um mehrere Fotos zu machen, auf denen auch Ramsey zu sehen war. Die Touristen lächelten und winkten und achteten auf nichts anderes als die Aufnahmen, wie es Touristen oft tun. Sie bedankten sich, nahmen das Telefon und stellten sich dann vor die Westseite der Statue, um Selfies auf Armeslänge zu machen, weil Touristen so etwas natürlich taten.

Als ich mich von ihnen abwandte, sah ich gerade noch rechtzeitig, wie ein Mann mit Kapuze auf Ramsey zuging. Er trug ebenfalls eine Einkaufstüte von Wawa. Er hielt sie ihr hin, sie tauschten die Tüten, er lächelte und entfernte sich ohne ein Wort.

»Hab es auf Video und folge ihm«, teilte ich Vann intern mit. Ich machte mich daran, dem Mann mit der Tüte zu folgen, und hätte fast den Threep übersehen, der auf Ramsey zuging, eine Pistole aus einer Tasche zog und ihr direkt in den Kopf und dann in die Brust schoss.

Ramsey brach zusammen. Die Touristen an der Statue schrien und rannten davon. Der Threep fiel um und blieb regungslos liegen, hielt weiterhin die Waffe in der Hand. Wer ihn auch immer benutzt hatte, war verschwunden und hatte ihn einfach zurückgelassen. Das war eine sehr kostspielige Aktion.

»Was ist gerade passiert?«, fragte Vann. Vermutlich sah sie durch die Fenster des Foyers, wie die Leute auf der Straße davonrannten.

»Ramsey wurde erschossen«, sagte ich. »Von einem Threep.«

»Ich komme. Verfolge den Kerl mit der Tüte.«

»Ramsey wurde …«

»Die Tüte, Chris!«

Ich konnte den Mann sehen, der in östlicher Richtung über die Chestnut lief und nach rechts in die Independence abbog, während Leute an ihm vorbeirannten. Auch ich rannte nun, genau auf ihn zu.

Ich bog auf die Independence und sah den Mann einen halben Block weiter. Er blickte sich direkt zu mir um, während er weiterlief. Dann stürmte er nach links quer über die Straße. Ich setzte ihm nach.

Der Pallas von Sebring-Warner ist wirklich kein schnelles Modell. Aber wenn man sich häufiger in einem Threep bewegt, gewöhnt man sich daran, sich durch Menschenmengen und überfüllte Gehwege hindurchzuschlängeln. Denn Nicht-Hadens stoßen oft mit Threeps zusammen, weil sie sie als etwas betrachten, das gar nicht richtig menschlich ist. Das passiert nicht absichtlich, sondern weitgehend unbewusst – die Leute wissen nicht mal, dass sie es tun.

Zumindest passiert es meistens unabsichtlich. Manche Leute sind allerdings schlicht Arschlöcher.

Ich will darauf hinaus, dass ich gar nicht schneller lief als der Mann, den ich verfolgte. Aber ich holte ihn allmählich ein. Weil ich besser darin war, mich durch die Leute hindurchzuschlängeln, während wir rannten.

Der Kerl bog nach rechts in die Locust ab, in Richtung Washington Square, und wurde schneller, weil hier weniger Menschen waren. Dabei schüttelte er den Infusionsbeutel aus der Wawa-Tüte, schob die rechte Hand in die Tasche seiner Kapuzenjacke und zog ein Messer hervor. Er wollte den Beutel aufschlitzen und den Beweis vernichten. Aber dabei rutschte ihm die Kapuze vom Kopf. Sein Gesicht war die meiste Zeit von mir abgewandt, aber als er sich ein wenig herumdrehte, konnte ich den Ohrhörer sehen, den er trug.

Er sprang auf die Sixth, wich dem Verkehr aus und rannte auf den Washington Square zu …

… und stolperte über den Bordstein, wobei er der Länge nach auf das Pflaster des Gehwegs schlug, Infusionsbeutel und Messer flogen davon.

Wie praktisch, dachte ich und trat auf die Sixth, um sie zu überqueren und den Kerl außer Gefecht zu setzen, bevor er sich wieder aufrappeln konnte. Dann hörte ich einen Motor aufheulen, und einen Sekundenbruchteil später rammte ein Auto gezielt und rücksichtslos meinen Threep. Ich wurde in südlicher Richtung über die Sixth geschleudert.

Als ich den Kopf hob, sah ich gerade noch, wie sich der Kerl blutend auf den Rücksitz des Wagens warf, den Infusionsbeutel in der Hand. Ich rappelte mich mit dem Threep auf und starrte für einen kurzen Moment in den Wagen, der wieder Gas gab und mich noch einmal überfuhr. Der Threep wurde unter das Fahrgestell gezogen, und mein Kopf knallte so heftig auf den Asphalt, dass ich hören konnte, wie der künstliche Schädel barst, unmittelbar bevor ich komplett die Verbindung verlor.

Der Miet-Threep hatte nur noch Schrottwert.

Ich loggte mich wieder in meinen eigenen Threep in der Garage des Hotel Monaco ein, eilte nach draußen auf die Straße und rannte zur Independence Hall, wo es inzwischen von Parkwächtern und Polizisten nur so wimmelte. Ein Polizist machte sich die Mühe, mich zurückzuhalten. Ich zeigte ihm meinen Ausweis auf dem Brustbildschirm, und er ließ mich durch. Ich ging zu Vann, die neben Ramseys Leiche stand. Sie sah mich an.

»Wo ist der Beutel?«, fragte sie.

»Weg. Mitsamt dem Kerl, der ihn an sich genommen hat.«

Vann nickte und deutete dann auf Ramsey. »Das war alles

andere als subtil. Eine FBI-Agentin auf offener Straße zu ermorden.«

»Sie wollen nicht, dass irgendwelche Hinweise zu ihnen führen.« Ich zeigte auf die Plastiktüte, die Ramsey eingetauscht hatte. »Was ist da drin?«

»Eine Schachtel mit verdammten Donuts«, sagte Vann. »Ich glaube nicht, dass das etwas zu bedeuten hatte. Wahrscheinlich dienten die Wawa-Tüten nur dazu, sich gegenseitig zu identifizieren.«

Unruhe breitete sich aus, und drei Anzugträger tauchten auf. Einer von ihnen war Lara Burgess, die Leiterin der FBI-Dienststelle in Philadelphia. Ihr Büro war nur zwei Blocks entfernt. Sie hätten hierherrennen können, und allem Anschein nach hatten sie genau das getan. Die anderen beiden Anzugträger kümmerten sich um Ramsey. Burgess wandte uns ihre Aufmerksamkeit zu.

»Agent Vann«, sagte Burgess, »Sie haben exakt zehn Sekunden, mir zu erklären, was zum Teufel hier los ist und warum eine Agentin meiner Truppe tot ist.«

»Agent Ramsey ist tot, weil sie sich bestechen ließ, um Beweismittel in meinem Ermittlungsfall zu vernichten, und die Leute, die sie bestochen hatten, entlohnten sie mit zwei Schüssen, Direktorin Burgess.«

»Blödsinn!«

»Shane«, sagte Vann.

»Ich habe ihr Geständnis aufgezeichnet, Direktorin Burgess«, erklärte ich. »Sagen Sie mir nur, wohin ich es schicken soll.«

Burgess sah mich verwirrt an, dann wurde mir bewusst, dass sie mich das letzte Mal in einem ganz anderen Threep gesehen hatte. Einen Augenblick später hatte sie es kapiert und wandte sich wieder Vann zu.

Die für sie bereit war. »Also, Direktorin Burgess, Ihre Agentin hat sich alle Mühe gegeben, eine laufende Ermittlung zu verpatzen, und wir beide wissen, wie Sie sich vor ein paar Tagen alle Mühe gegeben haben, sie vor uns in Schutz zu nehmen.«

Burgess erstarrte. »Vorsicht, Agent Vann!«

»Das ist witzig«, sagte Vann. »Ihre Agentin stört gegen Bestechung unsere Ermittlungen, Ihr Labor arbeitet so schlampig, dass sie dort Beweismittel unbrauchbar machen kann, und Sie haben versucht, uns Ärger zu machen, um die Patzer Ihrer Agentin zu decken. Und jetzt sagen Sie mir, dass ich vorsichtig sein soll. Ich mache Ihnen folgenden Vorschlag, Burgess. Sie haben zwei Möglichkeiten. Die erste läuft darauf hinaus, dass Sie mich und Shane von nun an bei allem unterstützen, was wir brauchen, und zwar mit höchster Priorität und ohne irgendwelchen Scheiß, und in diesem Fall sind wir alle wieder nett zueinander. Die zweite Möglichkeit wäre, dass Sie das nicht tun, aber dann werde ich nach Kräften dafür sorgen, dass Sie am Ende dieser ganzen Geschichte eine Erklärung veröffentlichen, warum Sie das FBI verlassen haben, um mehr Zeit mit Ihrer Familie verbringen zu können. Und darauf können Sie Gift nehmen. Also sagen Sie mir, Direktorin Burgess, wie Sie sich entscheiden. Sie haben exakt zehn Sekunden.«

Meinem Threep war zum Glück nichts anzumerken, aber mit einem menschlichen Körper hätte ich Vann voller Bewunderung mit offenem Mund angegafft. Es ist eine Sache, bei einem Elektriker oder einem medizinischen Assistenten oder selbst bei einem FBI-Agenten den bösen Bullen zu spielen. Aber bei der Direktorin einer städtischen Dienststelle erforderte so etwas schon eine gewisse Dreistigkeit. Und nun zog Vann es einfach durch. Ohne zu blinzeln.

Stattdessen war es Burgess, die blinzelte. »Was brauchen Sie von mir?«

»Ich möchte, dass Sie Alton Ortiz und Keshia Sanborn holen und in Ihre Dienststelle bringen, sofort. Wir benötigen einen Raum, wo wir mit den beiden reden können. Dann möchte ich, dass Ihr Labor den Schlamassel wiedergutmacht und mit höchster Priorität eine Analyse für uns durchführt.« Sie zeigte auf den Threep neben Ramsey. »Ich muss alles über dieses Ding wissen und darüber, wer es gesteuert hat, und alles über die Waffe, mit der Ramsey getötet wurde. Und ich brauche ein Sandwich, weil ich noch nicht zu Mittag gegessen habe.«

»Ich kümmere mich um alles«, sagte Burgess.

»Aber sofort, wenn ich bitten darf«, sagte Vann.

»Ich habe Sie verstanden, Agent Vann.«

Vann wandte sich an mich. »Und was wünschst du dir zu Weihnachten?«, fragte sie.

»Ich brauche alle Informationen zu einem Autokennzeichen und Zugang zu allen Überwachungskameras in der Umgebung«, sagte ich. »Und ich brauche einen Fahndungsbefehl für drei Personen.«

»Um welche Personen handelt es sich?«, fragte Burgess.

»Ich kann Ihnen demnächst Bilder von ihnen schicken. Wir müssen sie mit der Datenbank abgleichen. Außerdem brauche ich einen Monitor. Sie können ihn in den Raum bringen, den Sie uns zur Verfügung stellen. Und ich, äh, brauche jemanden, der den Threep holt, den ich auf der Sixth zurückgelassen habe.«

Burgess sah mich an. »Zurückgelassen?«

»Er wurde überfahren. Zweimal.« Ich zeigte auf die Vermietung in der Chestnut Street. »Und jemand muss den Leuten erklären, was mit ihrem Threep passiert ist.«

»Ich vermute, Sie werden versuchen, die Kosten für diesen Threep auf uns abzuwälzen, Agent Shane.«

Ich sah Vann an, die nur mit den Schultern zuckte. »Nein, Direktorin Burgess. Der geht auf meine Kappe.«

»Sie scheinen nicht allzu viel Glück mit Ihren Threeps zu haben, Shane.«

»Sie sind nicht die Erste, der das aufgefallen ist, Direktorin.«

Burgess nickte. »Ich werde Ihnen alles besorgen, worum Sie gebeten haben, und zwar mit höchster Priorität, Agent Vann, Agent Shane. Aber ich hätte eine kleine Bitte an Sie, Vann.«

»Worum geht es, Direktorin Burgess?«

»Versuchen Sie möglichst, sonst niemanden so zusammenzuscheißen, wie Sie es gerade mit mir gemacht haben.« Sie deutete auf Ramseys Leiche. »Alle Mitarbeiter des Büros haben heute eine Kollegin verloren. Und ob sie nun Bestechungsgeld genommen hat oder nicht, sie war bei allen sehr beliebt. Wenn Sie sie heute schlechtmachen, könnte es durchaus passieren, dass jemand auf Sie schießt.«

»Haben deine Eltern dir nicht beigebracht, in beide Richtungen zu schauen, bevor du eine Straße überquerst?«, fragte Vann. Sie sah sich das Video an, wie ich vom Auto überfahren wurde, und benutzte die Fernbedienung des Monitors, um die Aufnahme vor- und zurückzuspulen. Ihr gefiel der plötzliche Wechsel der Perspektive, als mein Threep durch die Luft geschleudert wurde.

»Ich glaube kaum, dass ein Blick in beide Richtungen eine Rolle spielt, wenn ein Auto direkt auf mich zuhält«, erwiderte ich.

»Vielleicht«, räumte Vann ein. Bevor sie noch etwas sagen konnte, wurden Keshia Sanborn und Alton Ortiz von zwei Agenten in den Besprechungsraum geführt. Die Agenten forderten sie auf, sich zu setzen, dann gingen sie sofort wieder.

Keshia Sanborn verlor keine Zeit. »Das ist *unerhört*!«, sagte sie. »Es ist schon schlimm genug, dass Sie meinen Klienten hierherzerren, aber *mich* einfach zu packen …«

»Halten Sie den Mund«, sagte Vann und wandte sich an mich. »Zeig es ihnen.«

Ich legte ein Video auf den Monitor im Besprechungsraum. Es zeigte Ramsey, wie sie den Infusionsbeutel übergab und ihr dann in den Kopf und in die Brust geschossen wurde. Ortiz zuckte zusammen, als er das sah. Sanborn schaute es sich verständnislos an.

»Was ist das?«, fragte sie.

»Das ist ein Video von einer FBI-Agentin, die erschossen wurde, nachdem sie den zweiten Infusionsbeutel an jemanden übergab, der sie bestochen hatte, damit sie ihn beschafft«, sagte Vann. »Sie wissen schon, Ms. Sanborn, das Beweisstück, das Ihrem Klienten mit großer Wahrscheinlichkeit die Mordanklage erspart hätte, die wir ihm auf den Tisch legen wollen.«

Sanborn öffnete den Mund, um etwas zu sagen, doch dann schloss sie ihn ganz schnell wieder.

»Oh, das ist interessant«, sagte Vann. »Es ist immer wieder nett, wenn ein Anwalt sich daran erinnert, dass er oder sie vielleicht selbst einen Anwalt gebrauchen könnte.«

»Was hat das zu bedeuten?«, wollte Ortiz von mir wissen.«

»Soweit wir sagen können, hat Ihre Anwältin Informationen über Ihren Fall an Dritte weitergeleitet«, antwortete ich. »Diese wiederum haben Ihnen kontinuierlich die Schuld an Duane Chapmans Tod in die Schuhe geschoben, indem

Beweise gefälscht, vernichtet oder versteckt wurden.« Ich spulte das Video bis zur Übergabe zurück. »Hier zum Beispiel. Dieser Infusionsbeutel ist jetzt weg. Wir wissen nicht, wo er ist.«

»Und wenn wir Ihre Anwältin nicht belogen hätten, wo wir uns aufzuhalten gedenken, wären wir jetzt in Chapmans Stadthaus, wo wir vergeblich danach suchen würden, weil wir nicht wüssten, dass er gestohlen wurde«, sagte Vann. »Er wäre einfach nicht auffindbar, und deshalb wären wir Ihnen gegenüber sehr wütend und misstrauisch, Mr. Ortiz. Und dann wären Sie in einer viel schlechteren Position, und Ms. Sanborn würde Sie erneut dazu drängen, auf Strafminderung zu plädieren.«

Ortiz wandte sich Sanborn zu. »Ist irgendetwas davon wahr?«, fragte er sie.

»Alton, hören Sie …«, begann Sanborn.

Ortiz hob eine Hand. »Sie hätten mit ›Nein‹ antworten sollen«, sagte er. »Und zwar von Anfang an. Sie sind *so was* von gefeuert!«

Vann tippte gegen die Glasscheibe des Besprechungsraums, um die Agenten auf sich aufmerksam zu machen, und gab einem der beiden zu verstehen, dass er wieder hereinkommen sollte. »Bringen Sie sie hinaus, aber behalten Sie sie hier«, sagte sie und zeigte auf Sanborn. Die Anwältin ging ohne ein weiteres Wort.

Nachdem sie draußen war, wandte ich mich wieder an Ortiz. »Sie haben das Recht auf einen Anwalt«, sagte ich.

Ortiz lachte verbittert. »Klar, weil es damit für mich bislang richtig gut gelaufen ist.« Er schlug die Hände vors Gesicht und hielt sich eine Weile den Kopf. Dann ließ er die Hände sinken, holte tief Luft und sah uns beide an. »Stellen Sie mir einfach Ihre Fragen.«

»Warum haben Sie vor ein paar Tagen versucht, vor uns wegzulaufen?«, wollte Vann wissen.

»Weil Duanes Apartment abgebrannt ist und ich dachte, Sie würden über meinen Cousin Bescheid wissen.«

»Sie haben Ihren Cousin nicht aufgefordert, im Apartment Feuer zu legen«, warf ich ein.

»Nein, aber es ist trotzdem abgebrannt. Als ich Sie sah, geriet ich in Panik. Dafür habe ich keine Entschuldigung.«

»Sie wussten, dass Duane eine Affäre mit Kim Silva hatte.«

»Ja. Wir waren Freunde. Er hat es mir sofort erzählt.«

»Und Sie hatten eine Affäre mit Marla Chapman.«

»Ja.«

»Warum?«, fragte Vann.

Ortiz sah sie mit verwirrter Miene an. »Was meinen Sie mit ›warum‹? Wahrscheinlich nur, weil sich die Gelegenheit dazu bot. Weil Duane eine andere vögelte, weil ich sonst mit niemandem Sex hatte und weil Marla es wollte und sie den ersten Schritt machte, und ich hatte mir nichts weiter dabei gedacht.«

»Haben Sie Marla Chapman geliebt?«, fragte ich.

»Nein. Darum ging es nicht. Marla war sauer, und ich war geil. Ich mochte Marla. Ich glaube, sie mochte mich auch. Aber ich denke, für sie ging es mehr darum, sich zu revanchieren.«

»Und für Sie war das in Ordnung?«, fragte Vann.

»Agent Vann, ich bin nicht stolz darauf, dass ich froh war, Sex zu haben«, sagte Ortiz. »Aber so war es eben.«

»Also wollten Sie Duane nicht umbringen?«, fragte ich.

»Nein, natürlich nicht. Und auch Marla hat nie gesagt, dass sie vorhatte, ihn umzubringen, falls das Ihre nächste Frage gewesen wäre.«

»Also wollte sie ihn nicht umbringen, aber sie wollte sich

von ihm scheiden lassen«, sagte ich. »Und Sie waren gern bereit, ihr dabei zu helfen.«

»Agent Shane, ich glaube, ich weiß aus verlässlicher Quelle, dass diese Ehe keine Zukunft mehr hatte«, sagte Ortiz. »Ich fand es nicht verwerflich, den beiden zu helfen, die Sache zu Ende zu bringen. Das war nicht schlimmer, als ein Wundpflaster abzureißen.«

»Also haben Sie Ihren Cousin gebeten, Ihnen zu helfen, und zwar am selben Tag, als Duane starb.«

»Ich hatte Pedro schon vorher angesprochen. Der Stromausfall, den wir geplant hatten, fand nur zufällig am selben Tag statt.«

»Das ist ein verdammt seltsamer Zufall«, sagte Vann.

Ortiz hob beschwichtigend die Hände. »Ich weiß nicht, was ich sonst sagen könnte, Agent Vann.«

»Wie sind Sie mit Ms. Sanborn in Kontakt gekommen?«, fragte ich.

»Sie hat sich an mich gewandt«, sagte Ortiz. »Sie erklärte mir, dass sich die League Sorgen macht, ich könnte in der Tinte sitzen, und sie mir kostenlosen Rechtsbeistand anbietet. Ich habe kein Geld für Anwälte. Ich war froh, dass ich jemanden gratis bekam.«

»Und was haben Sie ihr erzählt?«, fragte Vann.

»Was meinen Sie damit, was ich ihr erzählt habe? Ich habe ihr alles erzählt. Von Marla und mir, von Duane und Kim Silva, wie Duane heimlich Silvas Ergänzungsmittel benutzt hat …«

»Aber den zweiten Beutel haben Sie ihr gegenüber nicht erwähnt«, sagte ich.

»Daran hatte ich gar nicht mehr gedacht. Ich habe ihr von dem Apartment erzählt und von allem, was sich darin befand. Sogar von der blöden Katze.«

»Der Katze?«, hakte ich nach.

»Ja, eine Katze«, sagte Ortiz. »Silva hatte ihre Katze in dem Apartment. Duane sagte, Silva hätte gesagt, sie hätte eine Überraschung für ihn, die allerdings davon abhängt, dass die Katze am Leben bleibt. Also sollte er sie lieber gut behandeln.«

»Was für eine Überraschung?«

»Ich weiß es nicht. Ich glaube, auch Duane hat es nicht gewusst. Er wusste, dass ein Datentresor am Halsband der Katze hing, also war es wahrscheinlich etwas, das darin gespeichert war. Aber er fragte nie danach, was es war.«

»Und, hat er die Katze gut behandelt?«, fragte Vann.

»Verdammt, das weiß ich nicht. Anscheinend schon, weil Silva und er es immer noch miteinander trieben. Man vögelt nicht mit jemandem rum, der das eigene Haustier hasst. Was ist überhaupt aus der Katze geworden?«

»Sie ist tot«, sagte Vann mit einem Seitenblick zu mir.

»Jemand hat die *Katze* getötet? Heilige Scheiße!«

»Silva glaubt, dass Duane sie geliebt hat«, sagte ich zu Ortiz.

Ortiz zuckte mit den Schultern. »Vielleicht.«

»Nur vielleicht?«

»Duane mochte sie. Und sie hatten ähnliche … *Vorlieben.* So könnte man es wohl am besten beschreiben. Duane war ein bisschen schräg drauf. Haben Sie die Threeps in seinem Apartment gesehen?« Ich nickte, und er fuhr fort. »Duane hat sie alle benutzt. Er probierte gern verschiedene Dinge aus. Und das war etwas, das er mit Marla nicht so machen konnte.«

»Weil sie ganz klar nur ein Geschlecht zu bieten hatte«, sagte Vann.

»Weil Marla sehr konventionell war«, sagte Ortiz. »Sie

mochte, was sie mochte, und sie mochte nur das, was sie mochte.«

»Und für Sie war das kein Problem?«

»Ich bin selbst recht unkompliziert. Duane war komplizierter, und Silva war glücklich, es mit ihm kompliziert machen zu können. Ist das Liebe? Ich glaube nicht. Aber Duane war damit zufrieden.«

»Glauben Sie, Marla Chapman könnte auf Kim Silva losgehen?«, fragte ich.

»Vielleicht. Marla war oft wütend. Aber sie hatte keine Waffe im Haus, und ich bin mir ziemlich sicher, dass sie gar nicht gewusst hätte, wie man damit umgeht. Und auf gar keinen Fall war sie selbstmörderisch veranlagt. Ich kann mir vorstellen, dass sie sich an Silva rächt, klar. Nicht um sie töten, sondern um ihr wehzutun. Aber nicht so, wie sie es angeblich gemacht haben soll. Und sie hätte sich anschließend nicht umgebracht. Das können Sie mir glauben.«

»Und Sie haben das alles mit Sanborn besprochen?«

»Über Marlas Tod haben wir nicht viel geredet, aber alles andere, ja«, sagte Ortiz. »Warum auch nicht? Sie ist meine Anwältin. War meine Anwältin. Ich dachte, sie steht auf meiner Seite.« Ortiz verstummte und blickte auf den Monitor, wo Ramsey die Wawa-Tüte an den Mann mit der Kapuzenjacke übergab. »Also wollen Sie damit sagen, dass das meine Schuld ist.«

»Wie meinen Sie das?«, fragte ich.

Ortiz zeigte auf Ramsey. »Ich meine, wenn ich in Sanborns Anwesenheit nichts von diesem zweiten Infusionsbeutel gesagt hätte, wäre diese Agentin noch am Leben. Das geht auf meine Kappe.«

»Agent Ramsey hat ihre eigenen Entscheidungen getroffen«, sagte Vann.

»Okay, aber dann hat sie entschieden, diesen Beutel zu holen. Von dem ich Ihnen und meiner Anwältin erzählt hatte.«

»Sie wurden ausgetrickst, Mr. Ortiz«, sagte Vann. »Das ist alles. Wenn Sie sich für diese Vorfälle verantwortlich fühlen wollen, weil man Sie hereingelegt hat, dann geht es auf Ihre Kappe. Aber vielleicht sollten Sie nicht so denken.«

Ortiz nickte dazu und sah uns beide abwechselnd an. »Und was jetzt?«

»Wir werden Sie nicht festhalten, falls das Ihre Frage ist«, sagte ich. »Aber ich finde, dass Sie für ein paar Tage in unserem Gewahrsam bleiben sollten.«

»Weil vielleicht jemand versuchen könnte, mich umzubringen, wie man schon Duane und Marla umgebracht hat.«

»Ich denke, es wäre gut, auf Nummer sicher zu gehen«, sagte ich.

»Ja, verdammt«, sagte Ortiz und schaute wieder auf den Monitor. »Also hat dieser Kerl den Infusionsbeutel mitgenommen.«

»Ja.«

»Also gibt es keinen Beweis mehr dafür, dass ich Duane nicht getötet habe.«

»Dieser Beutel war gar nicht nötig, um Ihre Unschuld zu beweisen«, sagte Vann. »Er war nötig, um die Schuld einer anderen Person zu beweisen.«

»Aber jetzt haben Sie nichts mehr in der Hand.« Ortiz zeigte auf den Monitor. »Er hat den Beutel. Und Sie haben ihn nicht geschnappt, oder?«

»Nein«, sagte ich.

»Also haben Sie gar nichts.«

Ich sah Vann an. »Wollen wir es ihm zeigen?«

»Ich wüsste keinen Grund, warum nicht«, sagte Vann.

Ich zog Vanns Rucksack herüber, öffnete ihn und nahm etwas heraus, das ich vor Ortiz auf den Tisch legte. Es war ein Beweismittelbeutel mit Spritzen darin.

»Was ist das?«, fragte er.

»Spritzen mit der Ergänzungsmittelmischung«, sagte ich. »Vor der Übergabe haben wir ein paar Proben aus dem Infusionsbeutel entnommen. Sie werden gerade untersucht.«

»Schließlich sind wir nicht blöd«, sagte Vann.

21

»GEHEN WIR DIE Punkte möglichst schnell durch«, sagte Burgess im Besprechungsraum zu uns und zog einen Notizblock hervor. »Erstens, die Proben aus dem Infusionsbeutel, die Sie uns zur Verfügung gestellt haben, enthalten ein pharmazeutisches Präparat, das unter dem Handelsnamen Attentex bekannt ist. Übrigens bedankt sich das Labor bei Ihnen, dass sie ausdrücklich gesagt haben, wonach Sie suchen. Das hat die Analyse erheblich beschleunigt.«

»Ich bin hocherfreut, dass ich helfen konnte«, sagte Vann.

Burgess blickte auf, um einzuschätzen, wie sarkastisch Vann das gemeint haben könnte, fuhr dann aber fort. »Zweitens, die Gerichtsmedizin von Philadelphia hat das Blut auf Attentex getestet. Das Ergebnis war jedoch negativ.«

»Tatsächlich«, sagte ich.

»Tatsächlich«, sagte Burgess. »Aber man hat Verbindungen gefunden, die Bestandteile von Attentex sind. Offenbar wird es mit der Zeit abgebaut. Die Gerichtsmedizinerin fing an, mir etwas von Wasserstoffbindungen zu erzählen, aber ich sagte ihr, dass mich das nicht interessiert und sie mir einfach den kompletten Bericht schicken soll, was sie innerhalb der nächsten Minuten tun wird. Die Kurzfassung lautet, dass diese Spuren einem eindeutigen Beweis verdammt nahe kommen.«

»Das ist gut genug«, sagte ich. »Was noch?«

Burgess blätterte zur nächsten Seite ihres Notizblocks.

»Das Autokennzeichen wurde vor ein paar Tagen von einem anderen Wagen gestohlen, also führt diese Spur mehr oder weniger in eine Sackgasse. Abgesehen von der Tatsache, dass ein Fahrzeug mit diesem Kennzeichen – ein anderes Fahrzeug – gestern Nacht eine Mautschranke auf dem Mass Pike durchbrochen hat. Ausfahrt Brighton / Cambridge. Eine elektronische Bezahlung war nicht möglich, weshalb das Kennzeichen zwecks Zustellung eines Zahlungsbescheids fotografiert wurde.«

»Das würde erklären, wie Marla Chapman zu Kim Silvas Haus gelangt ist«, sagte ich zu Vann.

»Gut möglich«, sagte Vann.

»Nun zu den drei Männern im Wagen«, fuhr Burgess fort. »Nebenbei bemerkt, es sind ganz reizende Gesellen. Agent Shane, der Mann, den Sie durch die Stadt verfolgt haben, ist Christian Erickson, der typische Kleinkriminelle, der wegen verschiedener kleiner Sachen an der Ostküste einige Zeit im Gefängnis abgesessen hat. In diesem Fall arbeiten wir mit der Polizei von Philly zusammen. Sie lassen seinen letzten bekannten Wohnsitz von jemandem beschatten.«

»Er wird dort nicht aufkreuzen«, sagte Vann.

»Er ist keine Intelligenzbestie. Also vielleicht doch. Der Fahrer des Wagens ist Terry Abbot. Er wurde vor einigen Jahren wegen Körperverletzung verhaftet, hat sich aber seitdem aus allen Schwierigkeiten herausgehalten. Zumindest bis heute. Er war lange Zeit Taxifahrer und wurde vor kurzem als Privatchauffeur von einer Firma namens Leavitt Shipping eingestellt.«

»Irgendwelche zwielichtigen Details über Leavitt?«, fragte ich.

»In der kurzen Zeit, die Sie uns gegeben haben, konnten wir nichts finden«, sagte Burgess. »Es handelt sich um ein lokales Unternehmen, das es schon seit den 1930ern gibt, und vor etwa zehn Jahren wurde es von irgendeinem multinationalen Konzern übernommen.«

»Von welchem?«

Burgess blätterte eine Seite ihres Notizblocks um. »Richu Enterprises? Kenne ich nicht.«

»Der Firmensitz ist in Singapur«, sagte ich.

Burgess warf mir einen Blick zu. »Und wie kommt es, dass Sie diese Information einfach so aus dem Ärmel schütteln, Agent Shane?«

»Es war eine lange Woche.«

»Das bezweifle ich nicht. Auch Mr. Abbot lassen wir von der Philly-Polizei suchen. Ihr dritter Mann war für uns ein wenig mysteriös, weil er keine nennenswerte kriminelle Vorgeschichte hat, weshalb er nicht in unserer Datenbank auftauchte. Aber da Sie lange genug stillgehalten haben, um eine nicht verwackelte Aufnahme von ihm zu machen, Agent Shane …«

»Es gab einen Grund, warum ich vor einem sich bewegenden Fahrzeug stand«, sagte ich zu Vann, die nur mit den Schultern zuckte.

»… versuchten wir es dann mit einer Bildersuche im Netz. Und das Wunder der sozialen Medien bescherte uns einen gewissen Phillip Tucker, ursprünglich aus Ipswich in England, dessen Onlineprofil ihn als Chefassistenten eines gewissen Martin Lau ausweist, der …«

»… als Rechtsberater für Richu arbeitet«, ergänzte ich.

»Ich habe ihn hier als Rechtsberater für Leavitt Shipping, aber gut«, sagte Burgess. »Weder Lau noch Tucker sind amerikanische Staatsbürger. Wenn sie also versuchen, das Land zu verlassen, werden unsere Kollegen von der Grenzkontrolle sie zu einem netten Gespräch einladen.«

»Die sind längst weg«, sagte Vann.

»Das ist möglich«, stimmte Burgess ihr zu. »Und dann kehren sie nicht allzu bald zurück.« Sie legte ihren Notizblock auf den Tisch. »So. Und was bedeutet das alles für Sie?«

»Es bedeutet, dass es jetzt an der Zeit ist, Ms. Sanborn hereinzuholen, Direktorin Burgess.«

»Vann, heute ist eine Agentin von mir gestorben. Ich muss wissen, was vor sich geht.«

»Bringen Sie Sanborn herein, Burgess«, sagte Vann. »Und bleiben Sie dann hier.«

Burgess erhob sich. »Gut. Nur damit Sie es wissen: Sanborn hat sich einen Anwalt besorgt.«

»Kein Problem«, sagte Vann. »Wir mögen Anwälte.«

»Ms. Sanborn hat Ihnen nichts zu sagen«, erklärte Sanborns Anwalt, ein ausgesprochen salbungsvoller Kerl namens Dawson Curtis. Er saß neben seiner Klientin, die wie versprochen den Mund hielt. Sie befanden sich auf der einen Seite des Tisches, Vann, Burgess und ich auf der anderen.

»Sie muss auch gar nichts sagen«, erwiderte Vann. »Ich möchte nur, dass Sie beide zuhören. Und zuschauen.« Vann schob den Beutel mit den Spritzen zu ihnen hinüber. »Das ist der Beweis, dass Chapman nicht von Ortiz ermordet wurde, sondern von jemand anderem. Wir haben diesen Beweis trotz der Bemühungen Ihrer Klientin, ihn verschwinden zu lassen. Wir haben richterliche Verfügungen zur Auswertung ihrer Telefon- und Computerdaten und jeder noch so fragmentarischen Mitteilung, die sie während der letzten drei Jahre verschickt hat. Ihr ehemaliger Klient Alton Ortiz arbeitet mit uns zusammen und hat uns alles erzählt, was er ihr offenbart hat.«

»Nebenbei bemerkt, befindet er sich derzeit unter staatlichem Schutz an einem sehr weit entfernten Ort«, fügte ich hinzu.

»Das kann man wohl sagen«, bestätigte Vann. »Weil Ihre Klientin für den Tod einer FBI-Agentin verantwortlich ist und wir Beweise haben, die sie mit einem tätlichen Angriff auf einen anderen FBI-Agenten in Verbindung bringen …«

Ich hob die Hand.

»… ganz zu schweigen von einer ganzen Latte weiterer Anklagepunkte.« Vann wandte ihre Aufmerksamkeit Sanborn zu. »Sie waren anwesend, als wir Ihrem ehemaligen Klienten alle Vorwürfe aufgezählt haben. Die meisten davon richten sich nun gegen Sie.«

»Und noch ein paar mehr«, fügte ich hinzu.

»Und noch *viele* mehr«, sagte Vann. »Also, nein, Sanborn. Ich muss gar nicht mit Ihnen reden. Ich brauche auch gar nichts von Ihnen. Denn wir *haben* Sie bereits. Und was wir gegen Sie in der Hand haben, reicht, um Sie so lange einzusperren, bis Sie ein wenig älter als der gottverdammte Mond sind. Ich habe Sie nicht zum Reden hierherholen lassen, Sanborn. Sondern nur, damit ich das Vergnügen habe, Ihnen sagen zu können, wie sehr ich mich darauf freue, dass Sie für den Rest Ihres gottverdammten Lebens in einer Zelle verrotten werden.« Vann stieß sich vom Tisch zurück und blickte dann zu Curtis. »Ich bin mit Ihrer Klientin fertig.«

»Warten Sie«, sagte Sanborn.

»Nein«, sagte Vann. »Sie werden nicht *reden*, Sanborn.«

»Warten Sie«, wiederholte Sanborn. Es war nicht zu übersehen, dass sie kurz davor stand, in Tränen auszubrechen.

Vann wartete.

»Keshia«, sagte Curtis. Sanborn hob eine Hand. Curtis seufzte, sagte aber nichts mehr.

»Sie haben Alton gesagt, Sie wären gar nicht an ihm interessiert«, sagte Sanborn. »Dass sie ihn gegen höhere Tiere eintauschen würden.«

»Natürlich tauschen wir ihn gegen höhere Tiere ein«, sagte Vann. »Aber nicht, nachdem eine FBI-Agentin vor der Independence Hall erschossen wurde, Sanborn.« Vann zeigte auf Burgess. »Sagen Sie Direktorin Burgess, dass Sie Milde verdient haben, nachdem Ihre Agentin ermordet wurde, weil Sie Informationen weitergegeben haben. Ich würde wirklich gern sehen, wie Sie das tun.«

Sanborn warf einen Blick zu Burgess, die mit versteinerter Miene dasaß. »Ich wusste nicht, dass das vorgesehen war.«

»Meine Fresse!«, sagte Vann. »Duane Chapman ist tot. Marla Chapman ist tot. Alex Kaufmann ist tot. Kim Silva musste einen Bauchschuss einstecken. Himmel, jemand hat versucht, Silvas *Katze* zu ermorden!« Vann lehnte sich zurück. »All das geschah, *bevor* Sie heute Gott weiß wen angerufen haben. Also wagen Sie es nicht, mir zu sagen, Sie hätten geglaubt, der Tod von Agent Ramsey wäre nicht Teil des *Plans* gewesen!«

Jetzt brach Sanborn tatsächlich in Tränen aus.

Wir alle schauten eine Weile zu, wie sie schluchzte, dann räusperte sich Curtis. »Lassen Sie uns darüber reden, was Sie von uns wollen«, sagte er.

Vann zeigte auf Sanborn. »Damit bin ich *völlig* zufrieden, Mr. Curtis.«

Curtis blinzelte, dann wandte er sich an mich. »Agent Shane?«

»Wir wollen alles«, sagte ich. »Die ganze Geschichte.«

»Das ist eine Menge«, sagte Curtis.

»Ja, das ist es«, bestätigte ich. »Ihre Klientin wird hier sitzen und den Agenten dieses Büros jedes einzelne Detail erzählen. Und sie wird es in dem Wissen tun, dass allen klar ist, dass sie mitgeholfen hat, ihre Kollegin zu töten.«

»Und wenn sie damit fertig ist, was dann?«, fragte Curtis.

Ich blickte zu Burgess. »Ihre Agentin, Ihre Entscheidung«, sagte ich.

Burgess starrte Sanborn an, als wäre sie ein Insekt, und das tat sie fast eine ganze Minute lang. »Sie gibt uns alles über alle Leute, und danach reden wir darüber«, sagte sie schließlich. »Aber ich möchte noch eins klarstellen, Mr. Curtis, Ms. Sanborn. Irgendjemand wird für den Tod meiner Agentin den Rest seines oder ihres Lebens im Gefängnis verbringen. Wenn Ihre Klientin nicht dieser *irgendjemand* sein möchte, dann sollte sie mich unbedingt davon überzeugen, dass es jemand anderer sein sollte. Haben wir uns verstanden?«

Curtis nickte. »Dürfte ich diesen Raum für ein paar Minuten für uns allein haben?«, fragte er. »Ich muss mich mit meiner Klientin besprechen.«

»Es ist gut zu wissen, dass ich nicht die Einzige bin, die Sie heute zusammengestaucht haben«, sagte Burgess zu Vann, als wir draußen vor dem Besprechungsraum standen.

Vann zuckte mit den Schultern. »Das ist meine besondere Gabe«, sagte sie.

»Interessant formuliert«, sagte Burgess und deutete mit einer Kopfbewegung auf Sanborn, die immer noch weinte. »Möchten Sie die Befragung durchführen?«

Vann schüttelte den Kopf. »Wir müssen uns noch um ein paar andere Leute kümmern, bevor sie sich irgendwelche Geschichten ausdenken können. Ich habe nur noch eine Frage an sie, dann können Ihre Leute den Rest übernehmen.«

Curtis blickte auf und winkte uns herein. »Wie wollen wir es machen?«, fragte er, als wir wieder am Tisch saßen.

»Das entscheidet die Direktorin«, sagte Vann. »Ich muss

nur eins wissen: Wem in der League hat sie ihre Informationen gegeben?«

»Niemandem in der League«, sagte Sanborn.

»Niemandem«, wiederholte Vann skeptisch.

Sanborn schüttelte den Kopf.

»Sie müssen es mir erklären, und zwar schnell.«

»Ich habe ein Ausbildungsdarlehen in Höhe von mehreren hunderttausend Dollar. Ich habe Kreditkartenschulden. Meine Eltern haben ein begrenztes Einkommen, und mein Bruder und meine Schwester unterstützen sie nicht. Ich bin Juniorpartnerin in der NAHL, die dafür nicht allzu viel bezahlt. Also bin ich pleite, okay? Letztes Jahr wurde mir ein Angebot gemacht. Wenn ich vertrauliche Informationen über Geschäfte und juristische Angelegenheiten der NAHL weitergebe, wird man mir helfen.«

»Also haben Sie Geld bekommen.«

Sanborn schüttelte wieder den Kopf. »Meine Mutter rief mich an und erzählte mir, dass mein Vater neuerdings seine Treibholzskulpturen zu außergewöhnlichen Preisen an einen privaten Kunden verkaufen kann. Dad nutzt die Hälfte dieser Erlöse, um meine Kredite abzubezahlen, weil Eltern das steuerfrei tun können. Nichts landet direkt bei mir, aber ich profitiere trotzdem davon.«

»Wer ist der Käufer?«, fragte ich.

»Das weiß er nicht. Es läuft über einen Kunsthändler.« Sanborn lachte leise. »Diese Treibholzskulpturen sind ein Hobby meines Vaters, seit ich ein Kind war, und jetzt kann er sie auf wundersame Weise verkaufen. Er nennt sich jetzt die Grandma Moses der Treibholzskulpturen.«

»Warum Sie?«, fragte Vann.

»Ich arbeite in Oliver Medinas Büro. Ich sehe oder höre praktisch alles.«

»Aber die League hat Ihnen gesagt, dass Sie Ortiz vertreten sollen.«

»Nein. Ich habe es vorgeschlagen, nachdem man es mir gesagt hatte. Medina fand, dass es eine gute Idee war. Er ist ein Verfechter kostenlosen Beistands.«

»Wer hat es Ihnen gesagt?«, fragte Vann. »Wer ist Ihre Kontaktperson?«

»Bislang lief es hauptsächlich über verschlüsselte Textnachrichten. Aber beim ersten Mal habe ich mich mit einer Frau unterhalten. Sie sagte, sie würde einen anderen Interessenten vertreten. Das war, als wir uns in Washington aufhielten, um die Vorarbeiten für ein dortiges Lizenzteam zu leisten.«

»Sie haben sich mit ihr getroffen, während Sie geschäftlich für die League tätig waren?«, fragte ich.

»Nein, an der Hotelbar. Sie gab mir einen Drink aus, und ich dachte, sie wollte mich abschleppen.« Wieder ein leises Lachen. »Ich glaube, das wollte sie wirklich.«

Ich dachte einen Moment lang darüber nach und öffnete dann ein Foto auf dem Monitor im Besprechungsraum. »Ist sie das?«, fragte ich.

Sanborn schaute es sich an und riss die Augen auf. »Ja«, sagte sie. »Woher wussten Sie das?«

Vann und Burgess drehten sich um und betrachteten das Foto.

Es war Lena Fowler.

22

»ICH HABE GEHÖRT, dass du schon wieder einen Threep demoliert hast«, sagte Tony, nachdem ich Kontakt mit ihm aufgenommen hatte. Vann und ich waren, so schnell es ging, zu Lena Fowler unterwegs, was im abendlichen Verkehr von D.C. nicht annähernd schnell genug war. Vann fuhr selbst. Da es der Wagen meiner Eltern war, war ich deswegen ein wenig nervös.

»Wie hast du davon gehört?«, fragte ich.

»Du lässt mich oft genug mit deinen Leuten vom FBI zusammenarbeiten, dass ich inzwischen meine eigenen Quellen habe«, sagte Tony. »Also ist es wahr?«

»Ich habe den Threep nicht demoliert«, erwiderte ich. »Das war ein Auto.«

»Du wurdest von einem Auto überfahren.«

»Zweimal.«

»Also einmal, um es zu erleben, und zweimal, um ganz sicher zu sein?«, fragte Tony. »Moment, wurdest du nicht schon als Kind von einem Auto überfahren?«

»Das war ein Lastwagen.«

»Das läuft aufs selbe raus. Dreimal ist schon ein Fetisch, Chris«, sagte Tony. »Was aber nur dich etwas angeht. Allerdings wird es ziemlich kostspielig. Vielleicht solltest du dir ein weniger teures Hobby zulegen, zum Beispiel Kokain.«

»Ich werde mal drüber nachdenken«, sagte ich. »Du musst etwas für mich erledigen, Tony.«

»Selbstverständlich«, sagte er. »Das ist eine der Sachen, die ich am meisten an dir mag.«

»Im Infusionsbeutel befand sich Attentex.«

»Selbstverständlich.«

»Aber Attentex wirkt nicht ohne entsprechende elektrische Stimulation.«

»So hat Tayla es uns erklärt.«

»Also möchte ich jetzt, dass du herausfindest, wie diese elektrische Stimulation erfolgen könnte.«

»Abgesehen von der offensichtlichen Möglichkeit, wie auch immer es bei Neuracel gemacht wurde, vermute ich.«

»Völlig richtig. Und jetzt kommt die zusätzliche Herausforderung.«

»Ich kann es kaum erwarten.«

»Finde heraus, wie man es auf eine Weise hätte machen können, die Duane Chapman, Clemente Salcido und Kim Silva beeinträchtigen würde.«

»Ist das alles? Ich dachte, du würdest mir eine schwierige Aufgabe stellen.«

»Und wenn du mir innerhalb der nächsten Stunde oder so eine Antwort geben könntest, wäre das großartig.«

»Ah, verstehe, da ist der Haken«, sagte Tony. »Du weißt, dass ich dir dafür ein exorbitantes Honorar berechne.«

»Bei den vielen Jobs, die ich dir vermittle, sollte ich eigentlich Mengenrabatt bekommen«, sagte ich.

»Vergiss es. Es gibt da einen alten Spruch: Schnell, billig und gut – such dir zwei davon aus. Die zwei, für die du dich gerade entschieden hast, sind schnell und gut. Billig ist damit aus dem Rennen.«

»Dann sorge dafür, dass es mein Geld wert ist, Tony.«

»Das tue ich immer«, sagte er und unterbrach die Verbindung.

»Tony macht sich an die Arbeit«, sagte ich.

»Ich weiß nicht, warum wir ihn nicht einfach vom FBI einstellen lassen«, sagte Vann.

»Ich habe ihn schon einmal danach gefragt. Er sagte, als Fachberater verdient er mehr, und er hat die Sicherheitsüberprüfung bestanden, also hat er die Sahne bereits abgeschöpft.«

»Das ist doch gar nicht die Sahne«, sagte Vann. »Die schöpft man ab, wenn man Leute erschießt.«

»Das ist nicht unbedingt das Beste an diesem Job«, erwiderte ich. »Blut. Tod. Papierkram.«

Vann warf mir einen Seitenblick zu. »Ich bin schon verdammt lange auf den Beinen, Chris. Sei ein bisschen nachsichtig mit mir.«

Wir bogen auf die Straße, an der Fowler wohnte, und wurden im nächsten Moment vor ihrem Haus von einem Festival aus blinkenden roten und blauen Lichtern begrüßt.

»Verdammte Scheiße«, sagte Vann und fuhr bis zur Absperrung mitten auf der Straße.

Ein Polizist kam herüber und machte eine unmissverständliche Handbewegung. »Wenden Sie«, sagte er.

Vann schnappte sich ihre Brieftasche und zeigte ihre Dienstmarke. »Sagen Sie mir, wo ich parken soll«, sagte sie.

Der Polizist war unbeeindruckt. »Ich habe Ihnen gesagt, dass Sie wenden sollen.«

»Und ich habe sie gefragt, wo ich parken soll«, erwiderte Vann. »Aber wenn Sie deswegen Stress machen wollen, Officer« – sie las die Aufschrift auf seiner Dienstmarke – »Wheeler, finden wir zweifellos einen Weg, Sie für den Rest Ihrer Karriere als Aufseher an irgendeiner Schule unterzubringen.«

Wheeler starrte Vann entnervt an. »Was sind Sie, ein Arschloch?«

»Ja«, sagte Vann. »Ich bin ein Arschloch. Und jetzt sagen Sie mir, wo ich parken kann.«

Wheeler entschied, dass er sich nicht weiter mit Vann herumärgern wollte, und wandte sich dem nächsten Auto zu, das umkehren sollte. Vann entschied, dass der Wagen bereits an der richtigen Stelle parkte, und stieg aus.

»Wenn wir abgeschleppt werden, bezahlst du«, sagte ich.

Vann winkte mich weiter zu Fowlers Haus. Drinnen tummelte sich die Polizei von Arlington, und alle bemühten sich, einen wichtigen Eindruck zu machen, obwohl sie hauptsächlich nur gafften. Ein Detective war für den Tatort zuständig. Vann schickte ihn aus dem Haus.

Fowler war tot, das vorweg. Aber sie war nicht die einzige Leiche im Haus.

»Kommt er dir bekannt vor?« Vann zeigte auf einen Mann, der auf dem Wohnzimmerboden zusammengebrochen war. Etwa die Hälfte seines Gesichts war mit dem Messer tranchiert worden, das Fowler in der toten Hand hielt, aber der Rest war mir in der Tat vertraut.

»Terry Abbot«, sagte ich. Jemanden, der einen zweimal mit einem Auto überfahren hat, vergisst man nicht so schnell.

»Ja.« Vann ging in die Küche. »Und hier haben wir Phillip Tucker. Ebenfalls mausetot.«

»Wie?«

»Stichverletzungen, wie es aussieht. In all den Jahren am Western Hemisphere Institute scheint sie gelernt zu haben, mit dem Messer umzugehen.«

Ich betrachtete Fowler, die eine Kugel direkt in die Stirn abbekommen hatte. Offenbar stammte sie von Abbot, der noch eine Pistole in der Hand hielt. Fowler hatte eine weitere Schusswunde seitlich am Körper. Ich vermutete, dass dies die erste gewesen war.

»Ich habe den Kandidaten Nummer drei gefunden«, sagte Vann, die weiter ins Haus gegangen war. Ich folgte ihr in ein Badezimmer, wo ein dritter Mann halb zwischen der Toilette und der Wanne lag. Eine Blutspur führte von ihm zur Küche zurück.

»Martin Lau«, sagte ich.

»Abbot und Tucker müssen sich richtig beeilt haben, um rechtzeitig bei dieser Party mitmachen zu können«, sagte Vann.

Ich ging zu Fowler zurück und beugte mich vor, als ich etwas an ihrem Handgelenk bemerkte. Es handelte sich um eine mit schwarzem Marker geschriebene Zahl: 73495. Ich rief Vann herüber, und wir sahen es uns gemeinsam an.

»Was ist das, eine Postleitzahl?«, fragte Vann.

Ich machte eine interne Datenabfrage, jedoch ohne Ergebnis. »Nein«, sagte ich, aber Vann schaute sich bereits im Wohnzimmer um. Unvermittelt ging sie weiter, in den hinteren Bereich des Hauses. Ich erhob mich und folgte ihr.

Vann war in Fowlers Schlafzimmer und schob die Schranktür auf. »Da ist es.« Sie drehte sich zu mir um und zeigte in den Schrank. »Gib den Code ein.«

Ich ging zu ihr und blickte in den Schrank. Darin befand sich ein Safe mit einer Zifferntastatur. Ich gab »73495« ein. Die Safetür piepte und entriegelte sich.

Im Safe lagen eine Pistole mit Munition und Magazin, alles gesondert aufbewahrt, ein Reisepass und eine Geburtsurkunde, ein weiterer Reisepass und eine Geburtsurkunde mit einem anderen Namen als auf den ersten beiden, etwa 5000 US-Dollar und mehrere Bündel aus Euro- und Pfundscheinen und ein großer Aktenordner mit einem aufgeklebten Notizzettel.

Auf dem Zettel stand: *Für die Agenten Vann und Shane, FBI.*

In dem Ordner war eine beeindruckende Menge an belastendem Material versammelt.

»Sie wusste, dass wir kommen würden«, sagte ich und blätterte schnell die Seiten durch.

»Sie hat verfolgt, wie die Opferzahl anstieg«, sagte Vann. »Sie wusste, dass wir uns noch einmal an sie wenden würden.«

»Da ist etwas unter dem Ordner«, sagte ich und zog ein Tablet hervor. Der Bildschirm war schwarz. Ich drückte einmal vorsichtig auf den Einschaltknopf, und der Bildschirm erwachte zum Leben. Er zeigte eine Fischaugenperspektive der Küche und des Wohnzimmers von oben. Das Gemetzel krümmte sich vom Brennpunkt über dem Küchentisch fort.

Vann starrte eine Weile auf das Tablet und verließ dann das Schlafzimmer. Kurz darauf erschien sie, als sie ins Wohnzimmer trat, auf dem Bildschirm.

»Die Übertragung ist aktiv«, rief ich. Dann schaute ich genauer hin und bemerkte die Zeitanzeige. »Und alles wird aufgezeichnet.«

Vann kehrte ins Schlafzimmer zurück. Sie deutete mit einem Nicken auf das Tablet. »Kannst du zurückspulen?«

»Ja.« Ich ließ die Aufzeichnung rückwärts und beschleunigt abspielen. Zunächst war hektische Geschäftigkeit zu sehen, als die Polizei von Arlington kreuz und quer durchs Haus huschte, dann lange Minuten mit reglos daliegenden Leichen. Dann sprangen die Toten auf, und nach ein paar Sekunden rückwärts ablaufender Morde nahmen sie rund um Fowlers Küchentisch herum Platz. Ich stoppte und spielte das Video in Echtzeit ab, ohne Ton.

Die vier Personen saßen am Tisch, während sich Fowler und Lau ganz offensichtlich stritten. So ging es eine Zeitlang weiter, bis Lau etwas zu Abbot sagte, der Fowler gegenübersaß. Abbot zückte seine Pistole und schoss auf Fowler, die zur Seite auswich, unter den Tisch griff und das Messer hervorzog. Das Messer zuckte nach links und schlitzte Lau den Hals auf. Er wankte und fiel vom Stuhl, während er eine Hand auf die Wunde drückte und versuchte, von Fowler wegzukriechen.

Abbot feuerte noch mindestens zweimal, doch beide Schüsse gingen daneben. Fowler wechselte die Messerhand und griff Abbot an. Sie säbelte ihm einen großen Teil seines Gesichts weg und stach ihm noch einmal in den Hals. Inzwischen war Tucker aufgesprungen und versuchte hektisch, sich von Fowler wegzubewegen. Doch sie packte ihn und schlitzte gekonnt mindestens drei seiner Hauptschlagadern auf. Damit war sie so sehr beschäftigt, dass sie nicht sah, wie der gestürzte Abbot seine Waffe hob und ihr, als sie sich schließlich zu ihm umdrehte, in die Stirn schoss.

Fowler ging mit dem Messer in der Hand zu Boden. Abbot ließ die Pistole sinken und rührte sich nicht mehr.

»Das war unerfreulich«, sagte ich.

»Hast du alles?«, fragte Vann.

»Ich habe die Aufzeichnungen bereits übertragen.«

Vann nickte und verließ das Schlafzimmer wieder. Ich legte das Tablet zurück, hob den schweren Aktenordner auf und folgte ihr in die Küche. Sie ging zum Tisch und schaute darunter. Dann winkte sie mich herüber, damit ich es ihr nachtat.

An der Unterseite des Tisches war mit Klebeband ein kurzläufiger Revolver befestigt, und daneben, wo sich das Messer befunden hatte, hing ein weiteres Stück Klebeband herab.

»Warum hat sie das Messer genommen?«, fragte ich Vann.

»Ich bin mir ziemlich sicher, dass sie einfach nach dem Erstbesten gegriffen hat.«

»Hätte sie den Revolver erwischt, wäre sie vielleicht noch am Leben.«

»Wenn sie am Leben wäre, hätte sie uns bestimmt nichts von den Dokumenten erzählt. Sie hätte immer noch genug Spielraum gehabt, um heil aus der Sache rauszukommen.« Vann zeigte auf den Code an Fowlers Handgelenk. »Das war als Geste gedacht, die so viel bedeutet wie: ›Wenn ich zur Hölle gehe, werde ich euch alle mitnehmen.‹«

»Nett, dass sie in diesem Moment an uns gedacht hat.«

»Dann wollen wir ihr zumindest die angemessene Ehre erweisen«, sagte Vann.

Ein Mann tauchte im Türrahmen auf, flankiert von uniformierten Polizisten, und starrte auf Vann hinab. »Wer zum Teufel sind Sie, dass Sie meinen Leuten sagen, sie sollen einen Tatort räumen?«, fragte er.

»Ich glaube, dass ist der Polizeichef von Arlington«, sagte ich zu Vann.

Sie warf mir einen vernichtenden Blick zu.

»Ich habe Ihnen eine Frage gestellt«, sagte der Polizeichef.

»Ich bin das FBI«, erklärte ihm Vann. »Und Ihre Leute können den Tatort jetzt wiederhaben. Wir haben alles, weswegen wir gekommen sind.«

»Wie geht es dir?«, fragte ich Vann. »Es war ein langer Tag.«

»Ich könnte eine Zigarette gebrauchen«, sagte Vann und sah mich mit bedeutungsvollem Blick an.

»Der Wagen meiner Eltern«, erwiderte ich, als wir auf die Kalorama Road abbogen.

»Deine Eltern haben wahrscheinlich ein Dutzend Autos«, sagte Vann. »Sie würden es nie bemerken.«

»Vorschlag«, sagte ich, als der Wagen von allein am Bordstein parkte, gegenüber dem Haus im Tudorstil, das wir besuchen wollten. »Du probierst diese Argumente bei meiner Mutter aus. Wenn du ihr Einverständnis hast, kannst du in diesem Wagen so viel rauchen, wie du willst. Aber du musst sie davon überzeugen.«

»Ich passe«, sagte Vann.

»Sie mag dich sehr, weißt du.«

»Aber offenbar nicht genug.« Vann stieg aus. Wir liefen zur Treppe vor der Vordertür, die sich in ein hübsches Türmchen einfügte.

»Wir sind hier, um mit Amelie Parker zu reden«, sagte ich zu der Frau, die die Tür geöffnet hatte.

»Es ist fast elf Uhr abends«, sagte die Frau.

»Richtig«, sagte Vann. »Zu Amelie Parker, bitte.«

»Sie ist derzeit unpässlich. Sie können nicht hereinkommen.«

»Wir bestehen aber darauf«, sagte Vann und zeigte der Frau unsere richterliche Verfügung.

Die Frau starrte einen Moment lang mit leerem Blick darauf.

»Wer sind Sie?«, fragte ich die Frau.

»Winifred Glover«, sagte sie. »Ms. Parkers Nachtpflegerin.«

»Ms. Glover, Sie müssen uns ins Haus lassen«, sagte ich. »Wir haben einen Haftbefehl für Ms. Parker.«

Wieder starrte Glover uns mit leerem Blick an. »Wie … wie wollen Sie sie verhaften?«, fragte sie schließlich. »Sie ist eine Haden.«

»In Kürze wird ein Transporter eintreffen«, sagte ich. »In der Zwischenzeit sollten Sie uns zu ihr bringen, bitte.«

Glover wirkte aufrichtig bestürzt und verwirrt. Vann, die bereits unter Nikotinentzug litt, machte einen immer ungeduldigeren Eindruck. Ich hob eine Hand, um sie davon abzuhalten, Glover den Kopf abzureißen. »Was ist das Problem?«, fragte ich die Pflegerin.

»Sie ist nicht hier«, platzte es aus Glover heraus. »Ihr Körper, meine ich. Er ist fort. Ihre Reisewiege ist nicht mehr da. Ich kam heute zu meiner Schicht ins Haus, und sie war nicht da. Ich weiß nicht, wo sie ist.«

»Wo ist sie normalerweise?«, fragte ich.

Glover zeigte auf einen großen Raum im Erdgeschoss auf der Rückseite des Hauses. Vann ging hinein.

Ich wandte meine Aufmerksamkeit wieder Glover zu. »Haben Sie den Tagespfleger gefragt, wo sie ist?«

»Carol war nicht hier, als ich eintraf«, sagte sie. »Niemand war hier. Ich habe die Tür mit dem Code geöffnet, und das Haus war leer.«

»Wann war das?«

»Heute Abend um sechs.«

Vann kehrte zurück. »Alles wurde vom Netz genommen«, sagte sie. »Ich schaue mich in den übrigen Räumen um.« Sie entfernte sich wieder.

»Verreist Ms. Parker häufiger unangekündigt?«, wollte ich von Glover wissen.

»Nein«, sagte sie. »Das Haus verlässt sie nur ein- oder zweimal pro Jahr – körperlich, meine ich. Das macht sie, wenn ihre Familie irgendwo weit weg im Urlaub ist, wo sie Schwierigkeiten haben könnte, sich mit einem Threep zu verbinden. So war es letztes Jahr, als die Familie zu Weihnachten in Patagonien war.«

»Und wenn sie das tut, wie reist sie dann üblicherweise?«

»Sie lässt sich von einem Wagen abholen«, sagte Glover. »Und dann schickt die Firma ihrer Familie einen Jet für sie. Er hat alles an Bord, um eine Haden-Wiege zu versorgen.«

»Welcher Flughafen?«

»Wenn ich mit ihr unterwegs war, sind wir immer vom National abgeflogen.«

»Vann!«, rief ich.

»Oh, du bist es schon wieder«, sagte Tony, als er meinen Anruf entgegennahm. »Ich habe dir gerade geschickt, worum du mich zuletzt gebeten hast.«

»Danke«, sagte ich. »Das war sehr hilfreich.«

»Wenn du es hast, weswegen rufst du jetzt noch mal an? Es ist fast Mitternacht.«

»Ich habe eine hypothetische Frage an dich.«

»Oh, dann sollte sie aber richtig gut sein.«

»Sagen wir, einer von uns beiden befindet sich an Bord eines Flugzeugs, das vom National Airport in Richtung Sarajevo startet.«

»Ein etwas abseitiges Reiseziel, aber gut.«

»Wenn wir uns dann mit unserem privaten Raum verbinden wollten, wären wir dazu in der Lage?«

»Ist es ein erstklassiger Privatjet?«

»So erstklassig, wie es nur geht, ja.«

»Und wir wären jetzt hypothetisch in diesem Flugzeug?«

»Irgendwo zwischen Neufundland und der Südspitze von Irland.«

»Okay. Dann wahrscheinlich ja. Je nachdem, wo sich das Flugzeug befindet, wird das Signal entweder von einer schwimmenden Boje drahtlos an ein Unterseekabel oder von einem Satelliten weitergeleitet. Im ersten Fall ist die Zeitverzögerung minimal. Im zweiten hätte man eine Verzögerung von drei- bis vierhundert Millisekunden, weil es die Lichtgeschwindigkeit gibt.«

»Okay, die nächste hypothetische Frage.«

»O Mann.«

»Sagen wir, es gäbe einen Haden, der sich der Justiz entziehen und in ein Land fliegen will, das kein Auslieferungsabkommen mit den Vereinigten Staaten hat.«

»Klar. Wie zum Beispiel Bosnien-Herzegowina.«

»Ja.«

»Theoretisch.«

»Korrekt. Und nun sagen wir, du hättest einen Haftbefehl, der dir Zugang zum privaten Raum dieses Haden gewährt, der auf einem US-amerikanischen Server liegt, für den du ebenfalls alle nötigen Vollmachten hast.«

»Sicher ist sicher, verstanden.«

»Aber der private Raum ist verschlüsselt.«

»Wie sehr?«

»Enorm.«

»Und was für eine Art von Server ist es? Ein Gemeinschaftsserver? Betrieben von Dritten, die Zugang haben?«

»Ein privater Server. Der private Raum wurde von anderen gestaltet, wird aber privat instandgehalten. Niemand kommt ohne den Schlüssel des Besitzers rein oder raus.«

»Dann nützt dir der Haftbefehl nicht viel. Du könntest den Server vom Netz nehmen, wenn du willst, und deinen theoretischen Justizflüchtling aus seinem privaten Raum aussperren. Aber wenn die Verschlüsselung hochwertig ist, kommst du da nicht so schnell rein. Wann möchtest du hineinkommen?«

»Hypothetisch gesprochen noch vor der Landung des Flugzeugs.«

»Nein. Vergiss es.«

»Keine Möglichkeit?«

»Wenn du jemanden findest, der an diesem privaten Raum gearbeitet und eine Hintertür eingebaut hat, dann vielleicht.

Oder wenn jemand so außerordentlich schlampig programmiert hat, dass die Sache unglaublich leicht zu knacken ist. Oder falls unser theoretischer Flüchtling eine offene Einladung an einen Freund oder Verwandten zurückgelassen hat. Dann möglicherweise.«

»Gehen wir einen Punkt zurück.«

»Schlampige Programmierung.«

»Ja. Wie leicht ließe sich das ausnutzen?«

Tony seufzte, was für einen Haden zwar affektiert war, aber dennoch überzeugend wirkte. »Chris, um Himmels willen, sag mir einfach, welcher Server es ist und wonach ich suchen soll und wie viel Zeit ich habe.«

»Das heißt also, du kannst es machen.«

»So etwas habe ich nie gesagt. Ich werde es versuchen. Dann werden wir sehen, ob es klappt. Schick mir alle nötigen Angaben rüber, dann mache ich mich an die Arbeit.«

»Du bist der Beste, Tony.«

»Ja, das bin ich. Hauptsache, du vergisst es nicht, wenn du meine Rechnung bekommst.«

Ich unterbrach die Verbindung und wandte mich an Vann. Wir waren immer noch in Fowlers Haus. Glover, die nicht wusste, was sie sonst tun konnte, hatte Vann Tee serviert.

»Tony ist dran«, sagte ich. »Bereit für deinen Part?«

Vann nickte und drehte sich um. »Ms. Glover«, sagte sie.

Glover tauchte aus der Küche auf. »Ja, Miss Vann?«

Vann zuckte sichtlich zusammen, als sie mit »Miss« angesprochen wurde. Ich beschloss, nichts dazu zu sagen.

»Amelies Vater ist der Geschäftsführer von Labram, nicht wahr?«

»Geschäftsführer, ja. Ihr Großvater ist der Vorstandsvorsitzende.«

»Wissen Sie, wie man den einen oder den anderen erreichen kann?«

»Ich habe Kontaktnummern für beide und für Amelies Mutter und Schwester, für den Notfall.«

»Fangen wir mit dem Vater an«, sagte Vann.

»Es ist recht spät für einen Telefonanruf, Miss Vann.«

»Ich weiß. Aber er wird meinen Anruf auf jeden Fall entgegennehmen.«

23

ICH STIEG DURCH das Wasser des Sees auf und machte eine Bestandsaufnahme meiner Umgebung. Der Pier mit dem Segelboot war etwa hundert Meter entfernt. Also hatte ich noch ein gutes Stück zu schwimmen, ob nun virtuell oder real. Ich drehte mich auf den Rücken und bewegte mich mit trägen Zügen voran. Langsam näherte ich mich dem Ufer, wo ich das Wasser mit triefnasser Kleidung verließ. Sie trocknete unrealistisch schnell. Als ich das Haus erreicht hatte, waren meine Sachen und ich völlig trocken.

Keiner der simulierten Hausdiener behelligte mich, während ich durch das Haus streifte. Entweder registrierten sie mich gar nicht, oder ihre Programmierung diktierte ihnen, dass sie sich nicht um mich kümmern mussten, da ich weder angekündigt noch eingeladen war. Ich trat vor einen Diener, um zu sehen, wie er reagieren würde. Es amüsierte mich, wie er sich hastig und emotionslos zur Seite drehte, um mir auszuweichen. Also war ich keineswegs unsichtbar. Nur unbedeutend.

Musik drang aus dem Obergeschoss des Landhauses herab. Ich folgte ihr die Treppe hinauf und stellte fest, dass sie aus einer großen, imposanten Bibliothek kam. Amelie Parker befand sich in diesem Raum. Sie saß auf einer Chaiselongue und las ein Buch. Ich warf einen Blick auf den Einband. Es war *Der große Gatsby*, was ich ein bisschen zu viel des Guten fand.

»Wie ist das Buch?«, fragte ich.

Parker erschrak und ließ das Buch fallen. Sie starrte mich an, als wäre ich ein auf magische Weise erschienener Geist, was in Anbetracht der Situation nur verständlich war. »Wie …?«, begann sie und verstummte gleich wieder.

»Ich bin durch den See hereingekommen«, sagte ich. »Dessen Programmierung Sie nie abgeschlossen haben. Natürlich ist es in Wirklichkeit etwas komplizierter. Aber im Wesentlichen war das der Trick.«

Parker starrte mich eine Weile konzentriert und schweigend an, dann reagierte sie wieder mit Verwirrung.

»Sie können mich nicht rauswerfen«, erklärte ich ihr. »Ich bin unbemerkt hineingeschlüpft, so dass Ihr privater Raum meine Einladung nicht registriert. Für Ihren Server ist es völlig richtig, dass ich hier bin. Außerdem habe ich eine richterliche Verfügung, die mir erlaubt, hier zu sein. Ihr Server befindet sich auf dem Territorium der USA.«

»*Warum* sind Sie hier?«, fragte Parker.

»Ich wollte Ihnen erzählen, was ich weiß«, sagte ich. »Und dann wollte ich Ihnen die Chance geben, sich freiwillig zu stellen.«

»Mich zu stellen«, sagte Amelie und lächelte. »Weswegen?«

Ich betrat den Raum und bewunderte die Bücher in den Regalen. Alle waren in Leder gebunden, und der simulierte Geruch der Bibliothek war berauschend. »Dieser Raum ist wirklich sehr schön, Amelie«, sagte ich.

»Danke.«

»Sie haben Duane Chapman getötet«, sagte ich. »Nicht absichtlich, ich weiß. Er war gar nicht Ihr Ziel. Das war Kim Silva. Aber Sie wussten nicht, dass Silva und Chapman eine Affäre hatten. Sie wussten nicht, dass Silva ihm einen Teil ihrer Labram-Ergänzungsmittel überlassen hatte.«

»Ich weiß nicht, wovon Sie reden«, sagte Parker.

Ich griff nach oben und nahm ein Buch aus dem Regal, einen Kinderbuchklassiker von Catherynne Valente. Ich zeigte es Parker. »Ich liebe dieses Buch.«

»Ich auch«, sagte sie verwirrt.

Ich legte das Buch auf einen Tisch in meiner Nähe und fuhr fort. »Vor ein paar Jahren kaufte Ihr Start-up-Unternehmen das geistige Eigentum einer Firma namens Neuracel, einschließlich eines Präparats namens Attentex«, sagte ich. »Es war nicht als Zusatzstoff in Ihren Ergänzungsmitteln brauchbar, weil es Anfälle und andere Nebenwirkungen auslöste. Aber Sie fanden schließlich einen anderen Verwendungszweck. Wenn Sie genügend Informationen über einzelne Hilketa-Athleten hatten, konnten Sie die Zusammensetzung ihrer Ergänzungsmittel ändern, so dass zum Beispiel durch ein wenig Attentex ihre Leistung beeinträchtigt wurde. Es ist pharmazeutisch inaktiv, bis die betreffende Person einer elektrischen Ladung ausgesetzt wird. Also konnten sie auswählen, wann und wo sich die Wirkung entfalten sollte. Im Blutkreislauf zersetzt sich das Mittel schnell und fällt bei Drogentests nicht auf, weil niemand nach Hinweisen auf Attentex oder seinen Komponenten sucht.«

»Ich erinnere mich an kein Präparat, das so heißt«, sagte Parker.

»Doch, und zwar sogar sehr gut«, widersprach ich. »Denn vor einem Jahr führten Sie bei Clemente Salcido einen Testlauf mit Attentex durch. Er kam gerade für einen Werbevertrag mit Labram an Bord, und das Unternehmen hatte alle Informationen, die nötig waren, um eine Ergänzungsmittelmischung herzustellen, die speziell auf ihn zugeschnitten war. Mit diesen Informationen machten sie ein paar Simulationen, um zu sehen, wie viel Attentex Sie brauchen, um seine Leistung zu verschlechtern, und dann taten Sie es in seine Mischung. Aber sie haben sich verkalkuliert, weil er auf dem Spielfeld einen Herzanfall erlitt. Danach spielte er nicht mehr in der League.«

»Chris …«

»Warum fliegen Sie nach Sarajevo?«, fragte ich.

»Um mich dort mit Investoren zu treffen«, sagte Parker beunruhigt über den plötzlichen Themenwechsel.

»Für MobilOn.«

»Ja, natürlich.«

»Haben Sie Schwierigkeiten, Investoren in den USA zu finden?«

»So würde ich das nicht sagen«, antwortete Parker.

»So ist es aber, verglichen mit der Finanzierung, die Sie für Ihr vorheriges Start-up erhielten, das Sie für erheblich mehr Geld, als es wert war, an Labram zurückverkauft haben«, sagte ich. »Viele der Unternehmen, mit denen Sie sich damals zusammengetan haben, zögern diesmal, auf Sie und MobilOn zu setzen. Ihre potentiellen Investoren sind skeptisch, dass Sie es schaffen werden, die Firma lange genug am Leben zu erhalten, dass sie mit einem Aufpreis von Labram zurückgekauft werden kann. Zu viele Firmen mit besserer Finanzgrundlage und besseren Verbindungen stürmen auf den Threep-Sharing-Markt. Also mussten Sie ihnen ein Extra anbieten, um sie zu ködern.«

»Was für ein Blödsinn!«

»Und was Sie ihnen anboten, war die Möglichkeit, Hilketa-Spieler zu beeinflussen«, sprach ich weiter. »Nicht in der North American League, wo Ihre Reichweite zu klein und der Markt ohnehin gesättigt ist. Anders sieht es bei den aufstrebenden europäischen und asiatischen Verbänden aus. Labram hat ein Abkommen unterzeichnet, zum Hauptlieferanten für Ergänzungsmittel und Spielerwiegen auf diesem

Markt zu werden. Bereits jetzt werden die Gesellschaften mit beschränkter Haftung gegründet, die die neuen Lizenzteams finanzieren sollen. Ihr Familienunternehmen hat längst die ganze Vorarbeit geleistet, alles in Position zu bringen. Jetzt müssen Sie nur noch den Gewinn abschöpfen.«

Dazu hatte Parker nichts zu sagen.

»Nach der Sache mit Salcido haben Sie Ihre Attentex-Formel noch ein wenig optimiert, bis Sie schließlich davon überzeugt waren, etwas zu haben, das Sie Ihren Investoren vorführen können. Also sagten sie ihnen, dass Kim Silva im letzten Vorsaisonspiel die schlechteste Leistung ihrer Karriere abliefern würde – immer einen Sekundenbruchteil zu langsam, immer einen Schritt hinterher. Nicht so offensichtlich, dass es danach aussieht, sie wäre gedopt worden. Nur ein kleiner Abstieg von einer Lizenzspielerin zu einer normalen Spielerin. Von einer Kim Silva zu einem Duane Chapman, könnte man sagen. Sie sagten ihnen, sie könnten darauf wetten. Was einige von ihnen auch getan haben.

Aber Sie wussten nicht, dass der Karton mit Ergänzungsmitteln, den Labram schickte, damit er am letzten Sonntag eingesetzt wird – der Karton, den Sie manipuliert haben –, von Silva an Chapman weitergegeben wurde. Sie benutzte den Rest ihrer Ergänzungsmittel aus der vorigen Woche. Es wird immer mehr geschickt, als die Hilketa-Sportler tatsächlich verbrauchen. Und die Mischung, die für Silva gedacht war – genau auf ihren Körper und ihren Metabolismus und ihr Gehirn abgestimmt –, ließ Chapmans Gehirn durchdrehen. Es tötete ihn, während Silva eins der besten Spiele ihrer Karriere ablieferte.«

»Ihre Geschichte ergibt keinen Sinn«, sagte Parker. »Falls diese Ergänzungsmittelmischung für Silva gedacht war, hätte sie Chapman überhaupt nicht beeinflusst. Sie selbst haben gesagt, dass noch eine weitere Komponente hinzukommen muss.«

»Eine elektrische Komponente«, stimmte ich ihr zu. »Das hat auch mich zunächst irritiert. Also bat ich meinen Freund Tony, mir dabei zu helfen, eine Sache zu finden, die Silva und Chapman und Salcido gemeinsam hatten. Und die Antwort war: Sie alle benutzten während des Spiels Wiegen von Labram für die Versorgung ihres Körpers. Die Wiegen überwachen sämtliche Körpersysteme. Und vor einem Jahr, kurz vor dem Zwischenfall mit Salcido, wurde das Betriebssystem aller Labram-Wiegen upgedatet, wodurch es nun die Möglichkeit einer zeitweiligen elektrischen Stimulation gab. In der Dokumentation des Updates heißt es, dass sich jetzt präzisere Informationen für die Datenfeeds gewinnen lassen, die die League an die Fans verkauft. Und so war es, und sogar die anderen Hersteller von Haden-Wiegen statteten ihre Betriebssysteme mit einer ähnlichen Stimulation aus. Aber das war nicht der Grund, warum Sie es getan haben.«

»Also frisiere ich jetzt auch noch die Wiegen der Sportler während eines Spiels, höre ich da heraus. Das würde immer noch nicht erklären, was mit Chapman geschehen ist.«

»Sehen Sie, das hat auch mich stutzig gemacht«, sagte ich. »Weil jede Wiege, deren Verhalten sich erheblich von dem aller anderen unterscheidet, sofort auffallen würde. Aber Tony erinnerte mich daran, dass nur die Spieler mit Attentex in ihren Ergänzungsmitteln betroffen wären. Also konnte bei allen Wiegen die gleiche elektrische Stimulation ausgelöst werden. Wenn alle Wiegen dasselbe tun, wird das Problem kaschiert. Das ist ziemlich genial, solange man nicht auf zu dumme Gedanken kommt oder zu gierig wird. Man sucht sich bei jedem Spiel ein oder zwei Spieler aus, lässt sie unter ihrem üblichen Niveau spielen – oder man sorgt dafür, dass sie in einem bestimmten Spiel nicht zu gut sind –, und schon verändert man das ganze Spiel. Man kann Gewinner und Verlierer diktieren. Oder jemanden nicht zu hoch gewinnen oder verlieren lassen.«

Ich ging zu dem Sessel, der Parker gegenüberstand, und setzte mich. »Das ist eine tolle Idee, nur dass sie natürlich unmoralisch und illegal ist und Sie es völlig verpatzt haben, so dass versehentlich ein Spieler starb. Und jetzt müssen Sie Ihre potentiellen Investoren für MobilOn wieder beruhigen, nachdem Sie ihnen versprochen hatten, Sie könnten als Gegenleistung für Ihre Investitionen Hilketa-Spiele manipulieren.«

»Das wären dann dieselben Investoren, die auch mit Labram in die ausländischen Hilketa-Teams investieren, richtig?«, sagte Parker. »Und sie würden dann auf die betreffenden Spiele wetten. Weil *das* überhaupt nicht völlig offensichtlich wäre.«

»Nicht alle Ihre Investoren investieren in die ausländischen Verbände«, sagte ich. »Selbst wenn sie schon mit Labram zusammengearbeitet haben. Und wenn sie es doch tun, nun gut. Sofern sie schlau genug sind, um zu wissen, wie sie durch Ihr Familienunternehmen Geld waschen können, sind sie auch schlau genug, so zu wetten, dass sie nicht erwischt werden. Das Problem ist nicht, *wer* die Wetten eingeht, Amelie. Das Problem ist, dass Sie mit Ihren Versprechungen ein gewaltiges Chaos angerichtet haben, und jedes Mal, wenn Sie das Problem in Ordnung bringen wollten, wurde es nur noch schlimmer. Chapman ist gestorben. Kaufmann ist gestorben.

Von Keshia Sanborn erfuhren Sie, dass Kim Silva Beweise hatte, dass Labram in Geldwäschegeschäfte verwickelt war, was noch mehr Aufmerksamkeit auf Ihre Aktionen gelenkt hätte. Also ließen Sie bei den *Hilketa News* durchsickern, dass Silva und Chapman eine Affäre hatten, und forderten einen Gefallen von Martin Lau ein, dass er es so aussehen lässt, als hätte Marla Chapman versucht, Silva zu töten, um danach Selbstmord zu begehen. Sie bezahlten Rachel Ramsey, damit sie die Infusionsprobe kontaminiert, und als völlig unerwartet ein weiterer Beutel auftauchte, bestachen Sie Ramsey, ihn zu besorgen, um sie anschließend zu ermorden. Sie haben sie ermordet, Amelie. Der Threep, mit dem sie ermordet wurde, und der Panzer, der durch mein Fenster hereinkam, stammten beide von Van Diemen. Als das FBI von Baltimore dort mit Durchsuchungsbefehlen auftauchte, gaben sich die Leute sofort geschlagen. Sie haben diese beiden Threeps gesteuert, Amelie.

Und als Ihnen schließlich bewusstwurde, dass Sie viel zu tief drinsteckten und es höchste Zeit war, aus Dodge City zu verschwinden, hetzten Sie Lau und seine Spießgesellen auf Lena Fowler, Ihre Integratorin. Sie dachten, aufgrund ihrer Vorgeschichte wäre sie verschwiegen und zuverlässig, aber sie wusste auch viel mehr über Ihre Geheimnisse, als Ihnen lieb war. Lau würde stillhalten, weil seine Firma Geschäfte mit Labram machte, aber Fowler war ein loses Ende. Und damit kommen wir zum Hier und Jetzt, wo Sie mit einem Flugzeug zu einem Land ohne Auslieferungsabkommen unterwegs sind.«

Parker blickte eine Weile mit verwirrtem Ausdruck zu mir hoch.

Dann konnte sie ihre unbewegte Miene nicht länger aufrechterhalten.

»Das ist eine nette Geschichte, Chris«, sagte sie. »Zu dumm, dass Sie sie nicht beweisen können.«

»Wie meinen Sie das?«

»Wir beide wissen, was ich meine. Was Sie gesagt haben,

klingt gut, aber es ist nur Spekulation. Sie haben keinen stichhaltigen Beweis.«

»Sie meinen, weil die Katze tot ist und weil Fowler und alle anderen tot sind, die Sie verraten könnten.«

»Von all dem weiß ich nichts«, sagte Parker. »Ich weiß nur, dass Sie mich längst verhaftet hätten, wenn Sie wirklich etwas in der Hand hätten. Und nach Lage der Dinge erübrigt sich das Problem ohnehin. In weniger als zwei Stunden werde ich in Sarajevo sein. Und ich glaube, ich werde für eine Weile im Land bleiben. Dort ist es sehr hübsch.«

»Das ist es«, bestätigte ich. »Ich war schon einmal da.«

»Sie können mich besuchen kommen«, sagte Parker und lächelte. »Ich brauche immer noch ein prominentes Sprachrohr für MobilOn.«

»Also sind Sie nicht bereit, sich freiwillig zu stellen?«

»Nein. Es gibt keinen Grund, warum ich das tun sollte.«

»Folgendes Problem«, sagte ich. »Erstens, der Kater ist nicht tot.«

Parkers Lächeln verschwand.

»Wie es aussieht«, fuhr ich fort, »erfreut er sich sogar großer Beliebtheit bei den Finanzprüfern des FBI, die derzeit Labrams Geschäfte äußerst gründlich durchgehen, einschließlich des Kaufs Ihrer früheren Firma. Sobald sie mit der Verarbeitung dieser Informationen fertig sind, wird der Kater Donut wieder zu Kim Silva zurückkehren. Ist das nicht nett? Aber das bedeutet, dass Sie unser Haus völlig umsonst verwüstet haben. Unsere Versicherung wird die Schäden am Haus und an unseren Threeps bezahlen und hat meine Mitbewohner vorläufig in einem Hotel untergebracht, aber ich gehe davon aus, dass sie sich deswegen später an Sie wenden wird. Machen Sie sich auf eine Schadenersatzklage gefasst.«

Dazu sagte Parker nichts, also redete ich weiter.

»Zweitens, bevor Lena Fowler starb – und bevor sie Martin Lau tötete, was Richu Enterprises mächtig ärgern dürfte –, hinterließ sie einen sehr großen Stapel Dokumente, die an mich und Agent Vann adressiert waren. Und darin geht es hauptsächlich um Sie, Amelie. Sie sah, wie Sie um sich geschlagen haben, und erkannte die große Gefahr, die ihr von Ihnen droht. Sie wollte den Gefallen erwidern.«

»Ich glaube Ihnen nicht«, sagte Parker. »Und selbst wenn, würde es keine Rolle spielen.«

»Ich wusste, dass Sie mir nicht glauben würden, also habe ich mir diesen Teil bis zum Ende aufgehoben«, sagte ich. »Während ich damit beschäftigt war, Sie zu besuchen, hat sich meine Partnerin mit Ihrem Vater unterhalten und ihn über Ihre Aktivitäten auf den neuesten Stand gebracht. Wie sich herausstellte, waren Sie ihm gegenüber nicht allzu mitteilsam, was Ihre zusätzlichen Anreize betraf, in MobilOn zu investieren. Es sieht sogar so aus, dass Sie ihn oder andere Familienmitglieder überhaupt nicht in Ihre Pläne eingeweiht haben. Infolgedessen steht Labram vor einer gründlichen Überprüfung durch staatliche Behörden, und der Ruf des Unternehmens wurde schwer geschädigt, sowohl bei den Investoren als auch bei der North American Hilketa League, die Labram als wichtigen strategischen Partner wertschätzt. Ihr Vater ist darüber gar nicht glücklich, Amelie. Und nun befinden Sie sich an Bord seines Flugzeugs.«

Parker blinzelte. »Was bedeutet das?«

»Das bedeutet, dass Sie nicht nach Sarajevo fliegen. In etwa dreißig Minuten wird die Maschine außerhalb von Venedig landen. Dort werden Sie ein paar nette Amerikaner begrüßen, die Sie verhaften und nach Washington zurückbringen, sobald das Flugzeug aufgetankt ist und Ihre Crew die Ruhepause beendet hat. Ihr Vater lässt Sie fallen.«

»Das kann er nicht tun«, sagte Parker.

»Aber er tut es«, sagte ich. »Außerdem schiebt er Labrams Geldwäschepläne – die wirklich unverschämten Sachen – Ihnen in die Schuhe. Zusammen mit der Finanzierung dieser Anti-Haden-Demonstranten, die bei jedem Hilketa-Spiel auftauchen. Anscheinend hat Labram sie über fingierte öffentliche Interessengruppen unterstützt. Der Versuch, Hadens aus dem Spiel zu drängen, um den Nicht-Haden-Markt schneller öffnen zu können, macht gar keinen guten Eindruck. Und auch das geht jetzt auf Ihre Kappe.«

Parker riss die Augen auf. »Das ist alles völliger Blödsinn!«

»Da will ich Ihnen nicht widersprechen«, sagte ich. »Aber ich bin es nicht, der sich nun damit auseinandersetzen muss.« Ich stand auf und blickte mich um. »Das ist ein hübsches Zimmer, Amelie. Und ein hübsches Haus. An Ihrer Stelle würde ich die nächsten paar Stunden damit verbringen, das alles noch möglichst ausgiebig zu genießen.«

»Danke für den Ratschlag«, erwiderte sie kalt.

»Keine Ursache«, sagte ich und lief zum Ausgang der Bibliothek. Als ich an der Tür war, drehte ich mich noch einmal um. »Ach ja, und noch etwas, Amelie.«

»Was?«

»Danke für das Jobangebot. Leider muss ich es ablehnen.«

Epilog

DAS BILD VON Duane Chapman erschien auf der großen Anzeigetafel, und die Fans der Boston Bays, die zur Saisoneröffnung an diesem Freitagabend erschienen waren, brachen in lauten Jubel aus. Und vom Spielfeld winkte Kim Silva, die anwesend war, aber auf der Verletztenliste stand, den Fans zu. Der Jubel wurde noch lauter, zum einen, weil Silva der Star der Bays war, und zum anderen, weil inzwischen jeder Hilketa-Fan auf dem Planeten wusste, dass sie und Chapman ein Paar gewesen waren, das unter einem unglücklichen Stern gestanden hatte.

Vann und ich beobachteten das alles aus der Luxusloge des Besitzers, als Gäste, weil die Bays uns damit danken wollten, dass wir die Morde an Duane und Marla Chapman aufgeklärt hatten.

»Eine nette Ehrung«, sagte ich und deutete auf den Platz.

»Es ist ganz in Ordnung«, sagte Vann.

Ich warf ihr einen Seitenblick zu. »Zeig bloß nicht zu viel Begeisterung«, sagte ich.

Sie nickte zum Spielfeld. »Das ist nicht der Grund, warum ich hier bin.«

Die Tür zur Loge öffnete sich, und Bob Kreisberg kam zusammen mit Oliver Medina herein. Kreisberg erspähte mich und Vann und stürmte sofort herbei. Er streckte uns nacheinander die Hand hin und dankte uns für unsere Bemühungen. Irgendwann wurde er sehr weinerlich, als er über

Duane Chapman sprach. Wir hörten höflich zu und bezeugten unser Beileid. Nach ein paar weiteren Minuten mit Danksagungen und einer behutsamen Ablehnung, Saisontickets zu bekommen, verabschiedete sich Kreisberg von uns und lief zu meinen Eltern hinüber, um ihnen hallo zu sagen.

»Was war *das* denn?«, fragte Vann mich flüsternd.

»Schon gut«, sagte ich. »Alles gut. Du hast gerade einen alten Mann sehr glücklich gemacht.«

»Erinnere mich daran, so etwas nie wieder zu tun«, sagte Vann, und dann kam Oliver Medina auf uns zu.

»Agent Vann«, sagte er und nickte ihr zu, dann mir. »Agent Shane.« Medina hielt inne und sah mich mit schiefgelegtem Kopf an. »Zu meinem Bedauern musste ich hören, dass Ihr Vater entschieden hat, nicht in unser Washingtonlizenzteam zu investieren«, sagte er.

»Ich glaube, für ihn ist die langfristige Stabilität der League fragwürdig«, erwiderte ich.

»Da irrt er sich, aber im Moment kann ich nicht behaupten, ich hätte kein Verständnis für seine Position«, sagte Medina. »Jedenfalls danke ich Ihnen für alles, was Sie für die League getan haben. Ihnen beiden. Das war für uns alle eine heftige Woche.«

»Das war es«, stimmte ich ihm zu.

»Und sie ist noch nicht vorbei«, sagte Vann.

»Aha?« Medina sah Vann interessiert an.

»Wir haben immer noch einen offenen Todesfall«, sagte Vann. »Alex Kaufmann.«

Medina schürzte die Lippen. »Nun, ich dachte, er hätte mit Amelie Parker zusammengearbeitet. Sie hat versucht, die Spiele zu beeinflussen, und er vermittelte den Deal mit Labram für die Entwicklung von Ergänzungsmitteln und

Wiegen, mit denen ihr das möglich war. Einen Deal, den wir inzwischen gekündigt haben.«

»Ja, das hätte für alle sehr schlecht ausgesehen«, bemerkte Vann.

»Ich habe es so verstanden, dass Parker ihre Integratorin dazu brachte, Kaufmann zu töten, um es dann so aussehen zu lassen, als hätte er sich selbst erhängt«, sagte Medina. »Sie erwähnten, sie wäre vor seinem Tod in seinem Zimmer gewesen. Sie wurde in der Armee ausgebildet. Und Parker musste ihn aus dem Weg schaffen.«

»Alles richtig«, sagte Vann. »Bis auf den ersten Teil.«

»Lena Fowler war nicht in Kaufmanns Hotelzimmer, um ihn zu töten«, sagte ich. »Sie war seine Geliebte. Sie trafen sich, wenn sie sich mit Parker integrierte, aber dann fingen sie nebenbei eine Beziehung an. Während des Washington-Spiels brachte er sie im Nachbarzimmer unter. Und sie hat ihn nicht getötet. Kaufmann erhängte sich selbst, und sie fand ihn ein paar Minuten später.«

»Und woher wissen Sie das?«, fragte Medina.

Vann nickte mir zu. Ich reichte Medina einen Zettel. »Das ist eine Kopie«, sagte ich. »Offensichtlich.«

Medina runzelte die Stirn und warf einen Blick auf das Blatt Papier.

»Das ist ein Abschiedsbrief von Kaufmann, adressiert an Fowler«, sagte Vann. »Der Satz, auf den ich Ihre Aufmerksamkeit lenken möchte, ist der erste. ›Medina sagt, dass alles auf mich zurückfallen wird.‹«

Medina blickte auf. »Und sie glauben, dass es mich in die Sache verwickelt, die Alex und Amelie durchgezogen haben?«

»Ich glaube, als Kaufmann sah, wie Chapman tot umfiel, wusste er genau, was geschehen war«, sagte Vann. »Die Droge, die Silva schwächen sollte, hatte stattdessen jemand anderen getötet. Ich glaube, er geriet in Panik und sperrte den Datenfeed. Und als ihm dann klar wurde, dass er damit alles nur noch schlimmer gemacht hatte, rief er Sie an.«

»Also wussten Sie Bescheid«, sagte ich. »Entweder wussten Sie schon vorher über Parker und Kaufmann Bescheid, weil sie darin verwickelt waren, oder sie haben erst dann davon erfahren.«

»Wie auch immer, Sie haben nichts getan, während Menschen starben. Einschließlich einer FBI-Agentin«, sagte Vann.

»Und wenn Sie wussten, was Parker und Kaufmann im Schilde führten, wussten Sie wahrscheinlich auch, dass Keshia Sanborn die ganze Zeit Informationen an Parker weiterleitete. Und dass sie Alton Ortiz bearbeitete, einen Deal anzunehmen, der sie selbst entlasten würde.«

»Und die League«, fügte Vann hinzu.

Medina nahm das alles in sich auf und gab mir Kaufmanns Abschiedsbrief zurück. »Was glauben Sie, warum Fowler diesen Zettel aus dem Hotelzimmer mitnahm?«, fragte er mich.

»Sie nahm ihn mit, weil er für sie war«, sagte ich. »Er ist an sie adressiert. Der Brief galt ihr.«

Medina zuckte leicht mit den Schultern. »Wenn sie ihn zurückgelassen hätte oder einfach gar nicht in das Zimmer gegangen wäre, hätte sie Ihnen eine Menge Ärger erspart, als Sie versuchten, Alex' Tod aufzuklären. Was glauben Sie, warum Sie beschloss, nicht im Zimmer zu bleiben? Oder die Polizei zu rufen?«

»Ich weiß es nicht«, sagte ich.

»Und jetzt werden wir es nie erfahren, weil sie beide tot sind.«

»Sie sollten uns erzählen, worüber Sie beide gesprochen haben, bevor er sich erhängte«, sagte Vann zu Medina.

»Natürlich werde ich das nicht tun«, sagte er. »Ein Deputy Commissioner der League sprach mit dem Rechtsberater der League über eine League-Angelegenheit. Eine Angelegenheit, die immer noch nicht völlig geklärt ist, wie ich feststelle. Abgesehen von der offensichtlichen Schweigepflicht wäre es unverantwortlich von mir, über eine noch im Fluss befindliche Sache zu sprechen.«

»Kaufmann schrieb, Sie hätten gesagt, das alles würde auf ihn zurückfallen.«

»›Das alles‹ ist eine recht unpräzise Formulierung, Agent Vann.«

»Sie könnten es für uns ein wenig eingrenzen.«

»Ich glaube, ich erwähnte bereits den Sachverhalt der Verschwiegenheitspflicht«, sagte Medina und lächelte. »Agent Vann, Agent Shane, das klingt vielleicht etwas seltsam, aber ich weiß Ihren Widerspruch in dieser Situation zu schätzen. Denn er bedeutet, dass Sie sich für Alex Gerechtigkeit wünschen. Ich glaube, dafür wäre er Ihnen dankbar. Außerdem würde er Ihnen sagen, dass Sie aufhören sollten, Ihre Zeit mit dem Ausbrüten von Verschwörungstheorien zu verschwenden. Aber in erster Linie wäre er Ihnen dankbar.«

»Wenn wir herausfinden, dass Sie irgendwie in Parkers Pläne verwickelt waren, müssten Sie Ihre Verschwiegenheitspflicht vergessen«, sagte Vann.

»Dann will ich hoffen, dass Sie nichts dergleichen herausfinden«, sagte Medina freundlich. »Und falls doch, hoffe ich, dass Sie damit nicht durchkommen.« Er nickte uns beiden zu. »Agent Vann, Agent Shane«, sagte er und ging dann zu Kreisberg hinüber.

»Was für ein selbstgefälliges Arschloch!«, sagte Vann zu mir.

»Kaufst du es ihm ab?«, fragte ich. »Dass er nichts wusste?«

»Er hat nicht gesagt, dass er nichts wusste. Er hat nur gesagt, dass er es nicht verraten wird.«

»Also glaubst du, dass er es wusste.«

»Wenn ja, ist er ein schlechter Anwalt«, sagte Vann. »Und ich glaube nicht, dass er ein schlechter Anwalt ist.«

Ich blickte wieder auf das Spielfeld, wo inzwischen die erste Halbzeit begonnen hatte. »Dad sagt, die Finanzen der League werden implodieren. Dass die ausländischen Teams der League helfen, lange genug am Leben zu bleiben, um Nicht-Hadens für die Sportart zu gewinnen, was zu größerer finanzieller Stabilität führen wird. Die League muss gewusst haben, dass die ausländischen Tochterfirmen von Labram als Geldwaschanlagen gedacht waren.«

»Ja«, sagte Vann. »Das wusste die League.«

»Und wenn sie es wusste, wie weit ist dann der Schritt zu dem, was Parker geplant hatte? Die Manipulation von Spielen zur Profitmaximierung? Wenn die Leute wüssten, dass sie damit durchkommen und sich niemand dafür interessiert, würden sie es dann nicht einfach tun?«

Auf dem Platz riss einer der Boston Bays einem Gegner den Kopf ab.

Die Menge jubelte.

»Ich glaube, ich brauche eine Zigarette«, sagte Vann.

Danksagungen

Zuerst und wie immer möchte ich die Aufmerksamkeit auf alle anderen lenken, die an der Produktion dieses Buches beteiligt waren, und ihnen meinen Dank aussprechen. Bei Tor sind das natürlich mein Redakteur Patrick Nielsen Hayden und seine Assistentin Anita Okoye, Irene Gallo und Peter Lutjen, die erneut ein einfach wundervolles Cover geschaffen haben, Sona Vogel, die meine Fehler und Widersprüche aufspüren musste, von denen es bedauerlicherweise viele gab, Heather Saunders für den Eindruck, den das Buch auf jeder Seite macht, Alexa Saarela und Patty Garcia, die dafür verantwortlich sind, dass die Menschen in der Welt erfahren, dass mein Buch existiert. Und wie immer danke ich Tom Doherty.

Außerdem danke ich Bella Pagan und ihrem Team bei Tor UK und Steve Feldberg sowie allen bei Audible.

Vielen, vielen Dank an das »Team Scalzi« – Ethan Ellenberg, Bibi Lewis, Joel Gotler und Matt Sugarman. Agenten und Anwälte sind etwas Wunderbares.

Für diesen Roman habe ich aus verschiedenen Gründen länger gebraucht als sonst, aber der eine große Grund ist der, dass 2017 einfach ein heftiges Jahr war, voller schrecklicher Menschen, die versuchten, schreckliche Dinge zu tun, und oftmals damit Erfolg hatten. Es ist schwieriger, sich auf seine Kreativität zu konzentrieren, wenn die Welt in Flammen steht.

Frontal ist sehr wichtig für mich, nicht nur, weil ich diese Welt und die Figuren darin liebe, sondern auch, weil das Buch jetzt fertig und erschienen ist. Bei jedem Roman versuche ich, schreibtechnisch etwas Neues zu machen – irgendeine Grenze zu überschreiten, um mich als Autor und kreativer Mensch weiterzuentwickeln. Dieses Mal stellte sich heraus, dass das »Neue« darin bestand, einen Roman zu schreiben, während ein gesamter Planet versuchte, mich davon abzulenken. Ich glaube, das ist eine nützliche Fähigkeit, da ich bezweifle, dass 2018 in dieser Hinsicht irgendwie besser sein wird. Ich möchte mich wirklich gern irren! Wir werden es wohl erleben.

Davon abgesehen haben meine Freunde und meine Familie mir geholfen, dieses Jahr mit heilem Verstand zu überstehen. Es sind zu viele, um sie alle in diesen Danksagungen aufzulisten, aber wer sich von euch als mein Freund betrachtet, soll wissen, dass ich eure Freundschaft in diesem Jahr mehr zu schätzen wusste als je zuvor. Besonders möchte ich jedoch Mary Robinette Kowal danken, die mich genau im richtigen Moment ermutigte, mit diesem Buch weiterzumachen.

Schließlich und unweigerlich danke ich meiner Frau Kristine. Die Arbeit an einem Buch ist für die meisten Leute nicht nachvollziehbar. Man sieht einem Cover nicht an, ob es sechs Wochen, sechs Monate oder sechs Jahre dauerte, das Buch zu schreiben, oder in welcher geistigen Verfassung der Autor war, während es geschrieben wurde. Ich vermute, dass es mit diesem Roman genauso ist. Der einzige Grund, dass Sie jetzt wissen, dass es länger als sonst gedauert hat, ist der, dass ich es Ihnen jetzt sage.

Aber Krissy weiß genau, wie lange ich für jeden Roman brauche, weil sie mit mir zusammenleben muss, während ich schreibe, und weil sie fast jedes Stadium der Entwicklung zu sehen bekommt. Und dieses Buch hat sich – wie soll ich es formulieren? – viel stärker *entwickelt,* als es bei anderen der Fall war. Krissy hat mich ermutigt, mich unterstützt und mich die ganze Zeit geliebt. Sie ist der beste Mensch überhaupt, und jeden Tag werde ich daran erinnert, wie außergewöhnlich und unglaublich glücklich ich bin, mit ihr zusammen sein zu können. Ich hoffe, Sie alle haben jemanden wie sie in Ihrem Leben.

John Scalzi
20. Dezember 2017

Das Reich der Menschen steht vor dem Untergang ...

Die Menschheit hat ein gewaltiges Sternenreich errichtet. »Ströme«, extra-dimensionale Verbindungswege, auf denen Raumschiffe in kürzester Zeit Lichtjahre zurücklegen können, halten dieses Imperium zusammen. Doch dieses fein gesponnene Netz scheint gefährdet. Nur drei Menschen können den Zusammenbruch verhindern – die Imperiatox des Sternenreiches, ein junger Wissenschaftler und die ehrgeizige Erbin eines Handelshauses ...

»Kollaps« ist der Auftakt von John Scalzis neuer, bisher größter Science-Fiction-Serie.

John Scalzi
Kollaps
Das Imperium der Ströme
Roman

Aus dem Amerikanischen
von Bernhard Kempen

412 Seiten
Klappenbroschur

ISBN 978-3-596-29966-9

Jetzt für den Newsletter anmelden unter:

TOR-ONLINE.DE

fi 10-29966/1